Wartburg
1206

Kemenate

Berg-
fried

Palas

Back-
und
Badehaus

Hauptburg

Zisterne

Garten

Kapelle

Schmiede/
Zeughaus

Süd-
turm

Robert Löhr
Krieg der Sänger

Robert Löhr

KRIEG DER SÄNGER

Roman

Piper München Zürich

Mehr über unsere Autoren und Bücher:
www.piper.de

Von Robert Löhr liegen im Piper Verlag vor:
Der Schachautomat
Das Erlkönig-Manöver
Das Hamlet-Komplott

ISBN 978-3-492-05451-5
© Piper Verlag GmbH, München 2012
Gesetzt aus der Stempel Garamond
Satz: Satz für Satz. Barbara Reischmann, Leutkirch
Vorsatzkarte: Sven Binner
Druck und Bindung: Bercker Graphischer Betrieb
GmbH & Co. KG, Kevelaer
Printed in Germany

Dies Buch gehört der Wartburg.

NARRATIONIS PERSONAE

Walther von der Vogelweide
  Bertolt, *sein Singerknabe*

Wolfram von Eschenbach
  Friedrich, *sein Knappe*
  Johann, *sein Singerknabe*

Reinmar von Hagenau
  Klara, *seine Führerin*

Heinrich von Weißensee
  Dietrich, *sein Adlatus*

Heinrich von Ofterdingen
  Rupert, *sein Knappe*
  Konrad, *sein Singerknabe*

Biterolf von Stillaha

Landgraf Hermann von Thüringen
Sophia von Thüringen
  Irmgard,
  Hermann,
  Ludwig und
  Heinrich Raspe, *ihre Kinder*

Gerhard Atze
Walther von Vargula
Egenolf von Bendeleben
Franz von Eckartsberga
Reinhard von Mühlberg
Eckart von Wartburg
Günther von Schlotheim, *thüringische Ritter*

Rüdiger, *Fleischhauer*
Agnes, *Amme*
Rumolt und Gregor, *Knechte*
Meister Stempfel, *Henker aus Eisenach*

PROLOG

Martin Luther hatte kaum mit der Übersetzung des Matthäus-Evangeliums begonnen, da erschien ihm der Teufel. Er entsprach in allen Belangen dem Bild, das sich Luther von ihm gemacht hatte. Für Luther war der unerwünschte Besuch zwar ein Schreck, aber keine vollkommene Überraschung, hatte sich die Anwesenheit des Teufels doch schon zuvor offenbart: durch gespenstisches Gepolter auf den Treppen vor Luthers Stube, durch einen Schwarm Schmeißfliegen, der ihn von seiner Arbeit abzulenken suchte, und durch die Haselnüsse, die eines Nachts in ihrem Sack rasselten und hüpften, als wären sie lebendig.

Während ihn der Teufel höflich, ja beinahe freundlich und bei seinem Namen nannte und grüßte, erwog Luther, nach Hilfe zu rufen. Aber der Winterwind pfiff so laut um die Wartburg, dass ihn vermutlich niemand gehört hätte, und selbst wenn: Es war die Thomasnacht, die längste, finsterste Nacht des Jahres, die man tunlichst in seinen eigenen vier Wänden verbrachte, weil die Vorhölle offen steht und die Leichen sich aus ihren Gräbern befreien. Es hätte also eh niemand seine Kammer verlassen, um Luther zu helfen. Und fliehen konnte er nicht, denn zwischen ihm und der einzigen Tür nach draußen stand er, der Teufel.

Also griff Luther kurzerhand nach dem Tintenfass, das vor ihm auf dem Tisch zwischen der griechischen und der lateinischen Bibel stand, und schleuderte es gegen den Leibhaftigen, als dieser in den Raum trat. Der Teufel duckte sich unter dem Geschoss weg. Das Fass zerschellte an der gegenüberliegenden Wand neben dem Ofen. Nachdem sie beide für einen Augenblick den so entstandenen Fleck auf der kalkweißen Wand betrachtet hatten, eine Spinne mit tausend Beinen, drehte sich der Teufel kopfschüttelnd zu Luther um und sagte: »Was für ein hässliches Willkommen.«

»Weg mit dir, Satan!«, rief Luther, indem er das Zeichen des Kreuzes schlug. »Ich bete Gott an, und ihm allein diene ich!«

»Dem sei, wie ihm wolle«, erwiderte der Schwarze, »aber ich habe dir bislang nichts getan, als dich freundlich zu grüßen, weshalb ich nicht verstehe, warum du mit Tinte nach mir wirfst.«

»Um dich zu vertreiben, du Sohn der Verdammnis!«

»Ich verstehe. Und dafür, meinst du, genügt ein einfaches Tintenfass?«

Während Luther nach einer Antwort suchte, schritt sein Gast durch die kleine Stube, die nunmehr seit einem halben Jahr Luthers Bleibe war in seinem Asyl auf der Wartburg; er betrachtete Luthers Bettnische, seinen wenigen Hausrat und die Flöte, die von einem Nagel an der Wand hing; schaute durch eines der beiden Fenster in die tintenschwarze Nacht; tat, als ob er sich die Hände an den Kacheln des Ofens wärmte und blieb schließlich hinter dem Tisch stehen, auf dem zahlreiche dicht beschriebene Papiere lagen, dazu Vulgata und griechisches Neues Testament, zwei Kerzen, einige Federkiele und ehemals ein Tintenfass. Er nahm ein Blatt auf und las die Passage, die Luther zuletzt geschrieben hatte.

»Schau an, schau an: Jesus in der Wüste«, sagte er. »Das hast du schön geschrieben. Kraftvoll und prägnant.«

Schon wollte sich Luther für das Lob bedanken, da besann er sich eines Besseren und fragte: »Was willst du von mir?«

»Ich weiß um deine Sorgen, Luther. Deshalb bin ich hier, um dir einen Rat zu geben, der dich ihrer entledigt: Brich dein Werk ab. Strecke die Feder; mach deiner Rebellion ein Ende. Leg dich nicht länger mit aller Welt an, um alle Welt zu verändern. Füge dich dem Willen von Papst und Kaiser, und führe das glückliche Mönchsleben weiter, das du einst hattest. Da du meine Fingerzeige mit den Fliegen und den Nüssen offensichtlich nicht begriffen hast, musste ich in eigener Person kommen.«

»Mich fügen?«, erwiderte Luther. »Das könnte dir wohl passen, du Schlange! Wenn der Teufel meine Lehren angreift und verwirft, weiß ich doch umso mehr, dass ich auf dem richtigen Wege bin!«

»Ich verwerfe deine Lehren nicht, ganz im Gegenteil«, entgegnete der Teufel. »Es ist nur leider so, dass die Anhänger der neuen und der alten Lehre sich nicht einigen werden. Mit deinen Schriften sprengst du die deutsche Nation.«

»Wenn das Wort Gottes die deutsche Nation sprengt, dann war das Gefäß auch nichts wert.«

»Das sagst du so leichthin. Und wenn hundert Jahre nach dir in diesem Konflikt, dessen Ursache du warst, von deinen lieben Deutschen jeder Dritte gestorben sein wird?«

»Unfug! Wie sollte so etwas Ungeheuerliches geschehen?«

»Ganz einfach: Die Anhänger der alten und der neuen Lehre greifen zu den Waffen, wenn die Worte versagen.«

»Du lügst! Du bist der Gott der Lügen.«

»Ich bin nichts dergleichen!«, erwiderte der Teufel lachend. »Glaub mir: Ich *kann* gar nicht lügen. Gott hat mich so geschaffen. Habe ich Jesus jemals belogen? Das habe ich nicht; du kannst es nachlesen. Schon Eva habe ich nichts als die Wahrheit gesagt, als sie unter dem Baum der Erkenntnis stand. Denn es tut gar nicht not zu lügen: Von der Wahrheit lassen sich die Menschen viel leichter überzeugen. Du solltest das am besten wissen. – Also brich dein Werk ab, und wirf, was du bis jetzt geschrieben hast, ins Feuer. Du hast kaum den ersten Evangelisten begonnen; noch hast du kaum Zeit verloren, und deine Tinte ist eh hin – begrabe also einfach dein prometheisches Vorhaben, die Bibel ins Deutsche zu übersetzen.«

»Das werde ich nicht tun. Hier wurde es begonnen, hier

wird es vollendet. Dieses Buch verdient, in allen Sprachen, Händen, Augen, Ohren und Herzen zu sein. Und es wird die Deutschen nicht trennen, wie du sagst, es wird sie vielmehr ein für alle Mal vereinen: *eine* Bibel, *eine* Sprache, *ein* Volk. Der Wartburg war seit alters vorherbestimmt, Wiege *einer* deutschen Sprache zu sein. Ich führe zu Ende, was andere angefangen.«

»Wovon redest du?«

»Vor mehr als drei Jahrhunderten, zur Zeit der Staufer, als Deutschland zerrissen war vom Krieg um den Thron, haben sich aus allen Ecken des Reiches die bedeutendsten Dichter hier in Thüringen unter der Ägide eines kultivierten Herrschers versammelt, um gemeinsam eine einheitliche Sprache zu erschaffen, die alle Dialekte überwindet.«

Statt einer Antwort schmunzelte der Teufel stumm in sich hinein.

»Was ist daran so komisch?«, fragte Luther grimmig.

»Du redest vom Sängerkrieg.«

»Ein Krieg? Nein, ich rede von einem *Gipfel* der Sänger.«

»Es *war* ein Krieg. Ein Hauen und Stechen. Von Einheit keine Spur. Morde aus niedrigen Motiven. Menschliche Abgründe. Du würdest verzweifeln. Aber wenn das dein Vorbild ist, trittst du in der Tat in die blutigen Fußstapfen einer Tradition. Allerdings wird dein Beitrag deutlich mehr Opfer fordern als damals der Sängerkrieg.«

»Das ist nicht wahr!«

»Ungläubiger Thomas! In der Kapelle nebenan wurde damals, um dir nur ein Beispiel zu nennen, ein Unschuldiger im Taufbecken ersäuft – und das obendrein in der Heiligen Nacht!«

»Kein Christ würde etwas derart Unmenschliches tun.«

»*Unmenschlich?* Der Mensch ist böse, Luther. Sicherlich braucht es manchmal eine kleine Verführung ... aber das Übel selbst begeht er ganz ohne meine Hilfe.«

Luther schüttelte fortwährend den Kopf. »Ich glaube es noch immer nicht. Was sollte damals geschehen sein?«

»Ich bin nicht hier, um dir Geschichtchen zu erzählen«,

sagte der Teufel und wies auf Luthers Pult. »Deswegen bin ich hier.«

Luther betrachtete für einen Moment Federn, Papier und Bibeln; die Worte Matthäus' in der Sprache der Griechen, der Römer und seiner eigenen. »Ich will, wie du verlangst, mein angefangenes Werk im Ofen verbrennen«, sagte er zögerlich, »wenn deine Erzählung vom Treffen der Sänger mich tatsächlich von der Bosheit des Menschen und der Nichtigkeit meines Tuns überzeugt. An der ich, wie du sagst, verzweifle.«

»Du forderst allen Ernstes den Teufel heraus?«

»Ich bin stark genug.«

»Mutig genug bist du. Ob du stark genug bist, werden wir sehen.«

Jeder nahm sich nun einen Stuhl und schob ihn, mit Fellen und Decken behangen, an den Ofen. Der Teufel, nachdem er es sich auf seinem Sitz behaglich gemacht hatte, schien sich nun doch mit dem Gedanken angefreundet zu haben, dass man die Thomasnacht wie so viele andere im Land wachend mit einer langen Erzählung vor dem Feuer verbrachte. Auf seine Bitte holte Luther das Säckchen mit den Haselnüssen hervor, um währenddessen von ihnen zu naschen.

»Unsere Geschichte beginnt auf den Tag genau im Jahr 1206«, hob der Teufel an, »am Vorabend der Thomasnacht, natürlich, der ersten der sagenumwobenen Zwölf Nächte, jener düsteren Zeit, in der das alte Jahr schon geendet, das neue aber noch nicht begonnen hat.«

»Ja, ja, genug der Einstimmung. Fang an.«

»Geduld. Vorneweg noch ein Prolog, in dem ich dir die Hauptfiguren des Sängerkrieges vorstelle.«

Der Teufel schlug das Fell über seinem Schoß zur Seite und erhob sich noch einmal von seinem Stuhl. Neben der Wand zur Linken ging er in die Knie, bog ein Paneel der Holzvertäfelung, die rings die Stube umschloss, zur Seite und führte seine Hand in ein Loch im Mauerwerk dahinter. Als er sie wieder hervorzog, hielt er ein schwarzes Bündel umfasst. Erst als er damit ans Licht der Kerzen trat, erkannte Luther, dass es Ratten waren – tote, längst vertrocknete Ratten, sechs im Ganzen –, die an ihren Schwänzen fest zusammengeklebt waren. Von einem klumpigen Knoten in der Mitte gingen die sechs Leiber ab wie die Spitzen einer Schneeflocke. Nun hielt der Teufel die flache Hand ausgestreckt, dass der Knoten auf seiner Handfläche lag und die Tiere zwischen den Fingern baumelten gleich Quasten von einem Kardinalshut. Bis auf einige wenige Flecken Fell waren sie nackt, die schwarze Haut straff über die Knochen gespannt. In ihren Köpfen gähnten die leeren Augenbecher. Die Zähne hatten sie zu einem gelbweißen Grinsen gebleckt.

»Lieber Herr Christ!«, rief Luther, der vor dem Anblick der Kadaver zurückgeschreckt war und die Augen dennoch nicht abwenden konnte. »Was hat das mit den Sängern zu tun?«

»Gar nichts. Aber es macht meine Erzählung lebhafter und bunter, wenn du erlaubst. Sieh sie dir an: Diese sechs unzertrennbaren Ratten seien stellvertretend für die sechs Teilnehmer des legendären Sängerstreits.« Indem er nacheinander auf drei Tiere zeigte, sagte er: »Von diesen drei unsterblichen Meistern des Minnesangs wirst du schon gehört haben: *Reinmar der Alte*, *Walther von der Vogelweide* und *Wolfram von Eschenbach*. Hier haben wir *Heinrich von Weißensee*, der vornehmlich der Kanzler des Thüringer Landgrafen war und erst in zweiter Linie ein Dichter. Und dies sei der großartige *Heinrich von Ofterdingen*. Aber widmen wir uns zunächst diesem kleinen Kerlchen, das heute niemand mehr kennt.« Mit der freien Hand hob er die letzte, kleinste Ratte an, dass das Flackerlicht auf ihrer schwarzen Haut tanzte, und lächelnd sagte er: »*Biterolf von Stillaha.*«

Erstes Buch

SÄNGERSTREIT

21. DEZEMBER
SANKT THOMAS

Möglichst edel wollte er aussehen, wenn er über die Zugbrücke in den Hof einritt; möglichst ritterlich, wenngleich er kein Ritter war, und möglichst *sängerlich*: Deshalb trug er das Schwert an seiner Seite und die Fiedel auf seinem Rücken, obwohl es bequemer gewesen wäre, beides am Sattel seines Pferdes zu befestigen, welches er sich im Übrigen, aber das würde niemand erfahren, nur ausgeliehen hatte. Die Nacht hatte er in Ruhla verbracht. Am Morgen hatte er sich mit dem Aufbruch ausdrücklich Zeit gelassen, denn er wollte auf keinen Fall in die Verlegenheit kommen, der erste Ankömmling am Hof des Landgrafen zu sein und dazustehen wie der übereifrige Novize beim Gottesdienst. Statt der Reisekleider trug er heute sein bestes Hemd und seine beste Hose, darüber den Mantel, der von der Zikadenspange gehalten wurde. Ihn fror.

In den Lücken zwischen den Tannen tauchte bisweilen die Wartburg auf. Sobald sie wieder vom Wald verborgen wurde, heftete Biterolf seinen Blick auf den matschigen Weg vor ihm, der bedeckt war von den Abdrücken der Hufe etlicher Pferde. Er stellte sich vor, diese Rosse hätten nicht irgendjemanden getragen, sondern Walther von der Vogelweide oder Wolfram von Eschenbach, und er, Biterolf von Stillaha, reite gleichsam in ihren Spuren zum größten Triumph seines Lebens. Und sei es auf einem geborgten Ackergaul.

An einem Weiher am Fuß der Burg traf er auf ihre ersten Bewohner, drei Männer, die ihre Reusen aus dem grauen

Wasser zogen. Als sie Biterolf sahen, grüßten sie ihn mit einer so gelungenen Mischung aus Fröhlichkeit und Hochachtung, dass ihm Tränen in die Augen schossen. Huldvoll nickte er ihnen zu, setzte seinen Weg fort und genoss ihr munteres Geflüster hinter seinem Rücken. Er trieb sein Pferd das letzte steile Wegstück hoch zur Burg und dann über die Zugbrücke. Über dem Tor hing ein Helm mit geöffnetem Visier. Im Torhaus setzte sich der freundliche Empfang fort. Augenblicklich fand er sich von mehreren Wachen umringt, die ihn grüßten, ihm vom Pferd halfen, ihm zu trinken anboten. Einer von ihnen wies ihm den Weg zu den Ställen.

Noch während er seinen Gaul an den Zügeln über den Hof führte, stellten sich zwei Männer Biterolf in den Weg; der eine ein schlanker Kerl, nur wenig jünger als er selbst, der andere wesentlich älter und dicker, in eine schlichte Robe mit Pelzkragen gekleidet, mit einem schwarzen Bart um das Kinn und einem Haarkranz um den Hinterkopf. Er ergriff Biterolfs Arm mit beiden Händen.

»*Salve hospes*«, sprach er, »Ihr müsst Herr Biterolf sein! Im Namen des Landgrafen willkommen auf der Wartburg! Ich bin Heinrich von Weißensee, sein Kanzler, doch jedermann nennt mich hier nach meiner maßgeblichen Tätigkeit schlicht den *Schreiber* – sei es als Notar oder als Dichter, *sine intermissione scribo* –, und solltet Ihr je eines meiner dichterischen Werke gehört oder gelesen haben und für gut befunden, dann fügt getrost das Attribut *der Tugendhafte* hinzu.« An den Knaben an seiner Seite gerichtet, sagte er: »Dies ist Biterolf aus Stillaha, der mit einem tadellosen Gedicht über Alexander den Großen auf sich aufmerksam gemacht hat und der zweifellos zu einem der ersten Sänger Thüringens aufsteigen wird.«

»Ihr kennt meine Lieder?«

»*Wärst du noch hier, und Winter kalt*«, sang der Schreiber lächelnd. »Was glaubt Ihr denn, wem Ihr die Einladung zu verdanken habt? Lasst uns beizeiten mehr über Euer Alexanderlied sprechen. Auch wir haben eine Abschrift davon hier, in der Bibliothek des Landgrafen, zu der ich Euch auf Euer Begehr übrigens jederzeit Einlass verschaffe; eine wahre Schatzkammer, die zu den umfangreichsten des Reiches gehört und Beweis ist für die Belesenheit und den Kunstverstand unseres Landesherrn. Solltet Ihr irgendwelche Fragen, Wünsche, Beschwerden haben, bin ich Euer Ohr dafür beziehungsweise mein braver Adlatus Dietrich hier, in dessen Obhut ich Euch jetzt übergebe.«

Der Schreiber entfernte sich, drehte sich aber nach vier Schritten noch einmal um. »Ich vergaß vollkommen zu fragen, ob Ihr eine angenehme Reise hattet? Von allen Geladenen hattet Ihr, schätzt Euch glücklich, den kürzesten Weg. Wie lange braucht man in die Henneberger Grafschaft, nach Schmalkalden und ins Stilletal? Zwei Tage?«

»Werden die Tage wieder länger, reicht auch einer.«

»Seid Ihr unterwegs Wölfen begegnet?«

»Wölfen? Nein.«

»Nicht ein einziges Mal ihr Geheul vernommen?«

»Nein.«

»Oh, aber sie sind da draußen. Und verschmähen im Winter keinen noch so kleinen Bissen: *Lupus non curat numerum!* Aber vermutlich haben sie die Fiedel auf Eurem Rücken gesehen und Euch verschont, weil Ihr ein Spielmann seid. – Wenigstens wäre eine Begegnung mit Wölfen dieser Tage das kleinere Übel.«

Schmunzelnd setzte der Schreiber seinen Weg fort. Die beiden anderen folgten ihm langsam nach, über den Graben und durch das Tor zur Hauptburg.

»Hattest du noch eine Frage?«, fragte Dietrich und strich dem Pferd über die Ohren.

Biterolf nickte. »Was denn das große Übel ist.«

»Er meinte die *Wilde Jagd*«, antwortete der Adlatus mit gesenkter Stimme, »der Zug der unzeitig und unselig Verstorbenen. Gemeuchelte. Durch Meineid an den Galgen Gebrachte. Im Moor Ertrunkene. Ungetaufte Kinder. Dazu Pferde und Hunde, mitunter Wolfsmenschen, die mit einem fürchterlichen Ächzen und Heulen durch die Nacht ziehen.

In dieser Gegend ist man diesbezüglich besonders wachsam, musst du wissen: Die Anführerin des Wilden Heeres, die Frau Hulde, wohnt drüben in den Hörselbergen, knapp drei Stunden von hier. Jeden Abend beginnt und jeden Morgen endet dort die Prozession der wilden Geister. Zieht sie westwärts, liegt die Wartburg genau auf ihrer Bahn.«

»Glaubst du daran?«

»Beinahe jeder auf dieser Burg tut es. Was meinst du, wie sich das Gesinde in den letzten Wochen eingedeckt hat mit Kerzen, Wacholder und Weihwasser? Kaum eine Kammer, die nicht vorsorglich ausgeräuchert und mit Weihwasser besprengt wurde, kaum eine Tür, in die nicht Zapfen aus Ahorn eingeschlagen wurden, um die Dämonen fernzuhalten. Und sobald es dunkel wird, traut sich niemand mehr nach draußen, schon gar nicht ohne Begleitung – du hättest den Burghof gestern Nacht sehen sollen: wie ausgestorben! –, um keinesfalls der Hulden und ihren armen Seelen zu begegnen. Denn wer ihr begegnet, der ist verdammt, sich bis in alle Ewigkeit dem Geisterheer anzuschließen. Es sei denn, er findet Gnade. Dann begnügt sich die Zauberin damit, ihm das Augenlicht auszublasen. Wie zwei Kerzenflammen.« Dietrich streckte Zeige- und Mittelfinger aus und blies über die Kuppen. »Aber sprich bloß niemanden darauf an. Man redet nicht gerne darüber – aus Angst, sie zu rufen.«

»Ich verstehe. Aber glaubst du denn daran?«

»Ich sollte. Wer nicht an die Wilde Jagd glaubt, den holt sie zuerst.«

»Also glaubst du daran?«

»Natürlich nicht«, antwortete Dietrich und lachte. »Kinderschreck und Ammenmärchen! Ich bin froh, wenn Neujahr ist und der Stopfen wieder auf die verdammte Flasche kommt, aus der das Weib und ihre untote Horde entweichen. Alle sollen sich wieder verhalten wie gewöhnlich. Ich hasse den Geruch von Wacholder, und ich habe es satt, nachts über Mustöpfe und süßes Gebäck zu stolpern, die man auf die Schwellen gelegt hat, um die Schattengestalten milde zu stimmen. Gott segne den Landgrafen, dass er euch

Sänger eingeladen hat, um uns von diesem Geisterglauben abzulenken!«

Sie hatten nun die Hauptburg erreicht, die beherrscht wurde vom Bergfried zur Linken und dem Palas, dem mächtigen Saalbau des Landgrafen. Die Front dieses prachtvollen Schreins war durchsetzt von Arkadenreihen auf jedem der drei Stockwerke, die dem Bau selbst hier, auf dem Gipfel eines deutschen Gebirges im Winter, ein italienisches Ansehen gaben. An der Burgmauer zur rechten Hand lag direkt neben der Kapelle der Stall.

»Komm«, sagte Dietrich, als er Biterolf dorthin führte, »wenn wir uns beeilen, treffen wir Wolfram und Walther noch bei den Pferden an. Ich möchte derjenige sein, der euch einander vorstellt.«

»Wolfram und ...«

»Ist es nicht unglaublich?«, rief Dietrich aus. »Was für ein Aufzug! Sie sind gemeinsam angereist samt ihren Burschen, keine halbe Stunde vor dir. Hast du auf dem Weg nicht die Spuren ihrer Pferde gesehen?«

Pferde und Gefolge der beiden Meister waren noch da, aber sie selbst hatten den Stall bereits wieder verlassen. Walthers Singerknabe war damit beschäftigt, Harfe und Habe des Sängers in die Vogtei zu bringen. Wolframs Knabe und Wolframs Schildknappe schirrten das Pferd ihres Meisters aus. Es war beinahe am ganzen Körper und am Kopf mit Leder und Ketten gepanzert. Und während Walther mit leichtem Gepäck gereist war, hatte Wolfram ein zusätzliches Packpferd für seine Rüstung und dermaßen viele Waffen dabei, als gälte es, in den Krieg zu ziehen. Wie um die Freundschaft der beiden Sänger zu unterstreichen, hatten ihre Rösser, wiewohl unterschiedlich kräftig, beide das gleiche braune, glänzende Fell. Während sich Biterolf, von Dietrich unterstützt, um seinen eigenen Gaul kümmerte, warf er den anderen immer wieder Seitenblicke zu.

Eine kleine Gruppe Thüringer kam zu ihnen in den Stall, um die Pferde der Neuankömmlinge zu begutachten. Wolframs Leute traten pflichtschuldig zur Seite. Ein fröhlicher Ritter mit krausem schwarzen Bart gab den Sachkenner, indem er laut und gestenreich die Vorzüge von Wolframs Hengst pries; ein vorbildliches Kriegsross, wie man selten eines gesehen habe. Das Pferd scherte sich nicht um die lobenden Worte, wurde vielmehr unruhig durch die Nähe des Fremden, durch sein Getöse und die Gesten, und ehe Wolframs Gefolge ein warnendes Wort einflechten konnte, hatte es eine besonders ausladende Gebärde des Ritters genutzt, nach seiner rechten Hand zu schnappen. Es bekam den Mittelfinger zwischen den Kiefern zu fassen. Der Ritter begann nach einem kurzen Aufschrei sofort damit, dem Pferd mit der freien Faust Schläge zwischen die Augen zu verpassen, was aber dazu führte, dass dieses noch fester zubiss. Wolframs Knappe sprang vor, das Tier zu beruhigen, während die Kameraden des Thüringers gleichzeitig auf es eindroschen mit den Waffen, die hier im Stall zur Hand waren: eine Heugabel, ein Hocker und eine Schwertscheide. Eine der beiden Methoden oder der generelle Lärm führte endlich zum Erfolg, und das Pferd gab die Hand des bärtigen Ritters wieder frei.

Den Finger allerdings hatte es in der kurzen Zeit komplett zermahlen. In der Mitte des unteren Gliedes klaffte eine Wunde bis auf den zerbrochenen Knochen, die obere Hälfte stand in einem grotesken Winkel ab, Blut war bald auf der ganzen Hand und tropfte ins Stroh. Als er die Verletzung mit seinen eigenen, tränengefüllten Augen sah, wollte der Ritter erneut auf das Pferd losgehen. Die Umstehenden hielten ihn zurück und steuerten ihn aus dem Stall. Dietrich und Biterolf folgten der Gruppe nach draußen.

Schnell war der Wundarzt zur Stelle, ein ledernes Mäppchen unter dem Arm. Aber eine eingehende Untersuchung tat nicht not, so offensichtlich und irreparabel war der Schaden. Und dennoch brachte der Mann keinen Ton hervor. Der Ritter packte ihn am Kragen und zog ihn zu sich.

»Mach's Maul auf.«

»Ich fürchte, edler Herr Atze, Ihr werdet Euch von Eurem Finger trennen müssen.«

»Dann schnell, eh ich unser beider Hemden noch weiter vollblute.«

Ein Bursche wurde zur Schmiede geschickt, während der Ritter und der Medikus zu einem Hackklotz vor dem Stall liefen, auf dem man das Federvieh zu schlachten pflegte. Der Thüringer ging davor in die Knie und legte die Hand auf den Hackklotz, den versehrten Finger als einzigen ausgestreckt. Der Arzt zog das kleine Beil aus dem Holz, wog es in seiner Hand, war aber zu nervös, den Schlag auszuführen, aus Angst, zu wenig oder gar zu viel abzutrennen. Darauf entriss ihm der Ritter das Beil. Er musste es mit der unbeholfenen Linken führen und konnte ebenso wenig zuschlagen, weil sein Blick durch die Tränen verschleiert war. Schließlich trat ein altes, halb blindes Weib aus dem mittlerweile stattlichen Publikum. Der Versehrte überließ ihr widerspruchslos das Beil, und mit einem einzigen, sicheren Schlag trennte sie Fleisch von Fleisch. Einige Zuschauer applaudierten, während das Mütterchen ungerührt zurück an ihre Arbeit ging. Dies war die Frau, erklärte Dietrich, die, seit er sich erinnern könne, sämtliche Hühner der Burg enthauptet hatte.

Aus der Schmiede kam der Bursche mit dem glühenden Eisen gerannt. Der Medikus streifte die mitgebrachten Lederhandschuhe über, packte das Eisen mit der einen und die Hand des Ritters mit der anderen Hand und drückte das rote Ende auf den Fingerstumpf. Es knisterte und dampfte. Dem Mienenspiel des Ritters nach zu urteilen, übertraf dieser Schmerz alle vorangegangenen, und als die Wunde zugebrannt war, brach er in eine Tirade gottloser Verwünschungen aus. Dazu lief er im Matsch um den Hackklotz auf und ab.

»Was machen wir mit dem Finger?«, fragte der Wundarzt zwischen zwei Flüchen und wies auf den blutigen Überrest, der noch immer wie vergessen neben dem Beil lag.

»Was kümmert's mich?«, erwiderte der Ritter mit zusammengebissenen Zähnen. »Wenn kein Fräulein ihn als Reliquie aufbewahren will, gib ihn den Hunden, die kriegen derzeit so wenig. Hol's der Teufel, im Himmelreich seh ich ihn wieder. Scheißt das Gotteslamm drauf! Ich brauche Bier.«

Mit diesen Worten verließ der Thüringer den Ort seiner Verstümmelung. Der Mediziner folgte ihm. Darauf zerstreute sich auch die Menge, die der Lärm und das Blut angelockt hatten.

»Ein Ritter mit den Manieren einer Sau und der Empfindlichkeit einer abgestorbenen Eiche«, kommentierte Dietrich. »Als mein Herr seine tugendhafte Geschichte des rüpelhaften, hartgesottenen Tafelrundenritters niederschrieb, hat er sich zweifellos Gerhard Atze zum Vorbild erkoren.«

Noch während Biterolf überlegte, welcher Tafelrundenritter gemeint war, wechselte Dietrich das Thema und wies auf einen alten Mann und ein Mädchen jenseits des Hackklotzes.

»Wolfram und Walther habe ich dir zwar nicht vorstellen können«, sagte er, »aber siehst du den Alten dort drüben, an der Hand des jungen Dings? Das ist Reinmar von Hagenau, ihrer aller Lehrer. Die Legende. Der größte aller lebenden Sänger. Er ist schon seit einigen Tagen hier.«

»Wer ist das Mädchen?«

»Seine Führerin.«

»Führerin?«

Weil Biterolf nicht begriff, wiederholte Dietrich die Geste von zuvor und blies sich über die Fingerkuppen.

»Er ist blind?«

»Blind wie Homer. Ich sage, er hat zu viel ins Kerzenlicht gestarrt. Er hingegen behauptet, seine Augen hätten genug gesehen für ein Menschenleben und seien deshalb eines Tages einfach erloschen.«

»Ganz sicher haben sie das ... Immerhin, er war mit Barbarossa in Mainz! Er hat mit Richard Löwenherz gesungen, mit Leopold von Österreich und seinen Söhnen – und er hat sie alle überlebt! Er hat Kaiser Heinrich geholfen, seine Gedichte zu schreiben!«

»Davon wurden sie auch nicht besser.«

»Haben er und Walther sich schon begrüßt?«

Dietrich rieb sich kopfschüttelnd die Hände warm. »Ich kann es kaum erwarten. Es soll ja immer großes Gezänk geben, wenn die Nachtigall von der Vogelweide und die Nachtigall von Hagenau im selben Baum singen. Walther wollte, geht das Gerücht, wegen Reinmar zuerst gar nicht kommen, aber seine Eitelkeit oder Wolfram oder alle beide haben ihn dann wohl doch überzeugt. – Klara! Hier!«

Klara, ein hageres Mädchen mit Sommersprossen und flachsblonden Haaren, führte den blinden Reinmar in die Richtung der beiden, und Dietrich machte die Sänger einander bekannt. In seinen zahlreichen Pelzen und mit den fremdgeführten Trippelschritten wirkte Reinmar ein wenig wie ein kleiner, in die Jahre gekommener Tanzbär. Dennoch wäre Biterolf vor Ehrfurcht beinahe in die Knie gegangen, als er dessen dargebotene Hand ergriff. Reinmar gab Biterolfs Hand lange nicht frei, und während sie Hände hielten, bedauerte der Alte, bislang nicht mehr von seinem jungen Sangesbruder gehört zu haben als das, was der tugendhafte Schreiber berichtet habe. Er beteuerte aber, Biterolfs Lieder bald hören zu wollen, denn seine schöne Stimme lasse bereits Großes erwarten.

Zunächst wollte Reinmar aber das Pferd aufsuchen, das so viel Aufregung verursacht hatte. Dietrich riet davon ab, dem Tier zu nahe zu kommen, falls sein Blutdurst noch nicht gestillt sei, aber Reinmar versicherte, einerseits keine Angst um seine Finger zu haben und andererseits ein gutes Händchen mit Tieren. Sein Mädchen grinste nur. Offensichtlich freute es sich auf die Begegnung ihres Meisters mit der Mordmähre.

Als Reinmar im Stall Wolframs Leute bat, ihm das fingerfressende Pferd zu weisen, gaben seine Begleiter stumm zu verstehen, dass man gerade das aus Sorge um das Wohl des Alten *nicht* tun solle. Biterolf schlug gestisch vor, dass für den Augenblick das benachbarte Pferd, also Walthers Pferd, diese Rolle einnehmen solle. Dorthin führte Klara ihren Herrn also.

»Seid ihr jetzt überzeugt, dass eure Sorge um mich unnötig war?«, fragte Reinmar, als er Walthers sanftmütiger Stute mit der einen Hand Heu unter das Maul hielt, während er ihr mit der anderen den Hals streichelte. »So ein liebes Tier. Weshalb musstest du diesem groben Thüringer in die Hand beißen, sag?«

»Wir werden es nie erfahren«, sagte Wolframs Knappe.

»Vielleicht doch. Jetzt in den Zwölf Nächten besitzt das gemeine Vieh die Gabe der menschlichen Sprache. Wer es wagt, der kann sich mit ihm unterhalten.«

»Aber um welchen Preis. Wer die Tiere nachts sprechen hört, heißt es, stirbt wenig später.«

»Das eine wie das andere gilt es herauszufinden«, entgegnete Reinmar, eher an das Pferd gewandt, »wenn sich ein Mutiger findet.«

Abermals kam der Ritter in den Stall. Seine versehrte Hand war mittlerweile mit Leinen verbunden, und ein erstes Bier hatte den Schmerzen offensichtlich ihre Spitze genommen. »Wo ist die Bestie?«, knurrte er.

»Hier bei mir«, erwiderte Reinmar, und niemand korrigierte den Irrtum. »Und wie Ihr seht, Herr Atze, ist es keinesfalls eine Bestie.«

»Das Tier hat mehr Dämonen in sich als Maria Magdalena«, zischte Atze, stapfte auf Walthers Pferd zu und hielt ihm aus sicherem Abstand die verbundene Hand unter die Augen. »Den Schwurfinger hast du mir abgebissen, du Wolf von einem Ross! In Sachsen habe ich gekämpft, in Bayern und Italien; bis nach Palästina bin ich gereist, habe mich vor den Mauern von Akkon den Säbeln und Pfeilen der Sarazenen ausgesetzt, habe dabei selten mehr als einen Kratzer eingesteckt und bin stets im Besitz sämtlicher Gliedmaßen heimgekehrt – und jetzt soll ich dulden, dass mir daheim, quasi in meinem Hinterhof, ein gottverdammter Klepper den Finger raubt? Das wirst du büßen. Beim heiligen Sankt Georg, das zahl ich dir heim, du elender Satansgaul!«

Das unschuldige Tier hatte die Drohung des Ritters gleichgültig über sich ergehen lassen und nicht einmal vom Heu in Reinmars Hand aufgeschaut. Wolframs Pferd hingegen, auf dessen Lippen das Blut getrocknet war, hielt Gerhard Atze fixiert, bis dieser den Stall wieder verlassen hatte.

Am Nachmittag wollte ihr Gastgeber Hermann von Thüringen sie empfangen. Also versammelte der tugendhafte Schreiber Wolfram und Walther, Reinmar und Biterolf in den gut geheizten Gemächern der Kemenate. Das Mauerwerk war fast lückenlos mit schweren Vorhängen und Gobelins bedeckt. In die edlen Teppiche waren Spezereien gerieben: Muskat, Nelken und Kardamom, die, von den vielen Stiefeln zermahlen, den Raum mit ihrem Duft erfüllten.

Die Sänger waren unter sich. Da alle anderen einander bekannt waren, musste der Schreiber lediglich Biterolf der Gruppe vorstellen, und er tat es mit ähnlich lobenden Worten wie schon bei der Begrüßung im Burghof. Endlich konnte Biterolf Wolfram und Walther die Hand geben. Ein Diener reichte heißen Gewürzwein, mit Honig gesüßt. Über den Rand seines Bechers betrachtete Biterolf seine beiden Leitsterne und ertappte sich dabei, Wolfram zu dick und zu alt zu finden. Nach der Begegnung mit dessen temperamentvollem Ross überraschten ihn der Wanst und der silbergraue Bart des Reiters, dazu blasse Augen, eine Zahnreihe voller Lücken und ein Kahlkopf mit braunen Flecken. Walther hingegen hatte sich gut gehalten. Abgesehen von einigen Falten um die Augen wirkte er alterslos, sein braunes Haar war noch voll und sein Kinn makellos geschoren. Auch mit seinem ausgesuchten Gewand von Erfurter Blau bewies er unter allen Anwesenden den meisten Stil und die größte Eitelkeit. In der Gegenwart Reinmars blieb Walther jedoch wortkarg.

Der Landgraf trat hinzu, seine hochschwangere Frau Sophia an der Hand; beide überaus reich gekleidet in Schwarz, Rot und Weiß, mit Krägen von Zobel und Hermelin – der Landgraf eine Majestät, so schien es Biterolf in diesem Augenblick, die über sich nur den König; die Landgräfin eine Anmut, die über sich nur die Gottesmutter duldete. Noch während sich die anderen verbeugten, begrüßte Hermann Walther mit einem Kuss auf die Wange.

»Ihr müsst verzeihen, dass ich Walther zumindest für den Augenblick den Vorrang gebe«, erklärte er, »aber als mein Lehnsmann hat er ein Anrecht darauf. Künftig werde ich aber nicht mehr unterscheiden zwischen Euch Sängern, und Euch ohne Ansehen von Stand und Alter gleich behandeln.«

Nun begrüßte das Landgrafenpaar auch Wolfram und Biterolf. Er schätze sich glücklich – sagte Hermann mit einer Hand auf Biterolfs Schulter –, neben dem tugendhaften Schreiber einen weiteren Landsmann an seinem Hof zu wissen, der die Fahne hochhalte für Thüringens Dichtkunst. Dann übergab er den Sängern Gastgeschenke, die sein Kanzler ihm anreichte; für Reinmar eine Mütze aus Fuchspelz, einen goldenen Ring für Wolfram und für Biterolf einen Dolch samt kunstvoll gearbeiteter Scheide. Walther bekam eine schmucklose Geldkatze, in der einige Münzen klimperten.

»Seit dem Hoftag von Mainz hat es keine derartige Versammlung von Barden gegeben«, sagte Hermann, nachdem man auf den ebenhölzernen Stühlen Platz genommen hatte, »aber anders als in Mainz müsst Ihr Euch das Feld nicht mit dahergelaufenen Bänkelsängern, Nachahmern und Gauklern teilen. Ich kann mich rühmen, handverlesen nur die besten Dichter deutscher Zunge hier willkommen zu heißen. Ihr seid unter Euresgleichen. Einige von Euch haben die Gastlichkeit und die Geselligkeit des Thüringer Hofes bereits in der Vergangenheit kennengelernt – Walther natürlich, aber auch Wolfram, der uns die Ehre erwies, einige Kapitel seines *Parzival* in diesen Mauern niederzuschreiben –, und es freut mich, dass ich nun auch Euch anderen unter Beweis stellen kann, dass es in ganz Deutschland keinen Mann gibt, der die Dichter und ihre Dichtung höher schätzt als ich. Seid willkommen, Sangesfürsten, und bleibt, so lange Ihr wollt, Tage, Wochen, meinethalben bis der Frühling anbricht – zumindest aber bleibt bis zum Beginn des neuen Jahres. In dieser dunklen und kalten Zeit brennen sämtliche Kerzen und sämtliche Feuer meiner Pfalz für Euch.

Währenddessen verlange ich nichts weiter für mich, meine Ritter und mein Gesinde, als dass Ihr uns teilhaben lasst an Eurer Kunst. Betrachtet die Wartburg als einen Bau von Ameisen, die das Jahr über die Speisekammern gefüllt haben, um in den langen Winternächten der Grille aufzuwarten und ihrem Gesang zu lauschen.«

»Und um uns armen Grillen damit das Leben zu retten, die wir so sorglos den Sommer über sangen, anstatt uns für den kalten Winter zu rüsten«, fügte Walther hinzu. »Das elende Gauklerleben! Ich will nie wieder durch Eis und Schnee reisen. Ich spüre noch jetzt den Winterfrost in meinen Zehen.«

Hermann ließ umgehend, wie um seine Gastfreundschaft abermals zu beweisen, aus dem Badehaus einen Eimer dampfenden Wassers bringen, und Walther wurde genötigt, Schuhe und Strümpfe auszuziehen und vor den Augen der anderen seine Füße zu baden.

»Nutzt Euren Aufenthalt also zum Singen«, fuhr der Landgraf fort, »nutzt ihn dazu, Euch untereinander auszutauschen, macht Gebrauch von meiner Bibliothek, dichtet Neues, vielleicht auch gemeinsam, und wenn Ihr mich vollends glücklich sehen wollt, leiht mir Euer Ohr für Anregungen. Ich habe einige Stoffe und Ideen für neue Epen, die nur fruchtbaren Boden benötigen, um zu gedeihen.«

»Auch meine Damen bitten um baldigen Besuch«, sagte die Landgräfin. »Wir sitzen den ganzen Tag im Frauenzimmer und spinnen Wolle, was zwar unsere Hände, nicht aber unseren Geist beschäftigt. Insbesondere hat man um ein Gastspiel von Euch gebeten, Herr Walther. Die Damen kennen und verehren Eure Minnelieder, aber es ist etwas anderes, sie aus dem Mund ihres Schöpfers zu hören. Und zu erfahren, welche Frauen und welche Romanzen sich hinter den Zeilen verbergen.« Als sie bemerkte, wie sie die anderen damit ungewollt ausgeschlossen hatte, fügte sie hinzu: »Die Bitte richtet sich natürlich an alle Sänger«, lächelte Reinmar und Biterolf an und schlug vor Wolfram die Augen nieder.

»Zum Christfest wollen wir gemeinsam mit Euch die

Messe feiern«, kündigte Hermann an. »Am Tag davor wird es zur Unterhaltung aller ein Turnier im Hof der Burg geben, ein Zweikampf Mann gegen Mann, und jeder, der ein Schwert führen kann, ist eingeladen, sich mit meinen besten Rittern zu messen. Und morgen Abend gebe ich ein Bankett. Es sollte eigentlich heute stattfinden, aber ein letzter Sänger fehlt noch, Euren Zirkel abzurunden. Er ist offensichtlich unten in Eisenach aufgehalten worden.«

»Wer ist es?«, fragte Walther. »Hartmann von Aue?«

»Der lässt sich entschuldigen.«

»Heinrich von Morungen?«

»Der Stümper? Aber nein.«

»Wer ist es dann?«

Hermann sah zu seinem Kanzler, ihm die Antwort zu überlassen: »Heinrich von Ofterdingen.«

Walther und Wolfram starrten den Schreiber an, als hätte er den Teufel beim Namen genannt, dann den Landgrafen, dann einander. »Hoheit, das kann nicht Euer Ernst sein«, versetzte Wolfram.

»Warum denn nicht?«

»Hattet Ihr nicht gesagt, keine Gaukler und Bänkelsänger?«

»Heinrich von Ofterdingen ist weit mehr als das, Wolfram, und das weißt du natürlich. Ich habe zu einem Gipfel die größten Dichter Deutschlands geladen, und dazu zählt fraglos auch er. Er ist die fehlende letzte Blüte in diesem schönen Kranz. Er vervollständigt Eure Runde.«

»Nein, er sprengt sie auseinander«, widersprach Wolfram. »Ich kenne ihn. Das ist sein Naturell. Eine Distel ist er im Blumenkranz, eine Brennnessel. Macht Euch darauf gefasst, dass dieser gottlose Kerl jeden Bewohner dieser Burg beleidigen wird, Euch eingeschlossen. Nicht einmal vor den Damen wird er haltmachen, wenn er in der rechten Stimmung ist.«

»Das bezweifle ich. Und dennoch mag er an meinem Hof tun und sagen, was er will. Ihr habt am Tor den Helm mit dem offenen Visier gesehen, zum Zeichen, dass jeder Gast willkommen ist und unter meinem Burgfrieden steht. Das schließt auch Redefreiheit ein für ihn wie für Euch.«

»Warum habt Ihr uns verschwiegen, dass der Ofterdinger kommt?«, fragte Walther. »Hätte ich es gewusst, wäre ich nicht gekommen.«

»Ich tat das eine wegen des anderen«, entgegnete Hermann. »Und um die ganze Wahrheit zu sagen: Ich könnte mir keinen schöneren Abschluss dieses Sängertreffens wünschen, als dass Ihr Euch unter meinem Dach endlich mit Heinrich von Ofterdingen aussöhnt.«

»Eher söhnt sich Paulus mit Saulus aus.«

»Lasst es doch wenigstens auf den Versuch ankommen«, warf nun Reinmar ein. »Begegnet ihm freundlich. Hört auf, schlecht von ihm zu sprechen. Vielleicht ist er erwachsener geworden.«

»Ich werde schlecht über den Ofterdinger sprechen, bis mein Atem stinkt«, sagte Walther barsch. »Aber dass du ein gutes Wort für ihn einlegst, wundert mich gar nicht.«

»Weshalb? Weil ich im Gegensatz zu dir fähig bin, Vergangenes zu vergessen?«

Bevor Streit zwischen Walther und Reinmar ausbrechen konnte, wies der Landgraf seine Diener an, neuen Wein einzuschenken und Walther die Füße zu trocknen. Bald hatte sich die Gesellschaft in kleinere Gruppen aufgeteilt; Sophia sprach mit Walther, Hermann mit Wolfram und Reinmar. Der Schreiber trat lächelnd an Biterolf heran und fragte ihn nach seiner Meinung, den umstrittenen Gast betreffend. Biterolf gestand, Ofterdingens Gedicht von den Nibelungen und den Burgundern wie kaum ein zweites zu schätzen, den Verfasser aber bislang immer für eine Art Phantom gehalten zu haben; eine unwirkliche, von zahlreichen Legenden umrankte Figur, wie seinem eigenen Werk entsprungen.

»Keine dieser Legenden«, sagte der Schreiber. »Heinrich von Ofterdingen ist ein sehr realer, man möchte fast sagen: gewöhnlicher Mensch.«

»Dann teilt Ihr die Ablehnung der anderen?«

»Ausnahmslos. Ich schätze weder ihn noch sein Werk.

Eine plumpe, blutbefleckte Schauergeschichte, die nicht so sehr in Thronsälen etwas verloren hat als vielmehr auf Marktplätzen.« Der Schreiber schüttelte sich regelrecht. »Aber Ihr werdet ihn selbst erleben. Die meisten Menschen verachten Heinrich von Ofterdingen. Es würde mich wundern, wenn es Euch anders ginge. Ein selbstgefälliger, selbstsüchtiger Schönling, dem nichts etwas bedeutet außer Applaus. Was ihm an Talent mangelt, das macht er durch Provokation wett. Die Kunst ist es daher, sich nicht von ihm provozieren zu lassen – eine Kunst, die beispielsweise Wolfram und Walther, wie du sicherlich ahnst, nicht beherrschen. – *Exempli gratia:* Er war für heute bestellt, weshalb ist er nicht hier?«

»Weil er in Eisenach aufgehalten wurde?«

»Schnipp schnapp, aufgehalten! Der Landgraf hat es verschwiegen, aber wir wissen natürlich, dass Heinrich mitnichten aufgehalten wurde, sondern die Nacht aus freien Stücken in Eisenach verbringt, weil ihn die Bürgerschaft darum gebeten hat. Zweifellos haben sie ihn mit Bier und Dirnen geködert. Eine Majestät wie Hermann von Thüringen ruft ihn an seinen Hof, aber der feine Heinrich von Ofterdingen säumt, weil er auf dem Tisch irgendeiner Eisenacher Schenke Lieder für das Volk schmettert. Und weil fraglos den Gedanken genießt, dass alle hier oben, Hermann inbegriffen, auf ihn warten. Ja, er liebt den Zank. Und er liebt es, sich mit anderen zu messen. Deswegen ist er mit Sicherheit auch der Erste, der sich übermorgen für den Schaukampf meldet und dort, *Deo volente*, gründlich die Nase zerschmettert bekommt.«

»Wenn er so eine unerträgliche Person ist, warum hat man ihn dann überhaupt eingeladen?«

»*Difficile dictu!* Der Landgraf bestand darauf. Ich werde nicht schlecht über den Geschmack meines Dienstherrn sprechen, aber Hermann ist eben nicht nur Mäzen, sondern zeitlebens auch Krieger gewesen, und wahrscheinlich ist es der Krieger in ihm, dem das Gemetzel in der Nibelungensage so zusagt. Ein Gemetzel, bei dem sich anderen Menschen, mir etwa, der Magen umstülpt.«

Der Anregung des Landgrafen folgend, versammelte Wolfram alle Sänger im Anschluss in seiner Stube in der Vogtei. Gesungen wurde zu Biterolfs Verwunderung nicht. Man sprach stattdessen über den Kampf um die deutsche Krone, über den letzten Kreuzzug, über die Kirche und über den Papst; über das Wetter und die letzte Ernte; über die neuesten Werke von abwesenden Sängern und über Stoffe, die es wert schienen, zu Dichtung gemacht zu werden. Man zeigte Instrumente herum, verglich und probierte sie aus. Der Schreiber berichtete von dem, was sich im zurückliegenden Jahr in Thüringen zugetragen hatte, und Reinmar erzählte vom Treiben am Hof in Wien. Walther hörte schmallippig zu, hatte er denselben Hof doch vor Jahren verlassen wegen einer ebenso erbitterten wie zähen Fehde zwischen ihm und seinem Lehrer Reinmar, die niemand zu schlichten vermochte.

Biterolf selbst schwieg die meiste Zeit – wie Wolframs Gefolge und Reinmars Blindenmädchen. Er beschränkte sich darauf zuzuhören, die Gegenwart der Meister zu genießen und sie nicht merken zu lassen, wie imponiert er von ihrer Gegenwart war. Insbesondere beeindruckte ihn der herzliche Umgang von Wolfram und Walther, diese beiden Sänger, deren Erscheinung ebenso gegensätzlich war wie ihr Werk und die dennoch miteinander so vertraut waren wie Brüder. Als sich erst der Schreiber mit dem Hinweis auf seine Pflichten entfernte und dann Reinmar mit dem Hinweis auf sein Alter, war Biterolf plötzlich mit Wolfram und Walther allein und fühlte sich fehl am Platze, als würde er das intime Zwiegespräch alter Freunde stören. Unter einem Vorwand entschuldigte er sich ebenfalls, sosehr ihn der höfliche Walther auch zum Bleiben drängte. Biterolf solle sich aber in jedem Fall, sollte ihm etwas auf dem Herzen liegen, an ihn wenden, sagte Walther, bevor er die Tür hinter ihm schloss. Über Heinrich von Ofterdingen hatte man in der ganzen Zeit kein einziges Wort verloren.

HEINRICH VON OFTERDINGEN

Im Jahr 1204 nach der Menschwerdung Christi juckten Heinrich von Ofterdingen die Knie. Als er die Hosen herunterließ, sah er, dass sie von roten Flecken bedeckt waren, die sich anfühlten, als würden sie nicht zu seiner eigenen Haut gehören. Dies geschah, kurz bevor Hermann von Thüringen zum vierten Mal im Streit um den deutschen Thron die Seiten wechselte. Anfangs hatte sich Hermann für den Welfen Otto von Braunschweig erklärt, dann im Jahr darauf für den Staufer Philipp von Schwaben. 1202 schloss sich Hermann wieder Otto an, weil dieser Papst und Gott auf seiner Seite zu haben schien. Dieser unkluge Entschluss rief Stahl und Feuer auf seine Landgrafschaft herab. Thüringen, im Herzen Deutschlands gelegen, wurde nun zwei Jahre lang auch zum Herzen des Konflikts. Aus dem Norden kamen die Anhänger der Welfen, aus dem Süden die der Staufer, und Thüringen, wo sie aufeinandertrafen, wurde ihr Kampfplatz. Nachdem Hermanns Ländereien verwüstet waren und Erfurt, Schmalkalden, Nordhausen und Saalfeld in Trümmern lagen und nachdem alle minderen Fürsten und Verbündeten von ihm abgefallen waren, blieb ihm keine andere Wahl, als sich der Gnade des Stauferkönigs zu unterwerfen und ihm abermals die Treue zu schwören.

Heinrich von Ofterdingen war Philipps Heer bis nach Ichtershausen gefolgt. Leopold von Österreich, Ofterdingens Dienstherr und ein Parteigänger Philipps, hatte seinen Sänger gewissermaßen an den König ausgeliehen, und es lebte sich gut im Gefolge des Staufers. Walther von der Vogelweide war auch mit dabei, ging Heinrich aber ostentativ aus dem Weg und spielte, anders als dieser, nur für den engen Kreis um den König.

Heinrich spielte gemeinhin für alle, aber unter dem Eindruck seiner schorfigen Knie war ihm die Lust daran vergangen. Er hatte genug Schilderungen von Rupert gehört, um zu begreifen, dass es der Aussatz war, der seine Knie befallen hatte. Die fettigen Speisen, sein galliger Humor, seine ungenügende Gottesfurcht, nicht zuletzt die unzähligen Frauen – Heinrichs Lebenswandel hatte die Krankheit geradezu heraufbeschworen. Er musste umgehend etwas unternehmen, bevor der Aussatz von seinem ganzen Körper Besitz ergriff. Er mischte Schwefel mit Asche und rieb die Beine dick damit ein. Er hielt die Knie über brennenden Weihrauch. Er betete zum heiligen Lazarus, zur Jungfrau Maria und sogar zur Frau Minne, der Schutzpatronin der Sänger. Er leerte seine gesamte Geldkatze und die seines Singerknaben in den Opferstock der Ichtershausener Klosterkirche und warf sich bußfertig auf den kalten Steinboden, alle viere von sich gestreckt. Aber es half nichts. Die Flecken wurden größer.

Er malte sich das Leben aus, das ihm vorbestimmt war. Mit seinen grindigen Gliedern würde er bald nicht mehr tanzen und kämpfen können. Sein schönes Gesicht würde von Geschwüren und Kruste bedeckt. Er würde seinen eigenen Körper nicht mehr spüren und dann verfaulen und in Brocken und Krümel auseinanderbrechen wie ein Weckmännchen in der Hand eines Kindes. Stückweise würde er seinen Leib auf den Dung werfen können. Das alles war schrecklich genug, aber der Gedanke, von der Gesellschaft ausgeschlossen und in ein Siechenhaus abgeschoben zu werden, zu erleben, wie die Menschen sich in sicherem Abstand abwenden, sobald sie einen wahrnehmen – eine wandelnde Leiche in Lumpen gehüllt, anstatt der Fiedel jetzt eine Klapper in der Hand, »Unrein! Unrein!«, vor sich selber warnend –, der Gedanke also, sich nicht mehr mit Männern und Frauen, Kindern und Greisen umgeben zu können, dieser Gedanke erzeugte in Heinrich eine Furcht, wie andere sie vor der Hölle haben mochten. Seinen beiden Gefährten gegenüber erwähnte er die Krankheit mit keinem Wort, und er achtete peinlich darauf, dass niemand ihn mehr mit heruntergelassenen Hosen sah.

Die Gesellschaft anderer suchte er ausdrücklich, als wolle er sich an ihr noch einmal sättigen für die kommenden Jahre. Abends in der Schenke verlangten die staufischen Knappen und Waffenknechte nach seinen Liedern und baten insbesondere um ein Spottlied auf den besiegten Landgrafen der Thüringer, dem der eigene Wendehals endlich das Genick gebrochen hatte – aber Heinrich überließ die Musik Konrad, seinem Singerknaben, und zog sich mit seinem Bier in einen Winkel zurück.

Hier war es auch, dass er Ohrenzeuge eines Gespräches unter Einheimischen wurde. Es ging um die wundersame Heilung eines Aussätzigen. Sofort schloss sich Heinrich dem Kreis an. Sein Singerknabe, erklärte er und wies auf den Mann mit der Fiedel, leide an einer seltsamen Veränderung der Haut, die unter Umständen die Krankheit in ihrem frühesten Stadium sein könne. Wenn es irgendeine Rettung für den Unglückseligen gebe, wolle Heinrich nichts unversucht lassen. Die Ichtershausener wiesen ihm den Weg zu einem Gehöft auf halber Strecke nach Arnstadt und betrachteten Konrad den Rest des Abends mit Abscheu im Blick.

Das Weib war von atemberaubender Hässlichkeit. Klein und breit, das fettige Gesicht von Narben und Pusteln bedeckt wie ein Spießbraten über den Flammen, die borstenartigen Haare über den riesigen Ohren in Zöpfe gezwungen. Zwei Zähne ragten wie die eines Ebers über ihre Lippe. Sie stank.

»Gaff mich nur an«, sagte sie und lachte. »Du wirst noch viel übler aussehen, hübscher Ritter, wenn Gott dich nicht erhört.«

Dann nahm sie seine Hand und führte ihn in die niedrige

Kate, an ein Feuer, das zu schwach war, um den ganzen Raum zu erhellen. Heinrich musste den Kopf einziehen. Es roch nach Rauch, Tieren und Heu. An einem Nagel hing ein gewickelter Säugling vom Balken und schlief. Der Rest der Familie war auf dem Feld.

»Wir kochen dir eine Suppe von Lauch, Natternhemd und Schlangenfleisch«, sagte sie und erklärte, dass allein der Verzehr einer Schlange und ihres Leders bewirken könne, dass die schlechte, sieche Haut sich von der guten trenne und abfalle; dass man sich gleichsam häute und erneuere, wie die Schlangen es manchmal täten.

»Und was bewirkt der Lauch?«

»Der bewirkt, dass die Suppe halbwegs erträglich schmeckt. Wenn du noch Salz in die Suppe willst, zahlst du einen Schilling mehr.«

Aus einem Krug, den ein Korbdeckel verschlossen hatte, entnahm sie eine Ringelnatter, die auch dann noch heftig zappelte, als ihr längst der Kopf abgeschlagen worden war. Dann schnitt sie den Körper in fingerdicke Scheiben und gab ihn, ohne vorher die Knochen oder das Gekröse zu entfernen, in einen Topf mit Wasser. Sie wies Heinrich auf die Krone der Schlange hin; im Nacken gelbe Flecken von der Größe und Form eines Fingernagels, ein zu- und ein abnehmender Mond als Zeichen der ewigen Wiedergeburt. Nach dem Lauch, den sie auf gleiche Weise zerkleinerte, zerrieb sie ein Stück von einer abgelegten Schlangenhaut zwischen den Händen und gab das Pulver hinzu. Diese Zutat schien Heinrich nur Blendwerk, ebenso wie der dänisch klingende Singsang mit den nordischen Götternamen, den die Frau beim Rühren der Suppe von sich gab. Ofterdingen stellte ihr frei, auf den heidnischen Gesang zu verzichten, wenn er nicht zwingend für das Gelingen des Elixiers nottat, und tatsächlich ging sie auf das Angebot ein.

In der Stille, die darauf entstanden war, sagte sie: »Du schreibst die Legende vom Drachenschatz und den Burgundern nieder.«

»Von Zeit zu Zeit«, entgegnete er und fragte sich, wie in

Christi Namen sie davon wissen konnte. »Es dauert etwas länger, als ich angenommen hatte, und ich bin allein.«
»Zu wenig Einfälle?«
»Zu viele. Jeder Deutsche kennt einen Teil der Sage, aber keine zwei Deutschen erzählen ihn gleich. Es ist« – Heinrich suchte nach Worten und wies auf den Topf, in dem sie rührte –, »es ist, als würden mir unendlich viele Zutaten und Gewürze aufgeladen, aus denen ich dennoch *eine* schmackhafte Suppe kochen soll.«
»Die Hauptsache ist, dass du den Schlangenturm nicht vergisst. König Gunther, der gebunden samt seiner Harfe in eine Zelle voller giftiger Schlangen geworfen wird und mit seinen Zehen die Saiten schlägt, um das Gewürm einzuschläfern. Bis er nicht mehr kann und die Schlangen über ihn herfallen.«
»Siehst du: Ich habe zum Beispiel gehört, dass es eine *Grube* war, kein Turm und dass Gunther umgehend getötet wird von den Schlangen. Sie fressen ihm die Leber heraus.«
»Unsinn. Es war ein Turm, und Gunthers Leber spielt keine Rolle, und wenn du etwas anderes schreibst, Österreicher, dann hol dich der Teufel.«
Die Suppe war weniger übel als erwartet. Salz fehlte freilich, und die Wirbel der Schlange waren zu klein, um sie vom Fleisch zu lösen, aber zu groß, um sie zu schlucken. Die hässliche Bauersfrau verlangte zwei Schillinge für ihren Dienst, wies aber darauf hin, dass ihr Trank nur wirke, wenn Heinrich künftig ein Leben fromm wie Hiob führe, das die Gnade Gottes auch verdiene.
Bei diesen Worten ließ Heinrich alle Hoffnung fahren. Nicht, dass er nicht versucht hätte, Weibern, Würfeln und Verwünschungen zu entsagen und ein Leben fromm wie Hiob zu führen, um seinen Körper zu retten – aber sobald ein Heiler die Verantwortung in die Hände der Himmlischen gab, um sich selbst schuldlos zu halten, stand man zumeist mit einem Bein im Grab. Für einige Stunden war Heinrich von Ofterdingen, sonst alles andere als leichtgläubig, einer Scharlatanin aufgesessen.

Es kam einem Mirakel gleich, dass zwei Tage darauf, am Sankt-Lamberts-Tag, seine Knie verheilt waren. Heinrich prüfte seinen ganzen Körper, kniff und kratzte ihn. Die Haut blieb makellos. Eine solche Hochstimmung hatte er nie zuvor erlebt, nicht einmal nach gewonnener Schlacht. Er umarmte Konrad, riss das Fenster auf und warf die Schwefelasche in die Gasse, wo sie sich einer Wolke gleich langsam auf die Köpfe der Bürger senkte.

Als sich am gleichen Tag Hermann von Thüringen in der Klosterkirche vor König Philipp zu Boden warf, um dessen Gnade zu erbitten, war auch Heinrich von Ofterdingen zugegen. Je länger der jämmerliche thüringische Büßer flach wie fallen gelassenes Tuch auf den kalten Bodenplatten lag – denn die Aufzählung von Philipps Vorwürfen wollte kein Ende nehmen, sodass sich selbst die Gegner des abtrünnigen Landgrafen für dessen Erniedrigung schämten –, desto schwerer fiel es Heinrich, sich das Lachen zu verkneifen. Schließlich hatte er wenige Tage zuvor ebenso erbärmlich wie Hermann dort gelegen und um Gnade gebettelt! Zu allem Übel traf Heinrichs Blick im Gedränge den Walthers, der sein Verhalten tadelte mit einer strengen Miene, die an Zorn grenzte. Heinrich biss sich auf den Finger, um nicht laut aufzulachen. Er suchte nach Gegenständen, seine Gedanken von der Farce des hingestreckten Thüringers abzulenken. Er atmete auf, als Philipp sich auf die Fürsprache der versammelten Fürsten endlich vom Thron erhob, um Hermann die Hand zu reichen und ihn mit dem Friedenskuss zu begnadigen.

Zum Abend hatte Heinrich das Lied geschrieben, das Philipps Männer von ihm verlangt hatten: *Das Lied auf den liegenden Landgrafen*. Darin war Hermann von Thüringen eine hochfliegende Wetterfahne, die ihr rot-silbernes Fähnchen stets nach dem Wind drehte – mal nach dem welfischen, mal nach dem staufischen –, bis ein Sturm über Thüringen hereinbrach, sie in Fetzen riss, von ihrem Gipfel fegte und zu Boden warf. Dort wurde sie dann schlicht vergessen, die Thüringer Wetterfahne, im Staub und im

Schmutz und unter den Hacken des Pöbels – bis Philipp sich irgendwann ein Herz nahm, sie aufzulesen, gründlich zu waschen und zu wringen und das tropfnasse Tuch zum Trocknen aufzuhängen. Konrad steuerte eine schwungvolle Melodie bei.

Dem Lied war auf Monate hinaus ein außerordentlicher Erfolg beschieden. König Philipp erfuhr davon, bat Heinrich, es ihm vorzusingen, amüsierte sich prächtig und belohnte den Sänger entsprechend. Mehr konnte sich kein König wünschen: Walther von der Vogelweide sang Loblieder auf Philipp von Schwaben; Heinrich von Ofterdingen sang Spottlieder auf seine Gegner.

Als das Ichtershauser Heerlager aufgelöst wurde, kehrte Heinrich zurück nach Passau, um dort über den Winter die Arbeit an den Nibelungen fortzusetzen. Die Flecken kehrten nicht wieder. Er hatte seine alte Haut abgeworfen. Er glaubte sich resistent gegen den Aussatz und hatte jede Angst vor dem Tod verloren. Von seinem sündhaften Lebenswandel ließ er nicht.

22. DEZEMBER

Den nächsten Morgen fand man Walthers Pferd tot im Stall liegend, ein Bolzen in der Stirn. Nach dem Täter musste nicht lange gesucht werden: Gerhard Atze räumte noch über dem Frühstück ein, vor Sonnenaufgang – nachdem der Schmerz in seiner Hand ihn die ganze Nacht nicht hatte schlafen lassen – seine Armbrust geladen und, Richter und Henker zugleich, das Tier für seine Übeltat erschossen zu haben.

Als man Walther die Nachricht überbrachte, eilte er sofort zu seinem Pferd. Vier Männer hatten es aus dem Stall in den Hof gezogen, auf ein Gerüst neben der Küche gehängt und die Halsader durchtrennt, um das Blut aufzufangen, bevor der Fluss ins Stocken kam. Walther fand seine braune Stute also an Ketten hängend vor – ein Loch im Kopf und ein weiteres im Hals, aus dem nun Blut in einen Kessel tröpfelte – und brach augenblicklich in Tränen aus.

Gerhard Atze befand sich noch immer beim Frühstück, als Walther ihn zur Rede stellte. Der Ritter schilderte, wie ihm das Tier am Vortag den Finger abgebissen habe, wies auf seine bandagierte Hand und erklärte, er habe lediglich, Auge für Auge, Genugtuung gewünscht dafür, dass er jetzt nur noch bis neun zählen könne. Hätten Pferde Finger, argumentierte er, hätte er sich vielleicht mit einem Pferdefinger zufriedengegeben, da der Herrgott die Pferde aber nun einmal fingerlos geschaffen habe, hätte es das Leben des Tieres sein müssen. Walther hörte sich diese Rechtfertigung bis zum Ende an und entgegnete dann, sein Pferd habe nie auch nur einer Pferdefliege etwas zuleide getan und werde daher zu Unrecht beschuldigt.

Unter den Gästen in der Küche waren auch Biterolf und Dietrich, die wie alle anderen dem Disput bis zu diesem toten Punkt zugehört hatten. »Mit Verlaub, Herr Ritter«, sprach Dietrich nun, indem er aufstand, »aber es war tatsächlich Wolframs Hengst, der Euch den Finger zerbiss, nicht die Stute von Herrn Walther.«

Hierauf schwieg der ganze Saal. Atze stierte Dietrich stumpfsinnig an, bis Walther leise fragte: »Ihr habt das falsche Pferd erschossen?«

»Aber nein«, brummte Atze. »Ich hab mir sein braunes Gesicht gut eingeprägt, als Meister Reinmar ihm die gottverfluchte Schnauze kraulte.«

»Ihr konntet es nicht wissen, Herr Atze, aber Meister Reinmar hatte sich im Pferd geirrt«, erwiderte Dietrich. »Er hat Walthers Pferd gefüttert und gestreichelt, nicht das von Wolfram.« Neben ihm löffelte Biterolf eifrig seine Grütze in der Hoffnung, dass nie zur Sprache käme, dass *er* es gewesen war, der Reinmar zum falschen Pferd dirigiert hatte.

»Ihr seid einem blinden Greis gefolgt und habt mein Pferd erschossen«, fasste Walther zusammen.

Ritter Gerhard lief indessen rot an unter seinem schwarzen Bart. Als die Röte nicht mehr zu steigern war, sprang er von der Bank auf und schrie in Richtung Dietrichs und Biterolfs: »Himmelsschlag, warum hat mich dann niemand verbessert, als ich einem Unschuldigen Rache geschworen habe? Ihr wart doch dabei! Da erzähle ich dem falschen Ross was von Palästina und dem heiligen Georg, und ihr kriegt's Maul nicht auf!« Er schlug mit der Faust auf die Tafel, dass das Brot hüpfte und der Becher mit dem Schmalz umfiel. »Sei dem, wie ihm sei«, sagte er, wieder an Walther gewandt, »dergleichen Verwechslungen sind wohl unvermeidlich. Bei zwei braunen Pferden.«

»Und weiter nichts?«, schimpfte Walther. »Könnt Ihr einen Hengst nicht von einer Stute unterscheiden, weil beide die gleiche Farbe haben?«

»Ich wurde verstümmelt!«, donnerte Atze zurück. »Zum Teufel, meine Hand hing in Blut und Fetzen, hätt ich mich noch bücken sollen, um den Gaul auf sein Geschlecht zu prüfen? Wahrscheinlich sind die beiden Geschwister, so ähnlich sehen sie sich! Ja, Geschwister! Deshalb tat ich in jedem Falle recht, ob nun der Übeltäter büßen musste oder sein engster Verwandter.«

»Sein engster –? Was für ein Irrsinn! Sie sind nicht verwandt! Diese zwei Pferde sind sich vorher nicht einmal begegnet! Und selbst wenn, Ihr wollt nicht allen Ernstes –«

»Die Last des Beweises liegt immerhin bei Euch, mein Herr. Fordert Entschädigung von Wolfram, dem der Beschuldigte gehört. Er soll Euch seinen Gaul geben. Oder fordert sie von Meister Reinmar, der mich in die Irre führte. Aber mich trifft keine Schuld, also lasst mich in Frieden mein Frühstück essen, und behelligt mich nie wieder mit dieser Causa, wenn Ihr nicht wollt, dass mir die Galle überläuft.«

Mit diesen Worten nahm er wieder Platz. Walther sah ihm dabei zu, wie er einen Brotkanten in das Schmalz stippte.

»Ich werde mit dem Landgrafen sprechen.«

»Das tut, wenn Ihr Euch alleine nicht zu helfen wisst.«

»Er wird sich über die Sitten seines Ingesindes wundern«, sagte Walther. »*Ungesinde* sollte man Euch eher nennen.«

»Ein Wort noch, Herr Sänger, und Ihr blutet neben Eurem Pferd in den Eimer.«

Walther ließ die Drohung unerwidert und suchte unverzüglich, wie angekündigt, Landgraf Hermann auf, um ihm den Vorfall zu schildern. Den Rest des Tages verzog er sich in die Spinnstube zu Landgräfin Sophia und ihren Damen, Lieder singend und aus seinem Leben erzählend, wobei das Interesse seiner Zuhörerinnen vornehmlich den Frauen galt, die er geliebt und umworben hatte. Als Walther zum Abend hin die Zimmer der Frauen verließ, hatten sich so viele feine Fäden weißer Wolle in seinen Kleidern verfangen, dass es aussah, als wäre er durch einen Raum voller Spinnweben gelaufen.

Biterolf, der eigentlich den Damen am Vormittag seine Aufwartung hatte machen wollen, musste sich nun, da Walther ihm zuvorgekommen war, nach einem anderen Zeitvertreib umsehen. Er folgte der Einladung des tugendhaften Schreibers, die Bibliothek des Landgrafen zu besichtigen. Der Kanzler nahm sich die Zeit, Biterolf einzuführen in eine umfangreiche Sammlung von theologischen, historischen und poetischen Büchern, deren Anschaffung Hermann ein Vermögen und mehrere Kälberherden die Haut gekostet haben musste. Obwohl der Schreiber jedes Werk offenbar Dutzende Male und mehr gelesen hatte, konnte er sich noch immer für jedes der Bücher begeistern, und seine Begeisterung war ansteckend; eine Begeisterung, die sich nicht nur auf den Inhalt beschränkte, sondern auch den Einband, die Bünde, die Seiten, die Schrift und die Malereien mit einbezog. Er fuhr mit den Fingern über die Seiten, roch mit geschlossenen Augen an Holz, Pergament und Leder und wies Biterolf entzückt auf jene Häute hin, bei denen der Pergamenter nicht ordentlich genug geschabt hatte, sodass noch einige Haare herausstanden, die dem entsprechenden Codex das Aussehen eines lebendigen Wesens gaben. Wann immer Biterolf ein Werk in die eigenen Hände nahm, spürte er die Blicke des Kanzlers und behandelte das Buch so sorgsam wie möglich.

Der Schreiber reichte Biterolf einen Folianten, in dem zahlreiche Lieder der alten Meister niedergeschrieben waren. Biterolf kannte die Gedichte bislang nur mündlich und durch die unzähligen Stationen ihrer Weitergabe verschandelt. Nunmehr die unverfälschten Worte eines Dietmars von Aist, eines Friedrichs von Hausen, eines Heinrichs von Veldeke handschriftlich vor sich zu sehen – selbst wenn es nicht ihre Hand gewesen war, die sie niedergeschrieben hatte –, war für Biterolf, als stünden die Sänger neben ihm im Zimmer. Er versank in ihren Versen.

Als Biterolf über dem dritten Buch war, unterbrach Dietrich die Lektüre, um mitzuteilen, dass sich von Eisenach Heinrich von Ofterdingen der Burg nähere. Man warf die

Mäntel über und verließ gemeinsam die Bibliothek. Während der Schreiber in den Burghof ging, um den letzten Gast des Sängerkreises gebührend zu empfangen, folgte Biterolf Dietrich, der den Einzug von Ofterdingens Gefolge vom Wehrgang aus betrachten wollte. Dietrich nahm ihn bei der Hand und führte ihn schnellen Schrittes die Treppen hoch zu den östlichen Zinnen. Dort wies er mit dem Finger auf Hügel und Täler und nannte sie beim Namen, »dort im Tal Eisenach und flussaufwärts die Hörselberge, wo ja bekanntlich alles Böse wohnt, und irgendwo dort hinten rechts, wo Wald und Wolken besonders dicht sind, der große Inselberg, aber wenn das Wetter so trübe bleibt, wirst du seinen Gipfel nie zu Gesicht bekommen«, und redete dabei ununterbrochen, dass in der kalten Luft sein Atem fortwährend seinen Kopf umnebelte.

Heinrich von Ofterdingen kam nicht allein. Zwei Gefolgsmänner ritten hinter ihm, und um alle drei herum liefen, sprangen und tanzten mit Gelächter und Gesang gut zwei Dutzend Bürger aus Eisenach, darunter Frauen und Kinder, um den Sänger bis vor die Burg zu geleiten. Es war ein Aufmarsch. Wie ein siegreicher Feldherr überragte Ofterdingen sie alle; Fiedel und Bogen auf seinem Rücken wie Schild und Schwert, das lange braune Haar wie eine Kettenhaube im Nacken. Was hätte Biterolf für einen solchen Einzug gegeben. Ofterdingens Kleidern sah man allerdings schon aus der Ferne an, dass sie abgenutzt waren und außerdem viel zu luftig für diese Witterung und derart bunt, dass man ihn ohne das Pferd und seine Haltung auch für einen Gaukler oder, schlimmer noch, für einen Narren hätte halten können.

Seine Begleiter waren ein gegensätzliches Paar: Während der eine, unscheinbare, so gebückt auf einem Esel saß, dass man sein blasses Gesicht unter der Mütze aus Biberfell kaum erkennen konnte, ritt der andere ähnlich stolz wie sein Herr auf einem ähnlich stolzen Ross. Am Körper trug er weite, gewickelte Stoffbahnen über einer Pluderhose und auf dem Kopf einen Turban, und die Farbe seiner Haut war dunkler, als eine deutsche Sonne sie je hätte bräunen können. Am Sattel hing ein Krummschwert in der Scheide. Zum Sarazenen fehlte nur der schwarze Spitzbart. Zu allem Überfluss saß auf der Schulter des Fremden ein Vogel, jedoch kein Falke, sondern ein einfacher Rabe. Als die Gesellschaft die Zugbrücke erreicht hatte, hob er den Vogel von seiner Schulter und ließ ihn fliegen. Der Rabe drehte eine Runde über dem Torhaus und gesellte sich dann zu den Krähen auf dem Bergfried. Die heimischen Vögel protestierten nur kurz. Dann war der Neuankömmling schon nicht mehr unter den anderen Schwarzen auszumachen.

Heinrich von Ofterdingen beugte sich nun im Sattel herab, um mit einem Kuss von einigen Frauen Abschied zu nehmen. Eine Mutter hielt ihr Töchterchen in die Höhe, damit er es küsste. Einem bärtigen Bürger reichte Ofterdingen noch die Hand, dann ritt er winkend über die Brücke und war im Torhaus verschwunden.

Auf der anderen Seite des Torhauses, im Burghof, hatte der tugendhafte Schreiber geduldig gewartet, die Arme hinter dem Rücken verschränkt, bis sich Ofterdingen von seiner Entourage verabschiedet hatte. Vom Wehrgang aus sahen Biterolf und Dietrich mit an, wie der Sänger von seinem Pferd stieg und vom Kanzler begrüßt wurde. Auch Reinmar hatte sich von Klara in den Hof führen lassen, um den Überfälligen willkommen zu heißen. Ofterdingen schloss den Greis kurz und kräftig in die Arme, worauf dieser lachen musste, und schlug ihm im weiteren Gespräch mehrfach auf den Rücken. Auch Ofterdingens Gefährten waren mittlerweile aus dem Sattel gestiegen. Nicht wenige der Burgbewohner schlugen ein Kreuz, als sie den Turban und die dunkle Haut sahen, und die Augen nieder, sobald der Morgenländer ihren Blick erwiderte. Der Esel des zweiten Begleiters brüllte, dass es über den Hof hallte.

»Alle Wetter, jetzt wird es lustig«, sagte Dietrich und rieb sich die Hände warm.

Das Bankett wurde im Festsaal abgehalten, im obersten Geschoss des Palas. Hermann hatte die dunklen Balken weihnachtlich mit immergrünen Tannenreisern schmücken lassen, sodass man sich in einem Wald hätte wähnen können – wären da nicht die Feuer in den drei Kaminen gewesen, die selbst diesen größten aller Räume der Burg mit wohliger Wärme füllten. Riesige Bildteppiche an den Wänden hielten die Wärme im Raum. Dutzende Kerzen aus Bienenwachs erhellten ihn. Die Tafel hatte die Form eines Hufeisens; die Stühle an der Stirnseite waren der landgräflichen Familie und dem Burgkaplan bestimmt, rechter Hand saßen auf Schemeln und Bänken die Sänger und ihr Gefolge, linker Hand die Ritterschaft samt Knappen und Sophias wichtigste Damen. Noch festlicher und fröhlicher wurde die Tafelei durch die Anwesenheit von Hermanns ältesten Kindern Irmgard, Ludwig und Hermann.

War Heinrich von Ofterdingen als Letzter auf der Burg eingetroffen, so war er jetzt der Erste beim Festmahl. Er lächelte Walther und Wolfram offen ins Gesicht, als diese den Saal betraten, verzichtete aber darauf, sie grüßend anzusprechen oder ihnen gar einen Händedruck aufzudrängen. Der Schreiber und Reinmar nahmen wohlweislich rechts und links von ihm Platz, um zu verhindern, dass Streit zwischen Ofterdingen und den anderen beiden entbrannte. Klara saß unter den Sängern, zwischen ihrem Meister und Biterolf.

Zahllose Diener der Burg waren zur Unterstützung des Küchengesindes abgestellt worden, allein um mit Speisen und Schoppen beladen die vielen Treppen von der Küche ins dritte Stockwerk des Palas zu bewältigen. Nachdem die Hände aller Gäste gewaschen und die Wasserschüsseln wieder hinausgetragen waren, wurde aufgetischt: Hühner in Mandelmilch, eingelegter Aal, fettes Schwein, Wildpasteten, getrocknete Pilze und gebackene Äpfel, dazu Brot und Linsensuppe, Brombeerwein und Wein mit Honig, Zimt und Pfeffer.

»Sie hat schöne volle Brüste, nicht wahr?«, sagte irgendwann Klara, der nicht entgangen war, dass Biterolfs Blicke stets an derselben Magd hingen, sobald diese mit neuen Speisen den Festsaal betrat oder den Rittern auf der gegenüberliegenden Seite Wein nachschenkte.

»Ich habe ihr auch schon den ganzen Abend daraufstarren müssen«, fügte Klara hinzu, weil Biterolf, anstatt zu antworten, sich lediglich an seinem Wein verschluckt hatte. »Was gäbe ich dafür. Nicht solche Euter wie die fetten Weiber aus der Küche, aber auch nicht diese platten Küchlein, die im Ofen nicht richtig aufgegangen sind, mit denen ich geschlagen bin.« Sie sah an sich herab und zog mit beiden Händen ihr Gewand über der Brust flach, um ihr Urteil zu unterstreichen.

Biterolf fehlten nun vollends die Worte.

»Habt Ihr eine Frau, Herr Biterolf? Bei Euch daheim im Stilletal? Oder kann ich *Du* zu Euch sagen, obwohl es mir eigentlich nicht zusteht? Aber ich habe gehört, wie der vorlaute Bursche des Kanzlers Euch duzt, und er ist kaum älter als ich.«

»Gerne.«

»Danke. Also?«

»Also was?«

»Bist du beweibt?«

»Noch nicht.«

Klara nickte und schwieg. Die Magd, über die sie gesprochen hatten, brachte abermals Wein herein. »Sie hat bis vor Kurzem dem kleinen Heinrich Raspe Milch gegeben, weil sie zur gleichen Zeit niederkam wie die Landgräfin. Ja, solch vollkommenen Brüste dürfen auch den Sohn eines Fürsten säugen«, erklärte Klara und warf einem bettelnden Hund ihren Hühnerknochen zu. »Ich bin übrigens auch noch niemandem versprochen. Kochen kann ich freilich nicht. Ich kann keine Gänse rupfen und keine Kühe melken. Alles, was ich kann, ist Blinde führen, weil ich das mache, seit ich ein kleines Mädchen bin.«

Hermann von Thüringen wartete, bis seine Diener zum Nachtisch Schalen mit getrockneten Datteln und Weintrauben angereicht hatten, und erhob sich dann. Alle Gespräche verstummten. Einmal mehr hieß Hermann seine Gäste willkommen, einmal mehr verkündete er das unbedingte und unbefristete Gastrecht und das Recht auf freie Rede: Jeden ihrer Gedanken sollten die Sänger aus dem Käfig ihres Kopfes freisetzen, denn niemand würde sie während ihres Aufenthalts für ihre Äußerungen belangen, solange sie nicht gotteslästerlich oder ungebührlich gegenüber den Frauen seien. Dann führte Hermann die Gedanken aus, die er am Vortag schon angerissen hatte; dass er dieses Kolloquium der Sänger aus mehrerlei Gründen einberufen habe: zum gegenseitigen Austausch der größten Dichter des Reiches; zur Inspiration derselben, neue Stoffe betreffend; zur Nutzung und Erweiterung der landgräflichen Bibliothek und nicht zuletzt zur Unterhaltung seiner Familie, Sophias Damen und seiner Ritterschaft – vor allem aber aus dem Wunsch, zumindest die deutschen Dichter würden Einigkeit beweisen in dieser zerrissenen Zeit, in der alle Einheit und Ordnung verloren war, in der ein Krieg tobe Deutscher gegen Deutscher, Welfe gegen Staufer, Rom gegen seine Bischöfe; ein Krieg, bei dem nicht einmal er selbst, Hermann, immer wisse, für welche Seite er Partei ergreifen solle. Er könne sich kein mächtigeres, nachahmenswerteres Vorbild der Einigkeit denken, als wenn Sänger aus allen Landen und Lagern, aus Österreich, Bayern, aus dem Elsass und aus Thüringen, mit *einer* Zunge sprächen.

»Und wie ich Euch an dieser Tafel sitzen sehe«, sprach Hermann, »denke ich unwillkürlich an die legendären Ritter um König Artus, wo so viele gegensätzliche Geister zusammen ein Ganzes formten, genau wie hier: der empfindsame Walther, der demütige Wolfram, mein tugendhafter Schreiber, der kämpferische Heinrich, der weise Reinmar und der junge Biterolf. Ich darf mir schmeicheln, in diesen Tagen die Rolle des Artus einzunehmen. Ich wünsche, dass Ihr, wie einst die Tafelrundenritter, einander als gleichberechtigt betrachtet, ohne Ansehen von Stand, Ruhm, Alter und Vermögen. Und ich wünsche, dass Ihr allen Differenzen zum Trotz füreinander einsteht, dass Ihr gelobt, einander in der Not zu unterstützen. Wollt Ihr das tun?«

Dass Hermann von seinen Gästen unvorbereitet ein derartiges Versprechen einforderte, gefiel nicht allen. Walther, der erst drei Sätze zuvor hatte ertragen müssen, wie die Ritter um Gerhard Atze gefeixt hatten, als auf ihn das Prädikat *empfindsam* entfallen war – so empfindsam, dass er den Tod eines Viehs beweinte! –, nuschelte als Letzter der sechs sein Einverständnis. Heinrich von Ofterdingen grinste.

»Du lächelst so breit, Heinrich«, sagte Hermann. »Willst du uns an deiner Heiterkeit teilhaben lassen?«

»Es ist nichts, Euer Hoheit.«

»Aber nicht doch! Freie Rede! Dein Lächeln wird ja immer breiter; heraus damit!«

»Ich bin überrascht und erfreut von Eurer Güte und Nachsicht«, erklärte Ofterdingen. »Meine Kriegslieder für Philipp von Schwaben warfen kein schmeichelhaftes Licht auf Euch, um es vorsichtig auszudrücken. Und dennoch kein böses Wort von Euch.«

»Das ist Jahre her«, entgegnete Hermann, »und du hast Philipp lediglich mit deiner Art der Waffen unterstützt. Im Übrigen musste ich am Ende viel Neid der anderen Fürsten ertragen, die in einem deiner Lieder lieber schlecht weggekommen wären, als gar keine Erwähnung zu finden!«

Noch während die beiden Männer darüber lachten und der Saal mit ihnen, erhob sich Walther von seinem Platz, den Kelch in der Hand. »Ich und meine Mitsänger danken Euch für Eure Gastlichkeit«, sagte er. »Selbst im tiefsten Winter strahlt Thüringens Blume durch den Schnee. Wahrlich, ich wüsste keinen, der an Ruhm und Tapferkeit, an Milde und gottgefälligem Leben Euch ebenbürtig wäre. Gesegnet sei, wer Euch segnet, und verflucht, wer Euch verflucht! Ein Hoch auf Euch, Hermann von Thüringen, unbestritten der größte unter den deutschen Fürsten!«

Ein Hochruf ging durch den Saal. Alle Becher wurden gegen den Himmel gehoben, darunter auch der des exotischen Knappen Heinrichs von Ofterdingen. Unter den Rittern wurde getuschelt. Der Mundschenk übermittelte ihre Frage an Hermann, worauf dieser erneut das Wort an Ofterdingen richtete: »Meine Ritter mutmaßen, ob Euer orientalischer Knappe etwa mit Wasser auf mein Wohl anstieß, weil ihm als Sarazenen der Rebensaft verwehrt ist.«

»Rupert hat den gleichen Gott wie wir«, erwiderte Ofterdingen, »also trinkt er den gleichen Wein. Auch wenn es so aussehen mag: Er ist ebenso wenig ein Sarazene wie Ihr oder ich. Unter der Hülle dieser orientalischen Gewänder und der dunklen Haut verbirgt sich ein Christenmensch. Rupert ist Pullane, Sohn eines französischen Kreuzfahrers und einer Griechin, geboren und aufgewachsen in Tripoli. Gebräunt von der Sonne Arabiens, aber in den Wassern des Jordan getauft auf den Namen des Herrn.«

Auf einen Wink Ofterdingens nahm Rupert seinen Turban vom Kopf, und ein sandblonder Schopf kam zum Vorschein. Einige Damen applaudierten, als hätten die beiden soeben eine Zauberei vorgeführt; die wundersame Verwandlung eines Morgenländers in einen Abendländer.

»Dann bitten wir Euren Gefolgsmann, das Misstrauen meiner Ritter zu entschuldigen«, sagte Hermann. »Aber die meisten von ihnen haben mich damals auf meinen Wallfahrten ins Heilige Land begleitet und haben von den Ungläubigen viel hinnehmen müssen. Ganz zu schweigen von den vielen, die wir zurückgelassen haben. Sobald sie etwas an die Sarazenen erinnert …«

»Ich wäre der Erste, der Rupert den Kopf abschlüge und den Krähen zum Fraß vorwürfe! Ich habe doch auch vor Akkon gekämpft, Seite an Seite mit Walther hier, im Heer des fünften Leopolds, und niemand könnte diesen verschlagenen Sarazenenteufeln einen blutigeren Tod wünschen als wir. Niemand hat in der Tat diesen verschlagenen Sarazenenteufeln einen blutigeren Tod beschert als wir beide! Ist es nicht so, Walther? Walther? Er hört mich nicht.«

»Wird uns Euer Rupert denn morgen bei den Zweikämpfen die Ehre erweisen vorzuführen, wie man in Palästina kämpft? Ich könnte mir vorstellen, dass es einem unserer Knappen gefallen könnte, den Orient herauszufordern.«

Ofterdingen wechselte einen Blick mit Rupert und erwiderte dann: »Rupert wird selbstverständlich keine Forderung unbeantwortet lassen und die Gelegenheit nutzen, dem Hof seine Künste zu präsentieren. Auch mich juckt es in den Fingern, wenngleich ich einräumen muss, mit dem Alter ein miserabler Kämpfer geworden zu sein.«

Die Erwähnung des Turniers nahm der Landgraf zum Anlass, jene Ritter vorzustellen, die bereitstanden, sich am nächsten Tag mit den ritterlichen Sängern zu messen: »Günther von Schlotheim, Reinhard von Mühlberg, Franz von Eckartsberga, Gerhard Atze – seiner Wunde zum Trotz, wacker! –, Egenolf von Bendeleben, Eckart von Wartburg.« Die Genannten erhoben sich von ihren Plätzen. Die Sänger, die sich der Herausforderung stellen wollten – Wolfram, Walther, Biterolf und Ofterdingen –, taten es ihnen gleich, und man neigte den Kopf voreinander mit dem gleichen erwartungsvollen Lächeln, das Gegnern in einem freundschaftlichen Wettkampf gebührt.

Sophia verlangte, nun endlich, nach all den Begrüßungen und Ankündigungen, Gesang hören zu dürfen. Hermanns Tafelrunde stimmte also einen Chorus an: das musterhafte Falkenlied des Kürenbergers, des Ersten ihrer Kunst. Alle Anwesenden verstummten und ließen Becher und Speisen sinken, und die Dienerschaft trat keinen Schritt mehr, sodass das Knacken der Feuer das einzige Geräusch neben dem Lied vom Falken war. Jeder der sechs Sänger war deutlich auszumachen – von Reinmars heller Stimme bis Wolframs düsterem Bass –, und hier und da wurden Worte anders ausgesprochen, aber dennoch ergaben die Stimmen, wie Hermann es ersehnt hatte, *ein* Ganzes. Bei einer Messe hätte es nicht feierlicher sein können. Biterolf traten die Tränen in die Augen. Einige der Damen bedeckten ihren Mund mit der Hand oder mit einem Tuch, um ihre Rührung zu verbergen und störende Seufzer einzuschließen. Nachdem der letzte Ton verklungen war, blieb es einige Herzschläge lang still, bis die Ritter ihrem Beifall Luft machten, indem sie mit den flachen Händen auf die Tischplatten schlugen und Lobesrufe ausstießen.

Zwei weitere Lieder in makelloser Harmonie folgten. Reinmar sprach sein Bedauern aus, dass man so ganz ohne Vorbereitung nur allzu bekannte Weisen singen könne, die allen geläufig waren; in Windeseile könne man dem Landgrafen aber ein gänzlich neues Lied schreiben, einstudieren und vortragen. Hermann nahm den Alten beim Wort und räumte den Sängern eine Zeitspanne von zwei Rosenkränzen ein, ein nie zuvor gehörtes Lied zu verfassen. Anstatt sie aber in einen anderen Raum zu bitten, verfügte er, ihnen für diese Frist den Festsaal zu überlassen. Niemand protestierte. Binnen Kurzem war der Saal geräumt, und die sechs waren unter sich.

»Ich bin beeindruckt«, sagte Ofterdingen und erhob sich, um seinen Becher mit Wein von der Tafel der Knappen zu füllen.

»Also, was für ein Lied soll es werden?«, fragte Reinmar. »Eine alte Weise mit neuem Text oder ein gänzlich neuer Ton?«

»*Tempus fugit*, also eine alte Weise mit neuem Text«, antwortete der Schreiber, während er aus einer Tasche an seinem Gürtel Pergament, Gänsekiel und Tinte nahm und vor sich auf der Tafel ausbreitete. Biterolf trug zwei Lichter heran. »Vielleicht steuert jeder von euch ein oder zwei Reimpaare bei, dann ist es schnell erledigt.«

»Mir gefiel Walthers Bild von der thüringischen Blüte im Schnee«, sagte Wolfram. »Wenn wir das ausführen würden ...«

Gelächter von Ofterdingen störte die Besprechung. Die fünf schauten auf.

»Ihr solltet euch sehen«, sagte Ofterdingen. »Auf der Bank eng beieinander wie Kinder beim Puppenspiel. Es gemahnt nicht so sehr an die Ritter der Tafelrunde als vielmehr an Vögel auf einer Stange: Walther, die tirilierende Nachtigall; Wolfram der Graureiher und Reinmar die Eule; ein erhabener Pfau der Herr Kanzler und er hier, dessen Namen ich mir nicht merken kann, der kleine Spatz. Deine Vogelweide ist vollständig, Walther!«

»Wenn ich ein Graureiher bin, was wärst dann du?«, fragte Wolfram.

»Wahrscheinlich der Kauz. Oder der Kuckuck in eurem Nest.«

Walther seufzte. »Warum bist du hier, Heinrich?«

»Frag diesen Herrn«, entgegnete Ofterdingen und wies auf den tugendhaften Schreiber. »Er hat mich eingeladen.«

»Es war der Wunsch Seiner Hoheit.«

»Und warum bist du der Einladung gefolgt?«, fragte Walther. »Um einen neuen Streit vom Zaun zu brechen? Wirst du dessen nicht selbst irgendwann müde?«

»Bislang habe ich nichts dergleichen getan, empfindsamer Walther. Von welchem Streit redest du? Ehrlich gesagt: Ich habe die Einladung aus Neugierde angenommen. Dieses Symposion von Sängern hat einen großen Reiz; mehr noch Hermanns Vorhaben, mitten im Bruderkrieg *eine* deutsche Dichtung zu schaffen. Das könnte mir wirklich gefallen, diese Einheit aller Sänger. Aber bin ich denn der Einzige, dem seine Rede imponiert hat?«

»Nein. Aber du bist der Einzige, der nicht *Hoch!* gerufen hat, als wir auf sein Wohl tranken.«

»Das ist dir aufgefallen? Beachtlich. – Ja, ich bin halt eine wahrheitsliebende Haut und kann mich schwer verbiegen: So sehr hat mich Hermann noch nicht beeindruckt, dass ich ihn höher preise als meinen eigenen Dienstherrn. *Unbestritten der größte der deutschen Fürsten* … Du musst zugeben, du hättest auch etwas weniger dick auftragen können.«

»Er ist der Größte!«, rief Walther entrüstet. »Über ihm ist nur der Kaiser!«

»Du kannst dein Loblied beenden, Walther. Hermann hat den Saal verlassen, und ich glaube kaum, dass er sein Ohr an die andere Seite dieser Eichentür gepresst hält, um zu hören, wie wir über ihn sprechen.«

»Es reicht jetzt«, hüstelte Reinmar, aber es hätte mehr gebraucht, die beiden Streithähne zu trennen.

»Ich preise Hermann auch ohne Zeugen, jederzeit und überall«, insistierte Walther.

»Wie du seinerzeit Leopold von Österreich gepriesen hast, als du noch bei ihm in Sold standst? Nur drei Dinge bedeuten dir etwas, hast du damals gesungen: die Gnade Gottes, die Liebe der Frauen und die Gunst Leopolds. – Schon vergessen, wie wir in Ichtershausen mit spitzer Zunge über den Landgrafen gespottet haben, dass es König Philipp eine wahre Freude war? Und zwei Jahre später sitzt du hier und trinkst seinen Wein und singst seine Weise. Du hast dich sogar zum Lehnsmann machen lassen, mein Gott, hast dich kaufen lassen! Herr muss der Sänger sein, nicht Knecht unter Knechten! Wolf war klug genug, das Angebot auszuschlagen, nennt dafür zwar etwas weniger Gold im Beutel sein Eigen, ist aber wenigstens frei geblieben. Herrje, Walther, du Heuchler, du bist fast so ein Wendehals wie der Landgraf selbst!«

Biterolf hatte mitverfolgt, wie nach und nach alle Farbe aus dem Gesicht des tugendhaften Schreibers gewichen war. Jetzt sprang der Kanzler auf und kreischte: »Schluss damit! Nehmt diese Schmähung des Landgrafen augenblicklich zurück! Niemand nennt Hermann von Thüringen einen –«

»Einen Wendehals? Mir wurde das Recht auf freie Rede zugesichert«, entgegnete Ofterdingen. »Und ich beabsichtige, ausgiebig Gebrauch davon zu machen.«

»Freie Rede ist das eine, aber etwas anderes ist es, sein Gastrecht zu missbrauchen und das Ansehen des Gastgebers herabzuwürdigen!«

»Wer redet denn von herabwürdigen? Ich schätze Hermann sehr, und ich kann mir im Übrigen nicht vorstellen, dass er es mir übel nähme, dass ich meinen Fürsten nicht hintenanstelle und ihm daher vorziehe. Außerdem hat er vorhin selbst eingeräumt, als Mann der Mitte nicht immer zu wissen, auf wessen Seite er sich schlagen soll. Hermann von Thüringen ist großmütiger, als ihr denkt. Wäre er nachtragend, er hätte mich wohl kaum eingeladen.«

»Wenn *ich* die größten Sänger Deutschlands hätte auswählen sollen und nicht mein Fürst«, erwiderte der Schreiber, »*credite*, Ihr wärt gewiss nicht hier.«

»*Ita vero, amicus.* Das wäre dann aber nicht so sehr ein Urteil über mein Können als vielmehr ein Beweis Eurer Inkompetenz.«

»Dichten wir unser Lied«, forderte Wolfram, während der Schreiber nach Worten rang, »ehe die Zeit verstrichen ist und wir mit leeren Händen dastehen.«

»Meine Rede«, sagte Ofterdingen und setzte sich auf die Tischplatte, wo das Schreibwerkzeug des Kanzlers ausgebreitet lag. »Also weiter: Thüringens Rose liegt im Schnee. Und dann was? Frühling? Ist das nicht alles etwas schwülstig?«

Heinrich von Weißensee nahm darauf Feder und Tinte wieder an sich und verschränkte die Arme vor der Brust. »Von mir kein Wort, wenn dieser Ehrlose sein Gift in die Tinte mischt.«

»Warum schmollt Ihr, Schreiber? Fürchtet Ihr, dass Eure mühselig gedrechselten Reime meinen Versen nicht werden standhalten können?«

Jetzt war es am Kanzler zu lachen. »Fürchten, in der Tat! Ihr überschätzt Euer Talent maßlos, Heinrich von Ofterdingen! Der viele Zuspruch von Soldaten und Bauern hat Euch geblendet, und durch die Einladung an den Thüringer Hof glaubt Ihr Euch bestätigt, aber täuscht Euch nicht: Eure derben Verse eignen sich vielleicht hervorragend dazu, um im Takt das Korn zu dreschen, aber auf dieser hoheitlichen Bühne werdet Ihr mit Eurem Liedgut eine klägliche Figur abgeben. Mit hängendem Kopf werdet Ihr die Wartburg wieder verlassen.«

»Lächerlich. Wer sollte mich denn übertreffen?«

»Ich und jeder andere dieser Männer«, antwortete der Schreiber und wies in die Runde.

»Ihr? Mit Eurer höfischen Langeweile? Wolf mit seinen frömmelnden Plagiaten aus Frankreich? Walther mit seinem Gesäusel von Linden und geknicktem Gras, *tandaradei*?

Oder das Küken da, von dem ich noch nie etwas gehört habe? Ich habe meine Zweifel.«

»Finden wir es heraus. Nutzen wir diese einmalige Zusammenkunft für einen Wettstreit. Einen Wettstreit, unter uns den Besten zu ermitteln.«

»Ein Wettstreit? Pfui, so ehrt Ihr Eures Landgrafen Wunsch nach Einigkeit unter uns Sängern? Ihr hattet zu viel Brombeerwein.«

»Ihr kneift?«

»Nicht doch. Ich bin dabei. Ein hervorragender Einfall. Was den Rittern das Lanzenstechen, sei uns ein Wettkampf mit Liedern. Wer ist der Schiedsrichter?«

Der Schreiber legte eine Hand auf die Schulter des blinden Reinmar. »Ich schlage unseren *Primus inter pares* vor: Meister Reinmar, der Älteste und Weiseste von uns. Ich rechne mit Eurer Zustimmung, Ofterdinger. Schließlich ist er der Einzige, den Ihr noch nicht beleidigt habt.«

»Meinethalben.«

»Und welchen Einsatz zahlt der Besiegte?«, fragte Walther.

»Wenn ich verliere, kriegt Ihr meine Fiedel«, erwiderte Ofterdingen. »Oder nein, wir setzen unsere Pferde! Ich hab gehört, Walther braucht dringend ein neues.«

»Fahr zur Hölle.«

»Also doch kein Pferd. Was hattet Ihr denn im Sinn, werter Herr Kanzler?«

»Euren Kopf«, antwortete der Schreiber leise. Die anderen starrten ihn schweigend an. Ofterdingen nahm einen großen Schluck von seinem Wein und kicherte dabei so lange, bis auch er begriff, dass es dem Schreiber ernst war. »Der Verlierer stirbt. Ein Henker soll seinen Kopf vom Rumpf trennen.«

Reinmar fand als Erster wieder zu Worten: »Ich bitte Euch! Das erscheint mir reichlich übertrieben.«

»Warum sollten wir weniger einsetzen als unser Leben?«, beharrte der Schreiber. »Wer schlechte Lieder singt und sich einen Dichter nennt, verdient der, auch nur einen Tag länger zu leben? *Moriendum est.*«

»Hört, hört«, entgegnete Ofterdingen. »Ein Sängerstreit auf Leben und Tod. Ihr hattet entschieden zu viel Brombeerwein. Aber ich bin dabei.«

»Das ist Wahnsinn«, brummelte Walther. »Ihr seid alle betrunken und werdet euch morgen für diesen Käse schämen. Aber ich tue mir das nicht länger an. Gute Nacht.«

Als Walther aufstand und sich anschickte, den Saal zu verlassen, sagte Ofterdingen zum Schreiber: »Walther hat mal wieder kalte Füße bekommen. Die Nachtigall flattert davon; streicht sie von der Liste.«

Unvermittelt drehte sich Walther um, nahm einen Becher von der Tafel und schleuderte ihn nach Heinrich von Ofterdingen. Der konnte sich rechtzeitig ducken, sodass lediglich der Schweif von Wein, den dieser Komet nach sich zog, auf ihn niederregnete. Der Becher rollte scheppernd ins Dunkel des Saales. Walther machte einen Satz nach vorn und packte Ofterdingen bei seinem Umhang. Mit seinem ganzen Gewicht warf sich Wolfram zwischen die beiden, um sie zu trennen.

»Du bekommst deinen gottverdammten Lohn!«, bellte Walther. »Es wird mir eine Freude sein, dich aus dem Sattel zu stoßen, wenn du so sehr darauf bestehst! Die ganze giftige Brut der Hölle soll über deine Seele herfallen, du Maulheld!«

Ofterdingen lächelte und fuhr sich mit dem Ärmel über sein Gesicht, um den Wein wegzuwischen. »Und du, Wolf?«

Wolfram nickte. Dann zeigte er auf Biterolf: »Aber lasst ihn aus dem Spiel, ich bitte euch.«

Biterolf, verwirrt von der plötzlichen, erstmaligen Aufmerksamkeit der Sänger, erhob sich. Erst jetzt spürte er den Wein in seinen Beinen und das Herz in seiner Brust. Mit einer Hand hielt er sich an der Tischplatte fest. »Nein, nein«, stammelte er. »Ich bin auch dabei. Selbstverständlich.«

»Du bist ein Neuling«, sprach Wolfram auf ihn ein. »Niemand würde einen Pagen in ein Turnier treiben. Tu es nicht. Glaub mir: Es ist ratsam, Abstand zu nehmen, wenn Heinrich um sich schlägt.«

»Meint Ihr etwa, dass meine Dichtung dem Vergleich nicht standhält?« Biterolf spürte, wie ihm die Hitze ins Gesicht kroch.

»Ich kenne deine Dichtung doch gar nicht. Ich finde nur, dass du zu jung bist, dein Leben für einen solchen Unsinn aufs Spiel zu setzen.«

»Jung bin ich, aber alt genug, mich nicht beleidigen zu lassen!«

Wolfram sah Biterolf noch einmal eindringlich an, dann ließ er seufzend von ihm ab. Ofterdingen hob anerkennend den Becher in Biterolfs Richtung. Biterolf nahm wieder Platz und fühlte sich noch stärker als beim gemeinsamen Falkenlied.

Statt des erwarteten Preisliedes erwartete den Landgrafen also die Ankündigung eines Wettstreites, den die Sänger untereinander auskämpfen wollten: ein dichterisches Turnier, das am Weihnachtstag, also nach einer Vorbereitung von drei Tagen, ausgetragen werden sollte. Der Sieger sollte zum Minnekönig gekrönt werden. Der Verlierer sollte den Kopf verlieren.

Man hatte lediglich den Landgrafen und seine Gemahlin zurück in den Festsaal gebeten. Hermann hörte die Ausführungen seines Kanzlers mit steinerner Miene an. Der Landgräfin hingegen schrieb sich mit jedem Wort das Entsetzen ins Gesicht. Biterolf fühlte sich zurückerinnert an die Klosterschule; an das Gefühl, vom Pater bei einem Streich ertappt worden zu sein. Der Schreiber beendete die Aufzählung der Statuten, auf die man sich geeinigt hatte, mit der untertänigsten Bitte an den Landgrafen, diesem Wettstreit seine Zustimmung nicht zu verweigern.

Hermann bemühte sich, den Sängern ihr Unterfangen auszureden. Vergebens appellierte er an die Altersmilde von Reinmar und Wolfram, vergebens schalt er seinen Kanzler und seinen Lehnsmann Walther für diese hässliche Fehde. Als er das Wort schließlich an Ofterdingen richtete, zuckte der die Schultern und versicherte, der Einfall zu diesem blutigen Kräftemessen stamme nicht von ihm, gefalle ihm aber dennoch außerordentlich, und er versuchte im Gegenzug, den Landgrafen dafür zu begeistern: Denn ein friedlicher *Gipfel* der größten Sänger würde den Ruhm des Thüringer Hofes zweifellos mehren, ein *Wettkampf* mit solch hohem Einsatz aber wäre nahezu legendär. Doch auch diese Aussicht vermochte Hermanns Missmut nicht zu vertreiben.

Sophia, der indessen – zur Beklemmung aller Anwesenden – die Tränen über die Wangen gelaufen waren, beschwor einmal mehr das Bild des Blumenkranzes, den die Sänger so schnell und so achtlos zerrissen hätten. »Wahrscheinlich ist es ein Fehler, größer von Euch zu denken, nur weil Ihr Gedichte schreibt«, sagte sie, und an Wolfram gerichtet: »Diese Rohheit steht Euch schlecht zu Gesicht.«

Dann verließ sie den Saal. Die anderen Gäste des Banketts, die zur Hälfte im Rittersaal und zur Hälfte in der Küche auf die Erlaubnis zur Wiederkehr und den versprochenen Sängerchor gewartet hatten, wurden vom Schenk in Kenntnis gesetzt, dass der Landgraf das Bankett beendet habe. Lediglich die Dienerschaft kam zurück in den Saal, um nach und nach die Tafeln abzudecken und die Lichter zu löschen. Ein Mann nahm einen der Fellrahmen vom Fenster, um frische Nachtluft hereinzulassen. Einige Schneeflocken trieben in den Saal.

Die Gruppe der Sänger zerstreute sich schweigend. Wolfram blieb zurück, um seinen Becher zu leeren.

»Meine Hochachtung, Heinrich«, sagte er, während er sich im halb dunklen Saal umsah, der mit seinen angegessenen Speisen wirkte, als hätte man ihn fluchtartig verlassen. »Du bist keinen halben Tag hier, und schon liegt alles wieder in Trümmern. Du machst deinem Ruf alle Ehre.«

»Nicht übel, oder?«, entgegnete Ofterdingen und schnalzte mit der Zunge. »Allerdings habt ihr es mir auch leicht gemacht. Dieser Schreiber ist doch wirklich dümmer als alle fünf dummen Jungfrauen zusammen.« Ofterdingen schenkte Wolfram unaufgefordert Wein nach. »Aber was ist mit dir, mein Lieber? *Du* bist es schließlich, nicht ich, von dem die schöne Sophia zutiefst enttäuscht ist. Alle Wetter, war das eine trübsinnige Miene? Wurmt dich das nicht? Oder ist es dir inzwischen gleich, was sie von dir denkt? Nein, wirklich, es interessiert mich.«

Statt einer Antwort schüttete Wolfram Ofterdingen den Wein, den dieser ihm nachgeschenkt hatte, ins Gesicht. Auf dem Weg nach draußen drückte er einem der Bediensteten den leeren Becher in die Hand.

Heinrich von Ofterdingen trocknete sein Gesicht und seine Haare mit einem Tischtuch. Er sammelte das getrocknete Obst aus drei halb vollen Schalen in einer vierten, bevor auch diese abgeräumt wurden, um sie für sich und sein Gefolge mit auf die Kammer zu nehmen. Walthers und Wolframs scharf gewürzter Wein brannte in seinen Augen, und wenn er sie schloss, wurde es nur schlimmer.

23. DEZEMBER

Selbst durch das Pergament aus Ziegenhaut, das vor das Fenster in Biterolfs Kammer gespannt war, sah man, dass sich das Licht verändert hatte. Es hatte die Nacht über geschneit und schneite noch immer; für die Bewohner der Burg laut Dietrich untrüglich ein Zeichen für die Herrschaft der Frau Hulde, die im Übrigen auch, so ging das Gerücht, dafür verantwortlich sein musste, dass sechs vernünftige, friedfertige Sänger in weniger als einer halben Stunde ohne erkennbaren Anlass sich dermaßen in die Haare gerieten, dass am Ende einer des anderen Tod wünschte. Biterolf erwachte allmählich durch Dietrichs Geplapper und befreite sich aus den zahllosen Fellen, die er im Halbschlaf auf sich gehäuft hatte. Der Wein lag ihm schwer auf Kopf und Zunge. Er konnte sich glücklich schätzen, dass der Adlatus in seine Stube gekommen war, denn sonst hätte er die Zweikämpfe wahrscheinlich verschlafen – aber er war unglücklich darüber, so bald an den tödlichen Sängerstreit erinnert zu werden, zu dem er im weinseligen Überschwang seine Teilnahme erklärt hatte.

Biterolfs Hoffnung, die Idee vom Wettkampf der Sänger würde sich in der Nüchternheit des neuen Tages als eine trunkene Angeberei entpuppen, die nicht weiter erwähnt würde, geschweige denn ausgeführt, wurde schnell enttäuscht, denn insbesondere der Landgraf, der das Anliegen am Vorabend noch so missbilligt hatte, schien über Nacht Gefallen daran gefunden zu haben – als hätte Heinrich von Ofterdingens Argument Wurzeln geschlagen, dass ein Sängerstreit mit einem solchen Einsatz legendär wäre für den Thüringer Hof. Reinmar hatte mit sich gehadert, ob er tatsächlich derjenige sein wollte, der einen von ihnen zum Tode verurteilte, aber letzten Endes hatten ihm die Aufgabe und das damit verbundene Ansehen wohl zu sehr geschmeichelt, und in die Hände eines weniger Kundigen legen wollte er sie ausdrücklich nicht. Ein Bote war bereits nach Eisenach geschickt worden, um den Henker zum Weihnachtstag auf die Wartburg zu bestellen. Das Urteil sollte umgehend nach Reinmars Schiedsspruch im Hof der Burg vollstreckt werden. Biterolf wurde übel.

»Meister Stempfels Schwert ist spektakulär«, schwärmte Dietrich. »Vermutlich hat er damit noch mehr Hälse durchtrennt als das Hühnerweiblein von der Wartburg.«

»Und wenn mein Hals der nächste ist?«

»Ach was! Nur Mut, du bist einer von sechsen! Stell dir vor, du würdest beim Würfeln sitzen und nur dann verlieren, wenn du die Eins wirfst.«

»Das passiert mir ständig.«

»Was wirst du singen?«

Biterolf bewegte die Lippen, aber keine Antwort kam heraus. Er nahm einen Schluck Wasser aus dem Krug, der neben seinem Bettkasten stand.

»Darüber zerbrich dir ein anderes Mal den Kopf, denn die Zeit drängt«, sagte Dietrich. »Ich bringe dich jetzt in die Rüstkammer, wo wir dir einen Panzer und ein Schild besorgen. Da du, anders als Walther, Wolfram und Ofterdingen, keinen Knappen mitgebracht hast, hat der Kanzler mir freigestellt, dir diesen Dienst zu leisten, was ich, wenn du es wünschst, mit großer Freude und wenig Kenntnis tun werde. Keine Bange, anders als bei eurem Sängerturnier wirst du heute höchstens ein paar blaue Flecken davontragen. Es geht nicht so sehr ums Gewinnen oder Verlieren als vielmehr darum, eine gute Figur zu machen, worüber ich mir bei dir wenig Sorgen mache.«

Dietrich führte Biterolf zum Zeughaus im Süden der Burg. Ihre Stiefelspitzen schoben den Neuschnee vor sich her. Zwischen Südturm und dem Palas lag im Schatten der Mauer der Garten der Wartburg. Hier sollte das Turnier Mann gegen Mann stattfinden. Die Schranken waren bereits errichtet, gleichfalls ein niedriges Podest für den Fürsten und seine Gemahlin, mit dem gestreiften Thüringer Löwen verziert und durch einen Baldachin vorm Wetter geschützt. Auf einem Ständer daneben waren ein halbes Dutzend stumpfer Schwerter für den Schaukampf bereitgestellt. Knechte des Landgrafen schmückten die rohen Holzschranken mit Wimpeln und Tüchern. Walther von Vargula, der erste Ritter Herrmanns, beaufsichtigte die Vorbereitung und gab letzte Anweisungen.

In der Rüstkammer drängten sich bereits die Ritter und Knappen. Biterolf wurde freundlich begrüßt, und da der Adlatus des Schreibers in der Tat keinerlei Ahnung vom Kriegshandwerk hatte, gesellte sich Egenolf von Bendeleben, einer der Thüringer, zu ihnen, um den Sänger bei der Auswahl von Schild und Harnisch zu beraten. Da die Zweikämpfe zu Fuß ausgetragen wurden, riet ihm Egenolf zu einem leichten Gambeson. Die meisten Ritter trügen zwar Panzerhemden, die aber böten gegen die stumpfen Waffen kaum Vorteile und seien wegen des Gewichts nur geübten Kämpfern zu empfehlen. Mit dem Gambeson hingegen sei Biterolf nicht nur schneller auf den Beinen, sondern zudem vortrefflich gegen die Kälte geschützt. Man fand ein entsprechendes Gewand und dazu einen Helm. Dietrich klatschte in die Hände, begeistert von Biterolfs Erscheinungsbild. Schließlich schickte Egenolf seinen Knappen auf die Suche nach einem dreieckigen Schild.

Egenolf verkürzte ihnen die Wartezeit, indem er ihnen, von gelegentlichem Lachen unterbrochen, vom Fortgang des Händels zwischen Gerhard Atze und Walther von der Vogelweide berichtete. Der Landgraf habe sich auf Walthers Seite geschlagen und seinen Ritter wegen der Tötung des Pferdes zu einer Ausgleichszahlung von drei Mark verdonnert. Zähneknirschend habe Atze diese für ihn horrende Summe gezahlt, im Gegenzug aber darauf gepocht, dass der

Kadaver des Tieres dann auch in seinen Besitz überginge. Diesen habe er dann unverzüglich dem hiesigen Fleischhauer übergeben mit der Anweisung, jedes auch nur annähernd essbare Körperteil davon zu Wurst, Schinken, Braten und Suppe zu verarbeiten. Obwohl oder gerade weil Schlachtross außerhalb von Notzeiten so selten auf dem Speiseplan stand, habe sich Rüdiger der Fleischhauer nun vorgenommen, das Beste aus dem toten Gaul herauszuholen, und das Meisterstück sollte der Schinken werden: Rüdiger war noch am Morgen aufgebrochen mit einer Axt, um Buchenholz fürs Räuchern zu schlagen, auch auf die Gefahr hin, darüber das Turnier zu verpassen. Gerhard Atze habe sich ausgebeten, im Zweikampf gegen Walther antreten zu dürfen, aber dass der Landgraf die beiden aufeinander loslasse, sei höchst unwahrscheinlich: Atze würde zweifellos auf den Sänger eindreschen, bis entweder sein Holzschwert oder Walthers Knochen zersplittert waren.

Ofterdingens Schild war blau mit einem Pilger mit geschultertem Speer, Wolframs ein roter Krug auf gelbem Grund, Walthers der Singvogel in einem gelben Käfig. Biterolfs Schild war ohne Schmuck und Wappen und trug lediglich die Farben Thüringens; rechts Silber und links Rot. Und auch um die Rüstungen beneidete Biterolf die anderen. Zumindest blieb ihm der Trost, dass die Thüringer ohnehin nur auf Rupert gafften, Ofterdingens schweigsamen Pullanen, der selbst für den Kampf seine ungefütterten Gewänder trug und den Turban statt eines Helmes, und der einen runden Sarazenenschild in der Hand hielt, der kaum größer war als die Teller beim gestrigen Bankett. Als sechster Herausforderer aus den Reihen der Gäste würde Wolframs Knappe Friedrich antreten.

Vom Kind bis zum Greis hatte sich die gesamte Besatzung der Burg im Hof versammelt, frühzeitig trotz der Kälte, um bei dieser willkommenen Zerstreuung ja keine gebrochene Nase und keinen ausgeschlagenen Zahn zu verpassen. Da das Gelände zum Garten hin abfiel, hatten die meisten Zuschauer in diesem natürlichen Amphitheater ihren Platz gefunden. Einige Kinder hielten die Treppen des Südturms besetzt, während die Wachleute vom Wehrgang auf das Geschehen herabsahen. Etwas Eigentümliches dämpfte Gespräche und Gelächter, aber vielleicht war es auch nur der Schnee.

Nun erschien der Landgraf mit seiner Familie, begleitet von seinem ersten Ritter, Walther von Vargula, und dem tugendhaften Schreiber. Kaum hatten Hermann und Sophia unter dem Baldachin Platz genommen, deckten Diener ihre Schöße und Beine mit Fellen zu. Der Schreiber ergriff das Wort. Weil Hermanns Gäste keine gewöhnlichen seien und Hermann ebenso wenig ein gewöhnlicher Gastgeber, sondern ein ausgewiesener Freund der Literatur, sei dieser Wettstreit nach einem literarischen Vorbild entworfen worden: Der Kampf um Kriemhilds Rosengarten zu Worms sollte nachgeahmt werden, jene farbigste aller Episoden der Dietrichssage.

Kriemhild, Prinzessin von Burgund, habe einst in Worms einen Garten voll wunderschöner Rosen besessen, den die besten Kämpfer des Landes zu verteidigen geschworen hatten, darunter ihr Vater, ihre Brüder und Siegfried der Drachentöter, der Stärkste von allen. Die streitsüchtige Kriemhild habe nun Dietrich von Bern herausgefordert, mit seinen besten Männern gegen die Wormser anzutreten, um diesen Rosengarten zu erobern. Wem es im Zweikampf gelänge, den Verteidiger zu überwinden, der habe zum Preis einen Kranz blühender Rosen und einen Kuss von Kriemhild erhalten sollen.

Nun aber – so der Schreiber weiter – stünde man vor dem Rosengarten Sophias von Thüringen, wenngleich des Schnees halber davon wenig zu sehen sei – im Winter sei dies nur ein Rosengarten dem Namen nach, *stat rosarium pristina nomine* –, und die edle Dame lade ihre Gäste ein, die Kräfte mit der Thüringer Ritterschaft zu messen. Wer von den sechs Herausforderern siegreich in den Rosengarten vordringe, erhalte den gleichen Lohn wie ehedem Dietrichs Recken: einen Kuss von Sophia und einen Rosenkranz; aus Mangel an frischen Blüten freilich kein Blumenkranz, sondern das Kreuz an einer Perlenschnur. Der Schreiber schloss mit der launigen Bemerkung, im Dietrichslied hätten die Wormser alle Kämpfe bis auf einen verloren; hier auf der Wartburg würde man es den Gästen nicht ganz so leicht machen.

Walther von Vargula erklärte nun die Regeln: Er würde die Treffer auf jeder Seite zählen. Sieger sei, wer zuerst fünf Treffer gelandet oder seinen Gegner kampfunfähig geschlagen habe. Schließlich verkündete er die Abfolge der Zweikämpfe und die jeweiligen Kombattanten, wie es der Landgraf verfügt habe. Biterolf würde als Dritter kämpfen.

Die Männer stellten sich nun jenseits der Schranken auf, um den Kampfplatz freizumachen für Walther von der Vogelweide und Franz von Eckartsberga. Diese erste Paarung sorgte für Unmut unter den Thüringern, denn Walther den ersten Kampf bestreiten zu lassen schien ihnen eine ebenso willkürliche Entscheidung wie die Wahl seines Gegners, Franz von Eckartsberga, einer zwar imposanten Gestalt, der aber seit Tagen an einer schweren Erkältung litt. Als die beiden Männer unter den anfeuernden Rufen der Burgleute mit Schild und Holzschwert aufeinander losgingen, erkannte man zwar, dass Walther ähnlich leichtfüßig focht, wie er dichtete – aber gegen einen gesunden Ritter Franz hätte er verloren. So blieb der Kampf anfänglich ausgeglichen, und Walther von Vargula rief Treffer mal für die eine, mal für die andere Seite aus.

Zu allem Übel mischte sich der Landgraf ins Geschehen ein, indem er seinen Kampfrichter anwies, einen undeutlichen Treffer, mit dem Franz von Eckartsberga in Führung gegangen wäre, nicht zu geben. Der Thüringer wurde zusehends mürbe; in seinem Gesicht konnte man ablesen, wie Krankheit, Ausrüstung und Anstrengung an seinen Kräften zehrten. Bald konnte er den Schild nicht mehr schnell genug herumreißen, um Walthers Schläge abzuwehren, und der Sänger siegte mit fünf Treffern zu dreien. Die Zuschauer applaudierten, weil es der Landgraf tat. Für die Böswilligen unter den Thüringern blieb der kleine Trost, dass Franz' letzter Hieb Walthers Hand getroffen hatte – ebenjene Hand, mit der er die Harfe schlug. Sophia ließ eine Handvoll Schnee in ein Tuch wickeln, dass Walther die Blessur damit kühlte. Dann gab sie Walther den versprochenen Kuss und legte ihm einen Rosenkranz aus Ebenholzperlen um den Hals.

Heinrich von Ofterdingen trat gegen Gerhard Atze an. Nach einem kranken Thüringer stritt nun ein versehrter, denn Atzes Hand war noch nicht so weit verheilt, dass sie ein Schwert halten konnte. Er erklärte, stattdessen mit links fechten zu wollen und auf den Schild ganz zu verzichten. Ofterdingen wies diesen Vorteil zurück und bestand darauf, ebenfalls linkshändig und ohne Deckung zu kämpfen. Das kuriose Duell, das folgte, sorgte für Heiterkeit: Keiner der beiden machte eine gute Figur mit dem Schwert in der schwachen Hand, aber Atze versuchte es zumindest. Ofterdingens Strategie war das fortwährende Ausweichen. Atze jagte ihm durch den umzäunten Garten nach und beschwor ihn bei seiner Ehre stehen zu bleiben. Beide stolperten mehr als einmal auf dem unebenen, verschneiten Boden. Als Ofterdingen einen wuchtigen Schlag des Thüringers parierte, brach seine Holzklinge entzwei, und noch während sich Atze darüber wunderte, setzte Ofterdingen mit dem Stumpf einen Treffer. Auch die beiden Kämpfer konnte sich des Lachens jetzt nicht mehr erwehren. Ofterdingens Waffe wurde durch eine neue ersetzt.

Der Kampf endete mit einem Gerangel auf dem Boden. Ritter Gerhard siegte zwar, aber Ofterdingen drückte ihm bei der Verkündung eine Handvoll Schnee ins Gesicht. Atze zahlte es ihm mit gleicher Münze heim. Wie Kinder tobten die beiden zur Freude des Publikums im Schnee. Gemeinsam verließen sie den Kampfplatz, sich gegenseitig Schnee und Erde von den Rüstungen klopfend, die Köpfe glühend von der eiskalten Waschung. Atze wies einen Knaben an, ihnen einen Krug Reinhardsbrunner Klosterbier und zwei Becher zu bringen.

Biterolf hatten inzwischen zu frösteln begonnen oder zumindest zu zittern. Dietrich, sein Knappe auf Zeit, fingerte ungeschickt an diversen Riemen auf Biterolfs Rücken herum, die längst befestigt waren. »Der Ofterdinger hat auch verloren und wurde gefeiert«, sagte er aufmunternd, als käme ein Sieg Biterolfs überhaupt nicht infrage.

Reinhard von Mühlberg, sein Gegner, war sogar noch ein paar Jahre jünger als er, und an den harten ersten Schlägen auf sein Schild erkannte Biterolf, dass sich der junge Ritter vor seinem Fürsten beweisen wollte. Das Gambeson war eine gute Wahl gewesen, aber Helm, Schild und Schwert erschienen Biterolf ungewöhnlich schwer. Er konzentrierte sich auf die Abwehr, in der Hoffnung, Reinhards Kräfte würden irgendwann nachlassen. Zwischen der Oberkante des Schildes und der Unterkante seines Helms hindurch fiel sein Blick immer wieder auf einzelne Gesichter hinter den Schranken, die sich ihm seltsam deutlich einprägten, obwohl er sie nur einen Wimpernschlag lang sah. Zu diesen Gesichtern zählte auch das der Magd, auf die ihn Klara angesprochen hatte, der Amme des kleinen Heinrich, die jetzt von hinter dem Thron der Landgräfin aus den Kampf verfolgte.

Jetzt erwischte ihn das Schwert seines Gegners am Oberschenkel. Hätte es eine scharfe Klinge aus Eisen gehabt, es hätte das Bein wahrscheinlich geradewegs abgetrennt. Den Schrei musste sich Biterolf dennoch verkneifen. Reinhard änderte nun seinen Stil; anstatt auf der Stelle zu verharren, umkreiste er Biterolf und schlug seltener, dafür aber gezielter zu. Auch Biterolf konnte endlich einige Hiebe setzen. Doch dann drehte er sich nicht rechtzeitig, und ein zweiter Schlag traf ihn, beschämend genug, am Rücken. Schon kam der Schweiß hinzu und keine Möglichkeit, sich über die Stirn zu wischen. Immerhin war er schnell genug, das Stolpern seines Kontrahenten über eine Wurzel auszunutzen, um den ersten Punkt für sich zu machen.

Während Walther von Vargula den Treffer verkündete, schaute Biterolf nach der Amme, aber sie hatte sich gerade zu einem der Kinder des Landgrafen herabgebeugt. Und als Biterolf einmal mehr nach ihr ausschaute, während der Kampf bereits weiterlief, da blickte sie zwar zurück – aber diese Unachtsamkeit hatte zur Folge, dass er Reinhards Schlag nicht kommen sah. Die hölzerne Klinge traf zur Hälfte seine Stirn, zur Hälfte den Helm. Es schepperte. Biterolf war, als ob jemand einen zentnerschweren Glockenklöppel in seinem Schädel geschlagen hätte. Er blieb zwar stehen, ließ sein Schwert aber fallen. Für einen Moment hörte er nichts mehr, als ob es auch in seinen Ohren schneite. Dann wurde sein Blick plötzlich zweifarbig, schneeweiß rechts und links rot vom Blut, das ihm aus der offenen Stirn ins Auge floss.

Reinhard führte den benommenen Biterolf an die Schranken. Dort entfernte Dietrich den Helm, und mit einem Tuch entfernte er das Blut, um die Wunde zu begutachten. Die Haut war über dem Stirnbein aufgeplatzt.

»Bestimmt sollte man das nähen«, sagte Dietrich, »aber ich kann dir etwas darumwickeln, wenn du den Kampf beenden willst.«

Biterolf wendete sich leise an Reinhard. »Wärt Ihr gekränkt, wenn ich es nicht täte?«

»Nicht doch«, erwiderte Reinhard mit ebenso gedämpfter Stimme. »Und ohne Euch zu nahe treten zu wollen: Wie es aussieht, werdet Ihr gegen mich nicht gewinnen. Aber wenn Ihr jetzt aufhört, verhindert Ihr zumindest, dass es am Ende fünf Treffer zu einem steht.«

»Ihr an meiner Stelle würdet also aufgeben?«

»Nein. Aber ich bin nicht an Eurer Stelle.«

Dietrich wollte erneut Blut abtupfen, aber Biterolf wehrte die Hand ab. »Lass es laufen. Damit es wenigstens nach etwas aussieht.«

Gemeinsam gingen Biterolf und Reinhard zum Kampfrichter, um ihm die Entscheidung mitzuteilen. Walther von Vargula rief daraufhin Reinhard zum vorzeitigen Sieger aus. Biterolfs blutiger Schopf erntete immerhin einige respektvolle Hochrufe aus dem Publikum. Während die nächsten

Kämpfer – Wolframs Knappe gegen einen Knappen der Thüringer – sich auf ihren Waffengang vorbereiteten, ließ die Landgräfin Biterolf zu sich bestellen. Sie wollte die Wunde von Nahem betrachten. Auf ihrem Schoß saß ihr jüngster Sohn Heinrich Raspe.

»Es ist nicht so schlimm, wie es aussieht«, sagte Sophia und strich Biterolf die Haare zur Seite. »Ich könnte unseren Wundarzt rufen lassen, aber ich fürchte, er würde aus diesem kleinen Riss nur einen größeren machen. Nadel und Faden, das kann Agnes besser.«

Im rückwärtigen Teil des Podests, hinter den Thronen, spielten die drei älteren Kinder mit einigen Holzpferdchen und kleinen Puppen aus Holz, Stoff und Draht, die Kreuzritter und Sarazenen darstellten. Bei ihnen war die Amme. Als ihr Name genannt wurde, trat sie zu ihnen.

»Agnes, dies ist Herr Biterolf«, erklärte Sophia, »einer unser geschätzten Sänger. Ich wünsche, dass du ihm die Stirn flickst, sobald die Kämpfe vorbei sind. – Oder habt Ihr daheim ein Weib, Herr Biterolf, das es übel nähme, wenn ich Euch in die Hände einer so hübschen Frau gebe?«

Der kleine Heinrich auf Sophias Schoß hatte, kaum dass Agnes in Sicht gekommen war, versucht, sich aufzurichten, und hielt beide Arme nach ihr ausgestreckt. Die Landgräfin hielt ihren Sohn fest in den Armen; nun aber fing er an, zu quengeln und den Namen seiner Amme zu rufen, worauf Sophia ihn seufzend in die Arme von Agnes entließ. Dort zappelte er, bis er sein kleines Händchen durch eine Öffnung im Mieder geschoben und auf eine von Agnes' Brüsten gelegt hatte. Agnes zog die Hand wieder heraus, worauf er zu weinen begann.

»In meinen Bauch will er nicht zurück«, sagte Sophia, »aber immer wieder zu deinen Brüsten, Agnes.«

Diese Bemerkung war Agnes ebenso unangenehm wie Biterolf. Sie schlug die Augen nieder und nahm das Geheul des Kindes zum Vorwand, sich mit ihm zu entschuldigen. Sophia legte beide Hände auf ihren gewölbten Bauch, als wolle sie auch das ungeborene Kind schon an der Flucht hindern.

»Agnes ist eine gute Frau und noch zu haben«, sagte sie. »Sie ist Witwe, seit ihr Mann bei der Belagerung von Weißensee fiel. Sie wüsste einen Haushalt einwandfrei zu führen. Wenn Ihr wollt, rede ich mit ihr, und mit etwas Glück verlasst Ihr die Wartburg nicht mit leeren Händen.«

»Das kommt etwas plötzlich«, sagte Biterolf, dem vielmehr die Frage durch den Kopf schoss, ob er die Wartburg überhaupt verlassen würde.

»Hübsch ist sie wie keine Zweite.«

»Euer Hoheit ausgenommen.«

Sophia lächelte beinahe nachsichtig über diese ungelenke Schmeichelei. »Euch läuft Blut in den Kragen.« Sie wartete, bis Biterolf das Blut fortgewischt und sich das Tuch auf die Wunde gedrückt hatte, damit kein neues nachkam, und sagte dann: »Denkt darüber nach, Herr Biterolf. Vielleicht könnten wir damit endlich diesen schwermütigen Zug vertreiben, der sie seitdem umgibt.« Sie wies mit einer Art Missbilligung auf Walther und Wolfram, die auf der anderen Seite der Schranken standen. »Oder wollt Ihr etwa wie Eure bejahrteren Mitstreiter bis ans Ende Eurer Tage ohne Heimat mit dem Instrument auf dem Rücken durch die Lande ziehen und für Frauen singen, die nie ihr Bett mit Euch teilen werden, geschweige denn ihr Leben?«

In der Zwischenzeit hatte auch das vierte, bislang ausgeglichenste Gefecht um den Rosenkranz sein Ende gefunden: Der Thüringer hatte Wolframs Friedrich knapp besiegt. Drei Thüringer Siegen stand somit nur ein Sieg der Gäste gegenüber. Jetzt allerdings begann der Zweikampf, der mehr als alle anderen die Neugier der Burgbewohner gereizt hatte, denn jetzt stritt einer der Ihren gegen Rupert, Ofterdingens Knappen; jenen Mann, der den Ungläubigen so verblüffend glich und dennoch beteuerte, ein Christ fränkischer Abstammung zu sein. Doch wenn wirklich Frankenblut durch Ruperts Adern floss, warum kleidete er sich dann wie ein Sarazene, den Turban eingeschlossen? Wenn er tatsächlich die Heilige Dreifaltigkeit verteidigte, warum dann ausgerechnet mit einem sarazenischen Rundschild, mit denen die Heiden doch Christi Grab erobert hatten? Und sprach er vielleicht deshalb nie, weil er nichts beherrschte als das kehligen Kauderwelsch, das die braunen Teufel dort unten redeten?

Dem Pullanen schlug also stumme Abneigung entgegen. Umso ärgerlicher war es für das Publikum, dass er einwandfrei kämpfte: Elegant, beinahe körperlos wich Rupert sämtlichen Schlägen aus, um dann den Rücken seines Gegners mit bestimmten, aber wenig schmerzhaften Treffern zu traktieren. Es war wie der Kampf eines Bären gegen einen Schwarm Bienen. Als der Thüringer, der Schildknappe des Burghauptmanns, einmal stolperte und rücklings in den Schnee fiel, ließ Rupert die Waffe sinken und reichte seinem Gegner eine helfende Hand. Der Knappe schlug das Angebot aus und mühte sich und seinen Kettenpanzer selbst wieder auf die Beine.

Ohne einen einzigen Gegentreffer wurde Rupert zum Sieger ernannt, und ein Raunen ging über den Burghof, als er barhäuptig auf die Landgräfin zuschritt, um seinen Lohn einzufordern. Dass ihre Herrin diesen Orientalen auf sein heidnisches Maul küsste, wollte den meisten Thüringern nicht gefallen. Als sie ihm den Rosenkranz umgelegt hatte, nahm er mit einer großen Geste das Kreuz in die Hand und drückte seine Lippen darauf, wie um vor der Menge seinen Glauben an den Erlöser zu beweisen.

Die letzte Begegnung fand statt zwischen Wolfram von Eschenbach und Egenolf von Bendeleben. Warum sich Wolfram vornehmlich als Ritter verstand und nicht als Sänger, wurde in diesem Kampf deutlich, denn wie Rupert vor ihm ließ er seinem Thüringer Gegner keine Aussicht auf Erfolg. Mit erstaunlicher Gewandtheit bewegte er seinen massigen, massiv gerüsteten Körper über den Kampfplatz, und mit der Übung zahlloser Jahre führte er Schwert und Schild. Die Treffer des anderen schienen ihn nicht mehr zu stören als die Schneeflocken.

Den Rosenkranz nahm Wolfram gerne an, aber er bat darum, sich den Kuss der Landgräfin versagen zu dürfen. Sophia war von dieser Zurückweisung ebenso verwirrt wie alle anderen. Wolfram erklärte lächelnd, er fürchte, sein stacheliger Bart könne Sophias liebliche Lippen blutig kratzen, wie in der Sage Kriemhilds Lippen vom Bart des rauen Ilsan zerkratzt wurden. Doch auch diese Entschuldigung löste nicht die Irritation darüber auf, dass sich der große Wolfram von Eschenbach versagen sollte, was ein Turban tragender Fremdling so selbstverständlich eingefordert hatte.

Hermann erhob sich, dankte den Teilnehmern des Wettstreits und begrüßte zugleich das ausgeglichene Ergebnis: drei Siege für die Gäste und drei für seine Thüringer. Im Badehaus seien inzwischen die Kessel angeheizt worden, und er lade die Kämpfer ein, sich gemeinsam von Schmutz, Schweiß und Blut zu reinigen und den Schmerz der geschundenen Glieder im heißen Wasser zu lindern, derweil Mägde Wein und Konfekt reichten. Dann führte er seine Gemahlin an der Hand zurück in den Palas.

Nach und nach verlief sich auch die Menge der Zuschauer, während die Ritter noch säumten, um beim Kampfplatz über die Waffengänge zu schwatzen. Biterolf sah sich nach der Magd Agnes um, die doch seine Wunde verarzten sollte, fand sie aber nirgends. Die beiden Söhne des Landgrafen standen bei den Rittern. Irmgard, die Älteste, hatte sich unerschrocken zu Heinrich von Ofterdingen, seinem Singerknaben und Rupert gesellt. Ofterdingen, auf einer Treppenstufe sitzend, musterte interessiert ihr Spielzeug, die kleinen Krieger für Jesus und Mohammed, bog ihre Glieder aus Stoff und Draht in angriffslustige Posen und lobte die Authentizität ihres Harnischs. Die Tochter des Landgrafen hörte ihm nur mit einem Ohr zu und warf immer wieder verstohlene Blicke auf seinen exotischen Knappen.

Allein im Rosengarten geblieben war Wolfram von Eschenbach. Den Blick auf den Boden gerichtet, schritt er über den Kampfplatz. Der Schnee war aufgewühlt und schmutzig vermischt mit der Erde darunter. Nur an einer Stelle war er noch nahezu jungfräulich; dort, wo Biterolf verletzt worden war. Hier blieb Wolfram stehen, reglos wie zu Eis geworden, und starrte mit leerer Miene auf die Blutstropfen im Schnee.

»Wir haben keine Eile. Zurzeit sind wahrscheinlich alle Zuber belegt. Ein Dutzend nackter, betrunkener Ritter im heißen Wasser, und der Lärm im Badehaus ist unerträglich. – Zwei letzte Stiche. Tut es noch weh?«
»Nein. Warum sollte es?«
»Weil Ihr gerade ein Gesicht gezogen habt, als würde es noch wehtun.«
»Du musst mich nicht ihrzen. Bislang duzen mich alle auf der Burg. Ich sehe nicht, weshalb du eine Ausnahme machen solltest.«
»Sehr wohl, Herr.«
Schweigend zog Agnes Nadel und Zwirn ein letztes Mal durch die Haut und durchtrennte den Faden dann mit einem Messer. Nachdem sie seine Stirn und ihre Hände mit einem nassen Tuch gereinigt hatte, griff sie mit beiden Händen in seine Haare und ordnete sie neu. Er ließ es geschehen.
»Wenn Ihr die Haare in die Stirn legt, so etwa, sieht man die Wunde nicht einmal. Es sei denn, Ihr wollt, dass sie zu sehen ist. Oh.«
»Was ist?«
»Haltet still.« Agnes erhob sich, scheitelte seine Haare und fuhr mit einem Finger über seine Kopfhaut. Als sie sich wieder setzte, hielt sie eine Laus auf dem Finger. Sie knackte ihren Panzer zwischen den Nägeln. »An denen herrscht auf der Burg leider kein Mangel. Soll ich suchen, ob ich noch weitere finde?«
»Bitte nicht. Ich bin mir sicher, es war die Einzige.« Biterolf strich sich die Haare wieder glatt. »Wie kann ich dir für deine Hilfe danken, Agnes? Ich habe nichts, was ich dir schenken kann, aber ich könnte dir natürlich ein Lied singen. Oder vielleicht will dein Kind eines hören? Heute Abend ein Lied zur guten Nacht?«
Am Zucken, das durch ihren Körper ging, bemerkte Biterolf augenblicklich, dass er etwas Falsches gesagt hatte.

»Kinder lieben Musik«, setzte er unnötigerweise hinzu, und dann, weil sie noch immer nichts erwiderte: »Mir wurde gesagt, du wärst ungefähr zur gleichen Zeit niedergekommen wie die Landgräfin.«

»Das stimmt. Aber mein Sohn ist noch in der Stunde seiner Geburt gestorben.«

»Es tut mir leid«, sagte Biterolf. »Ich hätte mich erkundigen sollen. Gott erbarm, ich will dir etwas Gutes tun ... und füge dir stattdessen Schmerzen zu.«

»Dann sind wir jetzt quitt«, sagte sie, indem sie das Nähzeug verstaute. »Soll ich Euch noch den Weg ins Badehaus weisen? Oder wollt Ihr erst auf Eure Stube?«

»Herrje, nein. Dort bin ich noch den ganzen Abend, mit meiner Fiedel als einziger Gesellschaft.«

Agnes betrachtete ihn eindringlich. Biterolf hielt dem Blick stand, sah aber abwechselnd in ihr rechtes und linkes Auge und hob schließlich fragend die Brauen.

»Es ist eigentlich nur für die Dienerschaft der Burg bestimmt«, erklärte sie, »aber ich lade Euch ein, und deshalb könnt auch Ihr kommen: In der Küche trifft sich heute Abend das Gesinde zu einer kleinen Feier. Gesang, Tanz, Spiele, vielleicht auch eine gemeinsame Fürbitte. Es gibt kalten Braten, Pasteten und Süßes, Wein und Bier. Wenn diese Gesellschaft nicht unter Eurer Würde ist ...«

»Gibt es einen Anlass?«

»Es ist viel übrig geblieben vom gestrigen Bankett. Und am Weihnachtstag werden wir kaum zum Feiern kommen. Außerdem haben die meisten Bewohner der Burg unbändige Angst vor der Wilden Jagd und glauben, dass es nur zwei vernünftige Arten gibt, die Zwölf Nächte heil zu überstehen: im Gebet oder in der Gemeinschaft. Ein Kruzifix oder ein ordentlicher Rausch: Beides soll gleichermaßen helfen.«

»Fürchtest du dich vor der Wilden Jagd?«

»Ganz im Gegenteil«, sagte sie, und noch während er darüber nachdachte, was in diesem Fall das Gegenteil von Furcht wohl bedeutete, fügte sie hinzu: »Zweierlei solltet

Ihr allerdings beachten: Lasst Euch nicht auf ein Würfelspiel mit den Knechten ein. Die schummeln vorne und hinten, bei Fremden umso schamloser.«

»Verstehe. Und das Zweite?«

»Und seid behutsam im Umgang mit Gerhard Atze, der heute Abend zweifellos dabei und zweifellos betrunken sein wird. Es ist ein Wunder, dass er nur gelacht hat, als ihm Heinrich von Ofterdingen so leichtsinnig eine Handvoll Schnee in den Kragen stopfte. Denn jedem anderen hätte er für diese Frechheit den Kopf abgeschlagen.«

Biterolf dankte Gott dafür, dass seine Finger heil geblieben waren. Nach dem Bad griff er zur Fiedel und breitete die Texte seiner Lieder vor sich aus, wiewohl er sie ohnehin alle im Kopf hatte. Eines nach dem anderen stimmte er an und war zufrieden mit dem Ergebnis. Dann traf er eine Auswahl seiner besten Gesänge – zwei Klagelieder, ein Werbelied und eine Pastourelle –; jene vier Stücke, auf die er besonders stolz war und für die man ihm in seiner Heimat das meiste Lob gezollt hatte. Als er sich an seine letzten Auftritte im Hennebergischen erinnerte, an den Applaus und die Jubelrufe, fiel es ihm mit einem Mal schwer, noch an eine Niederlage im Sängerstreit zu glauben. Der Schreiber hatte nicht umsonst gesagt, Biterolf von Stillaha würde zu den ersten Dichtern Thüringens zählen. Zufrieden legte er sein Instrument beiseite, um Agnes' Einladung zu folgen.

Die Luft war ähnlich dick wie am Nachmittag im Badehaus, aber sie roch nicht nach Kalk, Seife und feuchtem Holz, sondern nach Rauch, verbranntem Fett und gewürztem Wein – und, hier wie dort, nach Schweiß. Als Biterolf aus der dunklen, lautlosen Kälte in die Küche trat, erinnerte ihn der Anblick des Gedränges an Darstellungen des Fegefeuers, mit dem wesentlichen Unterschied, dass die Sünder hier heiterere Mienen hatten. Flammen und leicht Bekleidete gab es aber fast ebenso viele. Zwei rote Hähne, deren Schrei bekanntlich die Dämonen fernhielt, liefen im Stroh umher und mieden die Nähe der Hunde. Biterolf wurde neugierig beäugt, bis sich Agnes seiner annahm und ihm einen Becher und eine Pastete besorgte. Sobald die Feuer und der Wein sein Blut erhitzt hatten, spürte er die Wunde auf seiner Stirn pochen.

Er war der Einzige von Stand unter all den Knechten und Mägden, und daher atmete er auf, als Gerhard Atze Einzug hielt, Heinrich von Ofterdingen an seiner Seite. Offenbar hatten sich die Männer seit ihrem Zweikampf nicht getrennt. In Ofterdingens Gefolge kamen sein orientalischer Knappe und sein Singerknabe Konrad. Beiden schien die Teilnahme an der Feier gleichermaßen unlieb.

»Fleisch!«, donnerte Ritter Gerhard, als er auf einem Lehnstuhl Platz nahm, der sich unter den niedrigen Bänken und Schemeln wie ein Thron ausnahm. »Ich könnte ein Pferd verputzen!« Als das Gelächter verklungen war, wandte er sich an Ofterdingen: »Wir machen es wie unsere Vorväter, he!, und nehmen Wodans Geist mit dem Pferdefleisch in uns auf! Wo ist Rüdiger, mein getreuer Meistermetzger?«

Die Rippenbögen des Pferdes brieten über dem Feuer, derweil ein Junge beständig den Spieß drehte, damit das Fett nicht ins Feuer tropfte; aus einem Kessel über einem zweiten Herd schauten die Vorderbeine heraus, deren Fleisch sich allmählich von den Knochen löste, und in einem Korb lagen die Pferdeblutwürste zum Verzehr bereit – aber Rüdiger war nirgends zu finden. Atze ließ nach ihm schicken, aber der Bursche kehrte allein zurück. Der Fleischhauer war am Morgen in den Wald gezogen, hieß es, um Buchenholz für das Räuchern des Pferdehinterns zu schlagen, und seitdem hatte ihn niemand mehr auf der Burg gesehen. Die Wache am Tor habe bestätigt, dass er nicht zurückgekommen war. Rüdiger war also da draußen.

Jetzt noch nach ihm zu suchen wäre Irrsinn gewesen: Dunkelheit, Kälte, Wölfe und das Geisterheer der Zwölften lauerten jenseits der Burgmauern. Rüdiger war verloren. Gewiss war er längst dem Heer der Wütenden begegnet, hatte sich nicht rechtzeitig zu Boden geworfen und den Blick abgewendet, hatte vor lauter Entsetzen die Schutzformeln nicht erinnert und war von der unerbittlichen Frau Hulde mitgezogen worden, auf ewig ihre Legion der untoten Seelen zu begleiten. Lamentationen um Rüdiger, Mutmaßungen und Gebete erfüllten die Küche. Jeder hatte schon einmal von jemandem gehört, der dem Spuk um Haaresbreite entronnen war, oft mit einem leidigen Andenken wie geschwollenen Gliedern, faulen Zähnen oder trüben Augen. Das Küchengesinde wurde um Wacholder angebettelt.

Ohne dass jemand sie darum gebeten hätte, trat das greise Hühnerweib in die Mitte des Raumes und begann, eine Geschichte zu erzählen, die offensichtlich jeder der Burgbewohner kannte und trotzdem zu hören wünschte: jenes Erlebnis des Landgrafen mit den Geistern der Weihnachtstage. Denn als Hermann noch Pfalzgraf war – berichtete sie – und sein Bruder, Ludwig der Fromme, noch Landgraf von Thüringen, da sorgten sich beide um das Heil ihres verstorbenen Vaters, Ludwigs des Eisernen. Also ließ man einen Pfaffen aus Eisenach auf die Burg holen, der sich auch auf Nekromantie verstand. Während der Zwölften sei es gewesen, natürlich, während der herrenlosen Tage, an denen die Grenzen zwischen dem Diesseits und dem Jenseits durchlässig sind und die Hölle ihre Pforten öffnet – ja wenn sie sich recht erinnere, auf die Nacht genau heute vor Dutzenden von Jahren –, als man dem schwarzen Pfaffen das oberste Geschoss im Südturm überließ, auf dass er dort den Teufel beschwöre.

Am nächsten Morgen haben sich der Landgraf und sein Bruder samt einigen anderen um den Turm versammelt, da kam der Pfaffe mit roten Augen und einem gelben Gesicht herausgetaumelt, und was er berichtete, war dies: dass es ihm tatsächlich gelungen sei, einen Teufel zu beschwören, und dass dieser Teufel versprochen habe, ihn, den Pfaffen, in die Verdammnis zu führen, ihm die Seele des eisernen Landgrafen zu weisen und ihn unbeschadet wieder herauszulassen. Der Pfaffe sei also auf die Schultern des Teufels gestiegen, und dieser sei mit ihm von der Wartburg über den Fluss zum Hörselberg geflogen – wo die Unterwelt so knapp bis unter die Oberfläche reicht, dass bisweilen die Flammen des Fegefeuers herausschlagen – und durch einen Spalt im Gestein direkt hinein in sein Reich. Hier habe der Pfaffe so viele jammernde, bejammernswerte Seelen und so viel Marter und Pein sehen müssen, dass es einem Wunder gleichkomme, dass er vom Anblick nicht erblindet sei. Sein Teufel habe nun einem anderen Teufel bestellt, den eisernen Ludwig heranzuschaffen, und nach einem Stoß in des Teufels Posaune habe sich der Boden geöffnet und unter Funkenflug und Schwefeldampf eine Grube offenbart, einen brodelnden Pfuhl voller Leiber, und diesem Pfuhl sei der alte Landgraf entstiegen, hager und schwarz, mehr Gerippe als menschliches Wesen, ein löchriges Büßerhemd am Leib. Als der Unglückliche des priesterlichen Besuchers ansichtig geworden sei, habe er sich selbst aufs Strengste verklagt, dass er zu Lebzeiten den Klöstern so übel mitgespielt habe, dass er den Mönchen gottlos Vermögen und Land abgepresst habe und dass er deshalb vollkommen zu Recht die Strafe im ewigen Feuer zu erdulden habe. Einen einzigen Schlüssel gebe es, die Erlösung dennoch zu erlangen: Wenn nämlich seine Söhne das entzogene Gut an die Klöster zurückgäben, dann wäre seine Pein von der Stunde an beendet.

Landgraf Ludwig und sein Bruder haben diesen Bericht von der nächtlichen Vorhöllenfahrt aber für einen durchsichtigen Kniff des Pfaffen gehalten, eine große Summe Geldes für seine Ordensbrüder zu kassieren, und haben den Pfaffen zum Teufel geschickt, mit der Auflage, das Anrufen der Toten künftig zu unterlassen, wenn er nicht auf dem Scheiterhaufen enden wolle. Der Pfaffe habe aber ohnehin nichts mehr von Zauberei wissen wollen: Er habe Pfründe und Lehen aufgegeben und war Mönch im Kloster Volkenroda geworden. Bis an sein Lebensende sei die gelbe Farbe nicht aus seinem Gesicht gewichen – sie sehe ihn jetzt noch vor sich, sagte das Mütterchen; gelb wie ein Hühnerfuß sei er gewesen –, und ob sich das Gesicht nun durch die namenlosen Schrecken des Purgatoriums verfärbt habe oder durch den vielen Schwefeldampf, ganz gleich: Sein gelbes Gesicht sei der untrügliche Beweis, dass sein Bericht wahr gewesen sei, Amen.

Die Stimmung der nächtlichen Festlichkeit war durch das Schauermärchen der Greisin nun endgültig verdorben. Gerhard Atze erhob seinen Becher auf das Wohl Rüdigers, für dessen Rückkehr oder Seelenheil man beten werde.

Ein weiterer Gast betrat die Küche, während die Becher geleert wurden. Es war ausgerechnet Bertolt, der Singerknabe Walthers von der Vogelweide, der für seinen Herrn etwas zu essen besorgen wollte. Dem Burschen schlug kaltes Schweigen entgegen: Obwohl Walther nichts mit dem Verschwinden des Fleischhauers zu tun hatte – oder hatte er? –, war sein Pferd doch irgendwie schuld an Rüdigers Schicksal und mit ihm auch der Reiter.

Bevor irgendjemand seinen Unmut äußern konnte, sagte Atze: »Sicherlich wird man dir geben, was dein Herr wünscht.« Er zeigte mit dem Finger auf den Jungen, der den Bratenspieß mit der Pferdebrust kurbelte: »Du: Schneid ihm die saftigsten Stücke von unserem Ochsen herunter. – Wünscht Walther Brot dazu? Etwas Obst?«

Bertolt nickte, und inzwischen hatte auch der Dümmste begriffen, was der Ritter beabsichtigte. Schnell war der Singerknabe mit ausreichend Brot, einer Birne und zwei dampfenden Stücken Pferdefleisch versehen.

»Heiß und knusprig wie der heilige Laurentius«, verabschiedete ihn Atze freundlich. »Sag Walther, er soll es sich schmecken lassen.«

Die Gesellschaft wartete, bis Bertolt mit dem Spießbraten die Küche und das Haus verlassen hatte und außer Hörweite war, und brach dann in befreiendes Gelächter aus. Dass es Gerhard Atze gelungen war, dem Sänger sein eigenes Ross vorzusetzen, war nun wirklich ein Kunstgriff sondergleichen. Genüsslich malte man sich aus, wie Walther in seinem Gemach den vermeintlichen Ochsen verspeiste, nichts ahnend, dass er dabei gerade auf dem geliebten Wesen herumkaute, das er am Tag zuvor noch beweint hatte.

Auf diese Weise war der Auftakt für alle Anwesenden

gegeben, sich über den Drei-Mark-Pferdebraten und die Suppe herzumachen, wobei Atze darauf bestand, dass Ofterdingen als Erster erhielt, damit er auch als Erster wieder fertig war mit dem Essen, um die Gesellschaft, wie er es Atze hatte versprechen müssen, mit seinem Gesang zu unterhalten. Kaum hatte sich Ofterdingen also das letzte Fett von den Fingern geleckt, da schlug er seinem Singerknaben den halb vollen Teller aus der Hand und wies ihn an, die Fiedel zu stimmen.

»Ein Lied auf den Rosengarten!«, rief er, sprang auf eine Tafel und legte los.

Das Lied war von einer Obszönität, die Biterolf den Atem raubte. Dem Mann, der Deutschland das hehre Lied der Nibelungen geschenkt hatte, hätte er Derartiges nie zugetraut. Es handelte nicht etwa vom Wormser Rosengarten oder von dem auf der Wartburg, sondern von einer Dame, die eine Rosenwurzel ausgrub, um sich mittels ihrer Befriedigung zu verschaffen. Als wäre das nicht genug, brach danach Streit aus zwischen der Frau und – Biterolf wollte es gar nicht glauben – ihrer Fut, die ihr vorwarf, sie zu vernachlässigen, worauf sich beide trennten, um auf eigene Faust ihr Glück bei den Männern zu suchen. Beiden erging es gleichermaßen übel, denn die Männer wollten keine Fut ohne Frau, noch weniger aber eine Frau ohne Fut – weshalb die Dame zu Hammer und Nagel griff und sich die Fut beim ersten Wiedersehen an den Unterleib schlug, um nie wieder ohne zu sein.

Ohne Atempause stimmte Ofterdingen das zweite Lied an, in dem eine Magd nach einem Stiel für ihren kaputten Besen suchte – die Bilder waren wirklich zum Davonrennen schlicht –, bis ein Knecht ihr gab, was sie benötigte. So ging es ohne Unterlass weiter: unersättliche Damen und liebestolle Pfaffen, Elfen beim Bade und tumbe Bauern mit unvorstellbarem Gemächt, ja selbst Hunde und Huftiere und immer neue Umschreibungen des männlichen und des weiblichen Geschlechts mit kaum genug Pausen dazwischen, dem Vortrag zu applaudieren. Ofterdingen sang das Gegenteil von Minne. Dies war Un-Minne in ihrer reinsten Form.

Biterolf ertappte sich dabei, wie er mit seinem Becher den Takt auf die Tischplatte schlug und mit den Füßen stampfte wie alle anderen. Er sparte ebenso wenig an Zwischenrufen und Antworten auf die gesungenen Fragen, und er sang den Refrain lauthals mit, sobald er sich ihm eingeprägt hatte. Meist bestand er ohnehin nur aus *Lalala* oder *Leileilei*. Ofterdingens Vortrag war einfach zu mitreißend. Das Gesinde tanzte ungezwungen zur Musik; in Pärchen, im Reigen, alleine. Einer der Knechte lachte so heftig über die gesungenen Zoten, dass er sich ins Stroh übergeben musste.

Ofterdingen war mittlerweile schweißbedeckt, weil er sich nicht damit begnügte, zu singen und zu fiedeln, sondern während der Lieder tanzte und über die Tafeln lief, wobei er reihenweise die Becher umwarf und in die Schüsseln der Essenden trat. Zwischen zwei Strophen entledigte er sich seines Hemdes und machte mit nacktem Oberkörper weiter. Dadurch kam nun auch sein Bauch zum Vorschein, der unschön über den Bund der Beinkleider quoll, selbst seine Brust hing schon etwas in Falten, aber das schien außer Biterolf niemandem aufzustoßen. Dann warf Ofterdingen Fiedel und Bogen seinem Singerknaben zu, der sie mit knapper Not auffing, und nun musste Konrad ein Stück spielen, während sein Herr vom Tisch sprang, eine Magd bei der Hand nahm und mit ihr in der Mitte der Küche einen Tanz aufführte. Diverse Male rief Ofterdingen: »Schneller!«, bis selbst Konrad, der seinen Herrn an Fingerfertigkeit übertraf, an die Grenzen seiner Kunst gelangt war. Ofterdingen und seine Partnerin schlugen einen Weinkrug und ein Fässchen Butter zu Boden und stürzten in die Hände der Umsitzenden, womit der Tanz beendet war. Er dankte der Magd mit einem Kuss und ließ sich in Atzes Lehnstuhl fallen. Irgendjemand reichte ihm einen Becher, den er gierig leerte. Viel von dem Wein lief rechts und links am Mund vorbei und mischte sich mit dem Schweiß auf seiner Brust.

Der Sänger wurde bestürmt, weitere Lieder zu singen, aber er schlug die Bitten ab: Zu sehr habe er sich verausgabt, sagte er, während er sich Oberkörper und Gesicht mit einem

Tuch trocken rieb, seine Zunge hinke vom vielen Wein und er habe sich die Pause wahrlich verdient. Er ließ seinen Blick durch den Raum streifen, bis er Biterolf gefunden hatte.

»Der da soll euch etwas spielen«, rief er, indem er auf Biterolf zeigte. »Er ist schließlich auch ein Sänger, und ich bin mir sicher, er steht mir in nichts nach. Konrad, gib ihm die Fiedel.«

Ehe Biterolf protestieren konnte, hatte ihm Konrad das Instrument überreicht. Aller Augen waren nun auf ihn gerichtet. Einige der Anwesenden klatschten schon jetzt in die Hände. Biterolf ging in Windeseile sein Repertoire an Liedern durch, aber das einzig vulgäre Stück, das er kannte, *Der Rübenbauer und der Pfaffe*, hatte Ofterdingen bereits gegeben.

»Ich fürchte, meine Lieder könnten euch enttäuschen«, räumte er ein. »Sie sind nicht so ... lustig.«

»Nur nicht so bescheiden!«, versetzte Ofterdingen.

»Sing!«, rief von irgendwo ein Mann, und einige weitere stimmten in den Ruf ein.

Biterolf hatte keine Wahl. Die Rufe verstummten, als er auf die Tafel stieg wie vor ihm Heinrich von Ofterdingen. Dies war kein Singen auf Leben und Tod, und dennoch kam es ihm so vor. Er wollte alles in die Waagschale werfen. Er musste gleich das beste seiner Lieder singen. Er spürte, dass er nur diesen einen Versuch hatte, das Gesinde für sich einzunehmen. Er räusperte sich. Agnes, die nahe beim Herd den Kopf eines blonden Mädchens lauste, blickte auf.

»Dies Lied ist etwas ruhiger«, erklärte er.

Dann setzte er den Bogen an die Saiten von Heinrich von Ofterdingens Fiedel. Von der ersten Note an gab sich Biterolf äußerste Mühe, im Spiel und im Gesang so präzise und so gefühlvoll wie möglich zu sein, und das Kunststück gelang. *Ich zog durch einen Wald im Frühling* sang er, jenes Lied, das auch im Sängerwettstreit sein erstes werden sollte. Eine Frau streift im Lenz durch einen Wald – so ging das Lied –, und überall um sie herum schießen Gräser und Blumen aus dem Boden, und den Bäumen wächst wieder das grüne Fleisch auf den nackten Rippen, und wo immer sich Schnee in dunklen Winkeln verkrochen hat, die letzten Stacheln des verhassten Winters, da findet und vertilgt ihn jetzt die Sonne. Und die Vögel, Allmächtiger, die Vögel! Wie herrlich ihr Loblied auf den Schöpfer und das Leben klingt! Doch die Frau ist taub für diesen Choral und blind für das Leben. Ihr Herz ist Eis, seit sie ihren Liebsten verloren hat, und keine Sonne ist stark genug, dies Eis zu tauen. Je schöner und fröhlicher die Welt um sie herum wird, desto stärker brennt ihr Schmerz.

Wärst du noch hier und Winter kalt,
Ohn Vögel, Blumen, Sonne,
Das tauscht ich, Herrgott weiß, alsbald
Für jedes Frühlings Wonne.

Vielleicht war es auch nur der Wein, aber Biterolf hatte das Gefühl, nie so gut gewesen zu sein.

Seiner Zuhörer freilich schienen nicht so ausnahmslos begeistert zu sein. Gespräche und Würfelspiele setzten wieder ein. Einige nutzten seinen Vortrag, um auszutreten oder sich einen Nachschlag vom Pferdebraten zu holen. Hinter einer der Säulen begannen zwei Mägde einen Streit. Einige Kinder machten Jagd auf ein Huhn. Ein Greis war mehr mit dem beschäftigt, was er mit einem Fingernagel aus seiner Nase gezogen hatte, als mit Biterolfs Lied. Und Agnes hatte die Küche unbemerkt verlassen. Aber zumindest ein Paar nahm das ruhige Lied zum Anlass, einander zu küssen. Und Ofterdingen in seinem Sessel war aufmerksam. Er lächelte über das ganze Gesicht.

Biterolfs letzter Vers war kaum gesungen – der vergebliche Wunsch der Frau, ihr Liebster möge eines Tages wiederkommen –, da brüllte Atze: »Ja, zum Teufel, wann *kommt* er denn endlich wieder?«, und dem folgte Gelächter und Applaus. Biterolf war sich unsicher, wie viel davon er auf sich beziehen sollte. Er stieg vom Tisch und gab Konrad die Fiedel zurück. Er musste an die frische Luft. Er brauchte dringend etwas Abkühlung, Geister oder nicht. Niemand hielt ihn auf, als er die Küche verließ.

Biterolf überquerte den Burghof zum Rosengarten und pisste dort gegen die Mauer. Über ihm, vom Wehrgang, vernahm er zwei Stimmen, eine davon seltsam schräg und abgehackt, wie die eines Komödianten, der einen Zwerg oder ein Fabelwesen spricht. Biterolf stieg die Treppen hinauf, um nachzusehen.

Bei den Zinnen stand – dank des Turbans unverkennbar selbst im Dunkeln – Ofterdingens Pullane. So einen Anblick mussten die Verteidiger auf den Zinnen von Akkon und Jerusalem geboten haben. Nur die Wärme fehlte und der Sternenhimmel, für den die Kreuzfahrer Palästina so oft rühmten.

Rupert fasste Biterolf scharf ins Auge, als dieser auf den Wehrgang trat, doch sobald er ihn erkannt hatte, löste sich seine Spannung. »Kommt«, sagte er und winkte Biterolf heran. Auf dem Leder seines Handschuhs saß der Rabe, den Biterolf zuletzt bei Ofterdingens Einzug gesehen hatte. In der anderen Hand hielt Rupert ein Stück Brot, von dem der Vogel fraß.

»Mit wem hast du gesprochen?«, fragte Biterolf.

Rupert lächelte und strich mit einem Finger über die Kehle des Raben. »Mörder! Mörder!«, krächzte dieser darauf. *»Deus vult!«*

»Gelobt sei Jesus Christus«, sprach Rupert, worauf der Rabe erwiderte: »In Ewigkeit, Amen.«

»Heilige Mutter Gottes«, versetzte Biterolf.

»Benedictus Dominus Deus Israel«, sagte der Rabe. »Hol dich der Teufel!«

»Wer immer ihm ein neues Wort beibringt: Es sind entweder Flüche oder Gebete«, erklärte Rupert.

»Er spricht!«

»Hier in Thüringen gibt es offenbar niemanden, der je einen Vogel hat sprechen hören. Es ist keine Hexerei. Man muss ihnen die Wörter nur oft genug vorsagen.« Er strich dem Vogel mit einem Finger über die Kehle. »Wenn diese Bauern hier wüssten, dass ich einen schwarzen Raben habe, der mit Menschenzunge sprechen kann, würden sie mich und den Vogel vermutlich gemeinsam verbrennen. Deswegen treffen wir uns nachts, wenn ich gewiss sein kann, dass sie sich aus Furcht vor ihrem merkwürdigen Geisterheer in den Kammern verkrochen haben.«

»Du magst sie nicht.«

»Und sie hassen mich. Da rotten sie sich ums Herdfeuer zusammen, die Männer schmutzstarrend, die Frauen schamlos, fressen Pferd und trinken Wein, der schmeckt, als hätten ungewaschene Füße unreife Früchte gestampft, wälzen sich im Stroh wie das Tier und grölen dabei unzüchtige Lieder, nur um sich am nächsten Morgen für ihr rohes Vergnügen vor Gott anzuklagen. Und dieser Gestank, Jesus Christus!«

»In Ewigkeit, Amen«, krächzte der Rabe mit einer Stimme, die der des Pullanen nicht unähnlich war.

»Warum bist du dann nicht in deiner Stube?«

»Weil Heinrich meine Gegenwart wünscht. So gering ich sein Volk achte, so hoch achte ich diesen Mann. Sonst wäre ich längst zurück in Palästina.« Rupert warf den Rest des Brotes in die Luft. Augenblicklich flog der Rabe auf, schnappte den Kanten im Flug und verzog sich damit auf seinen Platz auf dem Bergfried. »Wie überlebt man diese Eiseskälte?«, fragte Rupert. »Es ist, als würden sie alle freiwillig in der Vorhölle leben.«

Es war in der Tat unerträglich kalt. Gemeinsam gingen sie zurück zum Palas. Ihre Schritte knirschten im gefrorenen Schnee. Hoch über ihnen war zwischen den Wartburgkrähen und Ruperts Raben ein Kampf um das Brot ausgebrochen.

Vor dem Palas kam ihnen Agnes entgegen. »Hier seid Ihr«, sagte sie.

»Du hast mich gesucht?«

»Ich wollte Euch für Euer Lied danken.« Sie wartete, bis der Pullane weitergegangen war, bevor sie weitersprach. »Ein Lied von Verlust und Trauer war ganz sicherlich nicht

das, was das Gesinde wollte. Nachdem es eine Stunde lang nur auf Löcher und Stecken und nackte Pfaffenhintern eingestimmt worden war. Aber mich hat es sehr gerührt.«
»Das freut mich.«
»Der Mann, um den sie weint ... ist gestorben?«
»Ja. So habe ich es mir zumindest vorgestellt. Er ist aus dem Krieg nicht zurückgekommen oder etwas in der Art. Einerlei.«
Sie nickte.
»Maria hilf«, sagte Biterolf und schlug sich gegen die Stirn, »ich habe schon wieder mitten in die Wunde gelangt. Dein Mann ist so gestorben! Die Landgräfin hat es mir gesagt. Ich hatte es vergessen. In der Belagerung von ...«
»Weißensee. Philipp von Schwaben hat Weißensee belagert. Da bekam er einen Bolzen in die Brust geschossen. Eine Woche drauf starb er am Wundbrand. Aber Ihr müsst Euch nicht entschuldigen.«
»Natürlich muss ich das. Und das, nachdem ich dich erst heute Mittag so schmerzlich an deinen Sohn erinnert habe!«
»Es tut nicht mehr weh.«
»Aber du hast vorhin ein Gesicht gezogen«, entgegnete er langsam, »als würde es noch wehtun.«
Sie schwieg. Er schwieg mit ihr. Er hätte einiges darum gegeben, diesen Moment im Warmen zu erleben.
»Er war rund und rosig«, sagte sie. »Er hat einmal die Augen aufgeschlagen und dann nie wieder. Als der Kaplan eintraf, war er längst tot. Er hat die Welt in Sünde verlassen, ohne Taufe, namenlos, vom Himmelreich ausgeschlossen, seinem Vater ebenso fern wie seiner Mutter. Keinen von uns beiden wird er je wiedersehen. *Limbus* hat der Kaplan den Ort genannt, wo seine Seele jetzt weilt. Er hat gesagt, er würde dort nicht leiden.«
»Ich bin mir sicher, der Kaplan hat recht.«
»Ich nicht.«
Sie schwiegen erneut. Da fortwährend alles falsch war, was Biterolf sagte, beschloss er, künftig nichts oder zumindest weniger zu sagen.

»Ich wirke wahrscheinlich etwas ruppig?«, fragte sie.
»Mitunter.«
»Verzeiht. Das habt Ihr nicht verdient. Ich habe mir ein Verhalten angewöhnt, das Menschen wie Euch, gefühlvollen Menschen, nicht gerecht wird.«
Sobald Biterolf lächelte, war das Klappern seiner Zähne zu hören. Er presste die Lippen wieder aufeinander.
»Gehen wir hinein. Ihr erfriert noch.«

Rupert hatte abseits in einer Nische am Herd bei den Hunden Platz genommen. Konrad musste fiedeln. Gerhard Atze hatte seinen Verband gelöst und zeigte den Stumpf seines gewesenen Mittelfingers herum. Ofterdingen, wieder bekleidet, hatte sich mit drei Thüringern auf ein Glücksspiel eingelassen. Auf der Tafel lagen drei Würfel, einige Pfennige und sein Mantel. Als Biterolf wieder in die Küche trat, sprang Ofterdingen auf, drängte an Agnes vorbei und umarmte ihn.

»*Frater in cantu!* Ich habe dir noch gar nicht für dein Lied danken können!«

»Ich muss euch warnen«, raunte ihm Biterolf zu. »Mir wurde gesagt, dass einem hier ungleiche Würfel vorgelegt werden.«

»Zu spät, den Mantel bin ich los«, erwiderte Ofterdingen und lachte. »Der Teufel auch, ich bin wie Christus, um dessen Gewand die Legionäre unterm Kreuz würfeln! Kein Wunder, dass der Wein hier wie Essig schmeckt! – Komm, wir setzen uns.«

Ofterdingen führte ihn fort von den Würfelnden auf eine Bank an der Wand. Einem der Knaben befahl er, ihnen von irgendwo zwei Becher und einen vollen Krug Wein aufzutreiben. »Obwohl es für dich eher Skaldenmet sein sollte, mein junger Freund.«

»Was?«

»Skaldenmet. Ein Gemisch aus Honig und dem Blut des Weisesten aller Männer; von Zwergen gebraut, von Odin nach Asgard entführt. Wer davon trinkt, wird zum vollendeten Dichter. Den Zwergentrank hättest du bitter nötig, um übermorgen am Leben zu bleiben.«

Biterolf schnürte sich der Hals zu. »Habt Ihr mir nicht gerade für mein Lied gedankt?«

»Danken und loben sind zwei unterschiedliche Dinge. So ein gefühliger Text, eine simple Melodie dazu, das mag für den Tanz um die Dorflinde genügen. Aber hier hast du dich wohl oder übel auf einen Wettstreit mit den größten Sängern des Reiches eingelassen. Da wirst du mehr bieten müssen als so ein Mailiedchen mit *Sonne, Wonne*. Besser, du hättest gleich auf Wolfram gehört und deinen Handschuh nicht mit in die Runde geworfen.« Der Wein wurde herbeigebracht, und Ofterdingen schenkte beiden davon ein. »Du siehst gut aus und bist jung – warum musst du überhaupt singen? Es ist so wenig einträglich. Werd doch Ministeriale oder Forstmeister oder was weiß ich.«

»Der Gesang ist meine Berufung!«, protestierte Biterolf.

Ofterdingen zuckte mit den Schultern. »Dann genieß deine letzten Tage.« Er nahm einen Schluck und verzog das Gesicht. »Nimm es mir nicht übel. Ich wünsche dir wirklich alles Gute. Und wenn ich dir irgend helfen kann, dann lass es mich wissen. Wir kennen uns zwar erst einen Tag, aber von allen Konkurrenten bist du mir der Liebenswerteste, Rudolf.«

»Biterolf.«

»Genau. Gott, ich hoffe wirklich, es erwischt den Schreiber. Das wäre mir ein innerer Ostertag.«

»Was macht Euch denn so sicher, dass *Ihr* nicht verliert?«

»Warum fragst du? Du warst doch den ganzen Abend hier. Du hast gesehen, wie ich diese Menschen gebannt habe.«

»Aber Ihr werdet vor dem Landgrafen doch sicherlich nicht ... diese Lieder singen?«

Ofterdingen lachte laut auf. »Gott behüte! Die Gesichter möchte ich sehen! Den Hoheiten eine Mär singen von der Frau, die sich ihre bockige Fut in den Schoß nagelt! Nein, dafür ist mir mein Leben dann doch zu teuer. Nebenbei bemerkt, sind diese schmutzigen Weisen gar nicht aus meiner Feder. Mit Ausnahme der Fabel von der Nonne und dem Esel. Die war gut, oder?«

»Aber was werdet Ihr dann vortragen?«

»Hermann und sein Gefolge werden zu hören bekommen, was sie hören wollen: das Lied von den Nibelungen.«

»Und damit, meint Ihr, werdet Ihr Minnekönig.«

»Wer redet denn von der Krone! Eher wird mein Arsch der Mond als ich König der Minnesänger! Nein, gewinnen werde ich ganz bestimmt nicht. Nicht mit einem Höfling wie Reinmar als Kampfrichter. Reinmar wird es sich mit Hermann nicht verscherzen wollen. Ich wette mit dir, dass Wolfram mit seiner kryptischen Erlösungsgeschichte von Parzival und dem Gral das Rennen macht. – Noch etwas Pfeffer in deinen Wein?«

»Und Walther?«

»Trauen wir Reinmar zu, dass er es diesem ewigen Jammerer so übel heimzahlt und die Gelegenheit nutzt, Walther aus der Welt zu schaffen?«, fragte Ofterdingen. »Natürlich nicht. Aber dass er ihn zum Sieger kürt, erscheint mir noch weniger denkbar. Armer Walther! Kaum hat er sein eigenes Pferd verdaut und geschissen, da wartet schon die nächste Kränkung auf ihn.«

»Ich dachte, Ihr hasst Walther.«

»Er hasst mich. Wie er jeden hasst, der irgendwann einmal irgendeinen Scherz auf seine Kosten gemacht hat. Aber ich mag ihn eigentlich ganz gerne. Er hat Talent. Und wir standen Rücken an Rücken im Gefecht gegen die Sarazenen, auch wenn er davon nichts mehr hören mag! Weißt du, Walther ist mir weiß Gott lieber als dieser Kleingeist von Schreiber. Oder als Sankt Wolfram, der flügellose Engel, der allen Witz in sein Werk steckt, dass am Ende für ihn selbst nichts mehr übrig bleibt. Nein, Walther wird nicht verlieren. Also trifft das Schwert ... entweder dich oder den Schreiber. Einer von euch beiden schlägt die Harfe bald bei den Engeln. Ausgerechnet ein Thüringer! Kein Wunder, dass der Landgraf immer wieder auswärtige Talente an seinen Musenhof locken muss, damit sein Thüringer Wald auch weiterhin der deutsche Parnass bleibt.«

»Ich lege mein Schicksal in die Hand dessen, der Himmel und Erde gemacht hat«, erwiderte Biterolf fest. »Es ist eine heilige Prüfung. Wenn Er Gefallen an meiner Kunst hat, werde ich den Wettstreit auch überstehen. Falls nicht, dann bin ich offenbar nicht wert, Minne zu singen, aber dann darf und dann will ich ohnehin nicht weiterleben. Ich unterwerfe mich Seinem Urteil.«

»Nur urteilt nicht Gott, sondern Reinmar«, bemerkte Ofterdingen. »Aber die Haltung lob ich mir, Jung Biterolf! Eine heilige Prüfung, in der Tat! Hol's die Pest, nicht eben helle, aber mit solcher Tapferkeit musst du einfach bestehen!« Er legte eine Hand auf Biterolfs Nacken.

Eine Weile saßen sie so. Die kräftige Hand im Genick fühlte sich gut an, als könne sie Biterolfs Hals vor der Klinge des Richtschwerts schützen. Heinrich von Ofterdingen summte das vor sich hin, was er von der Melodie von Biterolfs Klagelied behalten hatte.

»Welche von den Frauen gefällt dir am besten?«, fragte er unvermittelt. »Man muss doch anerkennen, das Weibervolk von der Wartburg trifft insgesamt ein gutes Mittelmaß. Gesund und üppig sind sie alle, und manche von ihnen sind regelrecht hübsch.«

Biterolf suchte die trinkenden, essenden, tanzenden und schlafenden Frauen nach Agnes ab. Als er sie am anderen Ende des Raumes entdeckte, erwiderte sie seinen Blick und lächelte ihm zum allerersten Mal zu. »Das ist eine«, sagte Biterolf leise, »mit der ich mein Leben verbringen könnte.«

»Ich sprach eigentlich nur von dieser Nacht«, entgegnete Ofterdingen und schlug ihm mit der flachen Hand auf den Schenkel. »Aber die ist wirklich nicht übel. Ein reizendes, nussbraunes Mädchen. Und schöne Brüste. Doch, die ist ordentlich. Ich wünsche dir viel Glück.«

»Nach Eurem Vortrag könntet Ihr wahrscheinlich jede Frau aus diesem Raum haben«, sagte Biterolf.

»Ja. Aber ich habe noch nicht gewählt.«

Die Feiernden waren inzwischen müde geworden. Einige hatten sich in ihre Kammern zurückgezogen oder waren vor Ort auf dem Stroh eingeschlafen. Ofterdingen trug Konrad auf, sanftere Melodien zu spielen. Konrad, dessen Finger bei den letzten Stücken schwer geworden waren, nahm die Anweisung dankbar entgegen.

Biterolf ging erneut Wasser abschlagen. Als er zurückkehrte, fand er Ofterdingen und Agnes ins Gespräch vertieft vor. Immer wieder sah sie zu ihm herüber. Zweifellos wollte der Ofterdinger ihm helfen, Agnes für ihn einzunehmen, indem er gut über ihn sprach. Biterolf war entzückt: Wahrscheinlich konnte es keinen besseren Brautwerber geben als Heinrich. Also kümmerte sich Biterolf um andere Dinge, während man über ihn sprach, und versuchte, sich nicht anmerken zu lassen, dass er bemerkte, dass man über ihn sprach.

Das Zwiegespräch der beiden dauerte erstaunlich lange und endete damit, dass Ofterdingen und Agnes gemeinsam die Küche verließen. Biterolf traute seinen Augen nicht. War das noch Teil der Brautwerbung? Sollte er ihnen jetzt nachlaufen? Unschlüssig verharrte er an seinem Platz. Rupert indes erhob sich in seiner Nische, stieg über einige Leiber hinweg und folgte seinem Herrn nach draußen.

Neben Biterolf legte Konrad die Fiedel nieder. Auf Biterolfs fragenden Blick entgegnete er: »Ich mache Schluss. Der kommt nicht wieder. Und wenn ich auch nur noch einen einzigen weiteren Schafsdarm berühre, zerreißt es mir die Fingerkuppen.«

Niemand beschwerte sich darüber, dass das Saitenspiel verklungen war. Das Geschnarche der Schlafenden und das Gemurmel der Wachen traten an dessen Stelle. Konrad schüttete sich den Wein aus mehreren halb vollen Bechern zusammen. Biterolf fand noch immer keine Worte.

»Nimm's dir nicht zu Herzen«, sagte der Singerknabe. »So ist Heinrich. Niemand kann gegen ihn bestehen, wenn es um Frauen geht. Morgen kannst du's ja noch einmal versuchen, mit ihr die Blumen zu brechen ... wenn du sie dann noch willst.« Er folgte Biterolfs Blick zur Tür, durch die sie verschwunden waren und die jetzt geschlossen blieb. »Dabei geht es ihm nicht einmal darum, die Schönste zu bekommen. Es geht ihm einfach nur darum, die des anderen zu bekommen. Hast du ihm verraten, welche dir gefällt?«

Biterolf nickte. Konrad zuckte mit den Schultern, ganz so, als wäre Biterolf folglich selbst schuld am Raub seiner Auserwählten.

»Du bist nicht der Erste. Das hat er bei mir schon unzählige Male gemacht. Zum Henker, sogar Wolfram hat er die Liebste weggenommen.«

»Wolfram?«

»Um einiges übler. Denn Wolfram wollte mehr von ihr als nur eine Nacht: Er hat sie wirklich geliebt. Er hat sie umworben, aber Heinrich hat sie genommen. Während Wolfram ein Lied auf sie schrieb, lag sie längst unter Heinrich. Niedere Minne besiegt hohe Minne.«

»Wann war das?«

»In Passau, am Hof von Bischof Wolfger. Vor meiner Zeit. Als sie gemeinsam am Lied der Nibelungen arbeiteten.«

»Gemeinsam?«, fragte Biterolf. »Ich dachte, Heinrich hätte das Nibelungenlied allein niedergeschrieben?«

»Das hat er auch. Aber ursprünglich sollten sie ihr Talent vereinen. Damals, in jungen Jahren, waren sie noch Freunde, innigste Freunde. Der Bischof von Passau hat Wolfram und Heinrich zu sich geholt und ihnen reichen Lohn in Aussicht gestellt, wenn sie die gewaltige Sage gemeinsam in Verse bringen. Heinrich die Leidenschaft, Wolfram die Schönheit. Wolfger wünschte endlich einmal eine rein *deutsche* Dichtung niedergeschrieben, nicht eine weitere Kopie aus dem Französischen oder aus der Antike. Und die beiden waren Feuer und Flamme für das Vorhaben. Es hätte ein Meisterwerk werden können.«

»Es *ist* ein Meisterwerk.«

»Aber es hätte noch besser werden können!«, versetzte Konrad beinahe wütend. »Ein Muster für alle Dichter nach ihnen hätte es werden können, nicht nur in Deutschland.

Die Sage vom Untergang Trojas hätte es übertreffen können, hätten sich die beiden nicht in die Wolle gekriegt.«

»Wegen der Frau.«

»Ach, die war nur der Tropfen, der das Fass zum Überlaufen brachte. Nein, die beiden waren sich uneins über das Wesen der Sage. Heinrichs Brunhild war Wolfram zu roh, und seine Kriemhild war ihm zu kalt, Hagen und Gunther zu hinterhältig, und überhaupt wollte er den Stoff unblutiger, leichter, christlicher erzählen und versöhnlich enden lassen. Mehr Kultur, weniger Kampf. Ihr ahnt, was Heinrich davon hielt. Wenn Wolfram die Nibelungen geschrieben hätte – diesen Spruch wiederholt Heinrich gerne –, dann würde Hagen sich bekehren, Kriemhild würde Nonne und Gunter Narr, und König Etzel würde täglich eine Messe für Siegfried lesen lassen.«

»Das ist komisch.«

»Nicht, wenn du es zum hundertsten Mal hörst«, sagte Konrad und verdrehte die Augen. »Und als es mit dem Dichten der Nibelungen schon nicht mehr richtig voranging, hat ihm Heinrich, wie es seine Art ist, die Liebste ausgespannt. Wolfram hat das als Vorwand genommen, ihnen allen beleidigt den Rücken zu kehren: Heinrich, ihr, Passau, den Nibelungen. Und ist Hermanns Einladung nach Thüringen gefolgt, um hier den *Parzival* zu beginnen, sein eigenes Kind. Und Heinrich musste und konnte die Erzählung von Siegfrieds Tod, den ersten Teil der Sage, alleine und allein nach seinen Vorstellungen niederschreiben.«

»Und die Frau?«

»Letzten Endes nicht der Rede wert. Wahrscheinlich ist sie in ein Kloster gegangen.«

Konrad nahm ein Tuch aus seinem Gürtel, breitete es vor sich auf der Tafel aus, schlug die Fiedel samt Bogen darin ein und verschnürte das Paket mit einer Kordel. Dann stand er auf. »Gute Nacht.« Noch am Platz sah er sich nach einer geeigneten Schlafstelle um.

»Du schläfst hier?«, fragte Biterolf.

»Wo sonst? Um ehrlich zu sein, macht einen das Volk

ganz kirre mit seinem Gerede von Geistern und fliegenden Teufeln. Ich gehe ungern allein über den Hof. Und in unserer Stube bringe ich eh kein Auge zu. Wenn du Heinrich je beim Liebesspiel gehört hättest, wüsstest du ... – oh. Verzeih. Aber wenn es dich tröstet: Es bleibt für gewöhnlich bei einer Nacht. Morgen, wie gesagt, hast du wieder freie Hand.«

Biterolf fuhr sich mit den Fingern über die Naht auf seiner Stirn. Dann raffte er seine Kleider zusammen. Auf dem Weg nach draußen nahm er einen herrenlosen Wacholderzweig vom Boden auf, um nicht gänzlich ungeschützt zurück in die Vogtei zu finden.

Als er den Graben zur Vorburg überquerte, hörte er direkt über sich im kohlenschwarzen Himmel eine Stimme: *Sanctum Sepulcrum adiuva!* Sicherlich war es nur der Rabe.

WOLFRAM VON ESCHENBACH

Das Jahr des Heils 1198 war ein verqueres. In Schweinfurt war eine Ziege mit zwei Köpfen auf die Welt gekommen. In Rom war ein Milchbart Papst geworden. Der deutsche Kreuzzug wurde beendet, kaum dass er begonnen hatte. Die Unstrut führte zwei Monde lang kein Wasser. Philipp von Schwaben und Otto von Braunschweig hatten sich beide zum König krönen lassen – der eine am rechten Ort, der andere mit der rechten Krone –, sodass nun zwei halbe Könige über ein geteiltes Reich herrschten und einen unheilvollen, endlosen Bruderkrieg entfacht hatten, der Land und Leuten tiefe Wunden schlug. Über Speyer war eine walzenförmige Wolke geschwebt, die sich im Morgenrot ausnahm wie eine riesenhafte Blutwurst. Und kaum dass Landgraf Hermann im Herbst von seiner zweiten Wallfahrt ins Heilige Land zurückgekehrt war, fiel bereits der erste Schnee, obwohl die Rosen noch nicht einmal ihre Blätter verloren hatten.

Es war ein schwerer Schnee, der zu Wasser wurde, sobald man darauftrat, aber er eignete sich hervorragend, Wurfgeschosse daraus zu formen. In der Vorburg brach eine Schneeballschlacht zwischen den Knechten und den Torwachen aus. Die Schreie und Juchzer hallten bis in den Rosengarten, wohin die Landgräfin Wolfram bestellt hatte, mit ihr einige Schritte durch die Vorhut des Winters zu gehen, bevor diese wieder geschmolzen war. Zwischen den Rosenbüschen war das Weiß noch unberührt. Dort war es geschehen.

Wolfram fielen sie ins Auge, bevor Sophia sie sah, aber noch während er erwog, sie mit dem Fuß unter Schnee zu begraben, war sie seinem Blick gefolgt. Dort, wo sie eben noch gestanden hatte, leuchteten drei Blutstropfen im Schnee; unreines Blut, das an den Schenkeln der Landgräfin herabgelaufen und zu Boden gefallen sein musste. Beide erröteten. Sophias Plauderei erstarb. Dergestalt an die Sündhaftigkeit des Menschen erinnert, insbesondere an die ihres eigenen Geschlechts, war es ihr unmöglich, das Gespräch fortzuführen. Sie murmelte eine Entschuldigung und verließ den Garten mit gesenktem Kopf.

Als sie fort war, starrte Wolfram erneut auf die drei Tropfen; auf das vollendete Dreieck zu seinen Füßen. Dies war ein Zeichen, wie er vom himmlischen Richter selten eines erhalten hatte. Diese drei Tropfen waren Vater, Sohn und Heiliger Geist, deren Gebote er zu übertreten drohte. Diese drei Tropfen waren *voluptas*, *impietas* und *adulterium*. Diese drei Tropfen waren Hermann, Sophia und er, der er nicht dorthin gehörte.

Zurück in seiner Stube, suchte er die Tagelieder hervor, die er in den letzten zwei Jahren verfasst hatte, jene Phantasien einer verbotenen Liebe zwischen Ritter und Dame – ein fahrender Ritter und eine schöne Fürstin, deren Gatte weit weg im hintersten Winkel des Morgenlandes weilte. Wann immer Wolframs Verlangen zu stark geworden war, hatte er es mit Tinte auf Pergament gebannt.

Wolfram las und erschrak vor den Zeugnissen seiner eigenen Wollust. Wären die Lieder weniger schön gewesen, er hätte sie verbrennen müssen. Er dankte dem Himmel für den Fingerzeig im Rosengarten und wies Friedrich und Johann an, den Aufbruch vorzubereiten.

Hermann von Thüringen bedauerte Wolframs Entschluss, die Wartburg zu verlassen, und konnte nur dadurch getröstet werden, dass Wolfram ihm seinen unvollendeten *Parzival* zur Verwahrung gab. In diesen ersten sechs Kapiteln lag das Versprechen, dass der Sänger zurückkehren würde auf die deutsche Musenburg und das Werk vollenden, wie vor ihm Heinrich von Veldeke seinen Eneasroman und Herbort von Fritzlar sein Epos vom Untergang Trojas. Zu allem Überfluss dankte Hermann ihm dafür, seiner Frau so ritterlich Gesellschaft geleistet zu haben in der langen Zeit, die er im Gelobten Land gekämpft hatte. Sophia und Wolfram wagten kaum, einander in die Augen zu sehen. Das Lehen, das Hermann ihm antrug, schlug der Eschenbacher aus.

Trübsinnig ritten Wolfram und seine Begleiter in den Herbst hinaus. Schon bei den Nibelungen war ihm eine Frau dazwischengekommen. Die Frauen hatten ihm selten Freude gebracht und niemals Freude von Dauer. Liebe ohne Leid konnte nicht sein. Er musste lernen, sosehr er sie auch liebte, ganz von den Frauen zu lassen.

Bereits im Tal stellte sich die Frage, welche Richtung man einschlagen sollte. Hier in Eisenach kreuzten sich die wichtigsten Straßen des Reiches, von Frankfurt nach Breslau und von Nürnberg nach Hamburg. Wolfram konnte sich das Kreuz an den Mantel heften und dem nächsten Heer nach Israel anschließen, um dort seine Sünden auszulöschen, aber was Heinrich ihm von Akkon erzählt hatte, klang eher danach, als würde man dort weitere Sünden auf sich häufen. Er konnte sich die Muschel an den Mantel heften und zum Grab des heiligen Jakobus nach Santiago pilgern. Er konnte in die Kriegsdienste König Philipps stoßen oder in die des Gegenkönigs Otto, aber Staufer wie Welfe waren ihm gleichermaßen unleidlich. Oder er konnte heimkehren auf seine enge, armselige Waldburg im Fränkischen und seinem Bruder bei Finanzen und Verwaltung zur Hand gehen.

Ein Specht im Wald, den man zwar nicht sehen, wohl aber hören konnte, wies ihm letztlich den Weg: Durch sein unablässiges Klopfen erinnerte er Wolfram an das Gebot, den Tag in ununterbrochenem Gebet zu verbringen, um den Teufel zu finden und zu vernichten, wie der Specht das teuflische Gewürm mit ununterbrochenem Klopfen unter der Borke auffindet und vernichtet. Wolfram musste in ein Kloster. Er entband Friedrich und Johann ihrer Dienste, sosehr diese auch schimpften und greinten. Am Namenstag des heiligen Martin traf er in der Abtei von Hersfeld ein und wurde folglich unter dem Namen *Martin* Gottes Dienstmann.

Von Fiedel und Pferd, von Waffen und Haupthaar hatte sich Wolfram trennen müssen. Er lernte Choräle, Demut, harte Arbeit und Latein und erfreute sich an einem Tagesablauf von Laudes bis Komplet, der ihm keine Fragen und keine Freizeit ließ. Er las nicht mehr selbst, sondern bekam vorgelesen. Er musste nicht einmal mehr selbst denken, denn die Schrift wurde weise für ihn ausgelegt. Außer der Heiligen Jungfrau bekam er kein Weib zu Gesicht. Der Krieg tobte unbeachtet vor den Toren des Klosters.

Einige Monate genoss Wolfram dieses Leben, aber im Frühjahr konnte er die eigenen Gedanken nicht länger im Zaum halten. Er begann, den Patres zu widersprechen, und musste sich als Laie dafür schelten lassen. Die Bücher aus der Bibliothek wurden ihm vorenthalten: Die Abtei schien Wissen wahren, nicht mehren zu wollen. Wolfram erkannte, dass – entgegen der allgemeinen Auffassung – die Mönche gottloser waren, je höher der Rang war, den sie in der Abtei bekleideten. Der Abt war der Übelste. Gar nicht auszudenken, was für ein Mensch der Papst sein mochte.

Als er unter seinen Mitbrüdern bei der Feldarbeit, im Kreuzgang oder im Refektorium die Autorität des Stellvertreters Christi infrage stellte oder das Recht der Bischöfe, Heere auszuheben und Krieg zu führen; als er die Unmenschlichkeit der Juden und Heiden anzweifelte; als er behauptete, es brauche nicht notwendig priesterliche Mittler und Interpreten, um mit Gott zu sprechen und seine Schrift zu lesen – da riet man ihm im Guten, sein Leben und sein Seelenheil nicht mit häretischen Gedanken aufs Spiel zu setzen.

Sein Pferd war inzwischen als Ackergaul verschlissen worden und gestorben. Seine Fiedel hatte man verkauft. Nur sein Schwert hatte man im Speicher des Klosters aufbewahrt. Als der Abt nach Freiwilligen suchte, eine Überführung von Reliquien aus Magdeburg zu betreuen, meldete sich Wolfram, weil er eine solche Sehnsucht danach hatte, das Eisen wieder einmal in seiner Hand zu wiegen. Es wurde, ehe Wolfram aufbrach, vom Rost befreit und mit Weihwasser besprengt.

Mit einem leeren Wagen brach man nach Magdeburg auf und mit einer Wagenladung Heiligem kehrte man wieder heim, von vier Männern des Erzbischofs eskortiert; in Reliquiaren und Kassetten aus Gold und Silber, ein Dorn aus der Spottkrone des Erlösers, der Backenzahn Johannes des Täufers, einige Kettenglieder aus dem Martyrium von Petrus und Paulus sowie – das Erlesenste von allen – ein Stück vom Kreuze Jesu, und zwar eines mit einem Loch darin, wo ein Nagel die linke oder die rechte Hand des Heilands durchbohrt hatte.

Im Eichsfeld wurden sie während des Nachtlagers überfallen von einer Gruppe von Bauern oder Herumtreibern, deren Zahl man in der Dunkelheit nur schätzen konnte. Als Wolfram erwachte, schienen die schwarzen Gestalten überall zu sein: ums Feuer, um den Wagen, bei den Bündeln der Reisenden. Wolframs Kampfgeschick war in der waffenlosen Zeit nicht im Mindesten verkümmert. Noch bevor seine Begleiter vollständig auf den Beinen waren, hatte er einen der Räuber niedergemacht und einen anderen in die Flucht geschlagen. Ein Dritter sprang ihm direkt in die Klinge, als er mit seiner Beute aus dem Wagen floh. Dann nahm das Gesindel Reißaus.

Das Magdeburger Geleit und Wolframs Ordensbrüder applaudierten dem Frater mit dem Schwert, der sie beinahe im Alleingang verteidigt hatte. Kein Mann der Eskorte hatte Schaden genommen. Die Strauchdiebe waren unbewaffnet gewesen. Nicht ein einziges Reliquiar war abhandengekommen, aber das kleine Kästchen, in dem sich der Backenzahn des Täufers befunden hatte – in einer goldenen Fassung, eingeschlagen in Samt –, war bei der Auseinandersetzung auf den Boden gefallen und aufgebrochen, und der Zahn war nirgends im Wagen zu finden. Auch der Mann, den Wolfram beim Verlassen des Wagens überrascht und getötet hatte, hielt nicht etwa diese kostbare Reliquie in seinen dürren Händen, sondern einen zerdrückten Honigkuchen, den er im Wagen beim Proviant gefunden hatte. Der Unglückliche hatte vor Gold und Silber und Heiligtümern gestanden – und sich für einen einfachen Kuchen entschieden. Als Wolfram ihn auf den Rücken drehte, war der Mann so leicht, als wäre er nicht aus Fleisch und Blut, sondern mit Stroh gestopft.

Man brach die Suche nach dem Zahn von Sankt Johannes ab und wartete auf das Tageslicht. Aber auch als man am nächsten Morgen den Wagen vom Fleck gefahren hatte und das hohe Gras Fuß für Fuß absuchte, blieb der Backenzahn unauffindbar. Pater Andreas, der die Gruppe leitete, wurde von Stunde zu Stunde ungehaltener. Am frühen Nachmittag bat er Wolfram, ihm zur Hand zu gehen. Er untersuchte die Kiefer der drei Männer, die bei dem gescheiterten Überfall zu Tode gekommen und noch nicht begraben waren, und ging dann neben dem mit den gesündesten Zähnen in die Knie.

»Der Hinterste links unten ist gut«, sagte er und hielt Wolfram ein Messer hin. »Da, kaum eine Spur von Zahnfäule.«

»Hochwürdiger Pater«, stammelte Wolfram, »das ist nicht Euer Ernst.«

»Ohne Zahn kann ich dem Abt nicht unter die Augen treten und dem Erzbischof noch weniger. Komm schon, es merkt doch niemand.«

»Ihr wollt mit einem Messer –«

»Eine Zange haben wir nicht dabei. Ich habe schon gefragt.«

»Aber dieser Kerl hier ist ein Dieb! Ihr könnt doch den echten Zahn nicht einfach hier am Wegesrand liegen lassen – ein Zahn des Mannes, der den Sohn Gottes getauft hat!«

»Ach, Martin«, erwiderte der Pater müde. »Das ist doch nicht wirklich Johannes' Zahn gewesen.«

»Sondern?«
»Wer weiß das schon. Es ist auch nicht wichtig. Es geht um das Symbol, das die Menschen anbeten können, nicht um den eigentlichen Zahn. Substitution, Martin.«
»Das war einfach nur irgendein Zahn?«
»Ja doch. – Möchtest du ihn lieber festhalten, und ich schneide?«
»Aber der Rest ist echt?«, fragte Wolfram und wies auf ihren Wagen.
Der Mönch schnaubte. »Einem, der wie du viel herumgekommen ist in der Welt, traut man so eine Novizeneinfalt gar nicht zu. Hast du dir das Stück vom Kreuz angesehen?«
»Eingehend.«
»Offensichtlich nicht. Es ist nämlich Birkenholz. Wie viele *Birken*, meinst du, wachsen wohl am Jordanstrand?«
Der Pater griff dem Toten in den Mund, um dessen Unterkiefer auszurenken. »Ich habe in meinem Leben sieben unterschiedliche Schädel von Sankt Bartholomä gesehen«, fuhr er fort. »Sah der unglückselige Bartholomäus am Ende aus wie das siebenköpfige Biest von Babylon? Natürlich nicht. Und ich schweige, bevor Gott der Allwissende meine lästernde Zunge straft, über die Anzahl der Dinger, die Christus in der Hose gehabt haben muss, wenn wir alle Heiligen Vorhäute der Christenheit zusammenzählen.«
Während Wolfram den toten Kopf festhielt, stocherte Pater Andreas mit seinem Messer im Fleisch des Unterkiefers herum, bis der Zahn gelöst war. Er wurde gereinigt und in die Fassung des Reliquiars eingesetzt. Er passte ebenso gut wie sein ebenso falscher Vorgänger. Nachdem man die Toten verscharrt hatte, nahm man die Fahrt zur Hersfelder Abtei wieder auf.

Wolfram blieb noch eine Woche im Kloster und trat dann aus, fortan Sänger und Priester in einem. Er kaufte ein Pferd und machte sich auf die Suche nach Johann und Friedrich, ohne die er nie wieder sein wollte. Er begriff die Mönchskutte, die er in Hersfeld getragen hatte, nun als eine Art

Narrenkleid, in dem er noch einmal, spät im Leben, eine andere Sicht auf die Welt kennengelernt hatte. Der Widerwille, den das Volk für die Pfaffen empfand und den er früher so oft gescholten hatte, hatte sich nun auch seiner bemächtigt. Die Pfaffen waren verdorben. Das Heil bedurfte nicht Papst und Priestern noch Bildung und Belesenheit; es lag nicht in Klöstern und Kirchen, sondern verborgen im Geiste eines jeden Einzelnen. Und in diesem Sinne wollte er auch seinen *Parzival* zu Ende bringen.

Er blieb nur kurz in Thüringen, um das Manuskript an sich zu nehmen. Mit Hermann sprach er lange, aber mit Sophia wechselte er kaum mehr als drei Sätze. Zumindest dies war ihm im Kloster gelungen: seine ganze Liebe, seine Verehrung für die Frauen ganz auf Maria Muttergottes zu bündeln. Minne sang er nie wieder. *Marienminne* sollte sein Lied fortan sein. Nur einmal noch, in den letzten Zeilen seines Gralsepos, tat er einen Schritt zurück in die alte Zeit und widmete, ohne ihren Namen zu nennen, den *Parzival* jener Frau, von der er im Rosengarten der Wartburg Abschied genommen hatte.

24. DEZEMBER
HEILIGER ABEND

Wie eine Kogge auf hoher See, auf dem Kamm einer Woge festgefroren, so thront die Wartburg über den Wellentälern eines schneeweißen Meeres: ein schlankes, steinernes Schiff, an dessen hohem Bord sämtliche Brecher zerschellen. Alles überragt der Mast der Burg, der mächtige Bergfried, dessen Krähennest einen Blick bis an den Horizont ermöglicht. Und wenn Feinde sich nähern, dann sind das Torhaus im Bug und der Turm im Heck mächtige Kastelle, von deren Zinnen man sie unter Beschuss nehmen kann. In friedlichen Zeiten lässt man an eisernen Ketten die Zugbrücke herunter, bis sie im Boden Ankergrund findet. Hin und wieder öffnet sich in einer der Wände ein Fenster, und Abfälle werden beseitigt, fallen herab und sinken hinunter auf den Grund des Waldes, wenn die Vögel, diese steten Trabanten, sie nicht vorher im Flug schnappen. Die Räume des Schiffes sind riesig, und so ist es nicht verwunderlich, dass sich an Tagen wie diesem die meisten Insassen unter Deck aufhalten; an Tagen, an denen der Rauch der Feuer senkrecht in den silbergrauen Himmel steigt, an Tagen, an denen man vor Kälte und Eintönigkeit in Versuchung kommt, um etwas mehr Höllenfeuer auf Erden zu beten, und an denen man die Burg preist für ihre Wärme, ihre Lichter, Farben und Gerüche, für die Geborgenheit am Vorabend der Geburt des Heilands.

In seiner Stube saß Biterolf von Stillaha und zerbrach sich den Kopf darüber, wie er im Kampf um sein Leben bestehen sollte. Natürlich hatte Heinrich von Ofterdingen recht: Mit seinem Klagelied der Frau im Lenz hatte Biterolf in den heimischen Gauen glänzen können, aber hier würde es dem Vergleich mit den anderen nie standhalten. Dergleichen Lieder hatte Reinmar schon um Jahre früher geschrieben und Walther um Längen besser. Erneut ging Biterolf sein überschaubares Opus durch, um Alternativen zu finden. Aber was er auch probierte, sein Gesang klang schwach und fade, seine klammen Finger verhedderten sich in den fünf Saiten. Mit jeder Wiederholung klangen die Stücke schlechter. Wie aus Protest riss eine der Saiten. Er hätte das Instrument am liebsten an der Wand zerschlagen und sich hinterdrein. Die Gerstensuppe, die er sich zum Frühstück hatte kommen lassen, war unberührt auf dem Tisch erkaltet. Die Rosshaare auf seinem Bogen zerfaserten. Ob der Fleischhauer den Schweif von Walthers Gaul schon entsorgt hatte?

Als Biterolf zum ersten Mal, wohlig und infam, der Gedanke kam, bei den anderen Sängern um das Erbarmen zu betteln, ihn, den großmäuligen Grünling, nun doch noch vom Wettsingen zu entbinden, wie es ja Wolfram am Abend ihres Streites vorgeschlagen hatte, oder besser noch, seine Sachen zu packen und die Burg heimlich zu verlassen, zurück ins Hennebergische zu fliehen oder noch weiter weg – als sein Leben also drohte, ihm teurer zu werden als seine Ehre, da fasste er den Entschluss, sein Alexanderlied zu singen. Walther mochte Minne singen, Wolfram und Ofterdingen ihre Epen und der tugendhafte Schreiber was auch immer, aber er, Biterolf, würde eine Nische füllen mit seiner Mär über den größten Feldherrn der Geschichte. Vielleicht würde die Gelehrsamkeit des Liedes Publikum und Preisrichter für Biterolf einnehmen, vielleicht die Anmutung von Griechenland im winterlichen Thüringen. In jedem Fall aber schien die *Alexandreis* die klügste Wahl.

Einen wesentlichen Makel hatte sein Entschluss allerdings: Er hatte das Manuskript nicht dabei. Sein Alexanderlied lag unerreichbar im Stilletal. Er musste also den tugendhaften Schreiber um Hilfe bitten. Er legte seine Fiedel beiseite, aß drei Löffel der kalten Gerstengrütze und trat hinaus. Bis auf die Mannschaft am Tor und zwei Knechte, die mit einem Schlitten Brennholz auf die Burg brachten, sah er niemanden. Der Himmel hing so niedrig, dass es den Anschein hatte, man müsse nur auf eines der Dächer steigen, um ihn zu berühren. Ein Schwarm Enten kreuzte das Grau wie ein Keil Ritter ein Schlachtfeld. Das hellrote Hühnerblut um den Hackklotz war die einzige Farbe.

Die Bibliothek war verschlossen. Biterolf versuchte es in der Kanzlei. Auf sein Klopfen gegen die Tür verstummte das Gespräch im Zimmer, das vorher zu hören gewesen war. Heinrich von Weißensee bat ihn herein. Bei ihm war Gerhard Atze. Der Schreiber entließ den Ritter, als er von Biterolfs Anliegen hörte, und mit seinem Schlüsselbund geleitete er Biterolf zurück zur Bibliothek.

»Der Ritter sah übel gelaunt aus«, sagte Biterolf.

»*Sine dubio*«, entgegnete der Schreiber. »Er hat soeben eine scharfe Maßregelung über sich ergehen lassen müssen. Offensichtlich ist es ihm gestern gelungen, Walther von der Vogelweide sein eigenes Pferd vorzusetzen, stellt Euch vor, ganz wie in diesem unappetitlichen Schwank vom eifersüchtigen Ehemann, der seiner Frau das gebratene Herz ihres Liebhabers auftischt. Es wird höchste Zeit, dass dieser alberne Streit um den abgebissenen Finger ein Ende findet, und ich habe Herrn Atze belehrt, dass der Landgraf ihn nach Böhmen verbannt, wenn er Herrn Walther künftig nicht in Frieden lässt. Wobei wir nicht unbemerkt lassen dürfen, dass Walther mit seiner übermäßigen Empfindlichkeit nicht unwesentlich zur Eskalation dieses Konfliktes beigetragen hat. Es war doch nur ein Pferd, beim heiligen Georg!«

»Ist der Fleischhauer wieder aufgetaucht?«

»Unglücklicherweise nicht. Wir müssen das Schlimmste befürchten. Auch in Eisenach hat man nichts von Rüdiger gehört, wie mir der freundliche Meister Stempfel versicherte, der just auf der Burg eintraf.«

»Der Scharfrichter ...«

»Macht Euch bitte keine Sorgen, Herr Biterolf.«

»Ich kann nicht anders.«

»Hat Euch der Ofterdinger Angst gemacht?«, fragte der Schreiber und nickte sogleich. »Natürlich hat er das. Das ist ein weiteres Beispiel seiner listigen Zunge. So kann man seine Kämpfe auch gewinnen! Ich hätte Euch eindringlicher vor ihm warnen sollen.« Er blieb stehen, um seinen Worten Nachdruck zu verleihen. »Ihr könnt seine Einschüchterung getrost außer Acht lassen. Ich bin mir sicher, Ihr werdet bestehen.«

»Das sagt Ihr so vertrauensselig. Aber morgen könnte schon einer von uns beiden seinem Schöpfer entgegentreten.«

»Oder übermorgen. Der Landgraf und Reinmar haben beschlossen, den Wettstreit auf zwei Tage zu verteilen, damit man jeden einzelnen Vortrag besser bewerten kann.«

»Wann singe ich?«

»Das entscheidet das Los. – In jedem Fall beglückwünsche ich Euch zu Eurem Entschluss, die *Alexandreis* zu geben. Lieder von gebrochenen Blumen und gebrochenen Herzen, das kann jeder gemeine Spielmann auf dem Jahrmarkt. Unser Anspruch hingegen muss *delectare et docere* sein, das Publikum gleichermaßen zu unterhalten *und* zu bilden!«

In der Bibliothek suchte der Kanzler die Abschrift von Biterolfs Alexanderlied heraus und übergab sie diesem. Es war mit anderen Schriften in einem Buch gesammelt, dessen Holzdeckel mit einfachem, ungeprägtem Rindsleder überzogen waren. Biterolf war erfreut, die Kopie seines Werkes akkurat und vollständig zu finden. Er bat um Pergament, und der Schreiber versprach, Dietrich damit zu schicken.

Der Adlatus des Schreibers war weitaus weniger redselig als in den drei Tagen zuvor. Er rügte Biterolf dafür, ihm nicht Bescheid gegeben zu haben vom Fest des Gesindes, auf dem es ja, wie er gehört habe, hoch hergegangen sei. Auch Dietrich kannte das Alexanderlied, aber Biterolfs Fragen, welche Stellen daraus ihm am besten gefallen hätten und welche er daher für den Vortrag empfehle, antwortete er nur einsilbig.

Als Skriptor war Dietrich jedoch eine unschätzbare Hilfe. Biterolf diktierte als Gedächtnisstütze für den kommenden Tag die Reihenfolge der Episoden und die jeweils ersten Zeilen jeder Strophe. Dietrich schrieb sie nieder und verlangte, als die Abschrift der Auszüge beendet war, nur eine Gegenleistung: Er wünschte, bei der mitternächtlichen Christmette neben Biterolf sitzen zu dürfen.

Den Rest des Tages und den Anfang der Nacht verbrachte Biterolf damit, die abgeschriebenen Passagen zu memorieren und zu proben. Als die Glocken der Kapelle ihn und die anderen Bewohner zum Gottesdienst riefen, war er zwar todmüde, aber er hatte das Gefühl, sich so gut auf den Sängerwettstreit vorbereitet zu haben wie irgend möglich.

Die kleine Kirche der Burg war überfüllt. Als Biterolf eintraf, trat das Gesinde pflichtschuldig zur Seite, um ihm den Zugang zu einem der wenigen Sitzplätze nahe dem Altar zu ermöglichen. Er setzte sich neben Walther und hielt den Platz auf seiner anderen Seite frei für Dietrich, wie er es hatte versprechen müssen. Dietrich kam erst kurz vor Beginn der Zeremonie, nach Hermann und Sophia, blass wie der Schnee vor der Tür. Er lächelte nicht einmal mehr.

Beim Kyrie und beim Gloria gesellte sich Biterolfs Gesang erneut zu dem Walthers, Wolframs, Reinmars, Ofterdingens und des Schreibers – aber die Harmonie schien Biterolfs kundigen Ohren nur eine vermeintliche: Es war, anders als beim Falkenlied vor ihrem Streit, kein Miteinander der Stimmen, sondern ein bloßes Nebeneinander – ganz davon abgesehen, dass die sechs meisterlichen Stimmen in der Kapelle von unzähligen primitiven übertönt wurden.

Beim anschließenden Evangelium drohte Biterolf stehend einzuschlafen. Zu sehr hatten ihn den Tag über Arbeit, Angst und Kälte angestrengt; zu monoton war die Stimme des Kaplans bei der Lesung der allzu bekannten Passagen aus der Botschaft des Lukas. Mehrmals musste Biterolf, um nicht offen zu gähnen, die Kiefer so fest aufeinanderpressen, dass sein Kopf bebte und ihm die Tränen in die Augen traten. Er hielt sich damit wach, dass er die steinernen Heiligenstatuen auf ihren Konsolen betrachtete, linker Hand Sankt Georg, Petrus und Paulus, rechter Hand Maria mit dem Kinde, der heilige Ulrich, der heilige Bonifatius und noch irgendein Heiliger, den er beim besten Willen nicht benennen konnte; und noch während Biterolf darüber nachsann, was für ein Attribut es sein sollte, das diese Figur in ihrer Hand hielt – ein Fisch? Ein Vogel? Ein gestürzter Kelch? –, war der Burgkaplan endlich bei der Preisung der Hirten angelangt. Wer Platz auf einer Bank ergattert hatte, durfte sich setzen. Felle lagen bereit, um sie über die Beine zu legen.

Dann bat der Kaplan Wolfram, wie verabredet, um die Auslegung des Evangeliums. Wolfram sprach vom Trost der Sakramente, von der väterlichen Liebe und der Gnade Gottes und vom Segen seines ewigen, fleischgewordenen Wortes. Wolframs sonore Stimme füllte das ganze Gotteshaus, und seine starken, bildhaften Worte über Christi Geburt – stets verknüpft mit der Ahnung seines frühen und qualvollen Todes am Kreuz, der ihm schon vorherbestimmt war, als er in der Krippe zu Bethlehem schlief – vertrieben die Müdigkeit vollends. Wolframs Rede war frei gehalten und wirkte dennoch wie in wochenlanger Arbeit zu Pergament gebracht. Sie rührte jedermann. Jetzt verstand Biterolf, woher Wolframs Beiname vom Mönch im Kettenhemd kam. Die Landgräfin lächelte selig. Ein Schauer fuhr Biterolf durch die Glieder, als er sah, wie zwei Tränen aus Reinmars toten Augen liefen.

Eng an die Wand zu seiner Rechten gedrückt, entdeckte er jetzt Agnes. Im Gegensatz zu allen anderen Gesichtern drückte ihres keinerlei Regung aus. Ihre Züge waren so steinern wie die der Gottesmutter, neben der sie stand. Halb hatte Biterolf erwartet, sie würde ihm nach ihrer sträflichen Nacht mit Heinrich von Ofterdingen weniger begehrenswert erscheinen, halb hatte er es erhofft. Aber das Gegenteil war der Fall.

Als Wolfram auf den neuen Bund zu sprechen kam; darauf, wie Christus die Sünden der Menschheit auf sich nahm, um den Rechtgläubigen und den Bußfertigen das ewige Leben zu schenken, da fühlte sich Biterolf abermals an seine eigene Lage erinnert; an den törichten Wettkampf der Dichter, der ihn das Leben kosten könnte. Also betete er zur Heiligen Jungfrau, ihre schützende Hand über ihn zu halten, ihm wenigstens in den nächsten Stunden diese weibische Angst vor dem Tode zu nehmen – und er empfahl Gott seine sündhafte Seele, sollte er in der Prüfung unterliegen.

Plötzlich legten sich Finger um seine Hand, kalt wie der Tod. Ohne ihn anzusehen, hatte Dietrich seine Hand ergriffen, um des Beistands oder um der Wärme willen. Biterolf ließ es nicht ohne Befremdung geschehen, und bis zum Opfermahl wurde der Händedruck nicht gelöst.

Er wartete mit dem Schlucken, bis sich die Hostie ganz und gar zwischen Zunge und Gaumen aufgelöst hatte. Die Bewohner der Burg drängten nun geschlossen zum Altar, um den Leib Christi zu empfangen, und Biterolf konnte sich nur mühsam den Weg zurück zu seinem Platz bahnen.

»Ich muss mit dir sprechen«, flüsterte ihm Dietrich zu.

»Was gibt es?«

»Nachher«, erwiderte der Adlatus und zwang sich ein Lächeln ab.

Das eigentliche Gedränge setzte erst nach dem Segen ein. Denn noch begehrter als die Hostien waren die Münzen, die der Landgraf zur Feier der Heiligen Nacht am Kirchportal an seine Gefolgschaft austeilte. Als Hermann und Sophia die Kapelle Hand in Hand verlassen hatten, begann ein Gerangel um die ersten Plätze in einer langen Schlange. Niemand wollte leer ausgehen. Biterolf und Dietrich erhoben sich von ihren Bänken.

»Was gibt es?«, fragte Biterolf erneut.

»Lass uns auf deine Stube gehen«, sagte Dietrich.

»Hat das bis morgen Zeit? Ich bin hundemüde.«

»Es ist wichtig.«
»Ich singe morgen um mein Leben.«
»Genau darum geht es.«
Biterolf wollte nachfragen, aber Dietrich gebot ihm mit einer Geste zu schweigen. Er sah sich wachsam um, aber im allgemeinen Aufbruch schenkte eh niemand ihrem Gespräch Beachtung. »Geh du vor, ich komme nach«, flüsterte Dietrich.

In diesem Moment kam Klara auf die beiden zugelaufen. »Ich muss mit dir sprechen«, sagte sie zu Biterolf.

»Verschwinde, Klara«, versetzte Dietrich.

»Was ist denn das für ein Tonfall in der Heiligen Nacht? Es ist dringend. Wirklich.«

»Herrgott, was soll diese plötzliche Geheimniskrämerei?«, zischte Biterolf.

Mit dem Zeigefinger winkte Klara Biterolf zu sich herab, bis sein Ohr auf Höhe ihres Mundes war. »Ich kann bestimmen, wann du singen wirst«, flüsterte sie. Biterolf war mit einem Mal hellwach. Klara zog ihn an seinem Kragen noch etwas näher zu sich. »In deiner Kammer. Da sind wir ungestört. Wenn irgendjemand davon erfährt, bin ich geliefert.«

»Und Reinmar?«

»Wollte eigentlich noch in den Stall, mit den Tieren sprechen«, antwortete sie und machte eine Geste, Reinmars Geisteszustand anzudeuten. »Weißer Kopf heißt noch lange nicht weiser Kopf. Aber ich hab's ihm ausgeredet. Also hat er sich schlafen gelegt und mich für heute entlassen.«

Dann ging sie vor. Biterolf und der Adlatus des Schreibers sahen ihr nach. »Können wir jetzt?«, fragte Dietrich.

»Du musst warten«, antwortete Biterolf. »Es tut mir leid, aber Klaras Anliegen ist wirklich wichtig.«

»Kann ich mitkommen?«

»Nein. Du kannst …« – Biterolf sah sich um –, »… hier warten. Warte hier, und ich komme zurück, sobald ich das andere geklärt habe.«

Dietrich schien nicht glücklich über diesen Vorschlag.

»Es ist der Heilige Abend«, sagte Biterolf. »Nutz die Zeit zum Beten. Zünd eine Kerze an.«

Dietrich nickte. »Aber beeil dich.«

Die kleine Gestalt von Klara war längst nicht mehr zu sehen. Biterolf eilte ihr nach, vorbei an Wolfram und Walther, wie immer unzertrennlich, und vorbei am müden Ofterdinger und seinem Knappen, der einen Rosenkranz betete. Draußen vor dem Portal hielt der tugendhafte Schreiber die Schatulle, der der Landgraf die Münzen für sein Gesinde entnahm. Das wenige Licht der Fackeln brachte die Krone Hermanns und seine golddurchwirkten Kleider zum Strahlen, sodass er wie einer der drei Heiligen Könige inmitten zahlloser Hirten anmutete. Die Knechte, die ihre Gabe zuerst erhalten hatten, gingen in den benachbarten Stall, um auch die Tiere mit Geschenken zu versehen; mit Äpfeln, Rüben und Getreide. Niemand beachtete Biterolfs überstürzten Aufbruch.

Vor seiner Kammer wartete Klara. Nachdem er aufgeschlossen und zwei Lichter entzündet hatte, nahm sie auf seiner Bettstatt Platz. »Schön hast du es hier«, sagte sie und wies auf eine Schale auf dem Tisch. »Magst du mir von den Nüssen anbieten?«

»Iss, so viel du willst, aber sag mir bitte, worum es geht. Dietrich wartet.«

Klara nahm einige Nüsse, um sie zwischen ihren Stiefeln und dem Boden zu knacken. »Weil Reinmar der Schiedsrichter ist, soll er auch die Aufgabe übernehmen, die Reihenfolge der Sänger auszulosen. Die fünf Lose gibt es bereits, die Reinmar morgen in der Früh ziehen wird ... aber wir werden dabei allein sein. Ich muss ihm die Lose vorlesen, also kann ich die Namen nach Gutdünken aneinanderreihen.«

»Du ... du würdest Reinmar täuschen?«

»Es wäre nicht der erste Streich, den ich ihm spiele. Aber wahrscheinlich der redlichste. Ich kann dir jeden Platz ermöglichen, den du dir wünschst. Das ist mein Weihnachtsgeschenk an dich.«

Biterolf schwieg.

»Was ist? Freust du dich nicht?«

»Ich wollte mein Schicksal in Gottes Hand legen. Entweder bin ich ein guter Sänger, oder ich verdiene weder Titel noch Leben.«

»Du bist und verdienst all das«, sagte sie, »aber es kann sicherlich nicht schaden, ein bisschen nachzuhelfen.«

»Ich weiß nicht. Mit einem Vorteil in diesen hehren Wettstreit zu gehen ... Ich hätte das Gefühl, betrogen zu haben. Ich könnte nicht mehr in den Spiegel sehen.«

»Du wirst auch nicht mehr in den Spiegel sehen können, wenn du keinen Kopf mehr hast.«

Dieses Argument leuchtete Biterolf ein. Also machten sich die beiden daran, den für ihn bestmöglichen Ablauf zu entwerfen. Auf keinen Fall wollte Biterolf am zweiten der beiden Tage singen: Diesen Druck wollte er nicht länger als nötig ertragen müssen. Als erster Teilnehmer wollte er ebenso wenig singen: Das Publikum sollten andere für ihn aufwärmen. Ein Vortrag nach Walthers geschliffenen Versen erschien ihm ebenso gefährlich wie ein Vortrag in direkter Nachbarschaft zu den mächtigen Epen von Wolfram und Heinrich.

Man einigte sich schließlich auf folgende Reihung: Der tugendhafte Schreiber würde den Reigen am ersten Tag eröffnen, dann Biterolf vor Walther; dann am zweiten Tag, sicher ausgelagert, Wolfram und Ofterdingen.

Jetzt, wo Biterolf der Versuchung nachgegeben hatte, Einfluss auf den Sängerwettstreit zu nehmen, schreckte er auch vor der Bitte nicht mehr zurück, Klara möge dem alten Reinmar ein paar gute Worte über ihn und seine Kunst einflüstern. Strahlend erwiderte Klara, dass sie schon seit gestern nichts anderes getan habe.

»Dank dir, Klara«, sagte Biterolf. »Und jetzt muss ich zurück zu Dietrich.«

»Einen Augenblick noch. Willst du mich denn für meine Hilfe gar nicht belohnen?«

»Was wünschst du dir denn?«

Klara tat, als würde sie nachdenken, und sagte dann: »Ein Lied von dir. Tun wir einmal so, als wäre ich die Herrin und du der unglücklich verliebte Ritter, und du versuchst alles, mein Herz zum Schmelzen zu bringen, und rufst Frau Minne um ihren Beistand an, dass es gelingt.«

»Können wir das bitte ein andermal machen? Ich habe Dietrich versprochen, sofort zurück zu sein. Es ist jetzt bald eine halbe Stunde.«

»Dietrich kann warten.«

»Ich fürchte, nicht. Irgendetwas quält ihn.«

»Und ich weiß auch, was«, sagte sie und zog ein Gesicht.

»Nämlich?«

»Dass er sich in dich verliebt hat.«

»… wie bitte?«

»Du bist ein gut aussehender Mann. Und Dietrichs Vorlieben sind auf dieser Burg ein offenes Geheimnis. Du hättest dir nur einmal die Mühe machen müssen, danach zu fragen. Verkehrte Ausschweifungen, wenn du verstehst. Scharwenzelt er nicht seit deiner Ankunft um dich herum? Hat er nicht eben in der Kapelle sogar deine Hand gehalten?«

»Du meine Güte.«

»Bestimmt will er dir heute Nacht seine Liebe erklären. Am besten hier, in deiner Stube, dass er, solltest du ihn erhören, sein sündhaftes Begehren gleich ausleben kann. Und deswegen, sage ich dir, ist er so durch den Wind.«

Biterolf, der bereits aufgestanden war, sank zurück auf seinen Schemel und rieb sich die Stirn. »Grundgütiger. Was soll ich nur tun?«

»Versetz ihn.«

»Das wäre zu grob.«

»Dann sag ihm – noch bevor er zu Wort kommt –, dass du dich in eine Frau verliebt hast. Das erspart ihm die Blamage. Erwähn die Amme mit den Brüsten, die du so anziehend findest. Oder besser noch, erwähne mich! Wenn du willst, können wir so tun, als wäre ich dein Liebchen. Ich begleite dich Arm in Arm zurück in die Kapelle und verabschiede

mich dann mit süßen Worten. Sicherlich deutet er den Hinweis richtig. Er ist ja nicht blöd.«
»Ja ... vielleicht sollten wir das tun.«
»Aber zuerst mein Lied.«

Als Biterolf in Begleitung Klaras zur Kapelle zurückkehrte, war nicht nur der Hof verwaist, sondern auch die Kapelle selbst. Die Wartburg schlief. Jetzt, da sämtliche Kerzen gelöscht worden waren und alle warmen Menschenleiber fort, schien es in der Kirche kaum wärmer als unter freiem Himmel. Es war anfangs so dunkel, dass Klara, die die besseren Augen hatte, Biterolf an der Hand führte wie den blinden Reinmar. Biterolf flüsterte Dietrichs Namen und erhielt keine Antwort.

»Er ist fort«, murmelte Klara. »Damit wärst du deiner Sorge wohl ledig. – Süßer Herr Jesus, in dieser Kälte hätte ich aber auch keine Stunde ausgeharrt!«

Jetzt erkannten sie auch, weswegen die Kapelle so schnell ausgekühlt war: Das rechte der drei Fenster in der Apsis war eingeschlagen, und durch ein Loch von einer Elle Durchmesser blies der bitterkalte Ostwind herein. Das Fenster war auf Kopfhöhe von innen zerschlagen worden: Einiges Glas lag auf dem Boden nahe der Wand, der größte Teil aber außen. Das Sanktuarium der Kirche war verletzt worden. Wo man noch vor einer Stunde gemeinsam die heilige Messe gefeiert hatte, fühlte man sich nun seltsam unwohl und verwundbar. Klara bückte sich nieder, um einige der bunten Scherben aufzuheben.

Unter Biterolfs Sohlen knirschte es, aber es waren nicht die Scherben: Um den Taufstein herum waren kleine Wasserlachen verteilt, die auf den kalten Bodenplatten weiß gefroren waren. Im Taufbecken selbst stand das Wasser höchstens noch ein paar Finger tief. Eigentlich sollte gerade das geweihte Wasser vor Dämonen schützen, aber nichts hätte Biterolf jetzt bewegen können, seine Hand in dieses schwarze, eisige Becken zu tauchen.

»Wollen wir gehen?«, wisperte Klara.

»Ja.«

Beim Gehen fiel Biterolfs Blick auf das Steinbild der Maria. Selbst im Dunkeln erkannte er sofort, dass etwas fehlte. Das Kind war der Jungfrau aus den Armen gebrochen worden. Das Einzige, was von Jesus noch über war, war eines der Händchen: Am Gelenk war es abgebrochen und hing nun einsam, ohne Arm und Körper, am Ausschnitt der verwaisten Mutter. Biterolf schlug das Kreuz.

»Klara«, sagte er und wies auf die zerstörte Statue.

Klara betrachtete den Schaden. »Irgendjemand wird ihn abgebrochen haben«, sagte sie schulterzuckend, »weshalb auch immer ... und hat ihn dann durch das Fenster geworfen. Er liegt draußen im Schnee. Mit Dietrich sprechen wir morgen.«

Sie verließen die dunkle Kapelle, aber bevor sie in die Vogtei zurückkehrten, suchten sie auf der Rückseite der Kirche nach dem steinernen Jesuskind. Es war nirgends zu finden. Und ihre Fußabdrücke waren die ersten im frischen Schnee. Wenn das Steinbild des Erlösers tatsächlich das Fenster durchschlagen hatte, dann war es in den Himmel aufgefahren, ohne zuvor die Erde berührt zu haben.

Angesichts dieses Rätsels verließ selbst Klara der Mut. Aus der Ferne hörte man Hundegebell. Wahrscheinlich war es nur ein ungezogener Hofhund in Eisenach oder Stedtfeld, aber Klara wollte sich keinen Augenblick länger im Freien aufhalten. Sie bat Biterolf, bei ihm schlafen zu dürfen. Biterolf, der dem Alleinsein mindestens ebenso abgeneigt war, willigte umgehend ein. Im Laufschritt kehrten sie zurück. In der Stube überließ er ihr den Bettkasten und richtete sich seinen Platz mit Stroh und Fellen auf dem Boden ein. Gemeinsam sprach man ein Gebet vor dem Einschlafen. Klara war die Lust an Scherzen vergangen. Dietrich blieb verschollen.

HEINRICH VON WEISSENSEE

Im Jahre unseres Herrn Jesus Christus 1184 gefiel es dem Allmächtigen, die Bodenbalken im zweiten Stockwerk der erzbischöflichen Burg zu Erfurt unter dem Gewicht der darüber versammelten Fürsten, Kleriker und Ritter zusammenbrechen zu lassen und mehr als einhundert davon hinabzuschleudern in die Fäkaliengrube, die sich im Keller des Hauses befand. Als das Knarren der Balken ertönte und die Stimmen der Anwesenden nach und nach verstummten, zuletzt die Stimme des Königs, hatten sich in Erwartung eines Unglücks einige an ihren Stühlen festgehalten und einige an ihren Nebenmännern. Das eine war so nutzlos wie das andere. Als das Holz brach, stürzten sie alle hinab samt den Stühlen und Tischen, auf und an denen sie gesessen hatten; Mächtige und Diener, Mobiliar und zerborstene Dielen prasselten auf den Boden des unteren Geschosses – bis auch dieser die plötzliche Last nicht mehr halten mochte und ebenso nachgab, noch ehe sich unter den Gefallenen Wehklagen erheben konnte. Nach einem flüchtigen Aufenthalt im Limbus ging es nun in die Hölle.

Unter dem Haus nämlich lag die Abtrittgrube, in der sich der Kot von Jahren gesammelt hatte; ein Jauchebecken so tief, dass ein ausgewachsener Mann nicht darin stehen konnte. Zu Dutzenden fielen sie in diesen teuflischen Pfuhl, und wer dort von nachfallenden Balken oder Steinen erschlagen wurde, konnte sich möglicherweise glücklich schätzen – denn für die anderen galt es nun, sich aus einem Morast von Exkrementen zu retten, in dem man weder treten noch schwimmen konnte und aus dem zur gleichen Zeit, durch das Gestrampel so vieler Beine aufgerührt, derart üble Dämpfe aufstiegen, dass es vielen die Besinnung raubte. Wer schwere Gewänder trug oder gar eine Rüstung, sank bald zu Boden und ertrank.

Der König selbst und der Erzbischof waren verschont geblieben; die Sessel von Heinrich VI. und Konrad von Mainz befanden sich in einer Fensternische auf gemauertem Boden. Nun standen die beiden Männer dort, eng an das Fenster gedrängt, ein Schritt vom Abgrund entfernt, und gafften durch die beiden Krater, wo einst Boden gewesen war, herab auf den Überlebenskampf der Unglücklichen im Keller. Dort unten schwammen auch die Feinde des Erzbischofs, Ludwig von Thüringen und sein Bruder Hermann, doch vollauf unkenntlich, weil alle ausnahmslos von der gleichen braunen, vielmehr grauen Brühe bedeckt waren.

Mit den Schreien stieg auch der unerträgliche Geruch zu ihnen auf. An der Wand zu ihrer Rechten war es einem Mann gelungen, sich an einem Bildteppich festzuhalten, als der Boden brach, doch Nagel für Nagel löste sich der Teppich nun von der Wand. Über die Bohlenstümpfe, die hier und da noch aus dem Mauerwerk ragten, kletterte ihm ein anderer zur Hilfe, doch er kam nicht rechtzeitig. Schreiend und in seinen Teppich gewickelt, stürzte der Mann zwei Geschosse tief in sein Verderben.

Heinrich von Weißensee hatte in der Mitte des Raumes gesessen, neben dem Kanzler des Thüringer Landgrafen, dessen Adlatus er war. Als sich der Boden unter ihm aufgetan hatte, hatte er sich unwillkürlich an Pergament und Feder festgeklammert, als habe er beides mitnehmen wollen an den anderen Ort. Wo der Kanzler abgeblieben war, konnte er nicht sagen, als er sich im Morast wiederfand; die Menschen um ihn herum waren kotverschmierte, gesichtslose Wesen und allesamt seine Feinde, denn jeder nutzte seinen Nachbarn nur, um an ihm emporzuklettern, um ihn zu missbrauchen als Treppenstufe aus der Grube heraus. Heinrich ruderte mit Armen und Beinen und stieß gegen Lebende und Leichen, verwickelte sich in einem jauchegetränkten Banner, bekam einen geborstenen Balken zu fassen und umklammerte ihn, um dort einen Moment zu verschnaufen, bis er von Stärkeren vertrieben wurde. An den Rändern der Grube kletterten bereits die Ersten zurück auf festen Boden; dorthin musste auch Heinrich gelangen, wollte er leben, aber die Jauche hemmte jede seiner Bewegungen. Als er den Kopf in den Nacken legte, erblickte er kurz den König, der etliche Klafter über ihm auf das Geschehen herabsah wie Gott auf die Opfer der Sintflut. Das Bibelwort des Propheten Jesaja schoss ihm durch den Kopf, *ins Totenreich musst du hinab, in die tiefste Grube!*, da legten sich zwei Hände auf seine Schultern und drückten ihn unter die Oberfläche. Knie oder Stiefel traten ihn tiefer nach unten, er zappelte, stieß mit dem Kopf gegen eine Tischplatte oder ein Brett, tauchte endlich auf und fand sämtliche Sinne betäubt – Kot in den Ohren, in den Augen, selbst in Nase und Mund, dass er nicht einmal mehr schreien konnte.

Und plötzlich wurde seine Hand von einer anderen fest gepackt. Diesmal war es ein Freund. Heinrich erwiderte den Druck, und in einer einzigen Bewegung wurde er aus der Grube gezogen und auf festen Boden gestellt. Durch den Schleier von Brühe vor seinen Augen konnte er kaum ausmachen, wer sein Retter gewesen war – Hermann, Pfalzgraf von Sachsen, kein bisschen weniger verschmutzt als er –, dann nahm ein anderer ihn an der Hand und zerrte ihn aus dem Keller und nach draußen, fort vom Unglücksort, um Platz zu schaffen für die Helfer, die mit Händen, Seilen und Leitern versuchten, die Elenden aus der Grube zu schöpfen wie Fleischbrocken aus einem Eintopf.

Heinrich wurde von seinem Führer in den Hof der Burg gestoßen, wo bereits andere Überlebende saßen und lagen, und dann sich selbst überlassen. Das Gesinde hatte Wichtigeres zu tun, als Wasser zum Waschen herbeizutragen, weshalb es Heinrich und die anderen dulden mussten, dass die Sommersonne die Jauche auf ihrer Haut trocknete, von wo man sie bald wie Lehm abbröckeln konnte. Bis auf das

Hemd hatte Heinrich alles ausgezogen, auch die Schuhe, und wollte nichts davon je wiedersehen. In der Zwischenzeit war die größte Leiter besorgt und von außen gegen das Fenster gelehnt worden, hinter dem der König stand. Dann öffnete Heinrich VI. das Fenster und kletterte langsam hinab, vom Erzbischof gefolgt; ein banales Schauspiel, das alle Anwesenden stumm verfolgten.

Etwa eine Viertelstunde nachdem der Boden gebrochen war, hatte der letzte Lebende die Grube verlassen. Nun wurden die Erschlagenen, Ertrunkenen und Erstickten geborgen und zu Dutzenden nebeneinander aufgereiht. In einer Menschenkette wurde vom Brunnen Wasser in Eimern herbeigebracht, um die Toten und die Lebenden zu waschen. Heinrich verlangte mehrmals neues Wasser, denn sosehr er sich auch schrubbte und spülte, stets fand er noch irgendwo ein Klümpchen Kot verborgen, sei es in seinen Haaren, hinter den Ohren, im Schritt. Erst als er vollkommen frei von den Spuren des Jauchebades war, wohlriechend und am ganzen Körper rot gescheuert, übergab er sich.

Der Latrinensturz zu Erfurt beendete das Leben von fünf Grafen und sechsundfünfzig Geringeren. Neun davon fanden sich erst Tage darauf, grotesk konserviert, als das Unglückshaus eingerissen und die Abtrittgrube leer geschaufelt wurde. Zum Bedauern des Erzbischofs hatte Ludwig von Thüringen den Sturz überlebt. Der Streit zwischen den beiden, wegen dessen Schlichtung der König nach Erfurt gekommen war, wurde indes nie beigelegt, weil Heinrich VI., bestürzt von den Ereignissen, bereits am folgenden Tag die Stadt verlassen hatte.

Ludwig von Thüringen hatte überlebt, sein Kanzler aber war in den Exkrementen ertrunken, weshalb dessen Adlatus, Heinrich von Weißensee – obwohl eigentlich zu jung für diese Aufgabe –, zu seinem Nachfolger bestimmt wurde. Und weil er sich in dieser Stellung durchaus bewährte, blieb Heinrich auch Kanzler, als Ludwig während des Kreuzzuges starb und sein Bruder Hermann der neue Landgraf der Thüringer wurde. Heinrichs Treue zu Hermann übertraf selbst seine Treue zu Ludwig: Nicht einen Tag vergaß der tugendhafte Schreiber, wer ihn seinerzeit aus der Scheiße gezogen hatte.

Denn an den Sturz in die Grube wurde der Schreiber tagtäglich erinnert, wann immer er Kot roch oder sah, ob auf dem Abort oder in den schmutzigen Gassen von Eisenach. Selbst vor seinen eigenen Exkrementen ekelte er sich. Wann immer er seine Notdurft verrichtete, vergrub er die Nase in der Beuge seines Arms. Wann immer er sich den Hintern wischte, nahm er, so viel Stroh er fassen konnte. Der bloße Gedanke an den Keller in Erfurt ließ ihn würgen und den Schweiß auf seine Stirn treten. Er, Heinrich von Weißensee, war einer der wenigen Menschen gewesen, denen Gott erlaubt hatte, die Hölle zu sehen und ins Leben zurückzukehren. Die Hölle war nicht Flammen und Brand: Brennende Kohlen, brennendes Holz roch viel zu gut; ja selbst verbranntes Menschenfleisch roch nicht unbedingt übel. Auch Schwefel konnte man ertragen, wenn es denn sein musste. Nein, die Hölle roch nicht nach dergleichen Dingen. Die Hölle roch nach abgestandenen Exkrementen. Das war die Qual der Hölle: in einem uferlosen Pfuhl aus Kot und Leichen bis in die Ewigkeit mit anderen Sündern darum zu kämpfen, den Kopf oben zu halten.

25. DEZEMBER
HEILIGER CHRIST

Noch vor Sonnenaufgang wurden Biterolf und Klara durch Schläge an die Tür geweckt. Biterolf öffnete und ließ den tugendhaften Schreiber herein. In der Hand hielt er eine Talglampe. Sein Blick fiel auf Klara, als diese sich dem Licht zuwandte.

»Zumindest dich gibt es noch«, sagte er zu ihr. »Hoch mit dir, dein Herr sucht dich. Er braucht seine Augen.«

Schlaftrunken mühte sich Klara auf die Beine und zog im Aufstehen eines der Felle mit sich, das sich erst kurz vor der Tür von ihrem Körper löste und zu Boden fiel. Sie hob es auf und legte es zurück auf das Bett. Währenddessen sprach sie keinen Ton und sah nur einmal bußfertig zum gestrengen Kanzler.

»Es ist nicht das, wonach es aussieht«, erklärte Biterolf, als sie fort war.

»Es steht mir nicht zu, über Euch zu urteilen«, entgegnete der Schreiber, »und glaubt mir, ich habe wahrlich andere Sorgen. Schließt freundlicherweise die Tür.«

Der Schreiber nahm auf dem einzigen Schemel Platz. Seine Oberlippe war rot und geschwollen. Er führte eine Hand an seine Zähne und verzog das Gesicht.

»Habt Ihr Euch verletzt?«, fragte Biterolf.

»Vermutlich werde ich einen Zahn verlieren. Er wackelt bedrohlich.«

»Was ist geschehen?«

»Ein weiteres Kapitel in diesem unerfreulichen Streit um Pferd und Finger. Herr Atze und ich hatten einen Disput, auf den ich aber nicht weiter eingehen will. Denn ich habe ganz andere Sorgen: Ich kann Dietrich nirgends finden. Ich hatte gehofft, Ihr könntet mir helfen.«

»Weshalb?«

»Weil Ihr während der Mette neben ihm saßt und mit ihm spracht. Seitdem hat ihn niemand gesehen.«

»Ich fürchte, ich weiß es ebenso wenig.«

»Hat er Euch in der Kapelle etwas gesagt, von dem ich wissen müsste?«

Biterolf zögerte einen Herzschlag lang, ehe er den Kopf schüttelte.

»Hier ist irgendetwas faul«, sagte der Schreiber. »Ich bin davon überzeugt, dass er sich uns mitteilen wollte ... und jetzt ist er fort. Man möchte meinen, der Teufel gehe um auf der Wartburg. In der Kapelle wurde eine Scheibe zerschlagen, und der steinernen Madonna wurde der Gottessohn entrissen – ein schönes Weihnachtsfest! Ein Wachmann schwört gar, Stimmen in der dunklen Kirche gehört zu haben.«

»Die Wilde Jagd?«

»Ganz recht!«, schnaubte der Schreiber. »Auf diese aberwitzige Vermutung ist das Gesinde auch schon gekommen. Und jeder dieser Toren hat Angst, er könnte der Nächste sein. Aber weshalb sollte dies Heer von Hirngespinsten ausgerechnet eine Heiligenfigur entwenden?«

»Ich erinnere mich, dass Dietrich sagte ... Frau Hulde hole sich dieser Tage alle ungetauften Kinder.«

»Unfug, wenn Ihr mir dies scharfe Wort verzeiht. Wir sprechen von einem bloßen Abbild des Heilands, der *notabene* längst getauft, gestorben und wieder auferstanden ist. In Gottes Namen, bitte behaltet diese These für Euch! Sie wäre Wasser auf die Mühlen dieser Kleingeister, und ehe wir uns versehen, rufen sie auf zur Suche nach dem steinernen Jesuskinde, das nackt da draußen im Wald umherirrt, oder wollen es aus den Fängen der mirakulösen Frau Hulde befreien. – Ich danke Euch für Eure Hilfe, Herr Biterolf, und bitte Euch für die ungestüme Störung Eures Nachtschlafs um Entschuldigung. Ich wusste, dass ich Euch vertrauen kann. Legt Euch noch einmal aufs Ohr; es ist erst kurz vor Laudes, und Ihr seht aus, als könntet Ihr noch etwas Ruhe vertragen, bevor der Wettstreit beginnt, für den ich Euch im Übrigen *toto pectore* alles Gute wünsche.« Und im Gehen sagte er noch: »Gott zeige Nachsicht mit meiner sündhaften Selbstsucht, denn am meisten wurmt es mich doch, dass ich nun die gesamte Vorbereitung alleine verrichten muss und dass ich im Wettstreit ohne meinen eigenen Singerknaben dastehe.«

Biterolf schlief lange nicht wieder ein, denn jetzt quälten ihn die Gedanken, für die er um Mitternacht zu müde gewesen war: dass Dietrich nicht verschwunden wäre, wenn er, Biterolf, nicht aus Eigennutz Klara gefolgt oder zumindest rechtzeitig wieder in die Kapelle zurückgekehrt wäre. Und dass er heute um sein Leben singen würde. Wie zwei Schalen einer Waage wog mal die eine, mal die andere Sorge schwerer.

Als er das nächste Mal erwachte, stand – als hätte er sie aus seinem Traum mit in die Wirklichkeit genommen – Agnes in seiner Stube, schwarz gegen das taghelle Fenster. In ihrer Hand hielt sie einige Beeren. Biterolf blinzelte mehrmals.

»Die Tür war nicht verschlossen«, sagte sie. »Ich wollte Euch nicht wecken.«

»Noch mehr Wacholder?«, brummte er.

»Vogelbeeren«, sagte sie und legte die roten Früchte auf dem Tisch ab.

»Gegen welche eurer thüringischen Hexen und Kobolde helfen die?«

»Gegen nichts dergleichen. Aber wenn man zwei, drei davon zerkaut, macht es einem die Stimme geschmeidig.«

»Davon habe ich noch nie gehört.«

»Ich habe es von der Kammermagd von Katharina von Wangenheim, und ihr und den anderen Damen wiederum hat es Walther anvertraut, als er am Tag nach Sankt Thomas in der Spinnstube seine Lieder vortrug.«

»Walther von der Vogelweide ölt seine Stimme mit Vogelbeeren?«

»Wenn ich es Euch sage. Ich dachte, Ihr würdet das auch versuchen wollen. Wie geht es Eurer Wunde?«

Biterolf nickte nur. Beide sahen, um nicht einander anzusehen, auf die runzligen Beeren auf dem Tisch, das letzte lächerliche Rüstzeug gegen Biterolfs Enthauptung.

»Warum bist du vorletzte Nacht mit Heinrich von Ofterdingen gegangen?«, fragte er schließlich.

»Das müsst Ihr mich nicht fragen.«

»Aber ich will es wissen.«

»Ich bin Euch keineswegs zum Gehorsam verpflichtet, nur weil die Landgräfin gewisse Absichten mit mir hegt.«

»Weshalb so schroff? Ich habe höflich gefragt.«

»Höflich gefragt, ja. Aber die Frage ist nicht höflich. Und Ihr wisst die Antwort. Wärt Ihr eine Frau, Ihr wärt ebenso mit ihm gegangen wie ich.«

»Das ist eine seltsame Antwort. Und eine seltsame Vorstellung.«

»Es ist die Wahrheit«, sagte sie und hob eine der Beeren auf, die vom Tisch gekullert war. »Ich wäre gern beim Sängerstreit dabei, um Euch zu applaudieren, aber es ist den Rittern und Damen vorbehalten. Ich werde ein Gebet für Euch sprechen.«

»Weil mich nur noch Gebete retten können?«

»Das habe ich nicht gesagt.«

»Betest du auch für Heinrich von Ofterdingen?«

»Ich lasse Euch heißes Wasser kommen«, sagte Agnes, ohne sich noch einmal umzuwenden. »Ihr müsst Euch dringend rasieren.«

Die Klinge des Richtschwertes war vom Leder seiner Scheide bedeckt, aber Biterolf hatte durch das taktlose Geplapper von Dietrich erfahren, dass in die eine Seite ein Spruch aus dem Evangelium des Johannes graviert war, *Wer an ihn glaubt, wird nicht gerichtet*, und in die andere ein Rad, zugleich Abbild der Richtstätte und Symbol des Lebenskreises. Der Scharfrichter selbst, Meister Stempfel aus Eisenach, ließ sich, wie es einen guten Scharfrichter auszeichnet, keinerlei Regung anmerken. Die meiste Zeit tat er sein Bestes, trotz seines leuchtend roten Wamses mit dem Hintergrund zu verschmelzen, nicht aufzufallen und niemandem ins Auge zu sehen; erst recht nicht den Männern, denen sein Schwert möglicherweise den Nacken durchtrennen würde.

Es waren nicht zerlumpte und gebrandmarkte Straßenräuber, Brandstifter und Mörder, sondern die sechs größten Sänger des deutschen Reiches, die nun, gerüstet in ihre feinsten Gewänder, vor den Landgrafen traten und niederknieten. Beim Turnier hatten noch ihre Knappen Waffen und Schilde getragen, jetzt sekundierten die Singerknaben und trugen Harfen, Fiedeln und Bögen, die Waffen der Musik. Biterolf und Heinrich von Weißensee mussten freilich ohne Knaben auskommen: Ihr gemeinsamer Helfer blieb vom Erdboden verschluckt.

Ebenso geschmückt wie die Teilnehmer waren die Zuschauer des Wettstreites, die Damen und Ritter des Thüringer Hofes. Nicht für das Christfest hatte man sich so herausgeputzt, sondern für diesen außergewöhnlichen Wettkampf, bei dem dabei zu sein man das große Glück hatte. Von der Beklemmung des einfachen Burgvolkes angesichts der nächtlichen Vorfälle war kaum etwas zu spüren: Hier oben im Festsaal war der Christusglaube vollkommen und rein, nicht wie im Parterre durchsetzt vom Glauben an alte Götter und Dämonen. Einige von Sophias Damen hatten sich zwar Wacholderzweigchen an ihre Kleider geheftet, aber sie erweckten mehr den Eindruck weihnachtlicher Broschen als heidnischen Schutzzaubers gegen das Böse.

Hermann von Thüringen begrüßte die Sänger erneut und rühmte die Idee des Wettsingens in den höchsten Tönen. Von seinem anfänglichen Unmut über das Vorhaben und von seinen Rügen gegen die Sänger war nichts mehr zu spüren. Im Gegensatz dazu gab sich Sophia kaum die Mühe, ihre andauernde Verstimmung über ein Spektakel zu verbergen, dem sie augenscheinlich lieber ferngeblieben wäre.

Hermann betonte, Thüringen, Deutschlands politischer und musischer Mittelpunkt, würde nach diesem denkwürdigen Weihnachtsfest neben der Ritter- auch die Sängerkrone tragen. Gleichzeitig beklagte er, dass es nicht nur einen Sängerkönig, sondern auch einen Todgeweihten geben würde. Das Schicksal auf dem Richtstuhl gönne er keinem der Streiter. Andererseits wäre der Kampf mit einem geringeren Einsatz nicht halb so legendär: Das Los des Verlierers mehre den Ruhm des Siegers. Er, Hermann, begeistere sich gleichermaßen für die Werke aller, weshalb er auch unmöglich ein Urteil über Besser und Schlechter fällen könne.

Mit einem Handschlag wünschte er den fünf Mutigen Glück, und an der Hand entführte er den Sechsten aus ihrer Mitte, dem die undankbare, schwerwiegende Aufgabe des Schiedsspruches zukam. Dass Reinmar von Hagenau blind wie Justitia sei und daher ohne Ansehen der Person urteilen würde, sei ein weiterer Beweis dafür, dass er mehr als jeder andere zum Richteramt berufen sei. Hermann appellierte an seine Ritter und an Sophias Damen, Reinmar gleichsam als Schöffen zur Seite zu stehen und mit Beifall nicht zu geizen. Auf Hermanns Bitte verkündete der Alte die Reihenfolge der Vorträge. Klara hatte ihr Versprechen gehalten und die Auslosung nach Biterolfs Wünschen manipuliert. Für einiges Raunen sorgte die Begegnung von Wolfram und Ofterdingen am Folgetag. Dann nahm man Platz.

Reinmars Richterstuhl stand neben Hermanns Thron, aber zunächst setzte sich der Hagenauer auf einen einfachen Schemel in die Mitte des Saales. Klara brachte ihm die Harfe, und Reinmar spielte und sang drei eigene Lieder, um das Publikum einzustimmen. Reinmar gab zwei bekannte und geschätzte Stücke, in denen er seinem Ruf als der Meister des schönen Leidens gerecht wurde; Lob- und Werbelieder an eine unerreichte, unerreichbare Herrin, mannigfaltige Bilder von Schmerz und am Ende die Einsicht, dass die Erfüllung seiner Wünsche unmöglich war – denn sobald die

Herrin ihn, den Sänger, erhörte, würde sie damit gerade die begehrenswerteste ihrer Tugenden, die Keuschheit, einbüßen. So wollte es das Paradox.

Dass Reinmar beileibe nicht mehr in einem Alter war, Lieder auf die Herzeliebe zu singen, beeinträchtigte den Genuss, aber man musste nur wie er die Augen schließen, um sich der Illusion eines jungen, unglücklich verliebten Ritters unter dem Fenster seiner Angebeteten hingeben zu können. Und man konnte sich am leichtfüßigen Gang seiner blinden Finger über die Harfensaiten erfreuen. Das dritte und abschließende Lied war ein neues. Da es aber wie die vorigen mit den bekannten Versatzstücken Reinmars arbeitete und mit einem ähnlichen Klageruf auf die unerfüllte Liebe endete, wirkte es – noch mehr als seine Klassiker – gestrig. Klara sang die Worte stumm mit. Unter wohlwollendem Applaus verbeugte sich Reinmar von Hagenau und wurde von seiner Führerin an seinen Platz neben dem Landgrafenpaar gebracht.

Heinrich von Weißensee, Günstling der Wartburg und der Landgrafschaft, trat nun mit seiner Harfe in die Mitte. Nach einer blumigen Reverenz seinem Dienstherrn und seiner Herrin gegenüber bat er die Anwesenden um Erlaubnis, sie an den Hof von König Artus entführen zu dürfen. Er sang Passagen aus seinem Lied von Keie und Gawan, jener so gegensätzlichen Tafelrundenritter, die durch ihre Worte und Handlungen ein ebenso gegensätzliches Bild von den Pflichten und Privilegien ihres Standes entwerfen: Der tugendhafte Gawan hebt die ritterlichen Pflichten hervor, der rohe Keie die Privilegien. Durch sein vorlautes Verhalten bringt Keie König und Tafelrunde wiederholt in Schwierigkeiten, und sein ungehobeltes, lärmendes Treiben stößt Gawan so sehr ab, dass dieser dem Hof schließlich den Rücken kehrt, um die Stille der Aventiure zu genießen.

Die Rhetorik des Schreibers war in der Tat tugendhaft, Versmaß und Reime mustergültig. Und dennoch wirkte das Lied bald schwerfällig und weitschweifig. Den Streitgesprächen der beiden Ritter fehlte die Schärfe, und Keies Fehltritte waren letzten Endes zu unerheblich, um lauthals darüber zu lachen. Weder des Schreibers Stimme noch sein Harfenspiel bereicherten den Vortrag wesentlich. Seine Ballade von Keie und Gawan war mehr zum Lesen geeignet als zum Hören. Wolframs Blick war in die Ferne gerichtet. Heinrich von Ofterdingen gähnte ostentativ.

Nach dem Applaus und den Verbeugungen des Kanzlers rief Reinmar nun Biterolf von Stillaha in die Saalmitte. Biterolf hatte bis eben eine Vogelbeere gekaut. Die herbe Säure der trockenen Frucht wirkte belebend, der nachfolgende Speichelfluss aber war äußerst unwillkommen. Er musste schlucken, bevor er sprechen konnte: »Euer Hoheit: ein Auszug aus meinem Gedicht über die Heldentaten Alexanders des Großen.« Sein Hals, sein Scheitel und seine Ohren pochten, als hätte er sein eigenes Herz aufgestoßen. »Von der Gründung Alexandrias bis zur Eroberung Babylons.«

Er räusperte sich. Seine Hände waren von einem kalten Schweißfilm überzogen, aber die Finger wurden trocken und warm, sobald er zu spielen begann.

Während Biterolf sang, begriff er allmählich und Strophe für Strophe mehr, was für ein schrecklicher, schrecklicher Fehler nicht nur die Entscheidung für das Alexanderlied gewesen war, sondern auch die Auswahl der vorgetragenen Passage: eine Aneinanderreihung von gewonnenen Schlachten und gut recherchierten, nichtssagenden Namen von Feldherren und Walstätten, die kein Ende finden wollte. Kaum Dialoge, keine Überraschungen, wenig über den Menschen Alexander, staubtrockene Verse. Altbackene Weisheiten und einfache Moral statt Kämpfen und Gefühl. Biterolfs Worte waren gesungenes Papier. Er spürte, dass keiner seiner Zuhörer sich auch nur einen Fußbreit nach Makedonien, Ägypten und Persien entführen ließ. Niemand schloss die Augen, um von den Gestalten der Antike zu träumen, ganz gleich, wie viel Nachdruck Biterolf auch in seine Stimme legte. Alle betrachteten nur ihn und seine Fiedel. Er traute sich nicht, diese Blicke zu erwidern. Vielleicht war sein Vortrag nicht langweiliger als der des Schreibers, aber Biterolf hatte von diesem ein bereits gelangweiltes Publikum übernommen. Er sang lauter und schneller. Am liebsten hätte er sein Lied bei der nächsten Zäsur beendet, aber er konnte nicht, da er die Eroberung Babylons bereits angekündigt hatte. Er sah, wie sich Klara gelegentlich zu Reinmars Ohr herabbeugte, zweifellos um Biterolfs Lied zu loben, aber keine Einflüsterung der Welt hätte den Alten davon überzeugen können, dass dieses Historienwerk mehr war als Mittelmaß.

Biterolfs Blick fiel auf das Kapitell einer nahen Säule. Auf ihr war ein Ritter abgebildet, der von einem Drachen verschlungen wurde. Nur der Oberkörper ragte noch aus dem Drachenmaul heraus. So fühlte sich Biterolf.

Walther, der letzte Sänger des Tages, verzichtete auf eine Vorrede. Stattdessen begann er, seine Harfe aus rotem Kirschholz nachzustimmen. Biterolf hätte sich nie getraut, seinen Vortrag derart zu verzögern, und hatte stattdessen auf einem unvollkommen gestimmten Instrument gespielt. Bei Walther aber steigerte das atonale Gezupfe die Neugierde nur. Dann sang er Minne.

Walther war nicht darauf aus, sich beim Kampfrichter anzubiedern. Seine Lieder konnten als direkter Kommentar oder sogar als Widerrede zu den Liedern Reinmars verstanden werden. Reinmars Dilemma, eine hohe Herrin zu lieben und niemals wiedergeliebt zu werden, setzte Walther zweierlei entgegen: die Absage an die Hohe, Unerreichbare, Hartherzige – und die Erfüllung der Minne mit geringeren Frauen, welche die Liebe, mit der man ihnen begegnete, verdienten *und* erwiderten. Auch ohne Augenlicht musste Reinmar spüren, dass Walther dabei nur ihn fixierte.

Biterolf wurde indes der Mund trocken. Und wenn er einen ganzen Sack voller Vogelbeeren kaute, er würde nie so singen können wie Walther von der Vogelweide, der in einem Vers sagte, was Biterolf in mehreren Strophen nicht hätte ausdrücken können. Die Damen der Wartburg waren hingerissen: Innige, gegenseitige Liebe schien auch ihnen mehr zu bedeuten als Rücksicht auf Rang und Regeln.

Dass Walthers Auftritt nicht so vollendet war, wie er hätte sein können, war die Schuld der anwesenden Ritterschaft. Gerhard Atze blieb zwar sittsam und still, wie es ihm Landgraf und Kanzler aufgetragen hatten, aber ganz offensichtlich hatte er die Böswilligeren seiner Kameraden dazu anstiften können, Walthers Vortrag zu stören. Während es bei Biterolf und dem Schreiber noch absolut ruhig gewesen war, mehrten sich nun das Räuspern, das Husten und das auffällig laute Herumrücken von Stühlen und Bänken. Die strengen Blicke Hermanns vermochten das Treiben zwar abzuschwächen, aber nicht vollends zu zügeln.

Walther, der vollkommene Aufmerksamkeit gewohnt war, wurde durch diese Sabotage so aus der Fassung gebracht, dass er sich mehrmals verspielte. Vor lauter Wut wurde seine schöne Stimme brüchig, und Tränen traten ihm in die Augen – was von den Damen wiederum als Indiz für die Wahrhaftigkeit seiner Liebeslieder betrachtet und honoriert wurde. Walther brauchte alle Konzentration, seinen Auftritt durchzustehen.

Aber der Angriff der Ritter blieb nicht unbeantwortet: Am Ende seines eigentlichen Vortrags, nachdem der Applaus sich gelegt hatte, kündigte Walther eine spontane Zugabe an; ein Lied, das er kurz nach seiner Ankunft auf der Wartburg geschrieben habe und das einen ihrer Bewohner unsterblich zu machen gedenke; nein, um den hochverehrten Landgrafen handele es sich dieses Mal nicht. »Es heißt: *Herr Atze hat mein Pferd erschossen*«, sagte er, ohne auch nur einen Seitenblick an den Protagonisten des Liedes zu verschwenden.

Der Spottgesang folgte mehr oder weniger der absurden Beweisführung des Ritters, der versucht hatte, den Pferden Walthers und Wolframs ein Verwandtschaftsverhältnis zu unterstellen, um die Schuld von sich zu weisen. Das Stück war so kurz wie pointiert, und am Ende brachen selbst Atzes Anhänger in Gelächter aus und verlangten mehr davon.

Der Unterlegene lief einmal mehr feuerrot an. Ein waffenloser Musikant hatte ihn besiegt und der Lächerlichkeit preisgegeben.

Gen Abend stand Biterolf auf dem Wehrgang nahe der Kapelle, bis seine Haut von der Kälte taub geworden war. Er hatte sich einen Schlauch starken Weins besorgt und ihn bis auf wenige Schlucke geleert. Dietrich war nicht wieder aufgetaucht, und wenn die Wilde Jagd entschied, in der kommenden Nacht ihn, Biterolf, mit sich zu nehmen, sollte es ihm nur recht sein. Vielleicht brauchten die heulenden Heerscharen noch einen Fiedler. Agnes hätte er gerne noch einmal gesehen, denn sie war nicht im Festsaal gewesen, aber von all denen, die seine *Alexandreis* gehört hatten, wollte er niemandem mehr begegnen. Jeder, der ihn danach angesehen hatte, selbst Klara, hatte es entweder mit einem Ausdruck kaum verhohlenen Mitleids getan oder den Blick schnell abgewandt.

Lediglich Heinrich von Ofterdingen hatte ihm lachend auf die Schulter geschlagen und gefragt, was ihn denn geritten habe, ein so vertrocknetes antikes Trumm zu geben.

»Der Schreiber hat mich in dem Entschluss bestärkt«, hatte Biterolf konsterniert geantwortet.

»Das kann ich mir vorstellen! Aber meinst du nicht, ein paar kleine Lieder über die Liebe wären bekömmlicher gewesen?«

»Davon habt Ihr mir doch ausdrücklich abgeraten!«

»Ich? Das wäre mir neu. Wann sollte ich das getan haben?«

»Beim Fest in der Küche! Ihr habt gesagt, mein Mailied tauge nur für die Dorflinde, nicht für den Palas!«

»Ach, das. Aber am Ende lassen sich die Menschen doch von derart einfältigen Liedchen, solange sie nur wahrhaftig sind, durchaus rühren. Allemal mehr als von solch einem historischen Konvolut, das einem schneehäuptigen Akademiker besser zu Gesicht stünde als einem jungen Kerl wie dir. Ich zumindest hätte dein Mailied gern noch einmal gehört.«

Und mit diesen Worten hatte der Ofterdinger ihn stehen gelassen, um Walther, der das Lob nicht hören wollte, zu seinem Spottlied auf den Pferdemörder zu gratulieren.

Das Wilde Heer kam nicht. Biterolf leerte den Weinschlauch, schleuderte ihn über die Mauer ins dunkle Nichts und erwog einen Augenblick hinterherzuspringen. Dann ging er in seine Kammer. Er träumte von Drachen, von Heinrich von Ofterdingen und von einem Kentaur mit dem Oberkörper Gerhard Atzes.

26. DEZEMBER
SANKT STEPHAN

Der Stephanstag sollte den Thüringer Adel aus der Finsternis tiefer Drachenhöhlen bis auf lichtdurchflutete Höhenburgen führen. Der Zweikampf zwischen Ofterdingen und Wolfram, zwischen Nibelungen- und Gralssage, war gleichermaßen ein Kampf zwischen Leib und Seele, zwischen Kraft und Geist, zwischen alten und neuen Göttern; ein Widerstreit zweier Pole, dem rauen Norden und dem lieblichen Süden, die zwischen sich eine ganze Welt halten. Der Kampf war nicht zuletzt auch ein Kampf ihrer Helden Siegfried und Parzival. Doch wenn der unverwundbare Siegfried auf den unüberwindbaren Parzival traf, konnte es da überhaupt einen Verlierer geben?

Wolfram schickte – während sein Singerknabe Johann die Fiedel stimmte, die er auch spielen würde, damit sein Herr sich ganz auf den Gesang konzentrieren konnte – seinem Vortrag eine kurze Rede voraus, in der er dem Landgrafen dankte für seinen Beitrag zur Entstehung des nun folgenden *Parzival*. Er sprach von der Genese seines Werkes; wie er den ursprünglichen Roman aus der Feder eines Franzosen entdeckt und nach Deutschland gebracht habe, wie er die fränkische in deutsche Währung gewechselt habe und wie er die unvollständige, ungeschliffene Dichtung erweitert und veredelt habe, bis das Ergebnis nur noch wenig mit der Vorlage gemein hatte. Dabei bemühte er das Bild eines Waffenschmiedes, der Ring für Ring in beschwerlicher Arbeit zu einem Kettenhemd knüpft: Gleichsam habe er, Wolfram, Verslein für Verslein zu diesem gewaltigen Epos zusammengesetzt.

Wie schon in seiner Predigt während der Christmette demonstrierte Wolfram eine Bescheidenheit, die an Koketterie grenzte: dass er als Laie – als grobschlächtiger, ja kaum des Lesens mächtiger Kriegsmann, dessen eigentliches Amt das Waffenhandwerk war – im Grunde nicht würdig sei, sich eines Stoffes über Erlösung und die mächtigste Reliquie der Christenheit anzunehmen. Demütigst präsentiere er den Herren und Damen dennoch einige Passagen aus seinem Ritterepos. Mit seiner Verbeugung erklangen bereits die ersten Töne von Johanns Fiedel.

Wolfram erzählte von Parzivals Ankunft auf der rätselhaften Gralsburg Monsalvat, von Parzivals Versagen in Gegenwart des heiligen Grals, von seiner Verdammung, seinen Wanderjahren, seinem Abfall von Gott, von seiner Buße und seiner Läuterung und endlich von seiner Rückkehr auf die Gralsburg – nun nicht länger als törichter, tadelhafter Ritter, sondern als neuer König des Grals.

Parzivals Lebensreise rührte jedermann; selbst jene, die Wolframs Lied schon gelesen oder gehört hatten. Die Damen waren vorbereitet. Jede von ihnen hatte ein Tüchlein dabei, die Tränen aufzunehmen, die bei Parzivals Sündenfall, spätestens aber beim versöhnlichen Ende liefen. Die Landgräfin schluchzte und fasste sich erst durch einen ermahnenden Blick ihres Gemahls wieder.

Was Wolframs wilde Mär jedoch einzigartig machte, waren die ironischen Verse, die originellen Bilder und die drolligen Namen – von Wolfram trocken und ohne Augenzwinkern vorgetragen, aber kommentiert von der Fiedel seines Singerknaben, die bisweilen wie eine menschliche Stimme lachte, seufzte und zeterte. Dieser Witz trug ein Licht selbst in die finstersten Abschnitte der Geschichte, sodass man sich oft lachend die Tränen aus den Augenwinkeln wischte.

Nach einer allseits geforderten Pause war die Reihe an Heinrich von Ofterdingen, dem Letzten der Wettstreiter. Auch er überließ seinem Singerknaben die Fiedel, und auch er ließ es sich nicht nehmen, wortreich in seinen Beitrag einzuführen. Er bat um Verzeihung, nur aus einem unfertigen Werk singen zu können: Seine Dichtung von den Nibelungen sei bislang nicht weiter gediehen als bis zum Mord an Siegfried, und dementsprechend sei es auch dieses Ereignis, das seinen heutigen Vortrag beschließen würde.

»Anders als Wolfram singe ich bedauerlicherweise nicht von Versöhnung und Erlösung, sondern von Blut und Rache«, sagte Ofterdingen, »nicht vom Blut des Heilands, sondern vom Blut eines Drachens, und nicht von einem heiligen Gefäß, an dem die Menschheit genest, sondern von einem unheiligen Goldhort und davon, wie er Männer und Frauen gleichermaßen verlockt und verdirbt. – Auch ich habe die Geschichte, wie Wolfram, bei anderen geklaut, freilich nicht bei einem Franzosen, sondern beim deutschen Volk, das sich diese alten Mären seit Ewigkeiten in immer wechselnden Variationen erzählt.« An Wolfram gewandt, fuhr er fort: »Und wenn mein guter Freund Wolfram erlaubt, mich seines Bildes zu bedienen, habe auch ich die Sage wie ein Meisterschmied zusammengesetzt: Die unzähligen Späne gab ich hungrigen Gänsen zu fressen, in ihrem Magen ward das Erz gehärtet, und aus ihrem Kot schmolz ich das Eisen, um daraus dies eherne Lied zu schmieden.«

Wolfram verdrehte die Augen. Der tugendhafte Schreiber schüttelte den Kopf, einmal mehr verblüfft von Heinrich von Ofterdingens Geschmacklosigkeit. Nur Reinmar konnte sich ein Lächeln nicht verkneifen. Hermann räusperte sich, um wortlos zu bedeuten, dass er mehr von den Nibelungen erfahren wollte und nichts mehr von Vogeldreck.

Ausgehend vom Streit von Brunhild und Kriemhild, sang Ofterdingen nun vom wachsenden Hass der hochmütigen Königinnen; von Brunhilds Wunsch, Siegfried zu töten – der vom treuen Hagen vorangetrieben und vom habgierigen König Gunther gebilligt wird –; von Kriemhilds Fehler, Hagen die einzige Stelle zu nennen, an der Siegfried verwundbar ist, und von ihren prophetischen Träumen; vom

Speer, der Siegfried hinterrücks durchbohrt, und davon, wie Hagen den Goldhort im Rhein versenkt.

Schon seit fünf Tagen, seit Sankt Thomas, war der Himmel über dem Thüringer Wald ununterbrochen bedeckt gewesen, aber jetzt schien es, als würden die Wolken noch einmal finsterer, als wollte die Nacht schon mittags hereinbrechen. Anders als Wolfram, der das Leiden seiner Figuren erträglich gemacht hatte durch Humor, versagte Heinrich von Ofterdingen seinem Publikum derlei Entspannung: Die Dunkelheit der Nibelungen war vollkommen. Liebe und Barmherzigkeit suchte man vergebens. Gott wurde nur angerufen, um bei seinem Namen zu fluchen, Priester waren bloß Männer in Ornat und Kirchen Gebäude aus Stein. Ofterdingens Figuren handelten so unerträglich und so unchristlich, dass man keiner von ihnen Mitleid entgegenbringen konnte.

Wolfram hatte seine Helden mit milder Distanz beschrieben und durch die Geschichte bewegt wie ein Schachspieler seine Figuren, Ofterdingen hingegen *war* jeder seiner Könige, Damen und Ritter: Er schlüpfte von Vers zu Vers unter eine andere Tarnkappe; war mal der gutgläubige Siegfried, mal der pragmatische Hagen und mal der verzagte Gunther; konnte leichtfüßig sogar das Geschlecht wechseln und den Kummer und die Gehässigkeit der Königinnen glaubhaft darstellen. Er gab seinen Figuren Stimme, Mimik und Haltung, streckte die Fäuste gen Himmel, sank nieder auf die Knie, schritt singend auf und ab und umrundete unzählige Male Konrad, der unermüdlich fiedelnd in der Mitte saß. Im Dunkel, das trotz der Kerzen den Festsaal verschleierte, wurden die Züge von Ofterdingens eigenem Gesicht immer undeutlicher, und die Nibelungen und Burgunder hielten in dieser einen Person leibhaftig Einzug im Saal. Die gelben Kaminfeuer über der roten Glut waren flüchtiges Gold auf einem Bett von Blut.

Ofterdingens harte Sprache war in keiner Weise um Schönheit bemüht wie Wolframs höfische Rhetorik, sondern geschrieben wie gesprochen. Oft waren seine Dialoge mehr Sprache als Gesang. Er scherte sich auch nicht um die Weisung, die Dauer des Vortrags auf ein vernünftiges Maß zu beschränken. Sein Lied dauerte ewig, und er schonte dabei weder seine Zuhörer noch sich selbst. Schweiß troff ihm von der Stirn. Seine Stimme wurde zusehends rauer, seine Bewegungen matter. Als Siegfried nach langem Todeskampf niedersank, glaubte man für einen Augenblick, auch er, Ofterdingen, würde sich nicht wieder von den Dielen des Saals erheben.

Diese Nibelungen waren unerhört. Die Ritterschaft, deren Interesse an Literatur, in der Feen und Heilige die Hauptrollen spielten, sich gemeinhin in Grenzen hielt, war gebannt. Dies war kein Lied darüber, wie die Welt sein sollte, sondern darüber, wie sie war: verdorben, sündhaft, unerbittlich. Den Damen war es, als würde das Lied jede Einzelne ihres Geschlechts beleidigen, ja regelrecht vergewaltigen: Während im *Parzival* alle Frauen herzensgut gewesen waren, selbst die Hässlichen, waren sie in Ofterdingens Epos ebenso ruchlos wie die Männer, wo nicht ruchloser: So hübsch, wie Kriemhild war, so hasserfüllt war sie auch. Die empörte Landgräfin hatte im Lauf der Geschichte versucht, ihre Tochter aus dem Saal zu schicken, aber Irmgard hatte sich dagegen verwahrt: Sie hing an Ofterdingens Mund, von dem sie doch ahnte, dass er die Wahrheit sang. Klara hatte indes die Scherben aus dem zerschlagenen Kapellenfenster dabei und betrachtete, je nach Passage, Sänger und Sängersaal durch das bunte Glas: gelb für die Pfalz und grün für den Wald, blau die Nächte und rot das Ende.

Die Fiedel seufzte ihre letzten Töne. Alles war Kriemhild geraubt worden, ihr Mann und ihr Besitz, und ihr blieb nichts als ein ewiger, geduldiger Durst nach Rache. Vor lauter Erschütterung vergaß das Publikum zu applaudieren.

Heinrich von Ofterdingen ließ sich entkräftet in seinen Stuhl zwischen den anderen Sängern fallen. »Wenn Ihr wissen wollt, wie es weitergeht«, sagte er unbefangen, an den Landgrafen und sein Gefolge gerichtet, »müsst Ihr mich im nächsten Winter wieder auf die Wartburg laden.«

Hermann, als er wieder zu Worten gefunden hatte, wies seine Diener an, einige Fenster zu öffnen, um frische Luft hereinzulassen. Draußen dämmerte es zwar schon, aber dennoch wirkte der Saal nun deutlich lichter. Die bösen Geister, schien es, die Ofterdingen beschworen hatte, waren wieder entflohen.

Der Zeitpunkt für Reinmars Schiedsspruch war gekommen. Biterolf, der so in Ofterdingens Erzählung versunken war, dass er für ihre Dauer keinen Gedanken an den eigenen Tod verschwendet hatte, schrak auf und entsann sich seiner trüben Aussichten. Die Teilnehmer des Sängerstreits wurden vor den Thron des Landgrafen gebeten, und dort beugten Heinrich von Ofterdingen, Wolfram von Eschenbach, Walther von der Vogelweide, Biterolf von Stillaha und der tugendhafte Schreiber die Köpfe vor Hoheit und Richter. Aus der Küche war ein Reif Lorbeerblätter gebracht worden, doch auch Meister Stempfel trat aus einer Nische hervor und neben den Thron. Der Verlierer würde ihn und den Kaplan auf den Hof begleiten, dort ein letztes Gebet sprechen und dann den Hals durchtrennt bekommen.

Milde lächelnd trat Reinmar von Hagenau vor, dankte den Sängern für ihre vielfältigen Beiträge; für die Kunst, mit Wörtern und Klängen Zeit, Kälte und das Leid der Welt für Stunden vollkommen vergessen zu machen. Für ihn, Reinmar, sei dieses Ereignis eines der außergewöhnlichsten seines langen Lebens, und er sei dankbar, jetzt, im Herbst seiner Tage, noch einmal Teil eines solchen Spektakels zu werden. Je länger er sprach, desto unerträglicher wurde es für Sänger und Zuschauer, die doch vornehmlich sein Urteil hören wollten.

»Es ist mir beileibe nicht leichtgefallen, eine Entscheidung zu treffen«, sprach Reinmar schließlich, indem er unter die Sänger trat. »Aber sie muss getroffen werden. Meine Wahl fällt auf dich, Walther.«

»Du Hundskerl!«, schoss es aus Walther hervor. »Das wagst du nicht!« Doch einen Wimpernschlag später hatte er begriffen, dass er Reinmar gründlich missverstanden hatte; dass dieser ihn nicht zum Verlierer, sondern zum Sieger des Wettstreits gekürt hatte. Walthers giftige Miene verwandelte sich darüber, dass sein alter Rivale ausgerechnet *ihn* gewählt hatte, in die außerordentlichen Erstaunens.

Reinmar hatte Walthers wüsten Ausbruch geflissentlich überhört. Während er sich von Klara den Lorbeerkranz anreichen ließ, erhob sich im Saal nun der Jubel derer, die Walther den Sieg gönnten. Hermann und Sophia von Thüringen erhoben sich von ihren Thronen, um dem Sängerkönig zu gratulieren. Reinmar hielt den Kranz in die Luft, und Walther musste die blinden, welken Hände mit dem Siegerkranz auf sein Haupt führen.

»Und nun deine traurige Pflicht, Reinmar«, sagte der Landgraf. »Wen von diesen vieren trifft das harte Los? Wer wird durch das Schwert des Scharfrichters sterben?«

Gegrüßet seist du, gnadenreiche Maria, hochgelobte süße Herrin, Königin der Engel, der Herr ist mit dir, begann Biterolf. *Heilige Maria, reine Frau, bete für mich armen Sünder jetzt und in der Stunde meines Todes.*

Bevor Biterolf das *Amen* erreicht hatte, antwortete Reinmar: »Heinrich von Ofterdingen.«

Die anschließende Sprachlosigkeit war allgemein. Man sah abwechselnd von Reinmar zu Ofterdingen. Der Verurteilte fand als Erstes wieder zu Worten. »Das ist ein Irrtum«, sagte Ofterdingen.

»Es tut mir leid, Heinrich«, entgegnete Reinmar. »Ihr habt mir dieses Richteramt aufgebürdet.«

»Das muss ein Irrtum sein.«

»Von allen Gedichten war deines das schwächste.«

»Das *schwächste*?! Hast du mir überhaupt zugehört? Bist du am Ende auch noch taub geworden?«

»Ich habe dir zugehört, Heinrich. Es ging ja lang genug. Aber die Länge deines Vortrags und die Intensität konnten nicht darüber hinwegtäuschen, dass ich, verzeih mir, dein Lied schwächer fand als die anderen.«

»Das ist eine Lüge!«, donnerte Ofterdingen und wies auf

die versammelten Ritter.«»Dass dein Urteil grundfalsch ist, können diese Schöffen bezeugen! Frag jeden Einzelnen von ihnen!« Unter den Rittern machte sich nun tatsächlich der Unmut über das Urteil Luft. Ofterdingen war ihr Favorit gewesen.

»Ich fälle das Urteil, nicht meine Beisitzer«, beharrte Reinmar.

»Den Jungen wollt ihr«, sagte Ofterdingen und zog Biterolf am Mantel aus der Reihe. »Er wird, wenn er die Ehre im Leib hat, zugeben, dass sein Lied das schlechteste war! – Sag mir, Freund: Welches war das schlechteste Lied? Wer ist der schlechteste Sänger? Bin ich es?«

»Nein.«

»Denn du warst viel schlechter als ich, habe ich recht?«

»Ja«, antwortete Biterolf, verwundert darüber, wie wenig Gewalt er im Angesicht des Todes über die Wahrheit hatte. »Ich denke schon.«

»Da habt ihr's! Schluss mit dem Mummenschanz und ihn aufs Schafott!«

»Mein Urteil steht, Heinrich«, sagte Reinmar kopfschüttelnd. »Habe du die Größe, es anzunehmen.«

»Wenn du wirklich so starrsinnig auf deiner Ansicht bestehst, musst du mir wenigstens Gründe dafür nennen.«

Jetzt griff der Landgraf in das Zwiegespräch ein. »Wohin soll das führen? Heinrich von Ofterdingen, deine Furcht vor dem Richtschwert ist unmännlich!«

»Wer redet denn von Furcht, Euer Hoheit!«, versetzte Ofterdingen. »Unmännlich ist es vielmehr, Unrecht hinzunehmen und seiner Empörung nicht Luft zu machen!«

»Ich glaube nicht, dass der ehrenwerte Meister Reinmar es nötig hat, seinen Richterspruch auch noch zu erklären.«

Reinmar hob beschwichtigend die Hände. »Nein, Euer Hoheit, lasst nur. Wenn er es denn unbedingt wissen will, soll er es erfahren. Er soll nicht mit unbeantworteten Fragen von uns gehen.« Dann wandte er sich an Ofterdingen und fuhr mit halblauter Stimme fort: »Du weißt, ich schätze dich sehr, Heinrich, aber hier in diesem Wettkampf ging es nicht um den Dichter, sondern um seine Dichtung. Und nicht nur im Gegensatz zur Leichtigkeit eines Wolfram sind deine Nibelungen eine schwere, gehässige Kost, die mir unerträglich ist.«

»Dann verachtest du die deutschen Sagen so sehr, dass du ihm diesen welschen Minnetand mit seinen Wundern und Zauberschlössern vorziehst?«

»Was kümmert mich die Herkunft? Deinem Lied fehlt die Seelenkunde, die Gedankentiefe; es kennt Leidenschaft nur ohne Liebe und keinerlei Tugenden außer einer blinden, mörderischen Treue. Deine Helden sind eherne Wesen, die nur durch sich und für sich existieren. Deine Helden sind keine Ritter, sondern Wilde.«

»Und bildete ich damit die Wirklichkeit nicht exakter ab als jeder meiner Kontrahenten?«

»Die Frauen in deiner Geschichte sind Furien!«

»Wer sagt denn, dass Frauen weniger verdorben sind als Männer, nur weil sie besser riechen?«

»Du hast ein bedauernswert schlechtes Bild von den Menschen«, seufzte Reinmar. »Aber selbst wenn dem so wäre; selbst wenn die Welt so finster wäre, wie du sie uns malst; selbst wenn – Gott sei mir gnädig – der Erlöser keinen Einfluss auf unser Leben hätte – wäre das nicht vielmehr ein Grund für alle Dichtung, Vorbild zu sein? Soll man an ihr nicht wachsen und den Wunsch nähren, ein besserer Mensch zu werden?«

»Nein, soll man nicht«, antwortete Ofterdingen flach. »Wer eine Predigt will, gehe in die Kirche. Mir höre zu, wer die Wahrheit liebt.«

»Die Wahrheit, in der Tat! Eine traurige Wahrheit! Zu Mord und Habgier stiften deine Nibelungen an, ob man sie nun unten in den Schenken hört oder oben auf den Burgen. Und deshalb gehören diese blutigen Sagen aus vorchristlichen Zeiten wie das verfluchte Gold darin auf den Grund des tiefsten Flusses versenkt.«

»Armer Narr, wie bist du blind«, fauchte Ofterdingen und drehte Reinmar, den er nicht mehr zu bekehren hoffen konnte, den Rücken zu, um Unterstützung bei den anderen Sängern zu suchen.

»Wenn man auf mich nicht hört«, appellierte Ofterdingen an Wolfram, Walther, Biterolf und sogar den Schreiber, »so beschwöre ich euch, bei der Bruderschaft, die wir Sänger bilden, erhebt eure Stimmen gegen dieses Fehlurteil!«

Doch die Angesprochenen schwiegen. Sie betrachteten Ofterdingen wie die vier Erzengel den Luzifer, den Gefallenen und Geächteten. Ofterdingen packte Wolfram nachdrücklich bei den Armen. »Wolf!«

»Selbst wenn wir ein Wort in dieser Sache hätten«, entgegnete Wolfram sanft, »verlangst du, dass einer von uns sein Leben opfert, um dich zu retten?«

»Ist das alles, worum es euch geht – das Leben?«

»Beendet dies unwürdige Zetern«, bat der Schreiber mit einem beißenden Unterton. »*Dura lex sed lex*. Die Regeln dieses Wettkampfs waren eindeutig. Oder habt Ihr ihnen etwa nur zugestimmt unter der Bedingung, dass sie nicht auf Euch angewandt werden? – Im Übrigen teile ich das scharfe Urteil des ehrenwerten Reinmar. Oder, um es in Euren eigenen Worten auszudrücken: Gänsefutter war die Sage der Nibelungen, und Gänsekot ist sie unter Eurem Gänsekiel geworden.«

Man sah Ofterdingen förmlich beben unter der Anstrengung, die es brauchte, das Gespött des Kanzlers nicht mit der Faust zu beantworten. Er hatte erkannt, dass seine Sache auch bei den Sängern verloren war, und wandte sich daher an die höchste Instanz im Saal: an den Thüringer Landgrafen.

Doch noch bevor Ofterdingen sprechen konnte, antwortete Hermann schon: »Haltet mich heraus aus eurem Streit! Ich war von Anfang an dagegen und habe erfolglos versucht, euch diesen tödlichen Wettkampf auszureden! Aber ich gäbe mich sicherlich dem Gespött preis, wenn ich dich nachträglich begnadigen würde. Also, Heinrich von Ofterdingen: Wie du hoch erhobenen Hauptes in diesen Wettstreit gegangen bist, solltest du jetzt hoch erhobenen Hauptes zum Richtplatz schreiten.«

Auf einen Wink des Landgrafen trat Meister Stempfel vor, das blankgezogene Schwert in der Hand. Ofterdingen schien begriffen zu haben, dass jeder weitere Einspruch vergebens war. Er ließ Kopf und Arme hängen und starrte auf das Richtschwert.

»Durch dieses Schwert eines Henkers soll ich sterben«, fragte er kraftlos, »an dem das Blut von Mördern, Dieben, Meineidigen und Ketzern klebt?«

»Durch dieses und kein anderes«, antwortete Hermann.

»Kein anderes, sagt Ihr?«

»Kein anderes, bei meiner Ehre.«

Ofterdingen nickte. Dann suchte er seinen Knappen im Halbdunkel des Festsaals, um einen Blick mit ihm zu wechseln. Und dann schoss seine Faust plötzlich vor und traf den Scharfrichter zwischen den Augen. Der Geschlagene taumelte einen Schritt nach hinten. Das Schwert entglitt seinen Händen. Ofterdingen ergriff es am Heft, bevor es zu Boden gefallen war. Und ehe Meister Stempfel seine Sinne wieder beisammenhatte oder irgendwer sonst reagieren konnte, hatte Ofterdingen mit einigen Sätzen den Saal durchquert, um das Schwert aus einem der offenen Fenster zu werfen, wie man einen Speer auf seine Beute wirft. Der Wurf war so präzise, dass es nicht einmal gegen den Rahmen stieß, sondern lautlos vom Dämmerlicht verschluckt wurde. Man hörte das Eisen von fern noch gegen Felsen und durch Gehölz schlagen, aber der endgültige Aufprall wurde bereits vom Lärm im Saal übertönt.

Einige der Ritter hatten augenblicklich ihre Plätze verlassen, um den aufmüpfigen Ofterdingen nötigenfalls niederzuringen, aber der ließ sich bereitwillig zurück zum Thron des Landgrafen führen. Er hatte erreicht, was er erreichen wollte. Er entschuldigte sich bei Meister Stempfel, dem ein rotes Mal die Stirn zierte, für den Schlag.

Landgraf Hermann schüttelte lediglich den Kopf. »Bist du kindisch geworden? Wie viele Beweise deiner Würdelosigkeit willst du uns vor deiner Hinrichtung noch geben?«

»Alle, die nötig sind, ebendiese Hinrichtung zu verhindern.«

»Du weißt natürlich, dass ich jeden meiner Ritter um sein Schwert bitten kann, dies zu vollenden.«

»Eure Ritter würden ihr Schwert nur ungern durch die Hand eines ehrlosen Schergen entweiht sehen.«

Hermann winkte Walther von Vargula heran. »Lasst Meister Stempfel irgendein Schwert aus der Rüstkammer bringen. – Sollte die neue Klinge freilich stumpfer sein als die ursprünglich vorgesehene, Heinrich, trägst du allein die Schuld daran.«

»*Irgendein Schwert* darf es freilich nicht sein, Euer Hoheit«, entgegnete Ofterdingen, »da Ihr mir Euer Wort gabt, dass ich durch das Richtschwert von Meister Stempfel gerichtet werde. Und durch kein anderes.«

Hermann stutzte einen Moment. Dann hatte er begriffen, worauf Ofterdingen hinauswollte. »Darauf willst du nicht allen Ernstes pochen.«

»Sonst hätte ich wohl kaum ein Schwert aus dem Fenster geworfen.«

»Ich werde mich nicht auf solche Spitzfindigkeiten einlassen«, sagte Hermann. »Erwartest du, dass ich meine Männer ausschicke, im Schnee und Gesträuch nach einem verlorenen Schwert zu graben, nur damit du ein paar Stunden länger leben kannst? Es wird nicht geschehen. – Bringt das neue Schwert!«

»Hoheit, Ihr gabt mir ein Wort! Wollt Ihr Eure Ehre beschmutzen?«

»Ich lasse mich nicht von dir zum Narren halten, Ofterdinger! Unterlass dein niederträchtiges Geschwätz, andernfalls verlässt du diesen Saal geknebelt.« Der Landgraf erhob sich. »Das Urteil wird im Hof vollstreckt.«

Walther von Vargula war bereits aufgebrochen, dem Henker sein neues Handwerkszeug zu besorgen, der Rest der Gesellschaft schickte sich nun an, ihm auf den Richtplatz, den Burghof, zu folgen. Da warf sich Heinrich von Ofterdingen zu Füßen der Landgräfin nieder, die den Wortwechsel zwischen ihm und ihrem Gemahl mit zunehmendem Missmut verfolgt hatte und von der allein noch Hilfe zu erwarten war, hob seine Hände ihr entgegen und rief: »Steht mir bei!«

Es war ein Schauspiel: In einer fließenden Bewegung erhob sich Sophia von Thüringen, nahm ihren Mantel mit der rechten Hand und breitete ihn über den Liegenden, sodass er Heinrich von Ofterdingens Haupt, Schultern und Rücken halb bedeckte und gleichzeitig den Blick freigab auf Sophias mütterlich gewölbten Bauch. Jedermann im Raum hielt den Atem an. Sophia, dem verzagten Ofterdingen Schirm und Schutz gewährend, gemahnte an die Abbildung einer Heiligen; an die Mutter Gottes, ihr Kind bergend.

»Heinrich steht unter meiner Obhut«, sprach sie, »bis er durch das Schwert des Henkers stirbt, wie man es ihm versprach.«

Obwohl Sophia Hermanns Namen in dieser Formulierung weislich vermieden hatte, war ihr Gemahl außer sich. Ofterdingen wusste, wann er zu schweigen hatte. Selbst sein Gesicht verbarg er vor dem wütenden Landgrafen.

»Seine Freunde«, fuhr Sophia fort, »sollen nicht sagen dürfen, ihm wäre in der Stunde seines Todes auf der Wartburg Unrecht geschehen.«

»Er ist ein Schurke«, zischte Hermann. »Er hat dich und alle Frauen hier beleidigt.«

»Ja. Aber wie es der Schreiber richtig sagte: *Gesetz ist Gesetz.*«

In Hermann arbeitete es nun sichtbar. Er erwog, seiner Ehefrau zu widersprechen. Aber er entschied sich dagegen. »Sucht das Schwert«, wies er seine Ritter an.

Sophia schlug ihren Mantel wieder zurück und nahm Abstand von Ofterdingen. Hermann hieß den Verurteilten in Fesseln legen, obwohl es standesgemäß gewesen wäre, ihn auf sein ritterliches Wort ungebunden zu lassen. Dann zog Hermann ab. Auch die Damen kehrten in ihre Gemächer zurück. Ofterdingen dankte der Landgräfin für ihre Fürsprache und schien gar gewillt, den Saum ihres Gewandes zu küssen, aber sie würdigte ihn keines Blickes. Er blieb am Boden, bis sie den Saal verlassen hatte. Vom Burghauptmann Eckart und einigen Wachleuten abgesehen, die auf den Verurteilten Acht geben sollten, waren die Sänger mit ihren Singerknaben nun im Festsaal unter sich; eine Konstellation ähnlich jener, die zu diesem Wettstreit geführt hatte.

Ofterdingen erhob sich und trat an Reinmar heran. »Was immer dich bewogen hat, meinen Tod zu wünschen«, sprach er mit ruhiger Stimme, »ich verfluche dich. Ich rufe Gottes Fluch auf dich herab, alter Mann, hörst du? Die Erzengel sollen dich mit ihren feurigen Schwertern in tausend Stücke schneiden.«

Reinmar erblasste und brachte keinen Ton heraus, aber der Schreiber sprang ihm bei: »Ich bezweifle, Ofterdinger, dass Gott ausgerechnet für Euch ein offenes Ohr hat.«

»Wer redet denn mit dir? Der Blitz des Herrn soll dich beim Scheißen treffen, du räudiger Kriecher.«

»Herrje, Heinrich«, sagte Wolfram, »du bist wirklich ein außerordentlich schlechter Verlierer.«

Dann führte man den Verurteilten aus dem Raum. Der Schreiber nahm Ofterdingens Fiedel in die Hände, betrachtete sie wie die gewonnene Waffe eines Kontrahenten und zupfte neugierig an den Saiten. Walther, der seit seiner Krönung kein einziges Wort mehr herausgebracht hatte, bemerkte bei einem Griff ins Haar, dass er noch immer die Sängerkrone aus trockenem Lorbeer trug.

»*Rex morietur, vivat rex*«, sagte der Schreiber. »Meine Glückwünsche.«

Wegen der zunehmenden Dunkelheit musste die Suche nach dem Richtschwert schon nach einer halben Stunde wieder eingestellt werden. Davon abgesehen, dass sich keiner der Knechte außerhalb der Burg aufhalten wollte, wenn die Nacht hereinbrach, war die Suche im Finstern ohnehin müßig. In der kurzen Zeit hatte man am Fuß des Felsens nichts gefunden außer Tierspuren, Unrat – und den Knappen des Ofterdingers, Rupert, der auf einen Wink seines

Herrn bereits mit der Suche begonnen hatte, während man im Festsaal noch diskutierte. Der Pullane wurde ohne Erfolg durchsucht. Man musste seinen Worten Glauben schenken, dass auch er nichts gefunden hatte.

Der Landgraf schäumte, als ihm diese Kunde überbracht wurde. Er ordnete an, die Suche fortzusetzen, sobald der Morgen graute. Rupert und Konrad, Ofterdingens Getreuen, wurde bis zur Vollstreckung des Urteils untersagt, die Burg zu verlassen. Heinrich von Ofterdingen selbst wurde in einer Zelle im Südturm arretiert, wo er sich eine weitere Nacht an seinem Leben erfreuen konnte. Die Enthauptung des Verlierers im Sängerstreit auf der Wartburg war um einen Tag aufgeschoben worden.

ZWISCHENSPIEL

»Wurde das Schwert gefunden?«, unterbrach Luther den Teufel.
»Natürlich. Es dauerte freilich eine ganze Weile. Und damit endet diese traurige Geschichte.«
»Ich wusste nicht, dass das Nibelungenlied von Heinrich von Ofterdingen stammt.«
»Das weiß niemand. Sein Name starb mit ihm. Der Nachruhm blieb im verwehrt.«
Luther blinzelte. Hinter den Fenstern war es noch immer stockfinster, aber an den Kerzen konnte er ablesen, wie viele Stunden vergangen sein mussten, seit der Leibhaftige mit seiner Erzählung begonnen hatte. Ein Docht war bereits im Wachs ertrunken.
»Dafür, dass du mir anfangs gar nichts vom Sängerkrieg erzählen wolltest, warst du nicht gerade um Kürze bemüht«, sagte Luther. »Ich frage mich, ob so mancher Seitenstrang dieser Geschichte wirklich nötig gewesen wäre.«
»Es gehört alles dazu«, antwortete der Teufel. »Je zahlreicher die Garne, desto fester der Zwirn. Hast du dich etwa nicht gut unterhalten gefühlt?«
»Doch, doch.«
»Und weil ich unfähig zur Lüge bin, ist kein Wort gelogen, so wahr mir Gott helfe.«
»Ich verstehe freilich nicht, wie mich diese Erzählung von der Hinterlist des Menschen überzeugen soll. Sechs Männer geraten in Streit und fordern einander zu einem tödlichen Wettstreit heraus. Einer von ihnen verliert und

wird vereinbarungsgemäß geköpft. Niemandem wurde Unrecht getan. Zudem trifft das Urteil Heinrich von Ofterdingen, der doch offenbar nicht nur ein schlechter, sondern auch ein gottloser Mann gewesen ist.«

Schmunzelnd gab der Teufel die Schalen seiner geknackten Haselnüsse in die Glut, die im Ofen glomm, und fegte sich die Krümel vom Gewand. »Du bist ebenso arglos wie Ofterdingen und die Sänger, scheint's.«

»Was meinst du?«

»Hast du es denn nicht begriffen? Das Ganze war ein Komplott gegen Heinrich von Ofterdingen, angezettelt vom Landgrafen höchstpersönlich und durchgeführt von seinem ach so tugendhaften Schreiber! Die Einladung zu einem Sängergipfel, zu einem Symposion der deutschen Dichter, war reiner Vorwand; eine Falle, bei der die anderen Sänger nur als Staffage dienten oder, besser noch, als der ausgelegte Köder. Gastrecht? Redefreiheit? Burgfrieden? Lug und Trug! In dem Moment, wo der Ofterdinger seinen Fuß in die Wartburg setzte, stand fest, dass er sie nicht wieder lebend verlassen sollte.«

»Aber warum?«

»Die Schmach von Ichtershausen.«

»Das Lied von der Wetterfahne?«

Der Teufel nickte. »Hermann hatte nicht einen einzigen Tag vergessen, wie ihn der Ofterdinger vor dem König, seinem Gefolge und seinem Heer verhöhnt hatte. Diese Wunde hatte sich nicht geschlossen, nein, sie hatte giftigen Eiter gebildet über die Jahre. Obwohl der Landgraf beim Bankett vorgab, dem Ofterdinger nichts nachzutragen, war das Gegenteil der Fall: Er wollte Rache für dessen Spottlied. Nun wäre es für ihn ein Leichtes gewesen, ein paar Meuchler zu dingen, die dem Sänger in irgendeiner dunklen Gasse oder in einem Wald die Kehle durchschneiden. Aber der Tod allein war Hermann nicht Vergeltung genug. Er wollte den selbstherrlichen Ofterdinger demütigen, und zwar genau da, wo dieser sich am sichersten fühlte: in seiner Kunst. – Und Heinrich von Weißensee hatte ebenso wenig verwunden, dass sich Ofterdingen in Ichtershausen kaum das Lachen verkneifen konnte, während sein verehrter Fürst vor aller Augen gedemütigt auf dem kalten Stein lag. Gemeinsam ersannen Landgraf und Kanzler also den Plan zu diesem Sängertreffen.«

»Aber die Sänger waren doch gar nicht zu einem Wettstreit auf Leben und Tod eingeladen gewesen. Der Einfall dazu entstand erst später, zufällig, aus dem Streit, ob nun der Landgraf von Thüringen oder der Herzog von Österreich der bessere Dienstherr sei.«

»Jeder Streit wäre dem Schreiber als Vorwand recht gewesen, er musste ihn nur klug anfachen und schüren!«, erwiderte der Teufel. »Alle Vorschläge, den Sängerwettstreit betreffend kamen doch von ihm. Heinrich von Ofterdingen musste nur noch darauf eingehen. Und weil man sich auf seine Arroganz und seinen Ehrgeiz verlassen konnte, tat er es auch, und Hermanns Plan ging auf: Am Ende würde Heinrich von Ofterdingen vor seinen Sangesfreunden und vor dem Thüringer Hof als schlechtester Dichter dastehen. Er, dem ganz Deutschland für sein Nibelungenlied dankte, würde zum Richtplatz gezerrt werden wie ein gemeiner Dieb und eines Ritters unwürdig durch das Schwert des Scharfrichters sterben, sein Name beschmutzt und der Vergessenheit preisgegeben! Hermann von Thüringen hätte nicht nur den Quälgeist aus dem Weg geräumt, sondern könnte sich obendrein rühmen, Gastgeber eines unvergleichlichen, legendären Schauspiels gewesen zu sein; König und Richter gleichermaßen über die Sängerschaft, Herr über den großartigsten und kompromisslosesten Musenhof im ganzen Reich.«

»Nein. Das kann nicht stimmen. So eine Bösartigkeit traue ich Hermann nicht zu. Du hast ihn doch als einen belesenen, kunstsinnigen Fürsten geschildert. Und das in einer ungemein rohen Zeit.«

Der Teufel schnalzte mit der Zunge. »Wer sagt denn, dass böse Menschen die Kunst nicht lieben?«

»Wie endet die Geschichte?«

»Als der todgeweihte Trobador im Hof der Wartburg verblutet war, verließen die überlebenden Sänger die Burg und zerstreuten sich in alle Winde – mit Ausnahme des tugendhaften Schreibers natürlich, der bei seinem Herrn blieb.« Der Teufel machte mit beiden Händen eine luftige Geste, die Auflösung des Sängerzirkels anzudeuten. »Wie du also siehst, ist deine Übersetzung der Bibel nicht der erste auf der Wartburg unternommene Versuch, den Deutschen in Zeiten der inneren Zerrissenheit *eine* Sprache zu geben. Die großen Sänger des Mittelalters sind lange vor dir an einem unmöglichen Vorhaben gescheitert, das der Landgraf nur deshalb so vollmundig angekündigt hatte, um den Ofterdinger für sich einzunehmen.«

»Ich *werde* den Deutschen eine Sprache geben!«

»Selbst wenn du es könntest: Was nutzt ihnen diese *eine* Sprache, wenn sie *zwei* Glauben haben? Dass sie sich in der gleichen Mundart darüber streiten können? Dass sie die Verwünschungen perfekt verstehen, die sie einander an den Kopf werfen?«

»Ich lasse mich von dir nicht irre machen«, schrie Luther, »doppelzüngige Schlange, gottlose!«

»Gottlos nennst du mich? Einmal mehr: Gott hat mich geschaffen. Ich bin ein Teil von ihm. Ich gehöre zu Gott wie die Sünde zur Vergebung.«

»Ein Teil von Gott, du? Du bist die Finsternis – Gott aber ist das Licht!«

»Und? Sahst du je Licht ohne Schatten?«

Luther blieb die Antwort schuldig. Er blickte auf ihrer beider zitternde Schatten an der Wand über dem spinnengleichen Tintenfleck. »Was ist mit Dietrich geschehen, dem Adlatus des Kanzlers?«, erkundigte sich Luther dann, gedämpft, als ahne er die Antwort bereits.

»Wie schön, dass du mich fragst«, antwortete der Schwarze und rieb sich die Hände, »denn jetzt wird es wirklich unappetitlich. Der brave Bursche hatte das große Unglück gehabt, am Vortag ein Gespräch seines Dienstherrn in der Kanzlei zu belauschen; einen Fetzen lediglich, aus dem hervorging, dass der Verlierer des Sängerstreits bereits feststand. *Wer* der zum Tode Verurteilte war, erfuhr Dietrich nicht, und ebenso wenig ahnte er irgendetwas vom Komplott gegen den Ofterdinger – aber weil er davon überzeugt war, dass es den Unbekanntesten der sechs treffen müsse, weil Hermann doch sicherlich keinen der Großen hinrichten würde, wollte er Biterolf warnen und ihm raten, noch in der Christnacht zu fliehen. Dem tugendhaften Schreiber aber war in der Zwischenzeit nicht entgangen, wie fahrig und schreckhaft sein Helfer geworden war, und er ging der Sache auf den Grund: Nachdem alle Münzen an das Gesinde verteilt waren, ging der Schreiber zurück in die Kapelle, die Dietrich, auf Biterolf wartend, als Einziger nicht verlassen hatte. Dort stellte der Herr seinen Helfer zur Rede. Dietrich gestand schließlich, was er belauscht hatte, worauf ihm der Schreiber befahl, sich nicht vom Fleck zu bewegen. Wenig später kehrte er zurück in der Begleitung von Gerhard Atze – auf der Wartburg der Mann fürs Grobe, wie du mittlerweile weißt –, um Dietrich ermorden zu lassen.«

»Gott bewahre«, murmelte Luther ergriffen, als würde es gerade in diesem Moment geschehen.

»Sosehr der Schreiber die Fähigkeiten seines Adlatus schätzte, wollte er doch keinesfalls riskieren, dass der schwatzhafte Dietrich die Verschwörung durchkreuzte. Der Bursche wehrte sich mit Händen und Füßen gegen Ritter Atze. Im Verlauf des Kampfes ging das Fenster zu Bruch, und dem Schreiber wurde ein Zahn ausgeschlagen. Und weil man keine Blutspritzer auf den Kirchenbänken wollte, tat Gerhard Atze etwas, das selbst mir allen Respekt abnötigt: Er packte den Unglücklichen am Nacken und drückte sein Gesicht so lange ins Taufbecken, bis keine Blasen mehr aufstiegen und kein Glied sich mehr regte. Der bemitleidenswerte Dietrich wurde in geweihtem Wasser ersäuft. Eine Todestaufe. Und das, wohlbemerkt, in der Heiligen Nacht.«

»Das ist entsetzlich!«

»Nicht wahr?«

»Und dann?«

»Als man ihn fand, tat man, was man in diesen Fällen immer tut: mich für alles verantwortlich machen. Dass die tatsächlichen Mörder ungeschoren davonkamen, muss nicht weiter erwähnt werden. Das Böse siegt immer.«

Luther sah in den Ofen, wo die Nussschalen über der Glut qualmten und knackten wie im Höllenpfuhl die Schädel der Sünder.

»Wirfst du nun deine Verse dazu?«, fragte der Teufel. »Verbrennst du dein Evangelium und ersparst Deutschland ein übles Schicksal?«

»Nein.«

»Du hast gelobt, es zu tun, wenn ich dich von der Bosheit der Menschen überzeuge. Welche Opfer verlangst du noch? Herrje, genügt dir nicht, dass ein Unschuldiger im Taufbecken ertränkt wurde?«

»Ich möchte noch darüber nachdenken.«

»Worüber? Die alte Frage, wie Gott so etwas zulassen konnte? Oder wie du dieser bösartigen Intrige doch noch etwas Gutes abgewinnst, du Dialektiker?«

»Lass mir einfach noch etwas Zeit.«

»Die sollst du haben«, sagte der Teufel, indem er die Felle und Decken von seinem Schoß entfernte und sich von seinem Stuhl erhob. »Aber ich muss fort. Bald graut der Morgen.«

»In den Hörselberg?«

»Ich bin überall zu Hause«, antwortete der Schwarze lächelnd. »Wir sehen uns morgen Nacht, Bruder Martin.«

Und so verabschiedete sich der Teufel und ließ nichts zurück außer den Abfällen der Haselnüsse und dem grotesken sechsfachen Kadaver. Luther traute sich nicht, die Ratten in die Hand zu nehmen, weswegen er sie mit der Spitze seines Schuhs in eine Ecke schob. Sollte einer der Knechte sie am Tage beseitigen. Die Scherben des Tintenfasses knirschten unter seinen Sohlen. Für den schwarzen Fleck an der Wand musste er sich noch eine Ausrede einfallen lassen.

Wenig später erlosch auch die zweite Kerze. Luther legte sich in der Dunkelheit aufs Bett, aber Schlaf wollte nicht kommen. Er suchte sich zu beruhigen, indem er über das Leben Jesu nachsann, wie Matthäus es beschrieben hatte, aber die Bilder Galiläas, des Erlösers und seiner Jünger vor seinem geistigen Auge waren zu schwach: Immer wieder drängten sich die Protagonisten des Sängerkriegs nach vorne, bis er sich schließlich fügte und ganz der wunderlichen Erzählung des Teufels hingab. Er fragte sich, welcher der Sänger wohl in der Stube gewohnt hatte, die nun seit einem halben Jahr sein Zuhause war. Als es hell wurde, gab Luther den Versuch einzuschlafen endgültig auf.

Beim Morgengebet in der Kapelle fiel sein Blick immer wieder auf den Taufstein, der einst die Richtstätte des unglücklichen Dietrich gewesen war. An die Erzählung von der Mordnacht erinnert, prüfte er auch die Statue der Maria. Das Jesuskind lag wohlbehalten in den Armen seiner steinernen Mutter, aber deutlich war noch die Bruchstelle zwischen Hand und Arm zu sehen. Der Teufel hatte also nicht gelogen. Wie und wohin auch immer sich das Jesuskind in der Heiligen Nacht entfernt hatte, hatte es doch offensichtlich zurückgefunden. Luther nahm sich vor, den Leibhaftigen darauf anzusprechen wie auch darauf, ob Rüdiger der Fleischhauer in das Komplott verwickelt gewesen und was ihm letztendlich widerfahren war.

Draußen auf dem Hof fragte sich Luther, an welcher Stelle wohl das Blut Heinrichs von Ofterdingen geflossen war. Irgendwo in der Vorburg? Beim Rosengarten? Oder sinnigerweise beim Hackklotz vor dem Stall?

Die Wartburg dieser Tage war nur ein Schatten der Wartburg unter Hermann; welk im Vergleich zur Blüte von einst. Der mächtige Palas hatte sich zwar gut gehalten, in alle anderen Gebäude aber und in den Wehrgang hatte sich die Zeit gefressen. Der Verfall tat sein langsames Werk an Balken und Mörtel, und in den Wunden im Mauerwerk hatten sich Parasiten wie Unkraut und Birken festgebissen. Die

Menschen waren von den Burgen in die Städte gezogen. Die wenigen auf der Wartburg Zurückgebliebenen konnte man an zwei Händen abzählen, und ihre einzige Aufgabe – neben der, Luther zu beherbergen – schien auch nur darin zu bestehen, der vollkommenen Verwilderung der Burg Einhalt zu gebieten. Keiner von ihnen schien besonderen Spaß an seinem Amt und an seiner Wohnstätte zu haben. Offensichtlich empfanden sie in geringerem Maße das, woran Luther so litt: dass die Burg nicht so sehr Zufluchtsort war als vielmehr ein Ort der Verbannung, ein Patmos im Waldmeer der Thüringer Berge. In Wittenberg sollte er jetzt sein, sollte Schriften gegen das Papsttum drucken, sollte seine Anhänger antreiben und die Eiferer zügeln; seinen Feinden sollte er entgegentreten und ihnen den Hals darbieten! Stattdessen war er wie ein feiger Deserteur aus der Schlacht in diese Einsiedelei geflüchtet. *Centrum mundi* mochte die Wartburg zur Zeit des Sängerstreits gewesen sein, doch *anus mundi* war daraus geworden. Vielleicht war das der Fluch Heinrichs von Ofterdingen gewesen: dass der Ort der Hinrichtung nach seinem Tod zu Ruinen zerfällt. Luther konnte sich nicht erwehren, Mitleid oder zumindest Anerkennung für den extravaganten Sänger zu empfinden.

Hans von Berlepsch, der Amtmann der Wartburg, trug Luther an, ihn zu einer Jagd auf Hasen und Federwild zu begleiten. Saftiges Wildbret käme für das bevorstehende Christfest nur recht, und das Wetter sei, weil trocken und windstill, für die Hatz wie geschaffen. Sowenig Luther die Jagd auch interessierte, nahm er die Einladung dennoch dankend an: Für einige Stunden seiner dumpfen Klause zu entfliehen, um mit Männern und Hunden durch den Wald zu streifen, würde ihn sicherlich von seinen tristen Gedanken befreien.

Sie waren zu sechst, dazu eine Meute Jagdhunde. Gleich hinter der Zugbrücke folgten sie rechter Hand einem steilen Pfad den Hang hinunter, dann an der östlichen Flanke der Burg entlang – dort, wo das Richtschwert des Eisenacher Henkers gelandet sein musste – und schließlich weiter nach Süden, talwärts. Eine knappe Stunde liefen sie, bis die Hunde das erste Mal losgelassen wurden. Die Knechte spannten die Netze, um das Wild darin zu fangen, sollte es in ihre Richtung fliehen. Zwei von ihnen hatten außerdem Armbrüste geschultert, für den Fall, dass sie Rehen oder einer Rotte Wildschweine begegneten.

Die Landschaft und der Waldboden unter den Füßen waren ein Genuss, aber die Hunde verleideten Luther die Jagd sehr bald. Der Lärm, den sie machten, bald jaulend und winselnd, bald knurrend und kläffend, stach ihm übel in die Ohren, das Zerren an den Leinen und das wilde Hin- und Hergerenne irritierte ihn, und ihre blutdürstigen Fratzen, die gefletschten Zähne und der Geifer erinnerten ihn an die zahllosen Handlanger des Papsttums in Worms und anderswo, wie sie lauthals seinen Kopf forderten. Er war froh, die Hunde unter dem *Hussa!* der Knechte endlich ins Unterholz davonpreschen zu sehen. Als die Ersten von ihnen mit totgebissenen Rebhühnern im Maul zurückkehrten, hatte sich ihre Mordgier zumindest etwas gelegt.

Später wurden auch Hasen aufgespürt, und Luther tat es im Herzen weh zu sehen, wie diese unschuldigsten und redlichsten aller Geschöpfe von einer Überzahl grober Hunde durch den Wald gehetzt wurden; dass man ihnen selbst in dieser höchsten Gefahr die Angst nicht ansah, dass sie bis zuletzt stumm blieben und nicht einmal aufschrien, wenn die Zähne der Bestien ihnen durch Fleisch und Knochen fuhren.

Mitten im Durcheinander bemerkte Luther, der etwas abseits von Berlepsch und seinen Knechten stand, einen Hasen, der den Hunden und Netzen entwischt war und nun auf ihn, Luther, zulief und unmittelbar vor ihm stehen blieb. Es war ein junges Tier. Nachdem Luther sein erstes Erstaunen überwunden hatte, beugte er sich nieder, nahm das Tier in die Hand und barg es im weiten Ärmel seines Rockes. Er spürte das Häschen in seinem Gewand, schwer und warm und bebend, aber niemand sonst hatte Notiz davon genommen. Luther würde das Zutrauen des Tieres belohnen, indem er ihm das Leben rettete: Er würde sich ein gutes Stück von der Gruppe entfernen, um das Häschen wieder abzusetzen in einem Abstand, der groß genug war, sich vor den Hunden in Sicherheit zu bringen. Diese Tat würde seine Missstimmung vertreiben.

Aber nach einigen Schritten kam ein Hund aus dem Unterholz hervor und stellte sich Luther in den Weg. Er tat es mit der gleichen befremdlichen Selbstverständlichkeit wie schon der Hase. Es war ein Jagdhund wie die anderen, und doch konnte sich Luther nicht daran erinnern, ihn schon beim Verlassen der Wartburg gesehen zu haben. Seine Fänge wirkten länger, sein Fell krauser, seine Augen röter. Er knurrte nicht: Er witterte lediglich. Luther machte einen Schritt zur Seite, aber der Wolfshund tat es ihm gleich. Auch den Schritt zur anderen Seite imitierte er. Er wollte Luther offensichtlich nicht vorbeilassen.

Noch während Luther auf den Hacken kehrtmachte, um einen anderen Ausweg für seinen Schützling zu finden, tat der Hund einen Satz und schnappte nach Luthers Rock, präzise genug, Luthers Arm zu verschonen und sich gleichzeitig im rechten Lauf des Hasen zu verbeißen. Sofort begann der Hase mit allen freien Gliedern zu strampeln. Im Versuch, sich von dem Teufelshund loszumachen, strauchelte Luther rücklings über eine Wurzel und fiel zu Boden. Dabei löste sich zwar der Biss des Bestie, aber auch das Häschen purzelte aus dem Ärmelversteck, und es hatte kaum einige verletzte Hüpfer machen können, da war der Hund schon über ihm und zerbiss ihm das Genick; nah genug an Luthers Ohren, dass dieser das Knacken der Knochen hören konnte.

Das tote Tier, an dem der Hund keinerlei Interesse mehr hatte, ließ er Luther vor die Füße fallen. Dann trottete er zurück zur Meute. Luther starrte die Trophäe an, das Häschen mit dem blutigen Kragen: ein Andenken daran, wie es ihm misslungen war, eine unschuldige Seele vor dem Bösen zu retten. Zwei schwarze, tote Augen schienen seinen Blick vorwurfsvoll zu erwidern.

Nicht einmal in den Versen der Bibel fand er Trost. Das reine Gottesbrünnlein war versiegt. Matthäus' Worte und die eigene Verdolmetschung lasen sich seltsam stumpf. Sicherlich, Jesus hatte in der Wüste der Versuchung durch den Teufel widerstanden – aber nur mit Worten und Theorien, denen der Teufel Taten und Wahrheiten entgegensetzen konnte. Das Böse siegt immer, wie der Teufel wahrhaftig gesagt hatte. Der Hase war das beste Beispiel dafür. Und es stimmte auch, dass Luther kaum mit der Bibel angefangen hatte; dass es also keine Schande wäre, dieses erste Kapitel ins Feuer zu werfen, zumal für eine Fortführung ohnehin die Tinte fehlte. Eine letzte Frage hatte Luther noch an den Teufel. Sobald diese beantwortet wäre, würde er sich der Versuchung ergeben.

Aber der Teufel kam nicht, obwohl es längst tiefe Nacht war. Luther wurde ungeduldig. Als er das Warten nicht länger ertrug, wusste er sich schließlich nicht anders zu helfen, als zum ersten und einzigen Mal in seinem Leben den Teufel zu rufen. Nachdem er den Namen des Leibhaftigen zum dritten Mal ausgesprochen hatte, erschien dieser wie in der Nacht zuvor in der Mitte der Stube, lächelnd.

»Da bin ich«, sagte er.

»Warum kommst du erst jetzt? Hattest du anderweitig zu tun?«

Der Teufel schüttelte den Kopf. »Um ehrlich zu sein, habe ich dich bewusst warten lassen. Ich konnte dem Kitzel einfach nicht widerstehen, mich einmal von dir *rufen* zu lassen. Dass ich das noch erleben darf! – Wie war dein Tag?«

Luther verzog das Gesicht. »Ich war Teil einer äußerst verdrießlichen Hasenjagd.«

»Weshalb verdrießlich?«

»Ich mag es nicht leiden, diesen unschuldigen Geschöpfen beim Sterben zuzusehen.«

»Herrje. Aber wenn der Hase gesotten vor dir auf dem Tisch liegt, scheust du dich nicht, ihm die Rippen zu brechen und das Mark aus den Knochen zu saugen«, entgegnete der Teufel. »Geschrieben hast du nicht, wie ich sehe. Hast du denn viel über unsere sechs Sänger nachgedacht?«

»Ich sprach den hiesigen Amtmann darauf an, aber er wusste kaum etwas vom Sängerstreit zu erzählen. Und von den Namen fielen ihm lediglich die Walthers und Wolframs ein.«

»Versunken und vergessen«, murmelte der Teufel. Er sah sich in der Stube um. »Der Ofen ist randvoll mit Holz, die Stühle stehen bereit, die Kerzen sind erneuert, hier liegen abermals Haselnüsse, dazu ein Krug Wein, und unter dem Tuch auf deinem Tisch verbergen sich zweifellos weitere Köstlichkeiten wie Käse und Brot – ganz so, als hättest du mich gern zu Gast. Auch ich wünsche beinahe, eine weitere Nacht mit dir zu plaudern. Aber machen wir es lieber kurz: Bist du zu einem Schluss gekommen?«

»Eine Frage hat mich den Tag über umgetrieben.«

»Nur heraus damit.«

»Wann wurde das Todesurteil gegen Heinrich von Ofterdingen vollstreckt?«

Der Teufel blinzelte – was Luther erstaunte, denn bis zu diesem Moment waren seine Augen fortwährend geöffnet gewesen, ganz so, als besäße er gar keine Lider. »Weshalb fragst du?«

»Weil du deine Erzählung vorzeitig abgebrochen hast. Du hast das Köpfen des Ofterdingers ausgespart.«

»Du hast mich unterbrochen. So endete der Abend, wenn ich dich erinnern darf.«

»Du sagtest, das Schwert wurde gefunden.«

»So ist es.«

»Und du sagtest, dass einer der sechs Sänger auf der Wartburg starb. Aber du hast mit keinem Wort gesagt, dass es Heinrich von Ofterdingen war. Also: Wann wurde Heinrich hingerichtet? Sag es mir.«

Der Teufel schwieg. Zum ersten Mal, seit Luther ihm begegnet war, suchte er nach Worten und fand sie nicht, und den Teufel schweigen zu sehen – ihn, den Verführer, den Wortverdreher, den Redekünstler mit den tausend Zungen! – war ein Triumph, der Luther mit allen Lebensgeistern durchflutete.

»Du Rattenfänger!«, wetterte er und musste gleichzeitig lachen über den dreisten Versuch, ihn hinters Licht zu führen, und über seine eigene Schwäche, darauf hereinzufallen. »*Heinrich von Ofterdingen wurde nie enthauptet!* Deshalb hast du mir nicht alles erzählt! Deshalb hast du das Ende der Erzählung geflissentlich ausgelassen, weil du zwar die Fakten verdrehst und verwirrst, wie es dir gerade passt als Διάβολος, der Durcheinanderwerfer, aber weil du bei alledem doch nicht die Unwahrheit sagen kannst!«

»Hätte ich dir alles erzählt, du würdest noch viel mehr an der Menschheit verzweifeln«, erwiderte der Teufel achselzuckend. »Ich wollte dich schonen.«

Abermals lachte Luther laut auf. »Der Teufel! Mich schonen! Wie mitfühlend! Ich glaube dir im Übrigen kein Wort.«

»Es ist mein Ernst. Zugegeben, Heinrich von Ofterdingen hat überlebt, das räume ich ein. Aber nach dem Sängerstreit ging das Hauen und Stechen erst richtig los.«

»Erzähl mir davon.«

»Das willst du nicht hören. Außerdem dauert es ewig. Du siehst aus, als könntest du etwas Schlaf vertragen.«

»Ich bin gerührt von deinem Mitgefühl«, entgegnete Luther. »Komm schon, du wolltest mir von den Zwölf Nächten erzählen, hast aber nur die erste Hälfte geschafft.«

»Sechs Sänger, sechs Nächte.«

»Ich will von den übrigen sechs hören. Wenn du schon von mir verlangst, die Bibel ins Feuer zu werfen.« Und mit einer Bestimmtheit, die keine weiteren Einwände duldete, nahm Luther auf seinem Stuhl am Ofen Platz und bedeutete seinem Gast, es ihm gleichzutun.

»Es wird ein Blutbad«, mahnte der Teufel. »Reihenweise sterben sie auf der Wartburg, Männer wie Frauen.«

Statt einer Antwort wies Luther erneut auf den freien Stuhl.

»Ich fürchte wirklich, du wirst es bereuen«, seufzte der Teufel, indem er sich niedersetzte.

»Ich will mich nicht schonen, und es wird mich nicht reuen«, antwortete Luther. »Und jetzt erzähl, ehe auch diese Nacht um ist.«

»Wo soll ich beginnen?«

»Mit der Antwort auf eine weitere ganz wesentliche Frage, die bislang noch gar nicht gestellt wurde: Wenn es der Plan Hermanns von Thüringen und seines tugendhaften Schreibers war, dass Heinrich von Ofterdingen im Sängerwettstreit unterliegt und stirbt – wie konnten sie denn überhaupt sicher sein, dass Reinmar, der ja von den Sängern zum Schiedsrichter bestimmt wurde, auch tatsächlich Ofterdingen auswählen würde?«

»Ah, Reinmar, ja«, sagte der Teufel und faltete seine Hände über dem Schoß. »Beginnen wir also mit Reinmar von Hagenau.«

Zweites Buch

SÄNGERKRIEG

REINMAR VON HAGENAU

Im Frühling des Jahres 1193 nach Christi Geburt begann Reinmar von Hagenau zu erblinden. Dieser Prozess war exakt zur Jahreswende von 1194 auf 1195 abgeschlossen: Am Silvesterabend hatte er zumindest noch das Licht der Fackeln vor dem Nachthimmel ausmachen können, aber als er am nächsten Morgen erwachte, wurde es nicht mehr hell. Sein Augenlicht war für immer eingeschlafen.

Reinmar hatte zwei Theorien, die Ursachen seiner Blindheit betreffend: *Entweder* hatte die eindrucksvolle Gestalt Richards des Löwenherzigen – der stattliche Wuchs, die einnehmenden Gesichtszüge, die goldene Lockenmähne – ihn regelrecht geblendet, und wie die goldene Sonne dem, der direkt hineinsieht, die Augen verdirbt, so hatte es der König von England bei dem alten Sänger getan. *Oder* – und dieser Theorie gab Reinmar mit den Jahren den Vorzug – Gott der Gerechte hatte ihn gestraft für seinen Verrat an ebenjenem Richard Löwenherz. In dem Fall konnte sich Reinmar glücklich schätzen, nur mit Blindheit davongekommen zu sein. Denn seinen Dienstherrn, Herzog Leopold, hatte der Schöpfer vom Pferd geworfen, hatte das aufgerissene Bein mit Wundbrand verpestet und ihn getötet, noch bevor die Exkommunikation gelöst und das Lösegeld verprasst worden war.

Als sich Richard Plantagenet, genannt der Löwenherzige, aus dem Heiligen Land auf die Rückreise nach Britannien begeben hatte, hatten sich durch Unwetter, Piraten und Franzosen so viele Hindernisse vor ihm aufgetürmt, dass er am Ende keine andere Wahl gehabt hatte, als den Heimweg über die Adria und Österreich einzuschlagen. Der Anführer der gesamten Christenheit in Palästina wurde jetzt lediglich von zwei Männern begleitet; der König der Kreuzfahrer trug die Tarnung eines einfachen Handelsreisenden. Aber in einer Wiener Vorstadt war Richard entdeckt und gefangen genommen worden – ein Fest für seinen Erzfeind Leopold von Österreich, der nie verwunden hatte, was Richard ihm nach der Einnahme von Akkon angetan hatte. Für die Genugtuung, Löwenherz einzukerkern, hatte Leopold sogar den Bannspruch des Papstes auf sich genommen, der jedem drohte, der einen Krieger in Christus auf seiner Reise nach Palästina oder zurück festzusetzen wagte. Gemeinsam mit Kaiser Heinrich, dem der königliche Gefangene übergeben wurde, hatte Herzog Leopold das Lösegeld festgesetzt, das England für seinen König zahlen sollte: sechstausend Eimer Silber. Mit seiner Hälfte des Silbers würde Leopold die Exkommunikation bequem ertragen.

Um sich für die Haft Richards zu rechtfertigen, hatte Heinrich VI. seine Fürsten und Bischöfe auf einen Reichstag nach Hagenau geladen. Dort sollte dem englischen König der öffentliche Prozess gemacht werden für all die Vergehen, die man ihm unterstellte: die Unterstützung der kaiserfeindlichen Kräfte in Deutschland und Sizilien, die Eroberung und den Verkauf von Zypern, zuletzt sogar die Ermordung des Königs von Jerusalem durch Assassinen. Richard sollte mit Silber und politischen Zugeständnissen für seine Vergehen aufkommen und Heinrich den Lehnseid leisten.

Weil Reinmar angeboten worden war, Leopold nach Hagenau zu begleiten, und weil Reinmar seine Heimatstadt wieder- und dem Löwenherzigen einmal ins Angesicht sehen wollte, fand auch er sich im April 1193 im Elsass ein. Reinmar hatte sich vorgenommen, Richard zu hassen – diesen selbstgerechten, mordgierigen Hitzkopf, der die Deutschen mehr verachtete als die Sarazenen –, aber Richard machte es ihm schwer. Wenige Tage nach seiner Ankunft wurde Reinmar in Richards Zelle gebeten, denn der König hatte gehört, dass ein *Trobador* gekommen war, und er war ein solcher Liebhaber der Musik, dass ihm unter den gegebenen Umständen auch ein deutscher Trobador recht sein sollte. Und Reinmar folgte der Einladung.

Am Ende eines langen Nachmittages war Reinmar beseelt vom König der Briten: Man hatte gemeinsam gesungen, bis die Kehlen heiser waren – alle Stücke seines deutschen Repertoires, so schien es Reinmar, dazu unzählige französische Lieder und sogar ein orientalisches, das Richard in Akkon gelernt hatte. Obwohl bis in die Spitzen seiner Haare ein König, hatte Richard seinen Stand in keinem Moment hervorgekehrt; hatte vielmehr Reinmar und selbst die Wachmänner vor seiner Tür wie seinesgleichen behandelt; hatte mit denen, die es beherrschten, Schach gespielt; hatte alle Anwesenden mit Scherzen bedacht und sich selbst dabei nicht ausgenommen; hatte sich nicht einmal beschwert über die niederen Bedingungen seiner Haft; hatte sogar noch das wenige an Wein, das ihm als Gefangenem zustand, mit seinen Kerkermeistern brüderlich geteilt. Als der König Reinmar beim Abschied bat, am folgenden Tag wiederzukommen, fühlte sich dieser beglückt wie ein Jüngling, der von seiner Auserwählten erhört worden war.

Am Abend des dritten Tages glaubte Reinmar gar, den englischen König seinen *Freund* nennen zu dürfen. Und er war überzeugt von der Unrechtmäßigkeit von Richards Haft. Richard wuchs in seinen Augen zu einem Märtyrer heran; ein Eindruck, den Richard selbst dadurch verstärkte, dass er behauptete, der größte Erlöser nach Jesus Christus zu sein, der je im Heiligen Land gewandelt sei. Jeden anderen hätte Reinmar verdammt für die Anmaßung, sich als eine Art Wiedergänger des Heilands zu begreifen – nicht so Richard Plantagenet: Hatte er nicht in der Gemeinschaft von zwölf Rittern ein Heer von dreitausend ungläubigen Teufeln in die Flucht geschlagen? War England nicht heimgesucht worden von Hagel, Überschwemmungen und Viehseuchen, seit er gefangen war; von unerklärlichen Lichtern am Nachthimmel, rot wie Feuer und Blut? War er nicht wirklich der Messias der neuen Zeit?

Und war sein Prozess in Hagenau schließlich – ausgerechnet um die Osterzeit! – nicht dem des Heilands vergleichbar, in dem Herzog Leopold die Rolle des Hohepriesters zukam, der Jesus auslieferte an Pontius Pilatus vulgo Kaiser Heinrich, der seine Hände in Unschuld zu waschen vorgab; ein Scheinprozess, in dem die deutschen Fürsten die gleiche unkritisch-mordlüsterne Meute abgeben sollten wie die Juden vor dem Palast des Statthalters?

Reinmar fühlte sich bemüßigt, dem englischen König zu helfen, aber einer wie Löwenherz lehnte jede Hilfe ab – mehr noch, er benötigte sie nicht einmal: Als der Tag der Versammlung gekommen war, hörte er sich die Vorwürfe aus dem Mund des jungen Kaisers mit solcher Ruhe an und beantwortete sie mit solcher Größe, dass keiner der Anwesenden an seiner Unschuld zweifeln konnte. Dann drehte er den Spieß um und offenbarte im Gegenzug das Netz der Intrigen, das man um ihn gesponnen hatte, um ihn zu schwächen, zu bändigen und sich an ihm zu bereichern. Aus dem Verklagten wurde der Kläger.

Hingerissen verfolgte Reinmar die ihm schon bekannte Wirkung Richards auf die anwesenden Herzöge, Grafen und Bischöfe: wie sich ihre Züge nach und nach lösten, wie manche bald wohlwollend lächelten, andere gar, Hermann von Thüringen etwa, Tränen vergossen über das Unrecht, das dem Helden von Akkon in Wien widerfahren war. Nur in den Ohren von Herzog Leopold und Kaiser Heinrich mussten Richards Worte brennen wie Gift. Der Kaiser ließ die Verhandlung unter einem Vorwand abbrechen und vertagen, ehe Richard noch mehr Schaden anrichten konnte. Als Richard abgeführt wurde, zwinkerte er Reinmar zu. Was war dieser König für eine Lichtgestalt.

Am darauffolgenden Morgen bestellte Herzog Leopold seinen Hofsänger zu sich. Reinmar hatte immer gut mit seinem

Dienstherrn gekonnt und selten schlecht über ihn gedacht, aber jetzt, im Vergleich zu Richard, dem Löwen unter den Königen, erschien ihm dieser Leopold wie eine fette Kröte: unbehaart, pockig, kurz und kurzatmig. Ein Wunder, wie so einer die Schlachten im Heiligen Land hatte überstehen können. Dieser Mann war nicht würdig, Richard die Sohlen der Stiefel zu küssen, und hatte ihn doch einsperren lassen.

»Du willst sicherlich schnell wieder zu deinem neuen Sangesbruder«, sagte der Herzog mit so leichtem Spott, dass weniger feine Ohren als Reinmars ihn nicht ausgemacht hätten, »deshalb will ich dich nicht lange aufhalten. Die gestrige Verhandlung verlief, wie du dir denken kannst, ganz und gar nicht nach unseren Vorstellungen. Noch eine halbe Stunde länger, und Richard hätte selbst mich und den Kaiser noch von seiner Unschuld überzeugt. Was meinst du, mein lieber Reinmar: Klagen wir Richard zu Unrecht an? Ist er tatsächlich unschuldig?«

Reinmar war nicht rasch genug mit der Antwort. Leopold winkte nachsichtig ab. »Warum sollte es dir anders ergangen sein als allen deutschen Fürsten! Natürlich hat er auch dich verzaubert! Du musst nicht antworten. Aber ganz gleich, ob Richard nun unschuldig ist oder nicht und ob ich nicht lieber großzügig darüber hinwegsehen sollte, was er in Akkon mit Österreichs schwarzem Adler getan hat – wir brauchen, sagen wir es ganz offen, das Geld aus den englischen Schatztruhen. Heinrich muss seine Söldner bezahlen, und ich will Wien erneuern. Deswegen *muss* Richard verurteilt werden; und zwar geschlossen, von allen Fürsten des Römischen Reiches, sodass weder in Rom noch anderswo allzu großes Geschrei entsteht. Nach dem gestrigen Debakel bleibt leider keine Wahl, als uns die Zustimmung der Fürsten teuer zu erkaufen.«

Jetzt rückte Leopold in seinem Sessel etwas näher an Reinmar heran. »Und du, mein lieber Reinmar, wirst die kommenden zwei Tage nutzen, schlecht über Richard zu sprechen. Wirst von seinem Hochmut erzählen, von seiner Verachtung für uns Deutsche und von seiner Kumpanei mit dem Papst. Und dass er glaubt, die dummen deutschen Fürsten mit seiner Verteidigung schon in der Tasche zu haben, um sie dann von der Sicherheit des Schiffes aus, das ihn zurück nach England trägt, zu verhöhnen wie einst Odysseus den Zyklopen. Das wirst du tun, Reinmar, und zugleich den Löwenkönig bei euren Stelldicheins in falscher Sicherheit wiegen.«

»Mein hoher Herr –«

»Und als Konsequenz werde nicht nur ich unvorstellbar reich, sondern auch du, mein lieber Reinmar. Auch du sollst deinen Anteil vom englischen Silber bekommen, und glaub mir, es wird mehr sein, als du jemals in deinem Leben besessen hast.«

Reinmar gehorchte den Wünschen des Herzogs. Als Richard ihn eine Stunde später empfing – bestens gelaunt und voller Zuversicht, bald und ohne Auflagen entlassen zu werden –, erstaunte Reinmar darüber, wie leicht man mit der Lüge singen konnte. Den Rest des Tages verleumdete er den König bei den bestochenen Fürsten, und zwei Tage darauf wurde Richard den Wünschen des Kaisers entsprechend verurteilt, ohne dass irgendjemand sich darüber empörte. Das vollkommen entgeisterte Gesicht war das Letzte, das Reinmar von Richard Löwenherz sah.

Einige Tage später war da ein Makel in Reinmars linkem Auge gewesen. Wie eine Illustration in einem Buch, in die ein unvorsichtiger Schreiber mit seiner Feder ein winziges Loch gestoßen hatte, war auch Reinmars Blick nun durch ein winziges Loch gestört, das blieb, wohin er auch schaute und sosehr er auch rieb. In den Wochen und Monaten nach Hagenau wuchs das Loch, als würde die Illustration weiter einreißen, und auch das andere Auge wurde befallen. Zeitweilig glaubte Reinmar, er müsse wahnsinnig werden, und am Ende zog er sogar vor, gar nichts zu sehen statt eines Bildes, dessen Mitte fehlte, sodass man an den Gegenständen vorbeisehen musste, um sie zu erkennen. Am Neujahrstag 1195 war die Seite vollends ausgerissen und Reinmar blind.

Tags zuvor war Leopold gestorben, unter Schmerzen und unter dem Bann des Heiligen Vaters. Zwei Jahre darauf starb Kaiser Heinrich am Schüttelfrost, bevor er sich mit einem Kreuzzug von der Schuld reinwaschen konnte. Das englische Blutgeld hatte Reinmar von Hagenau in der Tat ein vorzügliches Leben ermöglicht. Aber selbst in der vollsten Truhe stößt man irgendwann auf den Boden.

27. DEZEMBER

In der Nacht nach dem Sängerstreit, kurz vor Mitternacht, ließ sich Reinmar von Klara zum Stall führen. Im Schneegestöber konnte sie kaum mehr sehen als er, und die kleine Laterne in ihrer Hand hatte es augenblicklich ausgeblasen. Im Stall angekommen, klopfte sie den Schnee von seinen und ihren Schultern und von der Mütze. Alles war still. In den Koben konnte sie die weichen Rücken der Pferde, Schafe und Schweine erahnen. Die meisten Tiere schliefen, und die wenigen, die im Schlaf gestört worden waren, blieben ruhig und legten die Köpfe zurück auf Stroh, Fell und Gefieder. Reinmar wies Klara an zu prüfen, ob auch mit Sicherheit keine Menschenseele zugegen war. Dann ließ er sich auf einem Schemel nieder, den Klara mit Wacholder- und Schlehenzweigen umsäumen musste.

»Ist Euch auch sicher warm genug?«, fragte sie.

»Aber ja. Geh jetzt. Du wirst nicht vor dem Morgen zurückkehren, hörst du? Und bete für mich, bevor du dich niederlegst.«

»Ja, Meister. Gott schütze Euch.«

Reinmar hörte, wie sie die Stalltür öffnete, um ein weiteres Mal eisigen Wind hereinzulassen, und dann hinter sich schloss. Er war allein. Als eine Weile lautlos verstrichen war, grüßte er, »Gelobt sei Jesus Christus«, in den schwarzen Raum. Niemand antwortete. Er griff in die Tasche seines Mantels und holte Rüben und Äpfel hervor. »Ich habe Leckereien dabei.«

Nun konnte er kaum erwarten, dass sich sämtliche Tiere

erhoben, aus ihren Koben sprangen und ihm aus der Hand fraßen. Tatsächlich geschah nichts. Daraufhin warf er die Äpfel und Rüben aufs Geratewohl in die Mitte der Stallung, in der Hoffnung, sie würden, ohne ein schlafendes Tier direkt zu treffen, zumindest in ihrer Nähe landen. Ein Pferd schnaubte, und eine Ziege oder ein Schaf schien sich von einer Seite auf die andere zu drehen, aber ansonsten blieb es ruhig.

Der Alte kam sich töricht vor. Wäre Klara noch bei ihm oder das Wetter draußen weniger unleidlich, hätte er den Stall wieder verlassen. So aber blieb ihm nichts, als die Wacholder- und Schlehenzweige wieder einzusammeln und tastend nach einem Winkel zu suchen, in dem er bis zum Morgen schlafen könnte. Er häufte Stroh auf sich und schlief ein.

»Dort. Unter dem Stroh. Ein Mann.«

»Jetzt wacht er auf.«

Reinmar schrak zusammen und richtete sich auf. Wie lange er geschlafen hatte, konnte er nicht sagen. »Wer ist da?«

»Was denkst du denn, wer da ist? Schau doch hin.«

»Es ist stockdunkel. Und außerdem ist er blind.«

»Ach. Drum.«

Reinmar tastete nach den schützenden Wacholder- und Schlehenzweigen, aber es lag so viel Stroh um ihn herum, dass er nicht ausmachen konnte, was kostbarer Abwehrzauber war und was wertlose Streu.

»Hab keine Angst. Wir tun dir nichts.«

»Wer spricht da?«, fragte Reinmar.

»Ich bin es, die Gans«, antwortete ein hübsches Stimmchen.

»Und ich bin die andere Gans«, sagte der, mit dem sie gesprochen hatte. Es war eine männliche Stimme.

»Die Gans?«

»Gut: Der *Ganter*, wenn du es genau wissen willst. Sonst schert sich nie jemand um mein Geschlecht.«

»Jesus, Joseph und Maria«, flüsterte Reinmar, mehr zu sich: »Ich spreche mit zwei Gänsen.«

»Und mit einem Hund«, sagte eine dritte Stimme aus einer entgegengesetzten Ecke, »wenn dich seine bescheidene Meinung interessiert. Das Pferd ist auch wach. Es ist der Hengst des edlen Wolfram von Eschenbach.«
»Grüß Euch, Reinmar von Hagenau.«
»Ihr kennt meinen Namen?«, fragte Reinmar.
»Aber ja. – Schaf, wach auf. Schaf! Ein Mensch möchte mit uns sprechen; wach auf!«
»Du musst nicht so schreien«, kam die schlaftrunkene Antwort. »Ich war schon wach.«
»Ich bin auch noch da.«
»Du, Schwein«, versetzte das Pferd, »sprichst nur, wenn du gefragt wirst.«
»Aber ich werde nie gefragt«, klagte das Schwein.
»Halt's Maul.«
»Ich wusste, dass es wahr ist«, sagte Reinmar ergriffen. »Ich höre die Tiere sprechen! Das muss das größte Wunder meines langen Lebens sein. Ihr sprecht, bei Gott!, wie der Esel des Bileam!«
»Hier gibt es nur den Esel des Konrad.«
»Gott im hohen Himmel, ich wünschte, ich könnte noch einmal sehen, und wäre es nur drei Atemzüge lang! Ich will euch sprechen sehen!«
»Du hörst uns sprechen«, sagte die Gans. »Das ist schon mehr, als alle anderen von sich sagen können, du Mutiger. Du bist der Erste in vielen Jahren. Keiner von uns hat je mit einem Menschen gesprochen.«
»Wo seid ihr?«, sagte Reinmar und machte einen Schritt vorwärts. »Ihr müsst mir erlauben, dass ich meine Finger auf eure Mäuler lege, während ihr sprecht, um es zu bezeugen. Das ist meine Art des Sehens.«
»Untersteh dich, Reinmar«, sagte das Pferd streng, »wenn du nicht willst, dass wir dir die Finger abbeißen. Wehe dem, der die strengen Regeln der Zwölf Nächte bricht!«
»Er meint es ernst«, sagte der Hund. »Du wärst, wie du weißt, nicht der Erste, den er verstümmelt.«
»In der Tat!«, entgegnete Reinmar. »Sag an, weshalb

musstest du nach der Hand des Thüringer Ritters schnappen?«

»Er ist roh und lästerlich.«

»Das allein genügt, einem Mann den Finger zu zerbeißen?«

»Es genügt, wenn man Wolframs Ross ist.«

»So roh der Mann, so zart sein Fleisch«, sagte der Hund. »Denn ich hatte das Glück, seinen Finger im Hof zu finden, nachdem er ihm von der Hand getrennt worden war.«

»Und hast mir nichts übrig gelassen.«

»Halt's Maul, Schwein.«

»Allmächtiger, wer das hören könnte!«, rief Reinmar entzückt. »Ihr sprecht so deutlich wie unsereins! Und so klug, wenn nicht klüger!«

»Was hattest du erwartet?«, fragte der Ganter.

»Ich war zu ungläubig, um überhaupt etwas zu erwarten. Vielleicht dachte ich, dass ihr ... mehr wie *Vieh* redet. Bellend, blökend, wiehernd, gackernd. – Wo sind, weil wir davon sprechen, überhaupt die Hühner?«

»Die Hühner lassen wir besser schlafen«, antwortete die Gans zögerlich, »denn sie geben nur Unfug von sich und unterbrechen fortwährend sich und andere. Nein, an den Hühnern hättest du keinen Spaß.«

»Du wirst mit uns vorliebnehmen müssen.«

»Halt endlich dein Maul, Schwein.«

»Warum haltet *ihr* nicht einmal euer Maul?«, erwiderte das Schwein wütend. »Ich lasse mich nicht länger von euch mundtot machen. Wenn ich etwas zu sagen habe, dann werde ich es auch sagen!«

»Nein, das wirst du nicht«, sagte der Hund.

»Was wollt ihr denn dagegen tun?«

Nun hörte Reinmar etwas Stroh rascheln. Offensichtlich lief der Hund in den Schweinekoben. Einen Augenblick später schrie das Schwein vor Schmerzen auf. Verwunderlich war, dass es auch jetzt »Au, au« rief, anstatt wie ein Schwein zu quieken.

»Das nächste Mal beiße ich bis aufs Blut«, drohte der

Hund und kehrte an seinen angestammten Platz zurück. Einige Tiere lachten.

»Was führt dich zu uns, Reinmar?«, fragte der Ganter.

»Ich wollte mit den Tieren sprechen«, antwortete der Alte. »Ist das nicht Grund genug?«

»Aber du weißt, was man über den sagt, der die Tiere mit Menschenzunge sprechen hört?«

»Dann ist es wahr? Dass man sterben muss?«

Keines der Tiere gab ihm Antwort.

»Wann?«, fragte Reinmar.

»Das wissen wir nicht. Eines Tages.«

»Dann soll es mich nicht beängstigen«, sagte Reinmar. »Wenn ihr gesagt hättet: *heute, morgen, in einer Woche*, hätte ich meinen Schritt vielleicht bereut. Aber *eines Tages*? Jedermann muss eines Tages sterben.«

»Und warum kommst du gerade in dieser Nacht?«

»Weil ich mich schlecht fühle. Und weil mir auf dieser Burg keine Gesellschaft so willkommen wäre wie die von euch arglosen Kreaturen.«

»Trauerst du um den unglücklichen Ofterdinger?«

Reinmar nickte.

»Dann hättest du einen anderen wählen müssen.«

»Das war unmöglich.«

»Weil sein Nibelungenlied ein grobes Getöse ist, dessen Dichter den Tod verdient?«, fragte Wolframs Pferd.

Reinmar schüttelte den Kopf.

»Sondern?«

»Ich kann es nicht sagen.«

»Aber natürlich kannst du das«, sagte der Hund. »Wem sollten wir schon etwas weitererzählen? Tags versteht uns niemand, und nachts hat niemand den Mut, uns aufzusuchen. Und die schwatzhaften Gänse leben höchstens noch bis zum Dreikönigstag. Also: Warum war es unmöglich, einen anderen zu wählen?«

Reinmar seufzte. »Weil mir der Landgraf fünfundzwanzig Mark in Silber versprochen hat, wenn ich Heinrich unters Schwert bringe.«

Jetzt herrschte unter den Tieren wieder vollkommenes Schweigen, wie zum Zeitpunkt, als Reinmar den Stall betreten hatte.

»Ohne Zweifel hätte er mir auch dreißig gezahlt«, setzte Reinmar hinzu, »wenn die Analogie nicht so offensichtlich gewesen wäre.«

Keines der Tiere sprach. Nicht einmal das Schwein ergriff die Gelegenheit.

»Seid ihr noch da?«

»Aber ja«, sagte nun ausgerechnet das Schaf. »Du hast ...«

»Wir haben Heinrich von Ofterdingen hintergangen. Der Landgraf und sein Schreiber haben mich überredet, noch vor der Ankunft aller anderen, Heinrich zum Verlierer des Wettstreits zu bestimmen, ganz gleich, wie gut oder schlecht sein Vortrag oder die Vorträge der anderen sind. Diese Zusammenkunft der größten Sänger ist überhaupt nur einberufen worden, um ihn auf die Wartburg zu locken. Heinrich sollte vernichtet werden, vor den Augen des Landgrafen unehrenhaft zum Tode befördert. Eine offene Rechnung, Heinrichs Spottlieder über den Landgrafen betreffend. – Lauscht auch wirklich niemand?«

»Nein, nein, wir sind unter uns«, sagte das Schaf und verfiel dann, wie seine Genossen, wieder in Grabesstille.

»Ich bin ein alter, blinder Mann ohne Familie«, erklärte Reinmar, »dessen Herzog sich anderen, jüngeren Sängern zugewandt hat, und der mich, dessen ruhmreiche Zeit zurückliegt, längst vergessen hat. Ich habe das Geld bitter nötig. Ich kann keine neuen Lieder mehr schreiben. Ich kann nicht einmal mehr die alten kopieren. Meine Stimme schwächelt, das Zittern kriecht mir in die Finger. Ich muss sehen, wie ich zu Geld komme. Es ist Winter. Ich will nicht wie irgendein namenloser Spielmann am Straßenrand erfrieren. Gut, ich räume ein, mich an eine Lebensart gewöhnt zu haben, die nicht unbedingt bescheiden ist, aber welche Freuden bleiben schon einem Mann ohne Augenlicht?«

Reinmar schüttelte den Kopf. »Um Gottes Minne, seht nur,

wie tief ich gefallen bin: Ich rechtfertige mich vor Hunden und Schweinen!«

Irgendein Tier räusperte sich.

»Also bitte«, seufzte Reinmar. »Erlegt mir Buße auf. Sprecht euer Urteil über mich, Tribunal der Tiere, wie ich meines über Heinrich gesprochen habe, der morgen stirbt und der mich zu Recht verflucht hat. Tut eure Verachtung kund.«

»In einen Mann ohne Augen kann kein Übel hinein«, sagte die Gans leise.

»Das Übel kam vorher«, antwortete der Alte. »Das Übel hat mich überhaupt erst geblendet. Aber bevor ihr mich verdammt, bedenkt, wer der Urheber dieses hinterhältigen Meuchelmordes ist: euer feiner Landgraf. Ihn treffe euer Fluch, nicht mich.«

»Du musst jetzt gehen«, sagte das Schwein.

»Schon? Unser Gespräch hat gerade erst begonnen!«

»Das Schwein hat recht«, sagte das Pferd.

»Wollt ihr meinen Verrat gar nicht verurteilen?«

»Es ist gut«, sagte die Gans. »Es ist gut, Reinmar. Und jetzt geh.«

»Du darfst niemandem erzählen, dass du mit uns gesprochen hast«, warnte der Ganter. »Wenn du das tust, wirst du auf der Stelle tot umfallen, hörst du?«

»Darf ich morgen Nacht wiederkommen?«

»Auf keinen Fall. Geh jetzt.«

»Hier irgendwo liegen Äpfel und Rüben für euch«, sagte Reinmar freudlos; ein letzter schwacher Versuch, sein Bleiben zu erkaufen.

»Vielen Dank.«

Als sich Reinmar nach der Tür orientierte, begriff er, dass er gar nicht gehen konnte. »Klara ist fort und schläft«, sagte er. »Ich finde nicht allein zurück.«

»Du musst.«

»Draußen ist ein Schneesturm. Wenn ich jetzt hinaustrete, werde ich mich verlaufen und erfrieren, und niemand würde mich hören.«

Reinmar wartete vergebens auf eine Antwort. Stroh raschelte. Die Tür eines Kobens wurde geöffnet. Reinmar bekam es mit der Angst, umso mehr, als plötzlich eine Gans laut fauchte, kein bisschen menschlich mehr. Sukzessive kamen andere Tiergeräusche hinzu; entweder erwachten nun auch die Tiere ohne Sprache, oder die, mit denen Reinmar gesprochen hatte, hatten ihre Menschenzungen wieder verloren. Der alte Sänger wich zurück, bis er gegen die Wand der Stallung stieß. Wie abstrus und hässlich die Sprache der Tiere war; ganz ohne Nuancen und ohne Zartheit! Schweine und Schafe traten gegen die Bretterverschläge, in denen sie untergebracht war. Ein Huhn, das sich befreit hatte, flatterte durch den Raum und zurück. Aber Reinmar blieb. Der Lärm war ihm lieber als die Kälte.

Irgendwann hatte sich der Aufruhr gelegt. Reinmar unternahm einige behutsame Versuche, das Gespräch fortzusetzen, aber es war vergebens: Das Vieh im Stall wollte oder konnte nicht mehr mit ihm sprechen. Kurz vor Morgengrauen weckte ihn ein Hahn mit der Stimme eines Hahns. Wenig später holte ihn Klara wie vereinbart ab. Reinmar hatte sich zwar vorgenommen, die Weisung der Tiere zu befolgen und kein Wort über diese wundersame Nacht zu verlieren, aber zu seinem Erstaunen fragte Klara auch gar nicht nach seinen Erlebnissen. Schweigend führte sie ihn zurück in sein Gemach.

Am Morgen hatte der Schnee der Wartburg ihre Ecken und Kanten genommen, und in den Winkeln hatte der Wind ihn hüfthoch aufgetürmt. Die Küche war der einzige Raum der Burg, in dem man sich noch, ohne zu frösteln, aufhalten konnte. Dort traf Biterolf, wie er gehofft hatte, Agnes, die gerade im Begriff war zu gehen. Sie war blass und hatte dunkle Augen.

»Ich lebe noch«, sagte Biterolf, das Offensichtliche kundtuend.

»Darüber freue ich mich«, sagte Agnes.

»Dann lass es auch dein Gesicht wissen.«

»Doch, ich freue mich wirklich«, bekräftigte sie und legte eine Hand auf seinen Arm. »Aber jetzt müsst Ihr mich entschuldigen. Ich habe etwas Dringendes zu tun.«

»Um Heinrich trauern?«, fragte Biterolf. »Es war ein ehrlicher Wettkampf, und Heinrich hat verloren. Ich werde mich nicht dafür entschuldigen, dass ich nicht seinen Platz auf dem Richtstuhl einnehme – wofür er gestern übrigens freigiebig geworben hat, um den eigenen Kopf aus der Schlinge zu ziehen.«

»Schon gut.«

»Ich muss mit dir reden, Agnes. Ich möchte dir ein Angebot machen.«

»Später.«

»Später hat mich der Landgraf zu sich bestellt«, erklärte er. »Ich werde nicht mehr lange hier sein. Ich wollte so bald wie möglich aufbrechen.«

»Ihr würdet nicht weit kommen. Wir sind eingeschneit.«

Ein Knecht kam von draußen herein. Offenbar hatte er auf Agnes gewartet. Sie nickte ihm zu. »Später«, sagte sie abermals zu Biterolf und folgte dem Mann dann.

Biterolf ließ sich Gerstensuppe auftun und bekam einige trockene Früchte dazu. Er wählte einen Platz gegenüber dem Singerknaben des Ofterdingers, Konrad, der lustlos und von allen anderen Anwesenden gemieden in seiner Schale kratzte.

»Die Elemente sind auf Heinrichs Seite, wie es scheint«, sagte er, ohne dass Biterolf ihn angesprochen hätte. »Seit der Tag graut, stochert ein Dutzend Männer im Schnee herum, hab ich gehört, und findet nichts als Stöcke und Steine. Und gefrorene Scheiße: Zwei von den Aborten gehen zu dieser Seite heraus. Da hat sich viel gesammelt, seit die Burg steht. Der Landgraf hat Anweisung gegeben, sich während der Suche nach dem Schwert anderswo zu erleichtern, damit es den Männern nicht noch auf den Kopf regnet.«

»Wo ist Rupert?«

»Beobachtet die Suche von den Zinnen aus und hält fraglos die kalten Daumen, dass nichts gefunden wird. Jämmerlicher Teufel. Er ist wie ein Hund, der vor der Tür jault, hinter der man seinen Herrn weggesperrt hat. – Hör zu, wenn du mir einen Gefallen tun willst: Heinrichs Fiedel haben sie im Festsaal vergessen, soweit ich weiß. Leg doch bitte beim Kanzler ein gutes Wort für mich ein, dass er sie mir überlässt, wenn er sie nicht als Trophäe über seinen Kamin hängen will. Ich will diese verdammte Burg nicht mit gänzlich leeren Händen verlassen. Dich hört der Kanzler eher an als mich. Er ist gerade unten beim Suchtrupp, aber sobald er wieder oben ist, schnappst du ihn dir, ja? Wenn er will, kann er auch gern noch ein paar Groschen obendraufl egen. Meine Waisenrente gewissermaßen.«

Als Nachricht in die Küche kam, dass sich der tugendhafte Schreiber auf dem Rückweg zur Burg befand, ging Biterolf ihm also entgegen. Er wartete vor dem Torhaus.

Der Schreiber kam ohne Richtschwert und in schlechter Verfassung: Zwei Mann mussten ihn rechts und links stützen, weil er kaum aus eigener Kraft stehen konnte. Sein Gesicht war schlohweiß, und in seinem Bart und einmal quer über seine Robe und die eines Begleiters klebte Erbrochenes. Er lallte etwas von einem »*locus terribilis*«, aber darüber hinaus war er alles andere als ansprechbar. Seine Begleiter übergaben ihn in die Hände zweier Wachmänner, die ihn weiter in seine Gemächer trugen. Einmal mehr machte der Kanzler auf dem Weg dorthin Anstalten, sich zu übergeben, brachte aber außer unschönen Geräuschen nichts hervor.

Die Männer, die ihn zur Burg gebracht hatten, schilderten dem Pulk, der sich um sie gebildet hatte, was vorgefallen war: dass man nämlich, kurz nach der Ankunft des Schreibers dort unten, mit den Schaufeln eine Kuhle freigelegt habe, in der der herabgefallene Kot von Jahrzehnten gesammelt war; so viel in der Tat, dass es selbst bei diesen niedrigen Temperaturen noch stank. Angesichts der Exkremente sei der Kanzler wie vom Blitz getroffen in Ohnmacht gefallen und habe sich, nachdem man ihn mit frischem Schnee wieder geweckt hätte, heftig übergeben. Am ganzen Körper schlotternd und kaum der Rede fähig, habe er die Männer gebeten, ihn fortzubringen, und auf dem Rückweg habe er sich abermals erbrochen. Zum Beweis zeigte der Erzählende auf sein Gewand, wo der Speifleck bereits gefroren war.

Vernünftig war das Verhalten des Schreibers nicht zu erklären. Vor dem Torhaus machten nun die unterschiedlichsten Thesen die Runde. Böse Blicke zog erneut Ofterdingens Pullane im Wehrgang auf sich, der ja das ganze Geschehen aus der Ferne verfolgt, wenn nicht beeinflusst hatte. Ein Wachmann berichtete, tief in der letzten Nacht ein Paar mit gelöschter Laterne über den Burghof schleichen gesehen zu haben. Er habe die beiden aufgrund des Schneetreibens nicht erkennen können, aber dass es der Knappe und der Singerknabe des Ofterdingers gewesen seien, die sich heimlich der Ausgangssperre des Fürsten widersetzt hätten, sei nicht auszuschließen.

Den sachlicheren Stimmen zum Trotz hatte man aus den unterschiedlichen Auskünften bald ein Konstrukt dessen geschaffen, was seit gestern Nacht geschehen sein musste: Die Getreuen Heinrichs von Ofterdingen hatten die Burg nachts verlassen, vermutlich per Seil über die Mauer, und hatten das Eisenacher Richtschwert im Schnee gesucht und gefunden. Die Wilde Jagd habe sie während der Suche nicht angefallen, sondern vielmehr unterstützt. Zurückgelassen hätten die beiden Männer nur eine Art Hexerei, um den tugendhaften Schreiber, diesen erbittertsten Gegner des Ofterdingers, mit Übelkeit und Verwirrung zu schlagen.

Dieser Anschlag auf den Kanzler von Thüringen sollte nicht ungesühnt bleiben. Zwei Gruppen von je zwei Männern bestiegen von beiden Seiten den Wehrgang, damit der Pullane – der zu spät bemerkt hatte, wie Stimmung gegen ihn gemacht wurde – nicht entkommen konnte. Man forderte ihn auf, in den Burghof zu kommen und dort ihre Fragen zu beantworten. Rupert war besonnen genug, ihrem Befehl Folge zu leisten und das Zerren und Stoßen sowie ihren rüden Ton ohne Protest hinzunehmen. Ebenso besonnen gab er Antwort auf ihre Fragen; nannte ihnen die Zeugen, in deren Gegenwart er die Nacht verbracht hatte, und beschwor beim Retter der Welt und bei der Heiligen Jungfrau, weder das Schwert gefunden noch irgendetwas mit den bösen Seelen aus dem Hörselberg zu schaffen zu haben.

Der Wortführer der Ankläger – jener Schildknappe des Burghauptmanns, der im Zweikampf gegen den Pullanen angetreten war und die Demütigung noch lange nicht verwunden hatte – stellte darauf Ruperts Recht infrage, auf Jesus und Maria zu schwören, da der christliche Glaube des Orientalen verunreinigt sei; durch die Nähe und Freundschaft zu den Muselmanen verwässert und vergiftet.

»Unser Christus ist größer als deiner«, sagte der Knappe, und mit diesen Worten griff er nach dem Kreuz um Ruperts Hals.

Damit hatte der Aufwiegler sein Ziel erreicht: Rupert packte die Hand des Knappen, um ihn daran zu hindern, dass er den Rosenkranz zerriss. Ein Gerangel entstand. Sofort waren die Genossen des Schildknappen zur Stelle und schlugen mit den Fäusten auf den Pullanen ein.

Wie schon im Rosengarten wusste sich Rupert meisterhaft zu wehren: Er beantwortete das dumpfe Geprügel mit harten, präzisen Schlägen auf Kinn, Kehle und Brustkorb, die die Ersten seiner Gegner bald in die Knie zwangen. Wahrscheinlich hätte der Pullane sogar den Sieg davongetragen, wären nicht zahlreiche weitere Thüringer hinzugekommen, um den Fremden zu überwältigen. Die Burgwache tat nichts, den Streit zu beenden. Zwei Wachleute beteiligten sich vielmehr daran.

Biterolf konnte nicht sagen, welche Seite zuerst blankgezogen hatte, aber sobald offene Klingen ins Spiel kamen, war Rupert verloren. Er wurde regelrecht zerhackt. Alles ging sehr schnell; so schnell, dass Rupert nicht einmal schrie.

Als Rupert schon längst bäuchlings leblos im Schnee lag, hieben seine Gegner – zumindest die, die nicht zu verletzt dazu waren – weiter mit Schwertern, Dolchen und grobem Werkzeug auf seinen Rücken ein. Bei jedem Ausholen troff das Blut von ihren Klingen und sprenkelte den Schnee im

Umkreis. Dem Toten riss man den Turban vom Kopf, schnitt ihm die rechte Hand vom Arm und – weil er gewagt hatte, den Namen des Erlösers in seinem ketzerischen Mund zu führen – die Zunge aus dem Rachen. Das rote Stück Fleisch wurde, auf eine Dolchklinge aufgespießt, triumphierend in die Höhe gereckt und dann achtlos zu den Hunden im Schatten der Stallung geworfen. Doch noch bevor die Hunde auf den Beinen waren, war eine Krähe von oben herabgeschossen und hatte ihnen den Leckerbissen entwendet. Mit Ruperts roter Zunge im Schnabel sahen die Thüringer den schwarzen Vogel zum Bergfried fliegen. Die Hochstimmung war allgemein, den zahlreichen Wunden und Blessuren zum Trotz, die ihnen der Morgenländer geschlagen hatte.

Biterolf ahnte, dass nicht viel Zeit blieb. Er musste sich zwingen, sich von diesem Drama zu lösen; vom Anblick des Pullanen, der inmitten seiner weiten Gewänder und seines Blutes wie zerflossen auf dem Burghof lag. Im Laufschritt kehrte Biterolf zurück in die Küche. Konrad nahm sich gerade einen Nachschlag Gerstensuppe.

»Und? Krieg ich die Fiedel?«, fragte er. »Andernfalls würd ich auch Heinrichs Pferd nehmen. Oder reißt sich Walther das schon unter den Nagel?«

»Du musst dich in Sicherheit bringen«, raunte Biterolf ihm zu. »Sie haben Rupert getötet.«

Konrad schnappte nach Luft. Langsam ließ er die Schale sinken und sah nach dem Ausgang.

»Nicht dort hinaus«, sagte Biterolf. »Du rennst ihnen direkt in die Arme.«

»Wo soll ich hin?«

»Ich weiß es nicht. Zu Walther? Zu Wolfram?«

»Die werden den Teufel tun, auch nur einen Finger für mich zu rühren«, stöhnte Konrad. »Ich geh zur Landgräfin.«

Als die Thüringer in die Küche kamen, um sich auch den zweiten Handlanger des Ofterdingers vorzuknöpfen, schuldig oder nicht, war Konrad bereits durch die Tür zu den Gemächern Sophias verschwunden.

Unter vier Augen dankte der Landgraf Biterolf abermals für sein Kommen und überreichte ihm als Abschiedsgeschenk eine Summe Geldes, von deren Höhe Biterolf überrascht war. Seine ursprüngliche Einladung, bis Neujahr und darüber hinaus auf der Wartburg zu bleiben, habe noch immer Gültigkeit, erklärte der Landgraf, aber er habe volles Verständnis dafür, falls einige der Sänger es vorzögen, früher abzureisen, jetzt, wo der Wettstreit und die bevorstehende Hinrichtung ihre Schatten über die Burg geworfen hätten. Die Attacke des Pullanen auf einen seiner Leute und die unnötig blutige Vergeltung seien Beweis dafür, wie sich die Stimmung bereits vergiftet habe. Berechtigte Hoffnung bestehe, dass die Straßen morgen oder spätestens am Tag darauf wieder passierbar seien.

Als Hermann ihm viel Glück für seinen Werdegang wünschte und stets reiche Inspiration für künftige Werke, konnte Biterolf dem Drang nicht widerstehen, des Landgrafen Urteil über seine *Alexandreis* zu erfragen.

»Ich teile die Einschätzung meines Schreibers, denke ich«, antwortete der Fürst. »Der sich übrigens aufgrund eines Unwohlseins entschuldigen lässt. Ja, doch, das Alexanderlied gefiel mir.«

»Und fandet auch Ihr, Euer Hoheit, dass Heinrich von Ofterdingen der Schwächste im Wettstreit war?«

»Letzten Endes schon. Und Heinrichs Unfähigkeit, den Schiedsspruch mannhaft und würdevoll anzuerkennen, hat diesen Eindruck noch bestätigt. Dass er dermaßen dagegen angekämpft hat, wundert mich freilich nicht. Anders als beim Wettkampf der lanzenbrechenden Ritter – wo, wer aus dem Sattel gestochen, sich im Sand die Beulen und blauen Flecken reibt, unmöglich daran zweifeln kann, dass er besiegt wurde – ist die Niederlage in einem Wettkampf der Sänger weniger eindeutig. Weshalb fragst du?«

»Weil, wenn ich mich recht erinnere, Euer Schreiber sagte, Ihr würdet Heinrichs Lied der Nibelungen schätzen.«

Hermann lächelte. »Das tat ich. Aber vielleicht hat mir Reinmars klares Urteil die Augen geöffnet. Vielleicht war es mein altes, rohes Ich, das an dieser blutigen Sage Gefallen fand. – Ein Letztes: Sophia meinte, du hättest Interesse an unserer Amme?«

Biterolf antwortete mit einer uneindeutigen Mischung aus Kopfschütteln und Schulterzucken.

»Geh die Sache nur an«, sagte der Landgraf, »und wenn nichts dagegenspricht, nimm sie mit dir ins Stilletal. Der kleine Heinrich Raspe wird sie freilich vermissen, aber meinen Segen hast du.«

Das Gespräch der beiden wurde durch die Landgräfin unterbrochen. Sie trat ein, ohne anzuklopfen. In der einen Hand hielt sie Ruperts blutigen Rosenkranz, an der anderen Konrad, den sie offensichtlich deshalb an die Hand hatte nehmen müssen, damit er ihr überhaupt folgte. Die Tür schlug sie kraftvoll hinter sich zu.

»Deine Männer haben Ofterdingens Knappen gemordet«, sagte sie mit wenig verhohlener Wut, »und wäre sein Singerknabe nicht zu uns in die Spinnstube geflohen, in die sich diese Rohlinge nicht vortrauen, es wäre ihm ebenso ergangen. Ist das deine Vorstellung von Gastrecht?«

Hermann wandte sich an Biterolf: »Du entschuldigst uns?«

»Die beiden bleiben hier«, bestimmte Sophia. »Der feine Herr Sänger mag sehen, was sein fabelhafter Wettstreit für Opfer fordert. Und Konrad hier müsste ohne meinen Beistand um sein Leben fürchten, obwohl ihn keinerlei Schuld trifft. Ich bitte dich, dein Gefolge unverzüglich wissen zu lassen, dass dieser Mann unantastbar ist und dass jeder, der ihn angreift, in den Kerker geht.«

Hermann erwiderte nichts. Seine Gemahlin nahm dies als Zustimmung.

»Und ich möchte, dass du die Mörder des Pullanen zur Rechenschaft ziehst.«

»Ich werde nichts dergleichen tun«, versetzte Hermann. »Mir wurde zugetragen, Ofterdingens Mann habe den ersten Schlag geführt und als Erster zum Dolch gegriffen. Er selbst trägt die Schuld an seinem Tod. Ein Gast, der mit dem

Messer auf seine Gastgeber losgeht, hat den Anspruch auf Schutz verwirkt. Er hat versucht, uns das Richtschwert vor der Nase wegzustehlen!«

»Sie haben seine Zunge herausgeschnitten und den Raben vorgeworfen! Die rechte Hand haben sie ihm vom Körper getrennt, damit er im Himmelreich nicht mehr das Kreuz über sich schlagen kann!«

»Mir kommen die Tränen«, schnaubte Hermann. »Wenn du in Palästina gewesen wärst wie so viele von meinen Männern, würdest du ihren Hass verstehen! Wie uns die Pullanen in den Rücken gefallen sind! Dies Pack macht gut Freund mit jedweder Seite, die am Gewinnen ist, und allzu oft waren das die Sarazenen! Was stolziert der Kerl auch wie Saladin höchstpersönlich in meine Burg und kehrt den selbstgefälligen Orientalen hervor, am Ende sogar den besseren Christen, helf uns Gott! Die Sehne reißt, wenn man den Bogen überspannt! Und außerdem: Er war tot, bevor man ihn verstümmelte. Der Verlust seiner Glieder wird ihn kaum mehr geschmerzt haben.«

»Ulrich zumindest muss an den Pranger. Er hat die anderen aufgehetzt.«

»Der Knappe des Hauptmanns? Niemals.«

»Er *muss*.«

Mit der Faust schlug Hermann auf den Tisch, neben dem er stand. Biterolfs Gegenwart und die Konrads waren ihm jetzt gleichgültig geworden. »Was kommst du und machst mir Vorwürfe für das, was mein Gesinde treibt! Wärst du nicht auf die Wortklauberei des Ofterdingers hereingefallen und hättest mit deinem Mantel Sankt Martin gespielt, er wäre längst mit dem nächstbesten Beil gerichtet – und sein Pullane würde noch leben! Stattdessen scharren meine Männer im Schnee wie Mäuse nach der Wintersaat und verlieren die Beherrschung, verständlich genug!«

»Du hättest nie dein Einverständnis zu diesem abscheulichen Wettkampf geben dürfen.«

»Aber ich habe es getan«, schrie der Landgraf, »deinem feinen Walther und deinem frommen Wolfram zuliebe, und jetzt stehe ich mit meinem Wort und meiner Ehre dafür ein, dass das Urteil auch vollzogen wird, zum Teufel!«

Die Landgräfin atmete schwer, gab aber keine Widerworte mehr. Wasser stand in ihren Augen. »Und Konrad?«, fragte sie nach einer langen Pause.

»Kann sich entweder auf meine Zusage verlassen, dass ihm nichts geschieht, solange er sich friedlich verhält. Oder er geht in Schutzhaft und leistet seinem Herrn Gesellschaft.«

Sophia sah zu Konrad. Der zog eine Miene, mit keiner der beiden Optionen froh zu sein.

»Er wird bei uns in den Frauengemächern bleiben«, sagte sie.

»Der Glückliche.«

»Und der Pullane wird ein christliches Begräbnis erhalten.«

»Du weißt, wo der Kaplan zu finden ist«, entgegnete Hermann. »Allerdings wird es schwerfallen, unter Neuschnee und gefrorener Erde ein Plätzchen freizulegen.«

Schweigend verließ die Landgräfin den Raum und zog Konrad mit sich, bevor der sich verbeugen konnte. Durch die geschlossene Tür konnte Biterolf noch hören, wie Konrad Sophia um den Nachlass Ruperts ersuchte. Dann wandte sich Biterolf wieder Hermann zu.

»Geh«, sagte der nur, keineswegs unfreundlich.

Offensichtlich hatte innerhalb eines Tages jedermann auf der Burg vom Fürsten bis zum Stallknecht die Nerven verloren. Selbst Klara bot Biterolf nicht die nüchterne Zuflucht, auf die er gehofft hatte. Anstatt ihn, wie gewöhnlich, mit ihrem zwanglosen Gerede zu berennen, brachte sie kaum ein Wort über die Lippen. Sie war unaufmerksam und fahrig wie ein junges Tier und knabberte an den Nägeln ihrer Finger. Am liebsten hätte Biterolf Heinrich von Ofterdingen in dessen Zelle im Südturm aufgesucht. Zweifellos war der, um den sich alles drehte, gänzlich unerschüttert.

Immerhin, Biterolfs Pferd war noch bei Verstand. Biterolf gab dem Ackergaul von den Rüben, die über den Boden des Stalls verstreut lagen, strich ihm über den Hals und teilte ihm leise mit, dass er, Biterolf, den Sängerstreit überstanden habe und dass es bald heim ins Hennebergische gehe.

Wolfram gesellte sich zu ihm, um ebenfalls nach seinem Pferd zu sehen. Der Eschenbacher verschwieg Biterolf nicht, dass auch er die Wartburg so bald wie möglich verlassen wollte. Die Durchführung eines friedlichen Sängergipfels könne man wohl kaum wieder aufnehmen, und die Enthauptung eines Mannes, dem er einst enger verbunden gewesen war – das Wort *Freund* kam nicht über Wolframs Lippen –, wolle er auf keinen Fall mit ansehen müssen. Was ihn aber vollends von der Burg treibe, sei der Himmel über dem Thüringer Wald: trüb wie ein verhauchter Spiegel, der nicht mehr blank zu scheuern sei. Seit seiner Ankunft vor sieben Tagen habe man die Sonne nicht mehr gesehen, brummelte Wolfram; es sei wie eine wochenlange Sonnenfinsternis, bei der man fast daran zweifeln wollte, dass überhaupt noch eine Sonne existierte hinter all den Wolken. Kein Wunder also, dass die Thüringer allmählich toll würden.

Die Straßen seien allerdings durch den Schnee blockiert. Ein Mann aus Eisenach habe heute beinahe zwei Stunden für einen Weg gebraucht, der gewöhnlich höchstens einer halben Stunde bedurfte. Die Nachricht von Heinrichs Todesurteil habe auch in der Stadt für Aufruhr gesorgt; um Heinrichs Eisenacher Gastwirt am Georgentor, Hellgreve – einen Mann, der offenbar für seinen Mangel an Achtung vor der gräflichen Autorität bekannt war –, habe sich eine Gruppe von Bürgern gebildet, die ihren Protest zweifelsohne schon vor die Tore der Burg getragen hätten, wären die Wege nur frei.

Von der seltsamen Ohnmacht des tugendhaften Schreibers und seinem Rückzug in die Gemächer wusste Biterolf bereits aus erster Hand. Von Wolfram erfuhr er nun, dass sich auch Walther und Reinmar in ihre Kammern verkrochen hatten: Walther vom Ruhm überwältigt, Deutschlands größter Sänger zu sein; Reinmar offenbar von einem Tag auf den anderen uneins mit dem eigenen Schiedsspruch. Jeden weiteren Vorstoß Biterolfs, über den gestrigen Tag zu sprechen, erstickte Wolfram im Keim. Stattdessen striegelte er seinen braunen Hengst.

Als die Dämmerung kam und die Suche nach dem Richtschwert abermals erfolglos abgebrochen werden musste, verdoppelte der Kanzler – der sich inzwischen von seinem Kollaps erholt hatte – die Zahl der Männer, die am kommenden Tag in den Hang unterhalb des Palas geschickt werden sollten. Hermann von Thüringen lobte eine Prämie von fünf Schillingen aus für den, der Meister Stempfels vermaledeites Schwert endlich unter dem Schnee entdeckte. Den Wachen schärfte er besondere Aufmerksamkeit ein, und die Zugbrücke sollte nicht nur nachts, sondern auch tagsüber hochgezogen bleiben. Nichts und niemand sollte die Felsenburg ohne sein Wissen betreten oder verlassen.

28. DEZEMBER
TAG DER UNSCHULDIGEN KINDER

Einige Krähen hatten sich um den Ort des gestrigen Streits im Burghof geschart, Schwarz auf Rot und Weiß, als ob dort in Blut und Schnee nach der Zunge noch weitere Bissen von Rupert zu finden wären. Für die Gruppe der Mörder, die ungeschoren davongekommen war, war die Ansammlung der Aasvögel eine willkommene Erinnerung an ihren Sieg über den Orientalen. Fünf von ihnen setzten sich auf einen Holzstoß und sahen den Tieren bei ihrer Suche zu.

Der Schildknappe zeigte gerade den Turban herum, den er dem Toten abgenommen hatte, als sich einer der Rabenvögel von den anderen löste und über den Schnee auf ihn zuhüpfte. Wenige Schritte vor dem Knappen verharrte der Rabe, fixierte ihn mit seinem schwarzen Auge und rief dann, laut und verständlich: »Mörder! Mörder!«

Namenloses Entsetzen kam auf. Mit aufgerissenen Mündern und Augen glotzten die Thüringer den Raben an. Der Turban entglitt den Fingern des Knappen.

»*Benedictus Dominus Deus Israel*«, krächzte der Vogel – sodass jeder, der geglaubt hatte, seine Ohren hätten ihm beim ersten Mal einen Streich gespielt, eines Besseren belehrt war. Man hatte den Pullanen wenig sprechen hören, aber es war unverkennbar *sein* fremdartiger Zungenschlag, der aus dem Schnabel des Tieres erklang.

»Seine verdammte Seele ist in die Kreatur gefahren«, ächzte einer der Männer kaum hörbar.

»Nein: Das ist der Vogel, der seine Zunge fraß!«, sagte

ein anderer. »Allbarmherziger Gott, *er spricht mit seiner Zunge!*«

Der Rabe blickte nun abwechselnd vom Knappen zum Turban zu dessen Füßen. »Mörder!«, krächzte er erneut, und: »Hol dich der Teufel!«

»Er verflucht dich, Ulrich!«, greinte einer. »Er verflucht dich, o Jesus Christus!«

»In Ewigkeit, Amen«, erwiderte der Rabe.

»Den hat der Teufel geschickt!«, kreischte ein Vierter. »Zerquetscht ihn!«

Die Gruppe auf dem Holzstoß teilte sich nun in jene, die dem diabolischen Vogel den Garaus machen wollte und solche, die gar nichts mit dieser Form von höherer Macht zu tun haben wollten und ihr Heil in der Flucht suchten. Nur der Schildknappe blieb wie festgefroren auf seinem Platz, bis ins Mark erschüttert.

Alle Versuche, den Krähenvogel mit einem Knüppel totzuschlagen, scheiterten naturgemäß an dessen Schnelligkeit. Während die anderen Krähen aufflatterten und auf den Bergfried zurückkehrten, verblieb ihr sprechender Artgenosse aber im Burghof und gab zur Hoffnung Anlass, ihn doch noch zu erwischen.

Zwei Armbrüste waren schnell organisiert. Damit wurde die Jagd auf den Raben auch gefährlich für die anderen Bewohner der Burg, denn bald schossen die ersten Bolzen über den Hof. Aber das Federwild hielt nie lange genug still. Mehr Erfolg versprach da schon ein Netz, mit dem am Vormittag einige Karpfen aus dem nahen Fischteich geholt werden sollten und das nun zum Vogelnetz abgewandelt wurde. Aber auch diesem entkam der Rabe mal hüpfend, mal fliegend. Schließlich wurde er es leid, gejagt zu werden. Mit den Worten »Gott will es!« flog er auf und davon. Einer der Armbrustschützen schoss ihm einen Bolzen in den weißen Himmel nach.

Als Biterolf sich nach Agnes erkundigte, wurde ihm gesagt, sie sei, verwunderlich genug, in den Wald gegangen, um draußen nach Reisig zu suchen. Biterolf konnte sich zwar keinen Reim darauf machen, für was die Suche nach Reisig ein Vorwand sein sollte, aber er beschloss, ihr zu folgen: Nach einer ganzen Woche in den Mauern der Burg war sein Drang groß, sie zumindest für einige Stunden zu verlassen, um einen klaren Kopf zu bekommen.

Am Osthang des Burgberges verschaffte er sich ein Bild von der Suche nach dem Richtschwert. Das Gelände war inzwischen regelrecht umgepflügt worden; Schnee, Totholz und Gesträuch waren aus dem Weg geräumt. Hier war die Ursache für die Wut des Landgrafen: Es schien in der Tat vollkommen unerklärlich, dass ein Dutzend Männer es nach zwei, bald drei Tagen nicht geschafft hatte, eine Klinge von drei Fuß Länge zu finden. Biterolf legte den Kopf in den Nacken und sah an der Wand aus Fels und Mauer hoch zum mächtigen Palas, der alles krönte. Aus einem dieser Fenster hatte Heinrich von Ofterdingen das Schwert geschleudert, und wenn dem Schwert unterwegs nicht Flügel gewachsen waren, war die Fläche begrenzt, auf der es hatte landen können. Das Verschwinden des Schwertes war ähnlich rätselhaft wie das Verschwinden des steinernen Christkinds, das ebenso aus dem Fenster geflogen war, ohne jemals aufzukommen.

Einer der Grabenden trat zu Biterolf für eine kurze Pause und einen Schluck Wasser aus dem Schlauch. Drei Theorien habe er, vertraute er Biterolf an, was den Verbleib des Schwertes betreffe: Entweder habe sich schlicht die Erde aufgetan, um das verfluchte Schwert zu verschlucken. Oder aber der Ofterdinger habe sich eines Taschenspielertricks bedient und das Schwert nur scheinbar aus dem Fenster des Festsaals geworfen. Die dritte Theorie wage er nicht laut auszusprechen, aber auf Biterolfs Nachfrage wies er nach Osten, hin zu den Hörselbergen.

Allmählich verstand Biterolf den Verdruss, den Dietrich empfunden hatte über die Angst der Thüringer vor den Geistern der Weihnachtstage. Denn selbst die wenigen, die sich vor den Wilden Jagd nicht fürchteten, wie Agnes, waren doch zutiefst davon überzeugt, dass es sie gab. Biterolf vergewisserte sich: Bei Licht betrachtet, waren diese Hörselberge doch nichts als ein kahler Bergrücken, weder besonders dunkel noch besonders hoch und ohne erkennbaren Einstieg in die Unterwelt. So manch bizarres Felsgebilde, das einen von den Höhen des Thüringer Waldes anglotzte, hatte ihm weiß Gott mehr Angst eingejagt. Aber hier tat man, als wären die Hörselberge der leibhafte Hort des Todes; ein Turm der schwarzen Magie, zu dem die Wartburg auf der anderen Seite des Flusses gewissermaßen das christliche Gegenstück bildete – die Lichtburg, die Gralsburg hoch über dem Schmutz der Welt, die Feste der Wachsamkeit, die dem Teufel die Stirn bot.

Beim Fischteich hatten drei Knechte das dünne Eis zerschlagen, um die Reuse, die in der Mitte des Gewässers versenkt war, herausziehen zu können. Aber sosehr sie auch an den beiden Seilen zerrten, bewegte sich das Fangnetz kaum vom Fleck. Man prüfte, ob sich das Tauwerk irgendwo verfangen hatte oder festgefroren war. Biterolfs Angebot, die Männer zu unterstützen, wurde dankbar angenommen, sodass sie schließlich zu viert zogen, zwei Mann an jedem Seil, in der Hoffnung, die Reuse würde unter dem Zug nicht brechen oder zerreißen. Endlich gab sie nach.

Als man die Reuse ins Flache gezerrt hatte, sah man, was sie dermaßen gehemmt hatte: Der Körper eines Mannes lag bäuchlings halb über dem Schlauch der Reuse, halb in ihrem Netz verwickelt. Augenblicklich erkannte Biterolf den Toten an seinen Kleidern. Es war Dietrich.

Als der erste Schreck überwunden war, traten zwei der Fischer ins eisige Wasser, um die Leiche vom Netz zu lösen und an Land zu tragen. Die beiden anderen mussten ihnen vom Ufer aus helfen, denn nicht nur waren Dietrichs vollgesogene Kleider bleischwer, nein, an seinen Körper war zudem mit Seilen ein Gewicht gebunden, das man erst erkannte, als man den Toten auf den Rücken gedreht hatte: der steinerne Jesus aus der Kapelle, den man der Jungfrau Maria aus den Armen gerissen hatte, komplett bis auf das eine Händchen, das abgebrochen und bei seiner Heiligen Mutter verblieben war; schwarz und mit Schlamm und Schleim bedeckt, als wäre er gerade erst aus dem Mutterleib gekommen und mit der eigenen Nabelschnur dreimal um Dietrich gewickelt worden.

Beim Anblick dieses grotesken Paares – die Wasserleiche in Umarmung des Christkinds – überkam selbst die Männer, die nicht ins Wasser gestiegen waren, das Schlottern. Ein zähneklapperndes Vaterunser wurde gesprochen. Die beiden Fischer mit den nassen Hosen baten um Erlaubnis, auf die Burg gehen zu dürfen, um in trockene Kleider zu schlüpfen und dem Kanzler Bescheid zu geben. Zurück blieben Biterolf und der dritte Fischer. Um nicht fortwährend auf die aufgedunsene Leiche starren zu müssen, zogen sie die vergessene Reuse, jetzt federleicht, ganz aus dem Wasser in den Schnee und sahen den wenigen wintermüden Karpfen, die darin gefangen waren, beim Sterben zu.

Der tugendhafte Schreiber kam in Begleitung des Wundarztes und der beiden Fischer, als das Wasser längst gefroren war und wie Firnis auf der Haut seines gewesenen Adlatus und des Christuskindes lag. Der Kanzler wies die Fischer an, die beiden Ertrunkenen voneinander zu lösen. Der Wundarzt machte sich sofort daran, Dietrichs Körper zu untersuchen. Niemand sprach unterdessen. Alle standen nur dort, in ihre eigenen Atemwölkchen eingehüllt, und betrachteten den Arzt bei seiner Arbeit. Der Schreiber schlug vor, Biterolf möge zurückkehren in die Wärme der Burg, fort von diesem unschönen Anblick, aber Biterolf schüttelte lediglich den Kopf. Dietrichs totes Gesicht umgab ein eigentümlicher Zug von Unzufriedenheit, als würde man ihn im Schlaf stören.

»Er ist ertrunken«, erklärte der Wundarzt schließlich das allzu Offensichtliche.

»Der Herr sei seiner unsterblichen Seele gnädig«, versetzte Heinrich von Weißensee. »Wie sehr muss er gelitten haben, dass er seinem Leben auf diese Weise ein vorzeitiges Ende setzte.«

»Er selbst?«, fragte Biterolf.

»Ganz bestimmt. Dietrich hatte gewisse ... Dämonen, mit denen er zu kämpfen hatte. Gewisse Gelüste wider die Natur und Gottes Gesetze, wenn Ihr versteht; *Domine miserere ei.*«

Biterolf nickte.

»Ich wünschte, ich hätte ihm helfen können«, fuhr der Schreiber fort und rang die Hände zum Himmel. »Ich wünschte, er hätte mich um meine Hilfe gebeten! Zuletzt sah ich ihn am Heiligen Abend in der Kirche. Vielleicht hat er dort um Linderung gebetet und wurde nicht erhört? Dann hat er sich den Heiland aus Stein genommen und ein Seil und ist, dergestalt beschwert, in den Teich gegangen. Am Heiligen Abend war noch kein Eis auf dem Wasser, wenn ich mich recht erinnere.«

»Er lag in der Mitte des Teiches«, sagte Biterolf, »quer über der Reuse.«

Der Schreiber fasste Biterolf scharf ins Auge. »Woher wisst Ihr das so genau?«

»Wir haben ihn mit der Reuse herausgezogen.«

»Er wird sich den Kahn genommen haben«, mutmaßte der Wundarzt und wies auf den kleinen Nachen, der umgestürzt am Ufer lag und von einer dichten Decke aus Schnee verborgen war. »Dann ist er bis zur Mitte gerudert, um sich dort, wo es am tiefsten ist, ins Wasser zu stürzen.«

»Aber wer hätte den Kahn dann zurückgebracht und wieder aufgebockt?«, fragte einer der Fischer.

Erneut schwieg die Gruppe, bis der Schreiber erklärte: »Jemand anderes wird am darauffolgenden Morgen den Kahn, der ans Ufer getrieben wurde, aus dem Wasser gezogen haben. Ja, jetzt fällt es mir ein, dass einer der Wachleute davon sprach. Aber in des Schöpfers ewigem Namen, hier stehen wir und schwatzen wie die Weiber am Brunnen; sehen wir lieber zu, dass wir den Unglücklichen auf die Burg bringen und dort aufbahren und das vermisste Christuskind zurück in die Arme seiner Mutter tragen.« Mit diesen Worten barg der Schreiber die Heiligenstatue in seinen Armen und trat ächzend den Rückweg an.

Keinen der Anwesenden hatte die Theorie des Kanzlers vollends überzeugt. Viel wahrscheinlicher sei es doch, murmelte einer der Fischer – und die anderen pflichteten ihm bei –, dass der Teufel auf der Wartburg sein Unwesen treibe: Schwerter des Rechts lösten sich in Luft auf, Unschuldige wurden gemeinsam mit dem Erlöser versenkt, Vögel sprachen mit der Zunge Verstorbener, die Sonne war vom Himmel verschwunden. Wer konnte schon wissen, was ihnen noch bevorstand, bevor die Zwölften um waren. Würde er damit nicht den Zorn des Landgrafen auf sich ziehen, sagte einer der Männer, er hätte längst Zuflucht in Eisenach gesucht.

Es war noch früh, nicht einmal Mittag, und Biterolf beschloss, nun endlich Agnes zu suchen. Aufs Geratewohl folgte er einem Trampelpfad, der ihn in südlicher Richtung von der Burg wegführte. Die Fußspuren derer, die diesen Weg vor ihm gelaufen waren, zweigten nach und nach ab, kehrten um oder schwanden dahin, sodass Biterolf bald seinen eigenen Pfad machen musste. Aber das Vorankommen im Schnee fiel ihm leicht. Nur manchmal, wenn der Schnee eine Mulde zugeweht hatte, sank er bis zu den Knien ein und musste sich mit Händen und Füßen freikämpfen.

Er machte halt neben einem Wegkreuz, auf einem Berg der Burg gegenüber. Während er ein Gebet sprach, die Knie im Schnee, betrachtete er den Südturm, der den Ofterdinger verwahrte, den Bergfried, den Palas und die wenigen Menschen auf den Wehrgängen. Es war still bis auf das Wispern des toten Laubes an den Bäumen. Biterolf war warm geworden. Er beglückwünschte sich zu dem Entschluss, die Burg zu verlassen, und setzte seine ziellose Wanderung fort, zu der die Suche nach Agnes nur ein Vorwand gewesen war. Er folgte einem Wildwechsel tiefer in den Wald hinein und bergab, bis er an den zugefrorenen Marienbach stieß. Dieser Bach – das wusste er von Dietrich – kam direkt aus der Drachenschlucht, einer unpassierbar engen Klamm, weswegen Biterolf, statt dem Lauf des Baches in die Sackgasse zu folgen, den Hügel auf der anderen Seite emporstieg, um seinen Weg auf dessen Kamm entlang der Drachenschlucht fortzusetzen.

Bevor er den Mann sah, sah er die Axt. Ihre Klinge steckte waagerecht im Stamm einer jungen Buche, und auf ihr wie auf dem Schaft hatte sich fingerdick der Schnee gesammelt. Was unweit davon lag, musste also die Leiche des Fleischhauers sein, der den Gang nach Buchenholz, Walthers Pferd damit zu räuchern, mit seinem Leben bezahlt hatte. Viel war von Rüdiger nicht mehr zu erkennen: Biterolf sah herab auf ein Aas, der Häute bar. Wölfe hatten ihm das Fleisch von den Rippen gerissen, und die unzähligen Fährten von und zu dem Leichnam belegten, wie viele Tiere über die Tage gekommen waren, um sich wieder und wieder daran satt zu fressen. Das offene Gerippe hatte so wenig Ähnlichkeit mit einem Menschen, dass Biterolf dieser Anblick nicht annähernd so erschütterte wie der Anblick von Dietrichs Leiche. Das Rückgrat und die Rippen, die von dem Fleischhauer übrig geblieben waren, sahen aus wie der Kiel und die Spanten eines Schiffes im Bau.

Indem Biterolf einen Fuß gegen den Buchenstamm stemmte, konnte er die Axt aus dem Holz ziehen. Sie wollte er zurückbringen auf die Wartburg, um den Tod des Fleischhauers zu bezeugen.

Ihm gegenüber, keine fünf Schritte entfernt, stand ein Wolf. Biterolf hatte ihn nicht kommen hören. Sein Herz setzte einen Schlag aus, so sehr erschrak er. Aber er hatte eine Axt. Ihm konnte nichts passieren. Zweifellos wollte das Tier nur an ihm vorbei, um in den Rippenbögen des Fleischhauers zu spüren, ob nicht noch irgendein Eingeweide für ihn übrig geblieben war.

Aber der Wolf tat nichts dergleichen. Er knurrte nicht einmal. Er sah Biterolf lediglich in die Augen. So seltsam es war, dass sich das Tier nicht von der Stelle rührte, so seltsam war es, tagsüber einen Wolf alleine anzutreffen. Vielleicht war es gar kein Wolf? Bis auf die Farbe des Fells hatte er viel mehr Ähnlichkeit mit einem Hund. Vielleicht hatte ein Wolf aus den Bergen eine Hündin im Tal bestiegen, und dieser Bastard war die Frucht der Schändung? Herrgott, waren diese Augen rot?

Noch während Biterolf nachdachte, sprang der Wolfshund ihn aus dem Stand an. Biterolf wehrte sein Maul mit dem Schaft der Axt ab und setzte sofort einen Hieb mit der Klinge nach, aber die Axt war zu träge, um gegen das Tier von Nutzen zu sein: Als das Beil herabkam, war der Wolf längst ausgewichen. Die Klinge glitt durch den Schnee und grub sich in den Waldboden darunter. Noch bevor Biterolf sie zu einem zweiten Hieb emporgehoben hatte, hatte sich der Wolf in seiner Wade verbissen. Biterolf stürzte, trat liegend dem Wolf mit dem freien Fuß gegen den Kopf, bis er ihm das Maul blutig getreten hatte und sich die Kiefer wieder öffneten. Der Wolf nahm Abstand. Biterolf richtete sich wieder auf.

Das Leder seiner Stiefel und Hosen hatte das Schlimmste verhindert. Es schmerzte, aber es blutete nicht. Er konnte noch laufen. Rücklings entfernte sich Biterolf von dem Tier, die Axt allzeit zum Hieb bereit. Da es aber äußerst beschwerlich war, rückwärts durch den Schnee zu laufen, und da der Wolf keine Anstalten machte, ihm zu folgen, drehte ihm Biterolf irgendwann den Rücken zu. Er lief zügig bergab und sah alle zwei Schritte über seine Schulter.

In seiner Eile hatte er freilich eine andere Route als beim Hinweg gewählt. Das Gelände wurde zusehends unwegsam, und um den Hang hinabzukommen, musste Biterolf wiederholt von kleinen Felsvorsprüngen in den Schnee darunter springen. Dass er dergestalt direkt auf die Drachenschlucht zulief, begriff er erst, als er vor sich den dunklen Einschnitt sah und die schnee- und eisbedeckten Böschungen zu beiden Seiten, die erst flach, dann schräg und dann steil in den Abgrund fielen. Biterolf wog ab, entweder entlang der Klamm weiterzulaufen oder ein Stück des Weges, den er gekommen war, wieder aufwärtszuklettern. Rechts und links auf seinen Schultern dampfte der Schweiß.

Den Wolf hatte er darüber ganz vergessen. Er kam von derselben Kante herabgesprungen wie Biterolf, nur ungleich eleganter, und landete nicht irgendwo, sondern in Biterolfs Rücken. Biterolf fiel vornüber und wurde tief in den Schnee gedrückt. Die Axt entglitt seinem Griff. Schnee war in seinen Augen, in seiner Nase und im Mund, und er glaubte für einen Moment, daran ersticken zu müssen. Dann spürte er die Zähne des Wolfs in seinem Nacken, als würde er Biterolf wie einem Hasen das Genick brechen, wenn er nur stark genug wäre. In diesem Moment fühlte es sich an, als *wäre* er stark genug.

Aus der Umklammerung von Schnee und Wolf befreite sich Biterolf, indem er sich zur Seite rollte. Der Wolf setzte augenblicklich nach. Diesmal hatte er es auf Biterolfs Kehle abgesehen. Mit beiden Händen hielt Biterolf ihn auf Abstand. Der Wolf schnappte nach allem: nach Biterolfs Hals, nach seinem Gesicht, nach seinen Händen. Biterolf versuchte, das Tier zu würgen, aber er bekam nur Fell zu fassen. Gemeinsam rollten sie so den Hang abwärts. Die Schneedecke wurde immer härter, je näher sie der Böschung kamen – und ehe Biterolf sich versah, rutschten sie von alleine abwärts. Sie glitten auf den Abgrund zu. Plötzlich hatten sie einen gemeinsamen Feind. Die beiden Kämpfer lösten sich voneinander, um auf dem eisigen Untergrund nach Halt zu suchen. Der Wolf schlug seine Krallen in den Harsch. Biterolf griff hastig nach ein, zwei Pflanzenstängeln, die sofort abbrachen. Mit einem nutzlosen Zweig in jeder Hand stürzte er ungebremst in die Tiefe. Der Sturz wurde erst schmerzhaft, als sich der Trichter verengte und er von beiden Wänden wund gestoßen wurde. Die Landung war weich dank des Schnees am Boden der Klamm.

Als Biterolf seine Sinne wieder zurechtgesetzt hatte und sich den Schnee von Gesicht und Leib geklopft, besah er seine Lage. Die Felsspalte, in der er sich befand, war so schmal, dass kaum zwei Männer nebeneinander hätten stehen können. Die Wände der Klamm waren komplett mit Eis bedeckt, von einer Myriade von Eiszapfen übereinander, ein einziger erstarrter Wasserfall: Was immer an Wasser in den letzten Tagen die Hänge hinabgeflossen war, war auf dem Weg nach unten gefroren. Unter Biterolfs Füßen lag der zugefrorene Marienbach, der die Schlucht in den Fels geschliffen hatte. Biterolf war von drei Seiten von Eis umgeben. Nach rechts und links konnte er jeweils einige Schritte durch die Klamm gehen, bis die Felswände – respektive das Eis, das sie überzog – so eng beieinanderlagen, dass kein Durchkommen mehr war.

Wenn er den Kopf in den Nacken legte, sah er einen schmalen Streifen Himmel. Er schätzte, dass ihn und den Wolf etwa acht Klafter trennten. Aber um wieder nach oben zu kommen, hätte es Steigeisen gebraucht. Biterolf war gefangen in einem Verlies aus Eis. Er kam sich vor wie der Protagonist einer antiken Fabel: Um einem Wolf zu entkommen, war er in einen Brunnen gesprungen. Er blutete im Nacken und aus einer Wunde am Kopf, die ihm beim Sturz die Felswand geschlagen hatte. Immerhin war ihm der Wolf nicht in den Brunnen gefolgt.

Der Schweiß an seinem Körper kühlte sich allmählich ab. Biterolf leerte den Schnee aus den Stiefeln, schnürte alle Gewänder, so fest er konnte, und zog sich die Mütze tief ins Gesicht. Frieren sollte er so bald nicht. Er rief einige Male um Hilfe, jedes Mal ein wenig lauter, aber er wusste ja selbst, dass dort oben niemand in Rufweite war. Noch nicht.

Natürlich würde man nach ihm suchen. Schließlich wusste der tugendhafte Schreiber ja, dass er in den Wald gegangen war. Bis dahin allerdings konnte viel Zeit verstreichen. Biterolf wollte sie nicht ungenutzt lassen: Wenn er sich vorher schon aus eigener Kraft befreien könnte, umso besser. Er erwog, den Kamin aufwärtszuklettern, aber das Eis war schlichtweg zu glatt, und noch einmal stürzen wollte er nicht. Also musste er sich seinen Weg am Grund der Felsspalte bahnen, durch die Vorhänge aus Eis hindurch.

Er entschied sich für den Weg stromabwärts. Er zog sein Messer aus dem Gürtel und begann, auf die Eiszapfen einzuhacken. Es war fraglos eine langwierige Arbeit. Biterolf wünschte, er hätte noch die Axt bei sich, und ärgerte sich gleichzeitig darüber, dass ihm nicht eingefallen war, gegen den Wolf das Messer zu benutzen, mit dem es ein Leichtes gewesen wäre, die Bestie niederzustechen.

Als das Loch im Eis groß genug war, zwängte er sich hindurch. Schwierig waren nur die Schultern. Auf der anderen Seite des Engpasses kam er gut voran – mal laufend, mal kriechend. Er beglückwünschte sich zur Wahl der Richtung, bis die Felsspalte mit einem Mal so eng wurde, dass auch eisfrei kein Durchkommen möglich wäre. Biterolf blieb keine Wahl, als den Weg zurückzugehen, seinen Körper abermals durch das geschlagene Loch zu winden und sein Glück dann auf der anderen Seite zu versuchen.

Schon bei den ersten Hieben brach die Klinge. Die Einzelteile des Messers waren nutzlos für seine Zwecke, und mit den bloßen Händen war nichts zu erreichen. Biterolf war also gezwungen, erneut den kurzen Gang zwischen den beiden unpassierbaren Barrieren abzulaufen und zu prüfen, ob es irgendwo einen Abschnitt gab, der besonders dazu geeignet war, den Fels zu erklimmen. Es gab keinen. Die Wände der Schlucht waren überall gleich steil und eisig.

Er unternahm einige Versuche, wie ein Kaminkehrer aufwärtszusteigen, den Rücken gegen die eine Wand gestemmt und die Füße gegen die gegenüberliegende, aber jeder dieser Versuche endete damit, dass er mit dem Hintern im Schnee landete. In Biterolfs Kopf ertönte das Saitenspiel von Wolframs Singerknabe: Jene mal meckernden, mal lachenden Klänge der Fiedel untermalten in seiner Vorstellung jetzt seine fruchtlosen Bemühungen, die Schlucht zu verlassen.

Als letztes Mittel blieb ihm seine Stimme. Er musste um Hilfe rufen. Trotz aller Todesangst war er immer noch besonnen genug, mit Technik zu brüllen, also aus dem Leib heraus, nicht aus dem Kopf, wie es ihm seine Lehrer beigebracht hatten, um die Stimme zu schonen. Außerdem rief er nicht am Stück, sondern machte nach jedem Ruf eine lange Pause, um selbst zu horchen. Erst nach einer guten Stunde warf er alle Regeln über Bord und schrie wie am Spieß, ohne

Pausen und ohne Rücksicht auf Technik und Würde, mit dem Resultat, dass er bald gar keinen vernünftigen Laut mehr hervorbrachte. Sein Kehlkopf brannte. Er brach die Spitze eines Eiszapfens ab und steckte sie in seinen Mund, um den ganzen Rachen zu kühlen. Dann ließ er sich in den Schnee und den Kopf auf seine Brust sinken, denn der stundenlange Blick nach oben hatte ihm beispiellose Nackenschmerzen verursacht.

Es fing einmal mehr an zu schneien. Biterolf hatte längst zu schlottern begonnen, aber er hatte weder die Kraft noch den Raum, sich durch große Bewegungen warmzuhalten. Also blieb er sitzen. In seiner Kauerstellung war die Kälte erträglich, und die Decke aus Schnee würde ihn zusätzlich wärmen. *Hier ruht Biterolf von Stillaha*, würde auf seinem Grabstein stehen. *Dem Richtschwert entkommen, erfroren.*

Im Dämmerlicht wurde Biterolf durch ein lautes Knirschen geweckt, gefolgt von einer Erschütterung, die die Klamm unmerklich beben ließ. Er hielt den Atem an, aber es blieb still bis auf das Gerieseleiniger Eiskörner. Biterolf mühte sich auf die tauben Beine, wobei der Schnee von seinen Schultern und seinem Kopf fiel, und schlurfte in die Richtung, aus der der Lärm gekommen war.

Nach zwei Windungen versperrte ihm ein Baumstamm den Weg: eine Birke, die mit der Krone voran in die Schlucht gestürzt und beinahe senkrecht darin stecken geblieben war. Das war die Leiter, für die Biterolf gebetet hatte. Zwar waren hier unten zu viele Äste, um ungehindert den Stamm zu erreichen, und weiter oben gar keine mehr, um sich daran emporzuziehen – aber nach all dem Eis, an dem Biterolf vergebens Halt gesucht hatte, war die Rinde der Birke so unglaublich griffig unter seinen Handschuhen, dass er fast in Tränen ausgebrochen wäre ob des guten Gefühls. Diese Birke war leichter zu erklimmen als ein Maibaum, und von denen hatte er in seiner Jugend einige bezwungen.

Als Biterolf das Ende der Birke erreicht hatte – dort, wo der Stamm vom Wurzelstock abgehackt worden war –, war der Abhang flach genug, um über den Schnee ganz in Sicherheit zu kriechen und die Drachenschlucht hinter sich zu lassen. Dort wartete auch seine Retterin auf ihn, Agnes, auf dem Rücken ein Bündel Reisig und in der Hand die Axt, die Biterolf beim Kampf mit dem Wolf verloren hatte. Neben ihr ragte der Stumpf der frisch geschlagenen Birke aus dem Schnee. Der Baum war von hier direkt in die Klamm gerutscht.

Biterolf wollte der Amme danken und gleichzeitig erfahren, was zum Teufel sie hier machte, allein im Wald bei Anbruch der Nacht – aber seine Stimme war vollends dahin. Nicht einmal mehr flüstern konnte er. Es war, als hätte man ihm die Kehle versiegelt. »Komm«, sagte sie nur, nahm ihn bei der Hand und schlug den Heimweg zurück zur Wartburg ein. Er stolperte hinterdrein. Im Halbdunkel sah er Wölfe in jedem Strauch und in jeder geschwungenen Wurzel, aber da Agnes unbeirrt ihren Weg fortsetzte, begriff er, dass es Trugbilder waren. Der Frost hatte seine Sinne vernebelt.

Unweit der Burg, an einer Wegkreuzung, verlangsamte Agnes ihren Schritt und verharrte schließlich, den Blick starr auf einen kahlen Holunderstrauch gerichtet.

»Warum bleiben wir stehen?«, fragte Biterolf, oder zumindest formten seine Lippen die entsprechenden Worte.

Sie sah ihm ins Gesicht. »Schaffst du es von hier allein zurück?«

Diese Frage verschlug ihm doppelt die Sprache: Er war mehr als ein Dutzend Mal gestolpert und wäre ohne ihre helfende Hand gestürzt, bald würden die Geschöpfe der Nacht aus ihren Löchern kriechen, und ihm war inzwischen so kalt, dass er die Kälte nicht einmal mehr spürte. Biterolf schüttelte den Kopf und griff etwas fester nach ihrer Hand, damit sie ihn nicht verließ. Er würde es auf keinen Fall alleine schaffen. Noch einmal sah Agnes zum Holunder, dann begannen sie gemeinsam den Aufstieg zur Wartburg.

Das letzte Wegstück wurden die beiden von den Schwertsuchern begleitet, die ihre Suche abermals erfolglos hatten abbrechen müssen. Fackeln allein genügten ihnen nicht zum Schutz gegen die Dunkelheit. Die Heimkehrer überquerten die Zugbrücke, die hinter ihnen wieder hochgezogen wurde. Von Agnes, an der einen Seite Biterolf und an der anderen die Axt, nahm in der Menge niemand Notiz. Die Aufmerksamkeit der Knechte richtete sich vielmehr auf das Los, das entscheiden sollte, wer unter ihnen der Unglückliche war, der dem Landgrafen gestehen musste, dass man, obwohl man mittlerweile eine Fläche von einem halben Morgen Land durchwühlt hatte, auch an diesem nunmehr dritten Tag mit leeren Händen heimgekehrt war.

Ohne Biterolfs Zustimmung zu erfragen, führte Agnes ihn direkt in seine Kammer. Noch im Flur beauftragte sie eine Magd, ihnen Feuer zu bringen. Während sie in der dunklen Kammer auf deren Rückkehr warteten, entknotete Agnes das Reisigbündel, legte einige Zweige in den Kamin und schichtete Feuerholz darauf.

»Zieh dich aus und leg dich ins Bett«, wies sie den schlotternden Biterolf an.

Die Magd kehrte mit einer Lampe zurück. Das Feuer wurde entzündet, dann zwei Lampen im Raum. Im Licht konnte man sehen, wie bleich seine Haut geworden war, durchsetzt von Äderchen wie weißer Marmor. Er hatte begonnen, sich auszuziehen, war mit seinen zitternden Fingern bei den vereisten Kleidern aber nicht weit gekommen. Agnes und die andere Magd mussten ihn schließlich gemeinsam entkleiden; lösten mit ihren vier Händen jedes Band und jede Spange, bis er nackt bis auf die Strümpfe zwischen ihnen stand.

Als Biterolf im Bett lag und alle Felle über ihn gehäuft waren, ließ die Magd sie alleine. Dann zog auch Agnes sich aus. Ihr Gewand legte sie auf das gelöste Reisigbündel. Biterolf musste mehrmals hinsehen, um sich zu vergewissern, dass dies kein weiteres Trugbild seines unterkühlten Hirnes war: Agnes entkleidete sich in seiner unmittelbaren Nähe.

Nur einen Wimpernschlag lang durfte er sich am Schattenriss ihres Körpers vor dem Kaminfeuer ergötzen, dann war sie zu ihm ins Bett geschlüpft.

»Dreh dich um«, sagte sie.

Als er gehorcht hatte, schmiegte sie sich so fest an ihn, wie es nur ging: Ihren warmen Kopf presste sie an seinen kalten Nacken, ihre Brust und ihren Bauch an seinen Rücken, ihre Beine an seine, ihre Knie in seine Kniekehlen. Die Arme schlang sie von beiden Seiten um seine Brust, und mit beiden Händen hielt er sich daran fest. Er roch ihre Haare, er spürte ihre Scham an seinem Gesäß und auf ihren Unterarmen die Gänsehaut, die die kühle Umarmung ihr verursachte. Er taute, zerfloss in ihren Armen. Bald legte sich auch das Zittern. Er tat einen Seufzer. Dann sank er in tiefen Schlaf, einer Ohnmacht nicht unähnlich.

29. DEZEMBER

Im Marksuhler Forst, auf der anderen Seite des Thüringer Waldes, gelang es einer Gruppe von Jägern, ein Hirschrudel bei der ersten Mahlzeit des Tages zu überraschen und das größte der Tiere mit Armbrüsten zur Strecke zu bringen. Eben noch hatte der Sechzehnender Rindenstreifen von einer Weide gezogen, einen Augenblick später traf ein Bolzen seinen Leib und dann ein weiterer seinen Vorderlauf. Während das Rudel durch den Wald davonsprang, versuchte der Hirsch ihm zu folgen, so gut es mit dem getroffenen Vorderlauf ging, hinkte, stürzte einmal und wurde von einem dritten Bolzen ins Hinterteil getroffen, richtete sich auf und stürzte nach einigen Schritten abermals. Ein zweites Mal kam er nicht wieder auf die Beine: Diesmal waren die Jäger rechtzeitig über ihm, um ihm mit Speeren und Jagdmessern den Garaus zu machen.

Der lange Gegenstand im Geweih des Hirschen, den die vier Männer schon vorher wahrgenommen und aus der Entfernung, im Morgennebel, für einen toten Ast gehalten hatten oder für die Geweihstange eines Rivalen, beim Kampf abgebrochen, stellte sich als ein Schwert heraus. Es hatte sich so fest in den Sprossen des Geweihs verkeilt, dass es nur mit einiger Kraftanstrengung herauszuziehen war. Die Klinge hinterließ tiefe Kerben in den Stangen. Offensichtlich war das Schwert mit großer Wucht hineingetrieben worden, weshalb es dem Hirsch aus eigener Kraft unmöglich hatte gelingen können, sich von dieser kuriosen Bürde zu befreien.

Eindrucksvoll an die Legende ihres Schutzpatrons erinnert, des heiligen Hubertus, dem ein Hirsch mit einem Kruzifix im Geweih begegnet war, fielen die vier Jäger auf die Knie und sprachen ein langes, inbrünstiges Gebet, der tote Sechzehnender und das Schwert in ihrer Mitte.

Agnes schlief noch, als Biterolf zum zweiten Mal erwachte. Inzwischen war es hell genug, sie eingehend zu betrachten. Biterolf hatte das Gefühl, ihm sei noch nie in seinem Leben so warm gewesen. Er und sie bei Anbruch des Tages, im gleichen Bett unter der gleichen Decke: Es war wie eine Szene aus einem der sinnlichen Tagelieder, die Wolfram in jüngeren Jahren so zahlreich verfasst hatte – zu einer Zeit, als Wolfram noch Mann war, nicht Mönch; als er, mit Verlaub, noch *Eier* hatte –: Ritter und Geliebte erwachen nebeneinander, hin- und hergerissen zwischen Nacht und Tag, zwischen Abschied und Vereinigung, zwischen Verstand und Gefühl, um sich dann, bevor die Klauen des Morgens vollends die Wolken zerreißen, ein letztes Mal zu lieben; um Mund, Brust, Arme und Beine ineinander zu verflechten: *zwei* Herzen, aber *ein* Leib.

Wolframs wollüstige Verse und die Nähe zu Agnes hatten ihn erregt. Nichts hätte er sehnlicher getan, als sie augenblicklich zu wecken und sie zu bitten, mit ihm zu schlafen, aber er wollte sich nichts verderben. Er befreite ein Bein von den Decken und Fellen und presste den Fuß so lange gegen das kalte Mauerwerk, bis seine Erregung abgeklungen war. Nicht einmal einen Kuss gönnte er sich auf die schlafenden Lippen. Lediglich durchs kastanienbraune, wacholderduftende Haar strich er ihr, bis sie erwachte.

»Wie geht es dir?«, fragte sie.

»Ausgezeichnet«, krächzte er. Er hatte noch immer keine Stimme, aber zumindest das Flüstern gelang ihm wieder.

Sie lächelte, und dieses Lächeln genügte, dass Biterolf seinen Fuß abermals an die kalte Wand drücken musste.

»Was hast du gestern im Wald gemacht?«, fragte er.
»Das weißt du doch«, sagte sie. »Reisig gesammelt. Und einige Schlehenzweige, gegen die Hexen.«
»Gestern Abend, an der Wegkreuzung: Da sollte ich alleine weiter. Weil du auf jemanden warten wolltest.«
Sie erwiderte nichts, aber Biterolf sah ihr an, dass er sie ertappt hatte.
»Ich war vorhin kurz auf und habe neues Holz aufs Feuer gelegt«, fuhr Biterolf lächelnd fort, »und in deinem Reisigbündel verborgen fand ich ein Brecheisen, ein Seil, ein Messer und zwei Dietriche.«
Agnes' Miene verfinsterte sich. Sie rückte von Biterolf ab, sodass er, der auf keinen Fall wollte, dass sie das gemeinsame Lager verließ, nachsetzte: »Ich will dir nur Gutes, Agnes. Umso mehr, nachdem du mir gestern das Leben gerettet hast. Sag es mir: Wann wolltest du seine Tür mit diesen Geräten aufbrechen?«
»Ich werde gar nichts tun«, antwortete sie. »Selbst wenn es mir gelingen würde, die Wache zu überwältigen und die Zellentür zu öffnen, weiß ich noch immer nicht, wie ich die Wartburg unbemerkt verlassen sollte. Ich hätte die Werkzeuge in den Wald werfen sollen, oder besser noch, ich hätte sie gar nicht erst annehmen dürfen.«
»Von wem hast du sie?«
»Ich war in der Stadt beim Hellgrevenwirt, wo man mich kennt. Er und zahlreiche andere Bürger sind empört über die Strafe, die über Heinrich von Ofterdingen verhängt wurde, aber es mangelt ihnen offensichtlich an Mut, selbst etwas dagegen zu unternehmen. Also haben sie mir unter dem Siegel der Verschwiegenheit Eisen und Diebesschlüssel mitgegeben, falls sich eine Gelegenheit ergibt. Aber so eine Gelegenheit wird sich nicht ergeben. Ich weiß nicht, was ich mir dabei gedacht habe. Ich weiß nicht, weswegen ich überhaupt nach Eisenach gegangen bin. Ich weiß überhaupt nichts mehr.«
»Außer, dass du Heinrich vorm Richtschwert retten willst.«

»Dass ich eine Nacht mit ihm verbracht habe, hat nichts damit zu tun.«

»Sondern?«

»Eine Stimme wie die seine darf nicht verstummen. Ich will das Ende seines Nibelungenliedes hören. In all dem höfischen Gesäusel und der pfäffischen Salbaderei ist Heinrich der einzige Sänger, der immer die Wahrheit gesungen hat. Auch wenn sie manchmal wehtut.«

»Heinrichs Wahrheit tut immer weh. Und das Ende ist immer der Tod.«

»Wie im Leben.«

»Was erhebt Heinrich eigentlich über einen Richterspruch?«, fragte Biterolf und wurde dabei lauter, als es sein Kehlkopf erlaubte. »Seine Kunst? Seine Selbstgefälligkeit? Er hat sich aus freien Stücken auf diesen Wettstreit eingelassen, mehr noch: Er hat ihn forciert. Er hat freiwillig sein Leben eingesetzt.«

»Das mag sein«, sagte sie, »aber hat es dich nie stutzig gemacht, dass Reinmar ausgerechnet ihn verurteilt hat und schlechtere Sänger verschont?«

»*Schlechtere Sänger*? Wie zum Beispiel mich?«

»Zum Beispiel.«

Hierauf schwieg Biterolf, den schon das wenige Sprechen angestrengt hatte. Agnes hielt seinem Blick stand, bis er die Augen abwendete und sich seufzend auf den Rücken drehte. Das Schlucken schmerzte.

»Kann ich die Werkzeuge bei dir lassen?«, fragte sie. »Bei Tag kann ich das Eisen nicht unbemerkt durch die Burg tragen.«

Biterolf nickte. Sie schlug die Decke zur Seite und stieg aus dem Bett, um sich anzuziehen. Diesmal sah er nicht zu.

»Du hast meine Rufe gehört«, sagte er nach einer Weile. »Was hast du so nahe bei der Drachenschlucht gemacht? Eisenach liegt in der entgegengesetzten Richtung.«

»Ich war an der Kreuzung am Fuß der Burg.«

Biterolf richtete sich auf. »Dann hast du doch auf jemanden gewartet?«

Sie nickte, zögerte einen Moment, und erklärte dann: »Dieser Tage, wenn Frau Hulde durch die Nacht zieht, führt sie an der Hand die Kinder, die ungetauft gestorben sind, heißt es, und bringt sie in ihren Garten, wo sie es besser haben als auf Erden. Und besser als in diesem Limbus, von dem der Kaplan sprach. Am Kreuzweg unterm Holunderstrauch kann man dem Zug der Hulden um Mitternacht begegnen. Sie ist nicht böse, nur streng.«

Biterolf sah Agnes dabei zu, wie sie sich Gebände und Tuch um Kinn und Kopf wickelte. »Die meisten Menschen verschanzen sich während der Zwölften in ihren Häusern, sobald es dunkel wird ... und du gehst der Hulden freiwillig entgegen?«

»Ich habe nichts zu verlieren«, entgegnete sie. »Ich würde mein Leben dafür geben, meinen Sohn noch ein letztes Mal zu sehen und zu wissen, dass es ihm gut geht.«

»Und dann?«

»Wenn der Preis dafür ist, dass sie mich zu sich nimmt, dann sei es. Die eine Hälfte der Burg würde diesen Wunsch Tollheit nennen und die andere Aberglaube. In deinen Augen ist es wahrscheinlich Letzteres. Aber es ist mir gleich, ob du daran glaubst oder nicht. Ich werde wieder gehen. Die nächste Nacht verbringe ich dort.«

Sie sammelte seine Kleider auf und legte sie über einen Hocker.

»Komm mit. In der Küche finden wir Salbei für deine Stimme.«

Klara, die neben Reinmar beim Morgenbrot saß, begaffte Biterolf und Agnes, kaum dass die beiden die Küche betreten hatten. Als Agnes von einer Küchenmagd in die Speisekammer begleitet wurde, um etwas Salbei und Honig für einen Tee zu beschaffen, entschuldigte sich Klara bei ihrem Meister und schlenderte zu Biterolf hinüber.

»Dann haben sich alle deine Hoffnungen erfüllt«, sagte sie, während sie ihren Blick auf die Tür gerichtet hielt, hinter der Agnes verschwunden war. »Du hast den Sängerstreit

überlebt und die pausbäckige Amme erobert. Ich gratuliere.«
»Nicht ganz«, krächzte Biterolf.
»Wo ist deine Stimme geblieben?«
»Das ist eine lange Geschichte.«
»Wie bitte?«
»Das ist eine lange Geschichte«, wiederholte er etwas lauter.
»Biterolf ist stumm wie ein Scheit Holz«, sinnierte Klara. »Du solltest dich mit meinem Meister zusammentun. Er deine Stimme, du seine Augen.«
»Klara, darf ich dir eine Frage stellen?«
»Jede. Komm etwas näher an mein Ohr, dann kannst du flüstern.«
Biterolf beugte sich zu ihr herab. Sie drückte ihr Ohr regelrecht an seine Lippen. »Findest du es auch seltsam«, fragte er, »dass Reinmar ausgerechnet Ofterdingen gewählt hat?«
Die Frage hatte eine eigenartige Reaktion zur Folge: Klara schüttelte den Kopf, sagte dann »Nein« und schüttelte den Kopf erneut.
»Es *ist* seltsam, nicht wahr?«
»Nein«, erwiderte sie und wies zur anderen Seite des Raumes, wo Agnes wieder erschienen war. »Da kommt deine Gemahlin.«
Schon wollte das Mädchen wieder zurück zu Reinmar, aber er packte sie am Arm. »Klara?«
Sie sah zu ihm, dann zu Reinmar und mit einer gequälten Miene wieder zu ihm. Er verstand. Ohne ihren Arm loszulassen, führte er sie aus der Küche, über den Hof, der zu belebt war, als dass sie dort ungestört hätten miteinander reden können, in die gegenüberliegende Kapelle. Das Kirchenhaus war so kalt und leer wie bei ihrem letzten Besuch in der Heiligen Nacht, in der Nacht von Dietrichs Verschwinden.
»Jetzt wird deine Brüstefrau bestimmt eifersüchtig«, sagte Klara.

»Was hat Reinmar getan?«, zischte er.

»Herrgott, du machst mir Angst mit deinem Gezischel! Wie eine Satansschlange klingst du! Sieh mal, sie haben das kaputte Fenster mit einem Tuch bedeckt.«

Biterolf griff Klara bei den Oberarmen und drückte sie gegen die Wand, neben die Grabplatte eines gewesenen Landgrafen. Sie stieß sich den Hinterkopf am Mauerwerk.

»Au! Du tust mir weh!«

Biterolf quetschte ihre Arme, bis seine Muskeln zu zittern und ihre Augen zu tränen begannen.

Schließlich gab sie nach: »Hörst du auf, mir wehzutun, wenn ich's dir sage?«

Er lockerte seinen Griff, ohne ihn zu lösen.

»Du darfst niemandem erzählen, dass du es von mir hast«, flüsterte sie. »Erinnerst du dich, dass Reinmar vom Wunsch besessen war herauszufinden, ob die Tiere während der Zwölf Nächte wirklich sprechen können? Vor zwei Nächten musste ich ihn zum Stall bringen und dort mit dem Vieh allein lassen.«

»Die Tiere haben gesprochen?«

»Natürlich nicht. Wir wollten uns einen Scherz mit ihm erlauben. Einige Tage vorher saß ich in einer weinseligen Runde mit einigen von dem Gesinde zusammen. Dort haben wir den Plan gesponnen, jeder von uns würde ein Tier sprechen. Jeder suchte sich eine Rolle, die ihm gefiel … und als Reinmar seinen Vorsatz tatsächlich wahr machte, zu den Tieren zu gehen, wartete ich, bis er im Stall eingeschlafen war, um dann meine Mitstreiter zusammenzutrommeln und auf die Koben zu verteilen. Ich als Einzige war lediglich Zuschauerin, denn sehen kann Reinmar zwar nicht, aber meine Stimme hätte er gewiss erkannt.«

»Und er hat nichts von dem Schwindel bemerkt?«

»Ich wünschte, er hätte es. Ich und alle wünschten, er hätte nicht mit uns gesprochen.«

»Was hat er gesagt?«

Klara schluckte. »Dass er Heinrich von Ofterdingen verkauft hat. Dass der Landgraf ihn dafür bezahlt hat, dass das

Urteil auf den Ofterdinger fällt. Dass dieser Sängerstreit, dieser ganze Gipfel der Sänger überhaupt nur ein Vorwand war, Heinrich von Ofterdingen, den der Landgraf hasst, eines schändlichen Todes sterben zu lassen. Der Schreiber hat es eingefädelt.«

»Jesus und Maria ...«, flüsterte Biterolf und ließ seine Hände sinken.

»Wir haben uns geschworen, alles für uns zu behalten. Hermann würde uns die Zungen herausreißen lassen. Reinmar würde vor Scham sterben.«

»Wer war dabei?«

»Wir waren zu siebt«, antwortete Klara und zählte die Namen an ihren Fingern ab: »Judith die Gans, Gregor der Hund, Johanna das Schaf und Elisabeth die Sau. Der Ganter war Kunz, einer von den Wachleuten. Und Viktor war – und das hat er hervorragend gemacht – Wolframs Pferd. Ganz und gar von oben herab.«

»Wolframs Pferd ... Ich fasse es nicht.«

»Um Christi Wunden, bitte verrat mich nicht!«, beschwor sie, warf sich in seine Arme und legte ihren Kopf auf seine Brust. »Oder warte, bis ich wieder fort bin und das Schwert endlich gefunden ist und Heinrich geköpft. Willst du nicht mit mir kommen? Wir gehen irgendwohin, wo die Sonne scheint. Ich will nicht mehr bei Reinmar sein. Ich habe Angst. Biterolf, was ist mit Dietrich geschehen? Wer hat das getan? Er mag zwar schwermütig gewesen sein, wie alle beteuern, aber doch bestimmt nicht so schwermütig, sich in der Heiligen Nacht in einem Fischteich zu ersäufen.«

»Ich muss mich setzen.«

Biterolf nahm auf einer Bank Platz. Sie folgte seinem Beispiel.

»Soll ich dir noch ein Geheimnis von Reinmar verraten?«, fragte sie nach einer Weile.

Biterolf nickte matt.

»Küss mich, dann sag ich's dir.«

Biterolf blinzelte nur. Deshalb nahm sie seinen Kopf in

beide Hände und küsste ihn mit kalten Lippen und geschlossenen Augen.

»Ich schreibe Reinmars Lieder«, sagte sie dann. »Er kann nicht mehr. Seit mehr als einem Jahr hat Reinmar kein eigenes Wort und keine eigene Note mehr verfasst. Schnee auf dem Dach und kein Feuer im Ofen. *Reimarm von Hagenau*, weißt du? Es ist alles von mir, und ich mache es so gut, dass noch niemandem der Unterschied zum alten Reinmar aufgefallen ist. Bei seinem Vortrag im Saal, das letzte seiner drei Lieder? Das war von mir. Ist das nicht gut? Sag, dass es gut ist.«

Bevor Biterolf die gewünschte Antwort geben konnte, betraten drei Männer die Kapelle: der tugendhafte Schreiber in Begleitung zweier Knechte. Einer der Männer trug Werkzeug, der andere das gereinigte Steinbild des Christuskindes. Beim Anblick des Kanzlers sank Klara unmerklich in sich zusammen.

»Hier treffe ich Euch also, werter Herr Biterolf!«, rief der Schreiber aus. »*Incessanter orare est delicta purgare*, was? Oder ein Dankgebet? Ich freue mich jedenfalls, Euch wohlauf und in einem Stück zu sehen, denn es geht die Mär, Ihr wäret uns gestern um ein Haar im Wald erfroren.«

»Ich wurde gottlob errettet«, wisperte Biterolf.

»Um Vergebung, wie bitte?«

»Er hat keine Stimme mehr«, erklärte Klara.

»Du warst nicht gefragt«, versetzte der Schreiber streng. »Im Übrigen sucht dich seit geraumer Zeit dein Herr, vorlautes Ding, und irrt, einmal mehr, ohne deine Hilfe blind durch die Burg. *Cito, cito!*«

Während sich Klara aus der Kapelle schlich, wies der Schreiber die beiden Knechte an, sich an ihre Aufgabe zu machen und das geraubte und missbrauchte Jesuskind wieder mit seiner Mutter zu vereinen. Gestisch bat der Kanzler Biterolf um Erlaubnis, neben ihm Platz nehmen zu dürfen. »Worüber habt Ihr gesprochen?«

Biterolf gab eine tonlose falsche Antwort, worauf der Schreiber sagte: »Nein, bitte, vertraut es mir an. Es interessiert mich. Und Ihr müsst vor mir keine Geheimnisse haben.«

Biterolf schluckte, räusperte sich, schluckte erneut und antwortete dann: »Sie behauptet, Reinmar könne nicht mehr dichten. Und dass sie seit einiger Zeit seine Lieder schreibe.«

»Ich verstehe. Nun, selbst wenn es die Wahrheit sein sollte, ist es ungezogen und respektlos von diesem Blindenhund, sie auszusprechen. Immerhin ist Reinmar unser aller Lehrmeister, habe ich recht?«

Der Schreiber sah den beiden Männern bei ihrer Arbeit zu, wie sie das Jesuskind wieder an der Madonna fixierten. Derweil trommelte er mit den Fingern auf der Bank.

»Es gibt im Irrsinn dieser Tage mitunter Lichtblicke, Herr Biterolf«, hob er dann wieder an. »Auf mein Betreiben hin hat sich der Landgraf bereit erklärt, für die Witwe Agnes gewissermaßen die Rolle des Vaters einzunehmen – als ihr Dienstherr – und ihr beziehungsweise Euch eine Mitgift von zwei Kölner Mark zu gewähren, dazu aus Eisenach ein Pferd, damit sie nicht laufen muss in ihre neue Heimat. Die Straßen sind wieder weitgehend frei. Ihr könnt also jederzeit aufbrechen mit unserem Segen und einem hübschen Eheweib.«

»Vielleicht warte ich noch bis zur Vollstreckung des Urteils.«

Der Schreiber lachte. »Um zu sehen, dass sein Blut ebenso rot ist wie unseres? Habt Ihr den Ofterdinger nicht schon längst vergessen? Denn schlimmstenfalls harren wir bis zur Schneeschmelze aus, bis das vermaledeite Schwert endlich gefunden ist. – Wolfram und Walther wollen im Übrigen auch morgen reiten. Vielleicht könnt Ihr sie ein Stück des Weges begleiten?« Ein paar Atemzüge später setzte er gedämpft nach: »Bitte, reitet. Ihr zwingt mich, voller Scham einzugestehen, wie wenig Gewalt ich mitunter über meine eigenen Männer habe, aber ich muss es Euch dennoch anvertrauen: Ich befürchte, nicht ausreichend für Eure Sicherheit auf der Burg sorgen zu können.«

»Was soll das heißen?«

»Meine Thüringer fragen sich, wie Dietrich in die Mitte des Weihers gelangt ist«, flüsterte der Kanzler, »und die naheliegende These, er habe es selbst getan, verwerfen die meisten dieser blöden Esel. Sie glauben, jemand habe den Unglücklichen getötet, und wie immer kommt bei diesen Tölpeln natürlich niemand aus den eigenen Reihen infrage ... sondern nur ein Fremder. Und der Mensch, der in den Tagen zuvor die meiste Zeit mit Dietrich verbracht hat ...«

»Das ist lächerlich!«

»Natürlich ist es das«, stimmte der Schreiber zu, legte eine Hand auf Biterolfs Schulter und wurde abermals leiser. »Aber es ist nicht lächerlicher als, sagen wir mal, die Vermutung, Ofterdingens Pullane habe mittels schwarzer Magie mich mit Übelkeit und Verwirrung geschlagen. Und Ihr habt dennoch mitansehen müssen, wie diese Unmenschen ihn in Stücke gerissen haben. Herr Biterolf: Ihr seht mich ängstlich und zerknirscht zugleich. In Gottes Namen, befolgt meinen Ratschlag. Verlasst die Wartburg.«

Bekräftigend hob der Kanzler beide Augenbrauen. Dann holte er seine Geldkatze hervor und drückte Biterolf zwei Mark in die Hand.

Biterolf war zu sprachlos gewesen, die Annahme des Geldes zu verweigern. Draußen vor der Kapelle sah er auf die Münzen in seiner Hand. Er wusste jetzt, was der Schreiber getan hatte: Diese zwei Mark waren keine Mitgift, sie waren Handgeld – Schweigegeld, damit Biterolf seine Sachen packte und die Wartburg verließ, ohne Fragen zu stellen. Aber Biterolf würde nicht ohne Weiteres gehen. Sein Blick wanderte zum Südturm, in dem Heinrich von Ofterdingen saß; der hintergangene Freund der Wahrheit, das Opfer eines heimtückischen Anschlags. Und ihn, Biterolf, hatten Reinmar, der Landgraf und der Schreiber ebenso genarrt. Ihrethalben hatte er mehrere Tage unnötig den Tod vor Augen gehabt, hatte Flucht und Kapitulation erwogen, hatte um seinen Kopf gebangt und gebetet und dabei mehr Angst ausgestanden als je zuvor in seinem Leben. Der Wettstreit, den er als eine heilige Prüfung aufgefasst hatte, war nur eine Kulisse gewesen und seine Teilnehmer nur Beiwerk. Das Lob des Landgrafen und seines Schreibers war gelogen und wertlos. Natürlich war er, Biterolf, mit Abstand der schlechteste der Sänger.

Biterolf würde Heinrich von Ofterdingen entführen. Er würde ihnen auf diese Weise heimzahlen, was sie ihm angetan hatten. Er spürte, wie der Gedanke an diese aufrechte, tollkühne Rebellion sein Blut erhitzte. Die Bisswunde in seinem Nacken brannte. Vielleicht hatte der Wolf ihn infiziert. Vielleicht verwandelte sich Biterolf jetzt in einen Wolfsmenschen. Das würde das Feuer in Körper und Geist ebenso erklären wie den Verlust der menschlichen Stimme.

Am liebsten hätte er die Münzen des Kanzlers über die Mauer geworfen oder wäre zurück in die Kapelle gegangen, um das Blutgeld in den Opferstock zu geben, aber nun, wo sein waghalsiges Vorhaben feststand, galt es, so wenig Aufmerksamkeit wie möglich zu erregen. Schon jetzt konnte er sich des Gefühls nicht erwehren, dass die Thüringer im Hof ihn plötzlich mit argwöhnischen Augen musterten. Alleine würde er gegen die Burg nicht bestehen. Er brauchte Gefährten: Freunde des Ofterdingers.

In der Vogtei traf er Wolfram und seine beiden Gefolgsleute beim Packen an. Biterolf bat darum, Wolfram unter vier Augen sprechen zu dürfen. Sobald sie allein waren, berichtete er ihm, was er von Klara erfahren hatte, ohne jedoch Klaras Namen zu nennen. Erst während seiner eigenen Erzählung wurden Biterolf alle Schachzüge dieses teuflischen Komplotts klar: wie es dem Schreiber am Abend des Banketts gelungen war, Heinrich zu einem Wettstreit auf Leben und Tod zu verleiten, nachdem er den bestochenen Reinmar erfolgreich als Schiedsrichter vorgeschlagen hatte. Weshalb der Landgraf, der sich vordergründig gegen den Wettstreit ausgesprochen hatte, die Durchsetzung des Urteils mit so viel Eifer vorangetrieben hatte und gleichzeitig die Mörder von Heinrichs Knappen ungescholten ließ. Und dass der arme Dietrich durchaus nicht freiwillig in den Tod gegangen war, sondern zweifellos deshalb, weil er von der Intrige Wind bekommen und Biterolf davon in Kenntnis hatte setzen wollen.

Während sich Biterolf zunehmend in Rage redete, sosehr seine geschundene Kehle es zuließ, und nicht einmal auf dem Hocker Platz nahm, den Wolfram ihm angeboten hatte, blieb sein Gegenüber nahezu teilnahmslos sitzen; von einer wütenden Bremse umschwirrt wie ein fetter wiederkäuender Ochse.

Als Biterolf seine Ausführungen beendet hatte, versetzte Wolfram: »Du solltest einen Tee aus Salbeiblättern trinken.«

»*Salbei?*«, krächzte Biterolf. »Das ist alles, was Euch dazu einfällt?«

»Ich habe immer befürchtet, dass Heinrichs loses Maul ihn einst den Kopf kosten würde«, seufzte Wolfram. »Entweder das oder der Wein. Oder in einer Tavernenschlägerei ein irregeleitetes Messer.«

»Wo bleibt Eure Empörung? Ihr wart wie alle anderen nur Köder für ein niederträchtiges Attentat!«

»Es ist niederträchtig und abstoßend, und die Rachsucht des Landgrafen widert mich ebenso an wie die Käuflichkeit Reinmars und die Durchtriebenheit des Schreibers«, entgegnete Wolfram. »Aber was erwartest du von mir? Dass ich diesen Krug greife und wütend an die Wand werfe?«

»Ich erwarte, dass Ihr vor den Landgrafen zieht, zum Teufel, und ihn zwingt, dies Todesurteil aufzuheben und Heinrich umgehend aus seinem Kerker zu befreien, und dass Ihr, sollte Euch Hermann kein Gehör schenken, die Befreiung selbst auf Euch nehmt! Aber meinetwegen, der Krug an der Wand wäre ein guter Anfang!«

»Für wie einflussreich hältst du mein Wort bei Hermann? Wenn es wirklich sein geschworenes Ziel ist, Heinrich um einen Kopf zu kürzen, dann wird er ihn wohl kaum dank meiner Fürsprache ziehen lassen. Und Heinrich auf eigene Faust befreien? Unmöglich.«

»Weshalb?«

»Weil die Wartburg eine Festung ist. Sie wurde noch nie bezwungen.«

»Es geht nicht darum, sie zu bezwingen, sondern darum, sie zu verlassen.«

»Einerlei.«

»Ihr werdet es dennoch versuchen«, sagte Biterolf. »Ihr seid es dem Ofterdinger schuldig.«

Wolfram lachte bitter auf. »Den Teufel bin ich!«

»Ihr habt einen Eid geleistet. Ihr habt am Abend unseres Streits, wie die anderen auch, auf Bitte des Landgrafen hin geschworen, Euren Sangesbrüdern in der Not beizustehen.«

»Wenn man deiner Geschichte glauben darf, war diese Bitte nur ein Teil von Hermanns Fassade.«

»Aber Euer Eid war es nicht.«

Wolfram schüttelte nur den Kopf.

»Heinrich würde das Gleiche für Euch tun.«

»Heinrich? Dass ich nicht lache!«

»Ich verstehe«, zischte Biterolf. »Im Grunde *gönnt* Ihr Heinrich, der einmal Euer innigster Freund war, dieses Los. Auch Ihr wünscht ihm den Tod, deshalb passt Euch das Komplott des Landgrafen. Nur fehlt Euch der Mut zum Zusehen, weshalb Ihr vorzeitig das Weite sucht.«

»Unfug.«

»Ich weiß, was in Passau vorgefallen ist. Dass Euch Heinrich die Liebste ausgespannt hat und dass er den Nibelungen ohne Eure Hilfe, vielmehr ohne Euren Widerstand zu einem Ruhm verholfen hat, der selbst den des *Parzival* überstrahlt.«

»Herrje, wer hat dir diese Geschichten ausgegraben? Passau! Hast du das von Heinrich? Du überschätzt unsere Freundschaft ebenso sehr wie meine verletzte Eitelkeit. Ich weiß nicht einmal mehr ihren Namen!«

»Ihr lügt.«

»Gut, meinetwegen, vielleicht weiß ich ihren Namen tatsächlich noch. Aber du folgerst, dass ich aus verjährter Eifersucht Heinrich den Tod wünsche?«

»Augenscheinlich.«

»Gar nichts hast du verstanden, du Grünschnabel«, knurrte Wolfram. »Ich wünsche, dass er lebt, aber niemand wird ihn retten können. Wie auch! Niemand steigt in die Höhle des Thüringer Löwen und reißt ihm die Beute aus dem Maul. Auch du wirst es um Himmels willen nicht versuchen, wenn du nicht nach Heinrich auf dem Richtstuhl Platz nehmen willst.«

»Dann bleibt Ihr untätig?«

»Ich werde für ihn beten.«

»Beten, sicherlich. Eure Lösung für alle Probleme, nicht wahr, weil Ihr wisst, dass Beten nie irgendwem hilft außer Eurem Gewissen.«

»Beleidige mich, so viel du willst, Junge. Aber beleidige nicht Gott.«

»Wenn Ihr, der große und hehre Wolfram von Eschenbach«, krächzte Biterolf und baute sich vor seinem Gegenüber auf, »der Dichter von Ritterlichkeit und Vergebung, der Heilige unter den Sängern, es hinnehmen wollt, dass das größte Dichtertreffen unserer Zeit nur dazu diente, einen Sänger – einen der größten, die wir haben – wie einen Verbrecher ehrlos zu schlachten – – – ich, Biterolf von Stillaha, der Durchschnittliche, der Unbekannte und Unbegabte, ich werde es nicht!«

»Eindrucksvoll, auch ohne Stimme«, sagte Wolfram und stand auf, um sich aus dem Krug etwas Wasser in seinen Becher zu gießen. »Du hättest bis zum Anbruch des morgigen Tages Zeit, das Unmögliche möglich zu machen. Denn dann soll Heinrich sterben.«

Biterolf stutzte. Wolfram nahm seine Frage vorweg.

»Das Schwert hat sich wieder angefunden. Ein Jäger aus Marksuhl hat es vor einer Stunde dem Landgrafen überreicht.«

»... *Marksuhl?*«

»Offensichtlich muss es sich auf fabelhafte Weise im Geweih eines Hirschen verfangen haben, der am Abhang unter dem Palas äste, als Heinrich es aus dem Fenster warf, und sich dort, ohne dem Tier den Kopf zu spalten, so fest verkeilt haben, dass der Hirsch es mit sich trug. Bis auf die andere Seite der Berge, wo er heute Morgen erlegt wurde. Aufgrund der Symbole auf der Klinge haben es die Jäger als das Eisenacher Richtschwert erkannt und zum Landgrafen gebracht.«

»Das ... das ist ein Wunder.«

»In der Tat. Weshalb Hermann auch verboten hat, dass der Bericht öffentlich wird. Man könnte – fürchtet er zu Recht – dies wunderbare Verschwinden des Schwertes leicht als ein Urteil Gottes auslegen, Heinrich möge verschont werden. Mir hat Hermann noch die Wahrheit gesagt, aber die Verlautbarung des Kanzlers wird sein, Gesindel hätte im Abfall der Burg nach Essensresten gesucht, als das Schwert vom Himmel fiel, und die herabgeworfene Klinge an sich genommen. – Ein Bote ist schon in die Stadt unterwegs, Meister Stempfel abermals auf die Wartburg zu rufen. Sein Schwert wird derweil bis morgen so sicher verwahrt, als wäre es Excalibur.«

»Dann muss Heinrich noch heute Nacht befreit werden.«

»Zu deinem eigenen Besten rate ich dir abermals davon ab.«

»Ihr seid ein Fürstenknecht.«

»Ich bin niemandes Knecht außer Gottes«, bellte Wolfram und funkelte Biterolf wütend an. »Tu es nicht, sage ich. Und zwing mich nicht, drastischer zu werden.«

»Drastischer? Was wäre das? Würdet Ihr mich verraten?«

»Ich würde dich aufhalten.«

Biterolf versuchte zu lachen, aber das Geräusch, das dabei entstand, glich mehr dem Fauchen einer jungen Katze.

»Mich aufhalten«, sagte er zum Abschied: »Versuch es nur, alter Mann.«

Wäre ihm Wolfram anders begegnet – aufgebracht, konspirativ –, hätte er Biterolfs durchaus vorhandene Bedenken und Zweifel vermutlich nähren und ihn dazu bewegen können, Heinrich seinem Schicksal zu überlassen. Wolrams Gleichgültigkeit und Herablassung aber hatten Biterolf vollends in die Rolle des Anwalts der Wahrheit und des aufrechten Retters gezwungen. Nun konnte er nicht mehr zurück: Er *musste* die Ketten des Ofterdingers sprengen – und sei es, um dem bräsigen Eschenbacher zu beweisen, dass er es *konnte*.

Nachdem er die halbe Burg vergeblich nach Agnes abgelaufen hatte, suchte er die Frauengemächer auf. Als er die Spinnstube betrat und die Damen aufblickten, stockten nacheinander sämtliche Spinnräder, bis das Surren vollständig verklungen war. Die Landgräfin war nicht zugegen. In einer Fensternische saß Konrad und spielte die Harfe, um sein Asyl bei den Damen abzugelten. Auch er ließ die Hände sinken, als er den Besuch bemerkte. Biterolf bat ihn nach draußen.

Auf dem Gang offenbarte ihm Biterolf sowohl den Fund des Richtschwerts als auch die Hintergründe des Komplotts und vertraute ihm sein Vorhaben an, Heinrich in der kommenden Nacht aus dem Kerker zu befreien und mit ihm zu fliehen. Konrad solle sich zur Nacht hin rüsten, seine Siebensachen und seinen Esel bereithalten, ohne Aufsehen zu erregen, und Biterolf, wenn er bis dahin nichts von ihm hörte, gegen Mitternacht bei der Stallung treffen.

Konrad war sichtbar wenig darauf erpicht, die Sicherheit der Frauengemächer zu verlassen, um in einem übereilten Handstreich Hermann von Thüringen und die Wartburg herauszufordern – umso mehr, als Biterolf auf seine diversen Folgefragen die Flucht betreffend keine Antwort wusste. Im strengen Flüsterton erinnerte Biterolf den Singerknaben an die Treue gegenüber seinem Dienstherrn, bis dieser keinen Einwand mehr erhob.

Endlich fand Biterolf auch Agnes wieder, auf dem Hof im Schatten des Bergfriedes. »Man hat das Schwert gefunden«, sagte sie matt, bevor er sprechen konnte. »Irgendein Herumtreiber hatte es gefunden und mitgenommen. Heinrich ist verloren.«

»Nein, das ist er nicht«, erwiderte Biterolf. »Wir befreien

ihn. Bis morgen sind wir mit ihm über alle Berge.« Verstohlen sah sich Agnes auf dem Hof um, wo zahlreiche Menschen Zeugen ihres Gesprächs wurden. »Sieh dich nicht um. Sie werden denken, ich halte um deine Hand an«, beruhigte Biterolf sie. »Du hattest recht mit deinem Verdacht, Agnes: Heinrich wurde geködert und betrogen.«

»Wird uns jemand dabei helfen, Heinrich zu befreien?«

»Konrad. Und wen immer wir noch finden, dem entweder der Ofterdinger am Herzen liegt oder die Wahrheit.« Biterolf bat sie, jene Männer des Gesindes anzusprechen, die ihr vertrauenswürdig und rebellisch genug erschienen, sich auf ihre Seite zu schlagen, und zählte ihr auch die Namen der Tierdarsteller auf, die die Wahrheit direkt aus Reinmars Mund erfahren hatten. »Ich will währenddessen versuchen, Walther für unsere Sache zu gewinnen.«

»Walther hasst Heinrich.«

»Aber Reinmar hasst er noch mehr. Und der hat ihm zusammen mit dem Landgrafen eine wertlose Krone aufgesetzt. Wir treffen uns gegen Mitternacht mit Waffen und deinen Nachschlüsseln bei den Pferden. Wir werden unbeobachtet sein. Niemand traut sich während der Zwölften nachts in den Stall.«

»Ich habe Angst.«

»Das fällt mir schwer zu glauben«, entgegnete Biterolf.

»Es ist keine Angst, es ist Aufregung. Ich spüre es auch.« Er nahm ihre Hände in die seinen. »Du hast nichts zu verlieren, hast du gesagt. Es wird gelingen. Vertrau mir. Das Torhaus und die Zugbrücke sind die einzigen ernsthaften Hindernisse. Sobald wir unten in Eisenach sind, versorgen uns deine Freunde dort mit Proviant und Pferden, sollten wir noch welche benötigen, und weisen uns einen schnellen und verborgenen Weg aus Thüringen. Wir werden unsterblich. Heinrich von Ofterdingen wird uns zum Dank unsterblich machen.«

»Was ist mit dir geschehen?«, fragte sie und beäugte ihn. »Du klingst so verwandelt. Von deiner Stimme einmal abgesehen.«

»Ich fühle mich auch verwandelt.«

Abermals sah sich Agnes im Hof um. »Wenn sie denken sollen, du würdest um meine Hand anhalten ... wäre es doch hilfreich, wenn ich dir jetzt einen Kuss gäbe, oder nicht?«

Biterolf nickte linkisch. Sie küsste ihn lange genug, dass der Kuss von allen wahrgenommen wurde. Dann trennten sie sich.

Auf dem Weg zur Vogtei kam ihm Egenolf von Bendeleben entgegen und schlug ihm im Passieren die Faust in die Seite. Biterolf erschrak, aber Egenolf grinste. Es war kein Angriff gewesen, sondern ein freundliches Zeichen von Anerkennung und Anteilnahme dafür, dass die schöne Agnes Biterolf erhört hatte.

Anders als Wolfram hatte sich Walther auf seinen Aufbruch am nächsten Tag noch nicht vorbereitet. Noch immer hatte ihn das seltsame Phlegma nicht verlassen, das nach der Auflösung des Sängerwettstreits von ihm Besitz ergriffen hatte. In einer Kohleschale schwelten wohlduftende Sandelholzspäne vor sich hin, und Walther schien ebenso träge und vergeistigt wie der aufsteigende Rauch.

Biterolfs Ausführungen allerdings belebten Walther nach und nach. Umso ärgerlicher war es für Biterolf, dass ihm auf einmal, von einer Silbe auf die nächste, die Stimme vollständig wegblieb und er keinen verständlichen Ton mehr hervorbrachte. Er hatte an diesem einen Tag mehr geredet als in der gesamten Woche zuvor. Also wies Walther seinen Singerknaben Bertolt an, einen Tee mit Honig aus der Küche zu bringen.

Die beiden Männer schwiegen indes. Das Räucherholz knisterte. Walther nahm den vertrockneten Siegerkranz von seiner Truhe und drehte ihn zwischen den Händen.

»Der Salbei wird dir guttun«, sagte er. »Etwas Lorbeer dazu?«

Biterolf schüttelte den Kopf.

»Immerhin, Lorbeer soll gegen Läuse helfen«, sagte Walther. »Vielleicht sollte ich ihn trotz allem im Haar behalten.« Er zwirbelte ein Blatt zwischen den Fingern, bis es zu Krümeln wurde, und streute die Krümel ins Feuer. »Zumindest kann man mir nicht vorwerfen, ich wäre nicht skeptisch gewesen. Dass Reinmar Heinrich ächtet, meinethalben; aber dass er ausgerechnet mich zum Sängerkönig krönt – das war doch wirklich suspekt, nicht wahr?«

Sie warteten, bis Bertolt mit dem Tee zurück war. Nach einigen Schlucken gelang Biterolf zumindest das Flüstern wieder. »Ihr sagtet, ich solle zu Euch kommen, wenn mich etwas bedrückt«, sagte er. »Ich weiß nicht, was zwischen Heinrich und Euch vorgefallen ist. Er hat auch mich schon beleidigt, und ich helfe ihm dennoch. Ihr müsst Euch uns auch nicht anschließen, um ihn zu retten. Tut es vielmehr, um seine Mörder zu düpieren; die Männer, die euch eine Narrenkappe zur Krone gegeben haben. Ihr seid immer ein Kämpfer für das freie Wort gewesen, für die Freiheit unserer Lieder. Hermann von Thüringen enthert das Gastrecht ebenso wie die Redefreiheit, und er hat uns ins Gesicht gelogen, als er verkündete, wir stünden unter seinem Schutz. Von der Heuchelei um *eine deutsche Zunge* in Zeiten des Bruderkriegs ganz abgesehen.«

»Hermann ist mein Lehnsherr.«

»Und Ihr habt sicherlich nie unter ihm gelitten. Aber oft unter seinesgleichen, wenn ich so manches Eurer bitteren Lieder richtig auslege.« Biterolf leerte den Becher bis auf den süßen Bodensatz. »Ich bitte Euch, mich heute Nacht in Waffen zu begleiten«, schloss er, »aber ich werde Euch nicht weiter zu überzeugen versuchen. Ich habe mir schon an Wolfram die Zähne ausgebissen und muss mit meinen Worten haushalten.«

»Ich werde darüber nachdenken. Ich kann nichts versprechen.«

Biterolf stellte den leeren Becher ab und erhob sich.

»Brauchst du noch etwas?«, fragte Walther unvermittelt. »Waffen, Rüstung, Geld? Ein Pferd habe ich nicht mehr, aber nötigenfalls kannst du über das von Bertolt verfügen.«

Walther wies auf die Gegenstände im Raum und hob ein Kettenhemd vom Boden auf. »Du hast ungefähr meine Statur. Nimm den Panzer. Ich habe zwei davon. Du wirst ihn brauchen. Bertolt wird ihn heimlich auf deine Stube tragen, dann schöpft niemand Verdacht.«

Als Biterolf gegangen war und Bertolt zurück ins Gemach kam, bat ihn Walther, das Eisengewand in Tuch gewickelt oder in einem Sack verborgen in Biterolfs Stube zu bringen. Einmal mehr verfiel Walther angesichts des Lorbeerkranzes in Grübelei, aber als Bertolt von seinem Botengang zurückgekehrt war, ließ er sich mit dessen Hilfe herausputzen, legte die besten Gewänder und den Mantel an, kämmte seine Haare und gürtete sein Schwert. Dann brach er in Bertolts Begleitung auf.

Den tugendhaften Schreiber traf er in der Kanzlei an und Reinmar samt seiner Führerin in der Backstube, wo sich der alte Elsässer an der Wärme, dem Wohlgeruch und der Betriebsamkeit labte und das Weiße aus einem frisch gebackenen Brot pulte. Beide forderte Walther mit wenigen Worten auf, ihn zum Landgrafen zu begleiten, und beide gehorchten, ohne nach dem Anlass zu fragen. Hermann war in seinem Gemach im Palas. Walther befahl Bertolt und Klara, vor der Tür zu warten.

Hermann begrüßte die drei Männer, bat sie, Platz zu nehmen, wobei er dem blinden Reinmar zur Hand ging, und wies seinerseits seine Diener an, den Raum zu verlassen. Walther schwieg mit Ausnahme einer kurzen und nüchternen Begrüßung, und als offensichtlich wurde, dass er tatsächlich nicht zu sprechen gedachte, ergriff der Schreiber das Wort.

»Wohlan, Walther«, setzte er lächelnd an, »wollt Ihr uns offenbaren, weswegen Ihr uns in dieser erlauchten Runde –«, woraufhin Hermann schlagartig seine Hand hob, um seinen Kanzler zu unterbrechen.

»Beleidigen wir Walther nicht noch mehr, als wir es ohnehin schon getan haben«, sagte der Landgraf. »Dass er uns drei hier versammelt hat, lässt keinen Zweifel zu. – Ich bedauere, Walther, dass du der Sache auf den Grund gekommen bist. Wir hätten es besser wissen müssen, ausgerechnet den Scharfsinn des von der Vogelweide herauszufordern. Andererseits: Wenn Meister Stempfels Schwert nicht eine derartige Odyssee hinter sich gelegt hätte, hättest du gewisse Fragen vielleicht gar nicht gestellt.«

»Aber jetzt ist das Schwert zurück«, versetzte Walther, »und Heinrichs Kopf kann rollen.«

»Du kennst deinen Lehnsherrn«, seufzte Hermann. »Ich liebe die Kunst, aber ich dulde nicht, dass sie gegen mich verwendet wird. Was der Ofterdinger mir in Ichtershausen angetan hat, ist unverzeihlich. Er hat mich und mein Banner verunglimpft. Ich darf diesen Spott nicht ungesühnt lassen.«

»Ihr hättet ein paar Strauchdiebe dingen können, Hoheit, ihm die Zunge aus dem Maul zu schneiden.«

»Ob taub, stumm oder blind – Heinrich von Ofterdingen würde immer einen Weg finden, weiter zu dichten. Und wenn er dafür seine Seele dem Teufel verkaufen müsste.«

»Und was, glaubt Ihr, hält mich davon ab, dass ich gegen Heinrichs Enthauptung rebelliere?«, fragte Walther.

»Thüringens Truhen sind reich gefüllt«, sagte der Schreiber, was ihm abermals eine Rüge seines Herrn einbrachte.

»Ich bin nicht käuflich«, fauchte Walther. »Im Gegensatz zu anderen in diesem Raum.«

»Ich hatte meine Gründe«, erwiderte Reinmar gelassen.

»Ich werde weder versuchen, dich zu kaufen«, sagte Hermann zu Walther, »noch werde ich dir deine Lehnspflicht aufnötigen. Aber entsinne dich, wen du da retten würdest: den Mann, der dich zeit seines Lebens verspottet hat. Du selbst wolltest, dass der Wettstreit Ofterdingens Ende ist, und es war beileibe nicht das erste Mal, dass du ihm die Pest an den Hals gewünscht hast. Erinnere dich an Palästina.«

»Ungern, Euer Hoheit.«

»Wenn Ihr Euch auflehnen würdet, wäre außerdem Eure Sängerkrone verloren«, fügte der Schreiber hinzu.

»Was für ein Verlust!«, höhnte Walther. »Nichts ist diese

Krone wert! Nichts! Ich sollte diesen falschen Lorbeer zurück in die Küche bringen, aber ich fürchte, er würde uns die Speise verderben!«

»Es stimmt nicht, dass die Krone nichts wert ist«, sagte Reinmar. »Nur der Verlierer der Sängerstreits stand im Vorhinein fest, aber nicht der Gewinner. Ihn habe ich frei gekürt. Und von allen Vorträgen hat mir der deinige am besten gefallen. Mein Ehrenwort darauf: Du bist, wenn es nach mir geht, der König der Sänger.«

»Heuchler! Von deiner Zunge tropft Honig, aber dein Herz ist Galle!«

»Weshalb glaubst du, dass ich deine Lieder nicht schätze?«

»Weil du es selbst immer gesagt hast! Seit ich aus deinem Schatten getreten bin, parodierst du meine Verse und verreißt meine Erfolge.«

»Du bist immer das Opfer, nicht wahr?«, hielt Reinmar dagegen. »Wer hat denn damit angefangen? Du hast mich, den Älteren, den Lehrer, zum poetischen Kräftemessen herausgefordert, und ich habe die Herausforderung beantwortet. Und haben wir beide nicht prächtig davon profitiert? Nichts verkauft sich in der Kunst besser als Rivalität; nichts hören die Menschen lieber als Sänger, die wie die wütenden Gockel aufeinander einhacken. Es ist wie bei der Tjost: Wie viele Ritter gibt es nicht, die einander lebenslange Feindschaft schwören; die als vermeintliche Kontrahenten von Turnier zu Turnier ziehen und sich die übelsten Schmähworte an den Kopf werfen, dem Publikum zur Freude, während sie im Anschluss an den Lanzengang das Bier gemeinsam trinken? – Nur war an Bier und Freundschaft mit dir nicht zu denken, weil du in deiner Empfindsamkeit alle Angriffe von Anfang an persönlich genommen hast.« Reinmar schmunzelte. »Jetzt allerdings gäbe ich einiges dafür, dein Gesicht sehen zu können.«

»Warum höre ich davon zum ersten Mal?«, fragte Walther streng.

»Weil ich bedauerlicherweise versäumt habe, rechtzeitig mit dir darüber zu sprechen. Und weil deine Angriffe so scharf wurden, dass auch ich eines Tages nicht mehr umhinkonnte, sie persönlich zu nehmen.« Reinmar räusperte sich. »Aber das ändert nichts daran, dass ich dich für den größten lebenden Sänger halte – umso mehr, als mein eigener Brunnen längst versiegt ist.«

Während Walther schweigend den Worten des Alten nachhing, rührte sich der Landgraf. »Heinrich von Ofterdingen wird sterben, das ist Gesetz«, sagte er. »Nichts kann mich umstimmen. Wir sind auf diesem Weg schon zu weit gegangen, als dass wir jetzt noch umkehren könnten. Und dennoch will ich diesen letzten Schritt nur ungern gegen deinen Widerstand tun, Walther. Du musst unser Vorhaben nicht gutheißen, aber du kannst es dulden.«

»Dulden heißt in diesem Falle gutheißen.«

»Was wäre die Alternative? Willst du dich gegen mich auflehnen? Willst du den aussichtslosen Versuch unternehmen, ihn aus seiner Lage zu befreien, und damit riskieren, dass der undankbare Ofterdinger dich auch den Rest seines langen Lebens noch mit Hohn überzieht?«

Walther gab keine Antwort. Die drei Männer ließen ihn schweigen. Allmählich wurde jedoch der Schreiber unruhig, und schließlich konnte er die Frage, die ihn seit Beginn des Gespräches umgetrieben hatte, nicht länger zurückhalten.

30. DEZEMBER

Agnes hatte unter den Bewohnern der Burg zwei Mitstreiter gewonnen für das halsbrecherische Vorhaben, Heinrich von Ofterdingen von der Wartburg zu schaffen: Rumolt, einen der drei Fischer, und den Küchengehilfen Gregor, der in der Nacht der sprechenden Tiere den Hund gegeben hatte. Gregor schloss sich ihrer Sache an, weil das Komplott gegen den Ofterdinger ihn empörte. Rumolt war dabei, weil Heinrichs Auftritt in der Küche ihn für diesen eingenommen hatte und weil er seinen Herrn, den Landgrafen, hasste. Beides waren kräftige Burschen, aber gerüstet waren sie nicht. Ihre Bewaffnung bestand aus Küchenmessern, aus der Axt des Fleischhauers und einer alten, schadhaften Armbrust, die sie irgendwo aufgetan hatten. Weder Biterolf noch Konrad hatten entbehrliche Waffen, die sie ihnen hätten überlassen können. Walther blieb ihrer nächtlichen Zusammenkunft fern.

Im Grunde genommen war es ein lächerlicher Haufen, der dort Heerschau im Halbdunkel hielt und die Schweine und Ziegen bei ihrer Nachtruhe störte: zwei Knechte, ein Musikant und eine Frau, die sich unter der Führung eines stimmlosen Feldherrn daranmachten, Thüringens stärkste Festung zu knacken. Man kam überein, ein letztes stummes Gebet für das Gelingen ihres Überfalls zu sprechen, und kniete nieder im Mist.

Mindestens einer der fünf hatte offenbar dafür gebetet, irgendetwas möge sie vor ihrem selbstmörderischen Unterfangen bewahren, denn noch vor Abschluss ihrer Andacht flog die Tür zum Stall auf, und drei Männer in schwerer Rüstung und mit blanken Schwertern traten ein. Eine Wolke von Schneeflocken stob ihnen voraus. Biterolfs Leute sprangen auf die Beine und zogen ihre ungleichen Waffen. Ein paar Atemzüge standen sich die beiden Gruppen gegenüber, bis Biterolf den gegnerischen Anführer unter dem Helm erkannte.

»Das darf nicht wahr sein«, keuchte er. »Ihr wollt Euch nicht wirklich in unseren Weg stellen.«

»Wie bitte? Du bist noch immer kaum zu verstehen.«

»Ihr wollt uns wirklich aufhalten?«, fragte Biterolf etwas lauter.

»Nein«, antwortete Wolfram. »Friedrich, Johann: Holt die Taschen. Und macht die verdammte Tür zu.«

Wolframs Knappe und sein Singerknabe folgten dem Befehl, brachten das Gepäck, die Schilde und weitere Waffen in den Stall und verschlossen die Tür wieder vor dem Sturm, der draußen tobte. Dann begannen sie, die Satteltaschen auf den Rücken ihrer Pferde zu befestigen. Biterolfs Truppe sah ihnen sprachlos dabei zu.

»Zumindest das Wetter ist auf unserer Seite«, sagte Wolfram und schüttelte sich. »Teufel, es schneit nicht von oben nach unten, sondern von rechts nach links. – Ihr seid was? Zu fünft?«

Biterolf nickte.

»Das ist nicht viel. Weiß sonst noch jemand davon?«

»Walther. Aber offensichtlich kommt er nicht.«

Wolfram zog ein Gesicht. »Natürlich kommt er nicht. Er ist Hermanns Lehnsmann. Äußerst unklug, gerade ihn zu fragen.«

»Wenn Ihr gleich zugesagt hättet, anstatt mich zu belehren, hätte ich nicht zu ihm gehen müssen«, versetzte Biterolf.

Wolfram winkte ab und redete die beiden Thüringer an. »Sofern ihr nicht mit diesen Käsemessern auf den Feind losgehen wollt, lasst euch von Friedrich Waffen geben. Wir haben genug. Auch weitere Bolzen für eure Armbrust. Dann sattelt eure Pferde.«

»Wir haben keine.«
»Dann sucht euch welche aus.«
»Pferdediebstahl? Darauf steht der Tod.«
»Was meinst du denn, was auf Hochverrat steht?«
Als Rumolt und Gregor gegangen waren, fragte Wolfram: »Du erlaubst, dass ich ab jetzt die Befehle gebe? Dich versteht nämlich niemand, erst recht nicht, wenn wir vor die Tür treten.«
»Bitte.«
»Es soll niemand von den Wachen sterben«, sagte Agnes, »auch wenn sie sich uns in den Weg stellen.«
»Keine Angst. Es wird ein paar blaue Flecken geben und einige Brummschädel, aber kein Blut.«
Nach diesem Versprechen sahen auch Agnes und Konrad nach den Pferden. Mit einem Blick prüfte Wolfram Biterolfs Waffen und Rüstung und erkannte das Panzerhemd seines Freundes Walther.
»Warum?«, fragte Biterolf.
»Warum was?«
»Warum habt Ihr Euch anders entschieden?«
Wolfram schnaufte. »Ich bin Gottes Knecht, habe ich gesagt. Aber ein Knecht Gottes zu sein heißt, gegen das Unrecht anzugehen. Auch wenn es bedeutet, einem gottlosen Lumpen wie Heinrich zu helfen.«
»Aber hattet Ihr nicht gesagt, es sei unmöglich, von der Wartburg zu entkommen?«
»Ist es auch. Aber ich habe mir ein Hilfsmittel verschafft, das es möglich macht.«

Während Johann bei den Pferden blieb, brachen die anderen auf. Als sie Wolfram durch den Sturm zum Südturm folgten, wurden die Böen noch einmal stärker, und sie mussten sich regelrecht gegen den Schnee stemmen, um voranzukommen. Wenn es eine Wilde Jagd gab, dann war dies zweifellos ihre liebste Witterung. Der Hof war menschenleer.
Im Windschatten des Südturms sammelten sie sich. Wolfram verlangte, alleine voranzugehen, um Heinrichs Wärter

zu überwältigen, bevor diese sich angegriffen fühlten. Sie stiegen die Treppe hinauf, die außen am Turm entlanglief, und warteten vor der Tür, die ins Innere führte. Wolfram war nicht lange verschwunden, bis man Lärm vernahm und ein Wärter – auf der Flucht vor Wolfram und drauf und dran, Alarm zu schlagen – die Tür aufriss, um direkt in ihre Arme zu laufen. Sie fesselten und knebelten ihn an Ort und Stelle.

Im Vorraum der Zelle legten sie den Gefesselten ab neben dem anderen Wärter, den Wolframs Kettenfaust außer Gefecht gesetzt hatte. Bis auf einen Tisch, zwei Schemel und eine Lampe war der kleine Raum leer. Agnes holte umgehend die beiden Dietriche hervor, schob die Riegel zur Seite und kniete vor dem Schloss nieder, um die schwere Kerkertür vollständig zu öffnen. Wolfram drängte sie sacht zur Seite. In der Hand hielt er einen Schlüssel.

»Woher habt Ihr den?«, fragte Agnes verblüfft.

»Das darf ich euch nicht sagen«, erwiderte Wolfram, während er den Schlüssel ins Loch steckte und umdrehte. »Ich habe meine Beziehungen.« Dann öffnete er die Tür.

Heinrich von Ofterdingen trug noch die gleichen Gewänder wie beim Wettsingen vor drei Tagen, darüber seinen Mantel und eine Decke. Ein kurzer Bart bedeckte sein Kinn, aber davon abgesehen war er weder sonderlich verschmutzt noch ausgehungert, noch sonst irgendwie vernachlässigt. Er blieb auf seinem Strohlager sitzen, als Wolfram in die Zelle trat.

»… Wolf?«

»Hoch mit dir, wir haben es eilig.«

»Was wird das?«

»Wonach sieht es denn aus? Wir retten dich vorm Richtschwert.«

»Weshalb?«

»*Weshalb?* Was ist das nun wieder für eine dämliche Frage? Auf, hoch mit dir!«

»Weshalb ausgerechnet du, Wolfram?«, insistierte Ofterdingen. »Mein Leben ist dir doch keinen Pfifferling wert.«

»Daran hat sich auch nichts geändert. Ich tu's für die gute Sache. Steh auf!«

»Wenn du mich rettest, damit ich mich bei dir für irgendetwas entschuldige, dann hast du dich gründlich getäuscht.«

»Gibt es das! Da riskiert man seine Haut – … Für wie nachtragend hältst du mich eigentlich?«

»Niemand ist nachtragender als du.«

»Ein Wort noch, du Esel, und wir lassen dich hier drinnen verrotten! Hoch jetzt!«

Wolfram packte Ofterdingen am Arm und zerrte ihn auf die Beine. Diese grobe Behandlung erzürnte Ofterdingen so sehr, dass er Wolfram von sich und gegen die Zellenwand stieß, worauf dieser sich wiederum auf Ofterdingen stürzte und mit beiden Händen nach dessen Hals langte. Ofterdingen versuchte sich aus dem Griff zu befreien. Die anderen Anwesenden verfolgten den Ringkampf fassungslos, mit Ausnahme von Biterolf, der sich zwischen die beiden warf, um sie voneinander zu trennen.

»Schluss jetzt«, zischte er, während er sie auf Armeslänge voneinander entfernt hielt.

»Der Spatz!«, stieß Ofterdingen aus, der Biterolf erst jetzt erkannte. »Eine schöne Überraschung! Wie hat dich Wolfram dazu überredet?«

»Brechen wir auf«, sagte Biterolf.

»Was ist mit deiner Stimme? – Sieh an, da ist ja auch mein treuer Konrad und … die Amme.«

»Agnes.«

»Agnes, genau.«

Biterolf ballte die Hand zur Faust und schlug sie Ofterdingen ins Gesicht. Der Österreicher, für den der Fausthieb ebenso überraschend kam wie für alle anderen, Biterolf inbegriffen, taumelte einen Schritt nach hinten in die Arme von Wolfram. Alle starrten Biterolf an, der wiederum seine Faust anstarrte, als hätte jemand anderes sie geführt. Anstatt sich zu entschuldigen, sagte er nur: »Wir müssen uns wirklich beeilen.«

Während sich Ofterdingen das Kinn rieb, trugen sie die

beiden Wachmänner in die Zelle und verschlossen die Riegel der Tür. Konrad reichte seinem Herrn einen Dolch und ein Schwert samt Scheide. Dann verließen sie den Südturm. Ofterdingen fluchte über das Wetter, aber der Sturmwind erstickte seinen Fluch. Im Laufschritt überquerten sie die Hauptburg, den Wind diesmal in ihrem Rücken.

Kurz vor dem Stall blieb Wolfram unvermittelt stehen. Die anderen folgten seinem Blick. Zu ihrem Entsetzen löste sich aus dem Schatten des Torbogens eine große Anzahl von bewaffneten Männern und reihte sich entlang der Mauer auf, während immer weitere nachströmten. Alle trugen Armbrüste. Die komplette Rüstkammer der Wartburg schien sich in ihren Händen befinden. Wolfram wirbelte herum, gerade rechtzeitig, um zu sehen, wie auch aus der Kapelle und aus dem Stall Gruppen von Schützen traten. Man wusste nicht, in welche Richtung man sich wenden sollte. Die kleine Truppe der Befreier war bald umstellt – vor sich die Thüringer, im Rücken der Palas – und zu überrascht, in dieser kurzen Zeit noch irgendeine Bresche zu schlagen. Niemand sagte ein Wort, aber Biterolf konnte förmlich hören, wie Wolframs Kiefer wütend mahlten.

In Begleitung weiterer Ritter trat nun der Landgraf durch das Tor. Bei ihm war auch Wolframs Singerknabe, dem man die Hände hinter dem Rücken gebunden hatte. Hermanns Freude, die Entführer des Ofterdingers gefasst zu haben, wich der Enttäuschung darüber, auch Wolfram unter ihnen zu entdecken. »Heinrich von Ofterdingen wird seinem Urteil nicht entgehen«, rief er ihnen über den Hof zu, die Hände um den Mund gewölbt. »Unglaublich, dass ihr leichtsinnig genug wart, ihn aus dem Kerker zu holen. Wolfram, Biterolf: Ich bin nicht gerade erfreut über euren Ungehorsam, aber ich respektiere euren Anstand, einen Sangesbruder retten zu wollen. Ich habe Nachsicht mit euch, und selbstverständlich auch mit deinen Knappen, Wolfram. Ich lasse diesen mitternächtlichen Streich ungesühnt. Meine eigenen Gefolgsleute freilich bleiben nicht straffrei.«

Rumolt und Gregor sah man an, dass sie um die Bedeutung dieser Worte wussten. Agnes hingegen blieb unberührt. In Wolfram arbeitete es.

»Soll ich ihm antworten?«, fragte Ofterdingen.

»Du hältst jetzt dein Maul«, versetzte Wolfram. »Ich muss nachdenken.«

»Wir verkünden die Wahrheit!«, schlug Biterolf vor, der nah an Wolfram herangehen musste, um im Schneetreiben verstanden zu werden. »Wir rufen über den Hof, was wir von ihren Machenschaften wissen, und stellen ihn damit bloß!«

»Schon nach dem ersten Satz würde er uns mit Bolzen spicken lassen«, entgegnete Wolfram. »Das sind zwei Dutzend Armbrüste. Ehe er zulässt, dass wir ihn verraten, bringt er uns alle zum Schweigen.«

»Wir ziehen uns in den Palas zurück und verschanzen uns dort«, sagte Ofterdingen.

»Bis wir die Tür erreicht haben, sind wir tot.«

»Ihr hättet Schilde mitnehmen sollen.«

»Das seh ich selbst, du Schlaukopf.« Über den Hof rief Wolfram: »Ich ersuche Euer Hoheit, uns alle ziehen zu lassen!«

»Unmöglich, bei meiner Ehre«, antwortete Hermann. »Legt die Waffen nieder, Wolfram, der Ofterdinger ist es nicht wert.«

»Aber wir haben einen Eid geschworen, bei unserer Ehre als Sänger, einander beizustehen – auf Euer Hoheit ausdrücklichen Wunsch.«

Hermann hob beide Hände wie ein Priester beim Segen. »Ritterlich gesprochen. Ich schätze Eure Aufrichtigkeit! Und ich entbinde Euch von Eurem Eid, damit Ihr ihn nicht brechen müsst.«

»Das könnt Ihr nicht, Euer Hoheit.«

Von den meisten unbemerkt öffnete sich die große Tür des Palas, und eine kleine Gestalt trat heraus. Es war Irmgard, die Tochter des Landgrafen, in ihren Schlafgewändern, ein großes Fell über die Schultern geworfen. Offensichtlich hatte ihre Neugier über ein Verbot gesiegt, nach draußen zu treten. Schon einen Moment später war eine Magd bei ihr, sie zurück ins Haus zu zerren.

Aber Heinrich von Ofterdingen war schneller: Er hatte Irmgard mit wenigen Sätzen erreicht, und noch ehe irgendein Befehl erfolgen konnte, auf ihn zu schießen, hatte er das Mädchen mit einer Hand gepackt und mit der anderen den Dolch gezogen und ihr an die Kehle gesetzt. Alle Visiere waren nun auf ihn gerichtet, aber donnernd gab der Landgraf, um das Wohl seines Kindes besorgt, den Befehl, die Armbrüste sofort wieder sinken zu lassen.

Unbehelligt kehrte Ofterdingen mit seiner Geisel – die sich nicht wehrte, aber sichtlich fror – zurück zur Gruppe. Wolfram war schier rasend vor Empörung.

»Bist du wahnsinnig geworden?«, schnaubte er. »Lass sie augenblicklich gehen!«

»Kommt nicht infrage. Kann man sich ein besseres Pfand denken?«

»Lass sie gehen, bei meiner Seele, oder ich schneid dich in Streifen.«

»Lass sie gehen!«, schrie nun auch der Landgraf, merklich erschüttert. »Mein Kind hat nichts damit zu schaffen! Wenn du ein Ehrenmann bist, Heinrich, lass sie gehen!«

»Du hast ihn gehört«, sagte Wolfram.

»Spar dir deinen Atem«, erwiderte Ofterdingen. »Und bleib mir vom Leib, Wolf, sonst ritze ich sie. Ich bin kein Ehrenmann.«

»In Gottes Namen, tut ihr nichts«, flehte Agnes, die noch mehr als Wolfram für Irmgard litt.

»Gib sie frei!«, rief Hermann erneut. »Gib sie frei, Ofterdingen, oder, bei Gott, ich werde dich –«

»*Töten?*«, fragte Ofterdingen. »Angesichts meiner Lage eine wenig wirkungsvolle Drohung, meint Ihr nicht auch? Stimmt mich lieber milde, indem Ihr uns Johann übergebt.«

Hermann gehorchte unverzüglich. Die Fesseln des Singerknaben wurden gelöst, und Johann konnte unbehindert zur Gruppe stoßen.

»Und jetzt lass sie gehen«, sagte Wolfram.

»Bin ich denn närrisch? Damit die uns totschießen?«

»Was hast du vor? Wir können sie unmöglich mitnehmen!«

»Ohne das Mädchen lassen sie uns nicht aus der Burg.«

»Mit ihr werden sie uns noch weniger lassen! Also lass sie gehen, zum Teufel!«

»Erst wenn wir in Sicherheit sind«, entgegnete Ofterdingen. »Folgt mir.«

Rückwärts ging Ofterdingen auf den Palas zu, wobei er die Klinge nicht von Irmgards Hals nahm. Die anderen folgten ihm. Der Landgraf ließ sie gewähren.

Die Magd, die auf Irmgard hatte achtgeben sollen, rannte schreiend davon, als Ofterdingen die Tür zum Landgrafenhaus aufstieß. Als die gesamte Gruppe im Haus war und der Riegel der Tür geschlossen, fragte Konrad: »Und jetzt?«

»Welchen Raum können wir am besten halten?«

»Den Festsaal«, sagte Biterolf. »Er hat nur einen Eingang. Und wir können die Treppe blockieren.«

»Ausgezeichnet. Da können sie sich ihre Armbrüste schenken.«

»Das ist keine Sicherheit, das ist eine Sackgasse«, widersprach Wolfram. »Du kletterst auf einen Baum, um dem Bären zu entkommen!«

»Das ist nicht das Schlechteste«, sagte Ofterdingen. »Auf Bäumen hatte ich einige meiner besten Ideen. – Keine Angst, Irmgard, dir geschieht nichts. Du bist aus hartem Holz geschnitzt, nicht wahr?«

Er ließ den Dolch sinken, nahm das Mädchen bei der Hand und schritt mit ihr durch das schmale Treppenhaus voran. Die anderen folgten ihm, wobei sie jede Fackel, die sie passierten, aus ihrem Halter nahmen. Noch bevor sie das oberste Stockwerk erreicht hatten, hörte man, wie die Thüringer unter den wütenden Befehlen der Ritter damit begannen, gegen die Tür anzurennen.

Im Festsaal hatte sich seit ihrem letzten Zusammentreffen nichts verändert. Noch immer waren Throne, Bänke und Tische so wie beim Wettstreit angeordnet. Unter Wolframs Anleitung wurden einige der Bänke und Tische nach draußen getragen und im Treppenflur aufgetürmt, um Schutz vor den Armbrüsten der Angreifer zu gewähren, mit genug Lücken darin, eigene Bolzen abzuschießen.

Ofterdingen wandelte währenddessen mit bemerkenswerter Gelassenheit durch den leeren Saal, fand dabei seine Fiedel, die man am Fuß des Landgrafenthrones abgelegt und dort vergessen hatte, und prüfte, wie sehr sich ihre Saiten in den drei kalten Tagen verstimmt hatten. Agnes nahm neben Irmgard auf einer Bank Platz, um sie zu beruhigen, doch dem Mädchen hatte die Geiselnahme kaum zugesetzt. Sie hatte zwei ihrer Püppchen dabei, einen Sarazenen und einen Kreuzritter, die sie auf der Bank absetzte.

Sobald alles Nötige zu ihrer Verteidigung vorbereitet war, entließ Wolfram das Mädchen endlich. Er bat sie um Verzeihung für den groben Angriff des Ofterdingers und half ihr über den Schutzwall aus Bänken und Tischen. Als sich Ofterdingen rückblickend zu seinem Entschluss gratulierte, Irmgard als Geisel zu nehmen und dergestalt in Sicherheit zu gelangen, geriet Wolfram so in Rage über die Abscheulichkeit, ein unschuldiges Kind mit vorgehaltenem Messer in diesen Konflikt zu ziehen, dass er Ofterdingen einen Fausthieb verpasste. Die Rauferei der beiden artete in ein unübersichtliches Handgemenge aus, als die Umherstehenden versuchten, die Streithähne zu trennen. Endgültig unterbrochen wurde der Kampf erst durch den Lärm, den die Thüringer beim Zerschlagen der Tür und beim Sturm der Treppe machten.

Man hatte im Ganzen sechs Schwerter, einen Streitkolben, einige Dolche sowie Gregors Küchenwerkzeuge und die Axt, aber am wertvollsten waren zunächst die beiden Armbrüste, mit denen Wolfram und sein Knappe Stellung bezogen.

Der Angriff der Thüringer war wenig durchdacht. Mit Gebrüll und ohne Schilde stürmten sie die Treppenstufen hoch, wo sie von Wolframs und Friedrichs Bolzen begrüßt wurden. Der Aufgang war so eng, dass nicht mehr als zwei Mann nebeneinanderlaufen konnten, und sobald der Erste von ihnen getroffen zu Boden gegangen war, war das Vorankommen für die Nachfolgenden dermaßen erschwert, dass sie die Attacke abbrachen und ins darunterliegende Geschoss zurückwichen. Der Verwundete kroch ihnen hinterher.

Für die zweite Attacke, die wenig später erfolgte, hatten sich die Thüringer Schilde besorgt. Diese Schilde schützten sie beim Emporsteigen zwar vor den Armbrustbolzen, waren aber hinderlich, sobald die Barrikade erreicht war. Es war ihnen nicht möglich, gleichzeitig die Schilde zu halten und die Brüstung zu stürmen. Abermals zogen sich die Angreifer zurück.

Für den dritten Anlauf hatten sich die Thüringer mit eigenen Armbrustschützen verstärkt, die, von den Schildträgern gedeckt, die Verteidiger unter Beschuss nahmen. Die Bolzen schlugen ins Holz der Brustwehr ein, einige flogen darüber hinweg, aber kein einziger erreichte sein eigentliches Ziel. Zwei der Thüringer allerdings wurden von den feindlichen Geschossen niedergestreckt. Auch diese Attacke endete mit dem Rückzug.

Wolfram verlor keine Zeit und ordnete sofort eine Art Ausfall an, den seine beiden Gefolgsmänner dazu nutzten, ein Schild und eine Armbrust aufzusammeln, die ihre Angreifer fallen gelassen hatten, sowie zahlreiche Bolzen. Die meisten der Bolzen zogen sie wie Nägel aus den Tischplatten und Bänken.

Es wurde offensichtlich, dass sich die Thüringer für ihren nächsten Angriff mehr Zeit lassen würden. Im Treppenhaus hörte man gelegentlich noch Stimmen, aber die Mehrzahl der Soldaten und ihrer Anführer hatte den Palas wieder verlassen. Bevor der Landgraf weitere Männer sinnlos in diesem Nadelöhr opferte, würde er vermutlich das Licht des Tages abwarten.

Wie die Angreifer nun über andere Wege nachsannen, den Festsaal zu stürmen, suchten die Verteidiger gleichermaßen andere Wege, ihn zu verlassen. Es gab keine. Agnes hatte zwar ihr Seil dabei, mit dem man sich aus einem der Ostfenster hätte herablassen können – dem einstigen Weg des Richtschwerts folgend –, aber unzweifelhaft hatte der Landgraf Männer am Torturm abgestellt, um auch die Rückseite des Palas die ganze Nacht über im Blick zu behalten. Und in den Burghof auf der Westseite hinabzusteigen, der über und über mit Soldaten bevölkert war, hieße, mitten in den Löwenzwinger zu springen. Die Sänger waren also im Palas ebenso sicher, wie sie gefangen waren.

Man durchstöberte den Saal nach Nahrung und Wasser und fand hier einen halb vollen Krug und dort einen harten Brotkanten, leere Becher und Essgeschirr, dazu einige Tücher, die man als Decken benutzen konnte, sowie zahlreiche Kissen. Während Konrad abgestellt wurde, bei der Treppe Wache zu halten, entfachten Wolframs Knappen im mittleren Kamin ein Feuer. Am besten brannten die nun trockenen Tannenzweige, mit denen der Saal zur Weihnacht dekoriert worden war. Ofterdingen rückte sich den Thron des Landgrafen an die Flammen und nahm darin Platz. Die anderen trugen Bänke und Schemel heran.

»Und wo sind jetzt deine Ideen, Heinrich?«, fragte Wolfram.

»Meine Ideen? *Ihr* habt mich doch befreien wollen. Darum hoffe ich doch sehr, dass ihr es seid, die noch etwas in der Hinterhand habt, uns hier herauszuholen.« Als niemand darauf Antwort gab, klatschte Ofterdingen in die Hände, amüsiert über die Ratlosigkeit seiner Befreier, und fügte heiter hinzu: »Kopf hoch! Wir werden schon einen Ausweg finden. Ein wenig erinnert mich das Ganze an diesen Zwischenfall in Freising; weißt du noch, Wolf? Da standen wir Rücken an Rücken gegen was? Zehn, zwölf böhmische Söldner. Und sind am Ende doch mit heiler Haut davongekommen. Ein Heldenstück! Sie haben dir lediglich einen Zahn ausgeschlagen.«

Da Wolfram nichts zur Freisinger Anekdote beitragen wollte, erkundigte sich Heinrich von Ofterdingen endlich nach allen Umständen von Ruperts Tod. Vollends empört war der Ofterdinger jedoch erst, als er von den Hintergründen der Intrige erfuhr, die man gesponnen hatte, ihn zu entehren und zu enthaupten. Dass sein Freund und Vorbild Reinmar sich hatte kaufen lassen, ihn ans Messer zu liefern, machte Ofterdingen so zornig, dass er vom Thron aufsprang, hin- und herlief und mehrere Schemel quer durch den Saal schleuderte. Er verglich sich mit Siegfried und Reinmar mit Hagen, denn der treulose Hagenauer habe nichts anderes getan, als für gleißendes Gold dem arglosen Freund einen Speer in die verletzlichste Stelle zu bohren.

Als sich Ofterdingens Zorn etwas gelegt hatte, dankte er Wolfram dafür, dass er es auf sich genommen habe, ihn, den unrechtmäßig Verurteilten, freizukämpfen – ganz gleich, wie unüberlegt die Unternehmung auch gewesen sein mochte. Irgendwann wurde es Wolfram zu viel des Lobes und der Brüderlichkeit, und er wies darauf hin, dass nicht so sehr er als vielmehr Biterolf die treibende Kraft dieser Befreiung gewesen war. Dann wickelte sich Wolfram in eines der Tischtücher und legte sich schlafen. Die Rüstung behielt er an und das blanke Schwert in Griffweite. Aus den entlegenen Ecken des Festsaals hatten sie die Teppiche von den Wänden gerissen und diese vor dem Kamin ausgebreitet und mit Kissen bedeckt, sodass ihr Lager warm und weich war. Frieren musste nur, wer im Treppenhaus Wache hielt.

Im Tagesgrauen weckte Wolfram sie. Das Treiben im Hof ließ darauf schließen, dass Hermann eine weitere Attacke vorbereitete. Agnes sammelte Schnee von den Arkaden und schmolz ihn am Feuer, um den Durst zu stillen. Wolfram betete laut, und die anderen gesellten sich zu ihm, auf den Teppichen kniend wie die Mohammedaner. »Seid stark im Herrn und in der Macht seiner Stärke«, sprach Wolfram, »kleidet euch in den Harnisch Gottes, dass ihr den listigen Anschlägen des Teufels standhalten mögt. Steht fest, umgürtet mit Wahrheit und gepanzert mit Gerechtigkeit. Ergreift den Schild des Glaubens, mit dem ihr alle Feuerpfeile des Bösen auslöscht, und nehmt den Helm des Heils und das Schwert des Geistes, welches ist das Wort Gottes. Betet allezeit im Geist für den Herrn und alle Heiligen, und er wird euch eine Brücke bauen über Blut und Feuer.« Beim *Amen* bemerkte Biterolf, dass seine Stimme halbwegs wiederhergestellt war.

Als es hell genug war, befahl der Landgraf den Angriff. Diesmal gingen die Thüringer besonnener zu Werke: Mehrere Ritter mit Schilden versuchten erneut, die Treppe zu überwinden, aber entlang der gesamten Westfassade wurden in der gleichen Zeit etliche Sturmleitern angelegt, um den Saal über die Arkaden zu stürmen. Wolfram, Ofterdingen und Konrad hielten die Treppe, der Rest die Arkaden. An und für sich wäre es für die Verteidiger ein Leichtes gewesen, die Leitern sofort wieder von der Mauer abzustoßen und jeden Eroberungsversuch damit zu vereiteln, nur hatte Hermann auf der gegenüberliegenden Seite des Hofes und selbst auf dem Dach des Zeughauses Armbrustschützen postiert, die jeden unter Beschuss nahmen, der zwischen den Arkaden hervortrat. Biterolf und die anderen mussten hinter den Säulen und der Brüstung Deckung suchen, bis Gregor Schemel und Stangen aus dem Saal brachte. Die Schemel konnten sie als Schilde nutzen, mit den Stangen konnten sie die Leitern zur Seite schieben, ohne ihre Deckung zu verlassen.

Je nachdem, wie weit die Angreifer gekommen waren, bis ihre Leiter umgestoßen wurden, stürzten sie bis zu sechs Klafter tief. Die Schmerzensschreie der Abgestürzten ließen darauf schließen, dass nicht nur Holz brach, sondern auch mancher Knochen. Heikel waren für die Verteidiger lediglich jene Leitern, die an ihrem Ende mit Haken versehen waren. Denn sobald diese in die Brüstung eingehängt waren, war es schwierig, sie wieder herunterzuheben. Mit der Axt des Fleischhauers hieb Rumolt auf die Haken ein, bis sie zersplitterten, doch bevor er die eine Leiter zerschlagen hatte, hatten die Thüringer bereits eine andere erklommen. Dem ersten der Angreifer schoss Agnes einen Bolzen ins Gesicht, dass er tot im Bogengang zusammenbrach, den zweiten stieß Rumolt mit einem Axthieb in den Brustkorb über die Brüstung. Dem dritten Thüringer gelang es jedoch, Gregor das Schwert in die Seite zu hauen und ihm, als er am Boden lag, den Rücken zu durchbohren. Dann trieben ihm Biterolf und Rumolt von beiden Seiten die Klingen in den Leib. Sie halfen Gregor auf die Beine. Er blutete vorne und hinten, schüttelte aber dennoch unwirsch die helfenden Hände ab, kaum dass er stand, und zog sich in den Saal zurück.

Das Gefecht dauerte ewig. Stets kamen neue Leitern und neue Leute nach. Der Boden des Arkadenganges war bald mit Bolzen übersät, sodass Agnes immer ausreichend Nachschub hatte, die Armbrüste damit zu bestücken. Biterolf wurde der Gaumen so trocken, dass er mehrmals eine Handvoll Schnee aufnahm und sich in den Mund steckte. Ihre schwitzenden Leiber und die ihrer Angreifer waren in der Kälte von steten Dampfwolken umhüllt.

Wolfram, Ofterdingen und Konrad gelang es, die Erstürmung der Treppe zu verhindern. Schließlich gaben die Thüringer Ritter ihren Männern den Befehl, den Angriff abzubrechen. Das Treppenhaus wurde abermals geräumt, die Armbrustschützen verließen ihre Stellungen, die Sturmleitern blieben aus. Agnes sammelte sämtliche Bolzen auf, während Rumolt den erschlagenen Thüringern abnahm, was man an Waffen, Rüstung und Kleidung von ihnen noch gebrauchen konnte.

Im Saal lag Gregor. Er hatte es bis vor den Kamin geschafft und war dort zusammengebrochen und gestorben. Man kam um seine Leiche zusammen. Agnes sprach ein Gebet und schlug den Körper in ein Tischtuch. Rumolt weinte und verfluchte den Landgrafen. Blut und Schweiß hatte sich auf Wolframs Stirn so vermischt, dass es aussah, als hätte er Blut geschwitzt. Er roch nach Harn. Im Kampf war er gezwungen gewesen, sich in seine Rüstung zu erleichtern. Trotz allem zog er es vor, gerüstet zu bleiben, während die anderen sich entkleideten und ihre nassen Hemden zum Trocknen vors Feuer legten.

Heinrich von Ofterdingen klopfte Wolfram unentwegt auf die Schulter. Dann trat er zu Konrad, der mit nacktem Oberkörper am Kamin saß und sich Hand und Arm rieb, die das Schwert nicht gewöhnt waren. »Die Thüringer haben wir das Fürchten gelehrt, was, Heinrich?«, fragte Konrad stolz.

»Das nächste Mal hilfst du der Amme beim Bolzensammeln, du Memme«, entgegnete Ofterdingen brüsk. »Immer einen Schritt hinter uns und das Schwert wie eine Leimrute von dir gestreckt. Jämmerlich! Hast du überhaupt irgendeinen erwischt? Rupert an deiner Stelle wäre mitten unter sie gesprungen und hätte sie niedergemacht wie ein Schnitter das Korn.« Ofterdingen hatte ihm den Rücken zugedreht, bevor sich Konrad rechtfertigen konnte.

Johann, der Wache hielt, rief nach ihnen. Der Landgraf wünschte Wolfram und Biterolf im Treppenhaus zu sprechen – allein.

Die beiden Sänger folgten dem Wunsch. Ofterdingen, der dem Fürsten seine Meinung sagen wollte, wurde verwehrt, sie zu begleiten, denn zum jetzigen Zeitpunkt schien es nicht klug, noch Öl ins Feuer zu geben.

Tatsächlich erwartete sie dort auf dem Treppenabsatz, in den Überresten der angeschlagenen Brustwehr, zwischen zersplitterten Kettenringen und fehlgeleiteten Bolzen, Hermann von Thüringen, ohne Gefolge und nur leicht gerüstet, offenbar der festen Überzeugung, dass man zumindest gegen ihn nie die Hand erheben würde. Er lächelte.

»Es nimmt sich wie ein Wunder aus«, sagte er. »Drei Ritter und fünf Mann halten dieses Haus gegen das Heer von Thüringen. Es klingt wie eine von Richards von England Heldentaten im Gelobten Land.«

»Euer Palas hatte kluge Baumeister und lässt sich daher vortrefflich verteidigen«, entgegnete Wolfram.

»Umso mehr unter der Führung eines erfahrenen Kämpfers, wie du es bist, Wolfram.«

»Habt Dank, Euer Hoheit.«

»Vier meiner Männer sind tot, ein Dutzend weiterer liegt

mit Löchern, Schnitten und Brüchen in den Händen meines Wundarztes. Wen es von euch hingerafft hat, weiß ich nicht, aber mich interessiert vor allem, wie viele noch sterben müssen, bevor ihr euch endlich ergebt.«

»Wir werden uns nicht ergeben.«

»Wolfram, das ist Tollheit. Ihr könnt uns unmöglich auf Dauer widerstehen, und Flucht ist unmöglich. Ich lasse mich nicht zum Belagerer meines eigenen Hauses machen. Also streckt die Waffen, ich flehe euch an. Es bleibt bei meinem Wort, dass ihr unbestraft bleibt.« Weil Wolfram keine Antwort gab, fügte er hinzu: »Dieses Angebot weite ich übrigens auf jeden von euch aus; eure Knappen, mein abtrünniges Gesinde – sie sollen in Frieden ziehen. Ich möchte wirklich nicht, dass in diesem sinnlosen Kampf noch weiteres Blut fließt.«

»Wer hat unsere Flucht verraten?«, fragte Biterolf.

»Das war Walther, der – im Gegensatz zu dir, Biterolf – weiß, was Loyalität bedeutet. Aber ich will deine Unvernunft damit entschuldigen, dass du noch junges, hitziges Blut hast und Recht und Unrecht nicht immer auseinanderhalten kannst.«

»Recht und Unrecht?«, entgegnete Biterolf. »Wir wissen, wie es zu Heinrichs Niederlage kam, Euer Hoheit. Wir wissen, dass wir alle nur auf die Wartburg gekommen sind, damit das Blut des Ofterdingers fließt.«

»Walther hat mir bereits den gleichen Vorwurf gemacht, und vielleicht zu Recht«, sagte Hermann. »Bedenkt aber, dass ihr Spielleute es leichter habt als ein Fürst wie ich. Mir stehen eure subtilen Mittel nicht zur Verfügung, das Ansehen eines Mannes zu verheeren mit ein paar zwanglosen Versen, so wie es Heinrich von Ofterdingen vor zwei Jahren mit mir getan hat. Wenn es in eurem Sinne ist, verspreche ich, das nächste Mal grober und direkter vorzugehen, wenn ich mir Vergeltung schaffen will. – Aber die Fehde zwischen mir und diesem Schandmaul sei nicht eure Angelegenheit. Legen wir diesen Streit bei. Reichen wir einander wieder die Hände.«

»Es geht nicht, Euer Hoheit«, sagte Wolfram gequält, »solange Ihr nicht auch Heinrich ziehen lasst.«

»Ausgeschlossen. Ich habe mir geschworen, Heinrich zu vernichten.«

»Und ich habe geschworen, ihn zu verteidigen«, erwiderte Wolfram. »Und ich habe noch nie in meinem Leben die Waffen gestreckt. Was wäre das für ein armseliges Finale.«

»*Finale*? Dies ist nicht eine deiner Geschichten, Wolfram.«

»Es wird gerade dazu.«

Hermann sah Wolfram lange in die Augen. Der hielt den Blick und sagte einmal mehr: »Es geht nicht.«

Hermann nickte schließlich resigniert. »Das Letzte, was ich will, ist, dass einer von euch beiden verletzt wird. Ich werde Befehl geben, dass man euch beide schont, so gut es geht.«

»Ihr könnt nicht erwarten, dass wir das Gleiche mit Euren Männern tun.«

»Das tue ich auch nicht. Ich erwarte lediglich, dass ihr beide Vernunft annehmt. Ich werde dennoch den Befehl geben, euch zu verschonen.« Er wandte sich zum Gehen. »Kann ich mich darauf verlassen, dass ihr euren Leuten und meinen Knechten den Vorschlag unterbreitet, als freie Männer das Feld zu verlassen? Oder muss ich es über den Hof brüllen?«

»Wir sagen es ihnen, Euer Hoheit«, antwortete Wolfram. »Wann werdet Ihr wieder angreifen?«

»Immerzu«, sagte Hermann, »und so lange, bis mein Haus wieder mir gehört.«

Zurück im Festsaal gab Wolfram das Angebot des Landgrafen bekannt, allen Fluchthelfern Gnade zu gewähren. Weil er währenddessen vornehmlich Agnes und Rumolt ansah, antworteten diese zuerst darauf: Keiner der beiden wollte die Gruppe verlassen und Gregor verraten, der im Kampf für sie gestorben war. Im Übrigen trauten sie Hermann nicht, dass er sie unbehelligt ließe. Vielleicht würde er sie heute gehen lassen, aber nur, um sie dann, eine Woche später oder ein Jahr, aufzuspüren und zur Rechenschaft zu ziehen. Rumolt sagte stolz, er ziehe den Tod im Kampf vor. Agnes nickte.

Friedrich und Johann, denen Wolfram ins Gewissen redete, reagierten heftiger. Je mehr Wolfram auf sie einredete, je mehr er ihnen begreiflich zu machen versuchte, dass Hermann recht hatte – dass sie in der Tat den Palas nicht ewig würden halten können, dass Flucht unmöglich war – und dass er, Wolfram, unmöglich ihren Tod ertrüge und dass vor allem der Ofterdinger dies alles nicht wert sei –, desto bewegter wurde insbesondere Friedrich. Als Wolfram die beiden ihrer Pflicht entband, ihm weiterhin zu dienen, sprang Friedrich wutentbrannt auf die Beine und schrie, er wolle nicht ein weiteres Wort mehr hören, sonst vergesse er sich. Dann verließ er den Saal und ging zur Treppe, um sich dort in Abgeschiedenheit wieder abzukühlen.

Auch Biterolf schüttelte den Kopf, als Wolframs Blick die Runde machte. »Dann will niemand gehen?«

Scheu hob nun Konrad die Hand. »Ich werde gehen.«

Eine Vielzahl von Mienen wechselte sich auf Ofterdingens Gesicht ab. Dann sagte er flach: »Das wagst du nicht.«

»Ich bin ein schlechter Kämpfer, du hast es vorhin selbst gesagt«, erklärte Konrad. »Und dies ist nicht mein Krieg.«

»*Nicht dein Krieg?!*«, donnerte Ofterdingen. »Und wie es dein Krieg ist, du kotgewälzter Sohn einer Hündin! Ich bin dein Herr, verdammt noch mal! Deinen letzten Tropfen Blut wirst du für mich vergießen, und wenn ich sage: *Komm mit in die Hölle*, hast du zu fragen: *Wie tief?*, hörst du?«

Als Konrad den Kopf schüttelte, packte ihn Ofterdingen am Kragen und zog ihn zu sich: »Du verfluchter Hurensohn! Nimm dir ein Beispiel an Wolframs Männern, die dich Feigling beschämen, besinne dich und leiste Abbitte, sonst reib ich dir die Nähte, du elendiger Saupelz!«

»Lass mich los!«

»Der falsche Mann wurde von den Knechten zerstückelt und von den Raben gefressen!«, geiferte Ofterdingen, stieß den Singerknaben von sich, dass er zu Boden fiel, und setzte einen Fußtritt nach. »So dankst du mir alles, was ich für dich getan habe, du treulose Natter, du Kröte, du Wurm von einem Galgenstrick?«

»Was soll ich dir danken?«, kreischte Konrad zurück, ohne aufzustehen. »Dass du meinen Lohn versoffen hast, wann immer es dir passte? Dass ich wie ein Kuttenpisser auf dem Esel reiten muss, seit du mein Pferd verwürfelt hast? Dass du mir alle naselang die Weiber ausgespannt hast, nur um mich zu übertrumpfen? Dass du mich bei jeder Gelegenheit zum Affen gemacht hast, um die Lacher auf deiner Seite zu haben? Dass du mir, Gottes Leich, in Bozen in die Stiefel gekotzt hast?«

»Die ewigalte Stiefelgeschichte! Ich war betrunken, mein Gott!«

»Aber nüchtern genug, die gleiche Menge auf beide Stiefel zu verteilen! Und Ichtershausen! In Ichtershausen hast du ihnen erzählt, ich hätte den *Aussatz*, obwohl du es eigentlich warst! Und dabei war es nicht einmal der Aussatz, wie sich später herausgestellt hat, sondern nur ein harmloser Grind! Die Leute hätten mich beinahe ausgeräuchert!«

Weil Ofterdingen die Rechtfertigung darauf schuldig blieb, begann Konrad, seine Habseligkeiten zu sammeln.

»Du bleibst«, sagte Ofterdingen. »Tot oder lebendig, du bleibst hier.« Dann hob er das nächstbeste Schwert vom Boden auf und ging damit auf Konrad zu. Wolfram stellte sich ihm rechtzeitig in den Weg.

»Zur Seite«, bat Ofterdingen.

»Lass ihn gehen.«

»Du würdest deine Knappen auch niedermachen, wenn sie derart wenig Ehre am Leib hätten.«

Ofterdingen unternahm einen Versuch, Wolfram zu umgehen, dann einen weiteren auf der anderen Seite, aber Wolfram hielt den Weg mit ausgebreiteten Armen blockiert. Konrad hatte derweil hinter Biterolf Schutz gesucht. Ofterdingen rempelte Wolfram an. Wolfram versuchte, ihm das Schwert zu entwenden. Ofterdingen widerstand. Als die

Klinge schließlich zu Boden fiel, brach abermals eine Rauferei zwischen den beiden aus. Abgesehen von einem Schlag in die Zähne behielt diesmal Ofterdingen die Oberhand, weil er nicht durch eine so schwere Rüstung behindert wurde wie Wolfram. Am Ende saß er breitbeinig über Wolfram und trommelte mit stumpfen Fäusten auf ihn ein.

Das Gebalge nutzte Konrad, um ohne ein Wort davonzurennen. Ofterdingen wurde die Flucht seines Singerknaben erst bewusst, als dieser längst im Treppenhaus war. Er ließ von Wolfram ab und eilte zum Bogengang, gerade noch rechtzeitig, um zu sehen, wie Konrad auf dem Burghof von den thüringischen Soldaten empfangen wurde.

»Du bist ein miserabler Fiedler!«, brüllte Ofterdingen ihm nach.

Konrad sah ein letztes Mal auf zu seinem ehemaligen Dienstherrn. »Ich bin einer der Besten, und das weißt du auch!«

»Ein guter Handwerker vielleicht! Aber keine Seele! Kein Feuer! Die Gicht in deine Finger, du Afterbrut! Wenn du mein Pferd nimmst, find ich dich und bring dich um!«

Weiter kam Ofterdingen nicht, denn sobald er zwischen den Arkaden erschienen war, hatten alle Armbrustschützen im Hof nach ihren Waffen gegriffen. Als der erste Bolzen an seinem Kopf vorbeipfiff, kehrte er fluchend in den Festsaal zurück. Konrad sahen sie nicht wieder.

Hermann von Thüringen machte sein Versprechen wahr, den nächsten Angriff nicht lange hinauszuzögern, nur hatte die Schlacht am Morgen ihm gezeigt, dass es zu verlustreich sein würde, es erneut auf direktem Weg zu versuchen. Stattdessen wurden zwei Männer mit Seilen vom benachbarten Bergfried auf das Dach des Landgrafenhauses herabgelassen. Die Gruppe im Saal war gerade dabei, die eigenen Kleider und Kettenpanzer wieder anzulegen und von den gefallenen Thüringern das, was an Rüstung und Helmen zu gebrauchen war, als leise das Knirschen von Schnee und Schindeln an ihre Ohren drang. Sie sahen aufwärts ins dunkle Gebälk; unschlüssig, wie sie sich gegen einen Angriff von oben schützen sollten. Doch der Schnee nahm ihnen die Sorge: Mit einem gewaltigen Krachen löste sich das Schneebrett, auf dem sich die beiden Kletterer befanden, vom Dach und riss sie mit sich zu Boden. Eine Kaskade aus Schnee und Eis stürzte mitsamt den Unglücklichen in den Burghof, begrub dort das Belagerungsgerät unter sich und schlug so manchen ausharrenden Soldaten besinnungslos. Bis der Schaden behoben war und alles Gerät und die Körper wieder ausgegraben, dauerte es eine gute Weile. Ein weiterer Versuch, das Dach über den Bergfried zu nehmen, wurde nicht unternommen.

Am Nachmittag vernahm Biterolf, der sich zum Schlafen vors Feuer gelegt hatte, ein kratzendes Geräusch aus dem Kamin. Für einen Augenblick glaubte er, ein unglücklicher Vogel sei auf irgendeine Weise in den Schornstein geraten und kämpfe nun im Rauch ums Überleben, doch dann begriff er, dass das Geräusch nicht von über dem Feuer kam, sondern von unten. Er rief die anderen zu sich und weckte die Schlafenden. Offensichtlich versuchte jemand, aus dem Rittersaal im darunterliegenden Stockwerk durch den Rauchabzug aufwärtszugelangen.

Die Verteidiger schoben kurzerhand einen Großteil der brennenden Scheite in den Schlot, der dahinterlag. Aus dem Dunkel hörten sie das Geschrei, als Feuer, Glut und Asche auf den heimlichen Kaminkletterer herabprasselten. Sofort legten sie neues Feuerholz nach. Friedrich ging, die Lage am Kamin an der Nordseite zu prüfen, in dem kein Feuer brannte, und kam gerade rechtzeitig, um einen zweiten Kletterer mit dem Schwert zu begrüßen, als der, schwarz wie der Teufel von Toledo, seinen Körper aus der Öffnung zwängte. Der Eindringling zog den Sturz vor und ließ sich hinabfallen, bevor Friedrich zustoßen konnte.

Lediglich der Kamin an der Südseite war für dergleichen Maulwürfe versperrt, weil sein Abzug nicht in die darunterliegenden Geschosse ging. Während man noch darüber stritt, wie man die beiden offenen Rauchabzüge am besten dauerhaft verschließen konnte, passierten mehrere Dinge zur gleichen Zeit: Aus dem Hof ertönte der Ruf eines Hifthorns. Agnes, die an der Treppe wachte, schrie um Hilfe, weil ein neuer Angriff auf die Brustwehr und den Bogengang eingeleitet wurde. Die Männer griffen zu ihren Waffen und waren schon auf dem Weg zu Bogengang und Treppe, als die Fenster in der Nord- und der Südfassade zerschlagen wurden. Auf jeder Seite hatte man Leitern angelegt, um sich auch über die schmalen Fenster Zutritt zum Saal zu verschaffen.

Die Verteidiger rannten umher wie eine Schar Asseln, denen man den schützenden Stein weggerollt hatte, unschlüssig, zu welcher der fünf Fronten man zuerst eilen sollte – bis endlich Wolframs Stimme durch den Raum donnerte, jeden beim Namen rief und ihm eine unmissverständliche Stellung zuwies: Agnes die Kamine, Biterolf die große nördliche Fensterfront und Rumolt die kleine südliche, Ofterdingen und Johann der Bogengang, sich und Friedrich die Treppe.

Unwillkürlich wollte Biterolf protestieren, aber Wolfram war längst fort. Also nahm er eine der Armbrüste in seine freie Hand und rannte zu seiner Stellung, wo die Schwerter der Thüringer fleißig das Glas zerschlugen. Diese Fenster zu verteidigen war doppelt schwer. Denn zum einen war ihr Sims fast mannshoch, sodass Biterolf mit seinem Schwert kaum zuschlagen konnte, und zum anderen war die Fensterfront so breit, dass die Thüringer gleich zwei Sturmleitern angelegt hatten.

Biterolf schoss dem linken Soldaten durchs Fenster einen Bolzen in die Brust und hatte das große Glück, dass der Mann trotz der Verletzung die Leiter nicht aus der Hand ließ, sondern verletzt wieder hinabstieg, was die Leiter für die Nachkommenden blockierte. Während Agnes die Armbrust nachlud, schob Biterolf einen Tisch vors Fenster und sprang darauf, um nun auf Augenhöhe mit den Thüringern zu sein. Im Kampf zerschlugen er und sein Kontrahent die Reste von Fenster und Fassung und hieben Kerben in die Säulen. Biterolf aber hatte den Vorteil, ausholen zu können, und mit einem kräftigen Streich gegen den Helm hatte er den Mann von der Leiter gemäht.

Weitere kamen nach, bald auch wieder über die linke Leiter. Hin und wieder erkannte Biterolf hinter Helm und Nasenstück Gesichter, die er in den Tagen zuvor auf der Burg gesehen hatte. Er brüllte Agnes zu, sie möge schießen, aber sie war fort. Einem weiteren Mann zerschlug er den Arm. Er selbst wurde an der Schulter getroffen, aber Walthers Panzerhemd, das er am Leib trug, fing die Klinge ab. Er begriff, dass die Beseitigung der Sturmleitern wichtiger war als alles andere, weshalb er auf eine der Fensterbänke sprang und so lange gegen den Holm trat, bis die Leiter samt Steiger entlang der Mauer abwärtsglitt.

In der Zwischenzeit war ein Thüringer über die andere Leiter durchs Fenster gelangt, beim Sprung in den Saal aber unglücklich gestürzt. Biterolf sprang auf ihn herab, eine Hand am Heft und die andere an der Parierstange, und trieb ihm mit seinem ganzen Gewicht den Stahl durch die Rippen. Dann griff er sich einen Schemel am Bein, stieg damit erneut ins Fenster und schleuderte ihn dem nächsten Kletterer entgegen. Kaum dass der Mann scheppernd auf den Wehrgang gestürzt war, auf dem das untere Ende der Leiter stand, entfernte Biterolf auch diese Leiter, und zwar so, dass sie nicht in den Burghof fiel, sondern auf der anderen Seite der Burgmauer hinab in den Wald.

Zu seinem eigenen Erstaunen hatte Biterolf die ihm zugewiesene Aufgabe bewältigt. Sein Schlüsselbein fühlte sich an, als sei es gebrochen. Er rannte durch den Festsaal zur anderen Fensterfront, aber um Rumolt zu helfen kam er zu spät: Dieser hatte, weil es ihm nicht gelungen war, die Sturmleiter seitwärts wegzuschieben, sich kurzerhand mit aller Kraft dagegengestemmt und sich mit ihr von der Fensterbank abgedrückt. Mitsamt der Leiter war er in den Tod gestürzt.

Johann war durch einen Bolzen gestorben, der sich durch den Helm in seinen Schädel gebohrt hatte. Wolfram bahrte seinen Singerknaben auf einer Bank auf und kniete davor nieder, eine Totenklage zu sprechen. Er weinte. Als sich Heinrich dem Betenden näherte, beobachteten ihn die anderen beklommen in der Furcht vor einem unangemessenen Kommentar des Ofterdingers. Aber Heinrich hielt dem Trauernden nur den Wasserkrug hin, seinen Durst zu löschen. Wolfram lehnte ab.

Unter diesen beiden Opfern, Rumolt und Johann, hatte man einen weiteren Versuch vereitelt, den Saal einzunehmen. Der Tag begann zu dämmern, und vor dem nächsten Morgen schien ein nochmaliger Angriff ausgeschlossen. Das Feuerholz ging allmählich zur Neige, und nachdem man das ramponierte Bollwerk im Treppenhaus abermals hatte mit Bänken und Tischen ausbessern müssen, blieben nur wenige Möbel im Saal übrig, sie im Kamin zu verfeuern. Aber Feuer tat not, umso mehr, als der Nachtwind kalt war und die Fenster zerschlagen, die ihm den Einlass hätten verwehren können. Den Anfang machten die Throne des Landgrafen und seiner Frau, die Heinrich von Ofterdingen genüsslich mit Axthieben und Tritten zerkleinerte.

Während die verschwitzten Kleider vor dem Kamin trockneten, saßen die fünf im Türkensitz eine Reihe dahinter. Gegen die Kälte hatte man sich in Tücher und Teppiche gewickelt. Der Einzige unter ihnen, den nicht fror, war Biterolf. Offenbar hatte er in der Drachenschlucht genug gefroren für ein Menschenleben. Die Hemden der Erschlagenen hatte man in Streifen gerissen, um sich damit die Wunden zu verbinden. Wolframs Hemd und Hals waren schwarz vom Harnischruß, sein Kopf grau und glatt wie ein Bachkiesel.

Den ganzen Tag lang hatten die Verbliebenen nichts gegessen; nun teilten sie untereinander das trockene Brot, das sie im Saal gefunden hatten, und Agnes' Proviant für die Flucht nach Eisenach. In seinen Taschen fand Biterolf noch einige trockene Vogelbeeren. Dazu trank man geschmolzenen Schnee. Unwillkürlich erinnerte man sich an die Köstlichkeiten des Festmahls, mit dem der Landgraf sie acht Tage zuvor im gleichen Raum begrüßt hatte.

Heinrich von Ofterdingen sehnte sich nach einem Becher Wein. »Oder, besser noch, ein Becher Drachenblut, unverwundbar zu werden. Und ein Becher mit dem Blut des Erlösers für die Unsterblichkeit. Und dann mitten rein in die Thüringer.« Ofterdingen griff nach seiner Fiedel und sah zu Wolfram: »Darf ich?«

Wolfram nickte, worauf Ofterdingen sein Instrument stimmte und ein Lied ohne Worte spielte. Die anderen lauschten und starrten ins Feuer. Nur Biterolf betrachtete Agnes. Schmutzig war sie von Kopf bis Fuß, eine blutige Wunde an der Stirn, die Haare wirr – und noch immer seltsam ruhig, als hätte sie die gesamte Zeit außerhalb der Gefechte gestanden.

Unvermittelt unterbrach Ofterdingen sein Lied. »Diese Schlacht um den Palas ist doch ein anregendes Motiv«, sagte er, an niemanden ausdrücklich gerichtet. »Eine kleine Gruppe von Gästen verschanzt sich im Haus ihres Gastgebers, der sie in eine Falle gelockt hat, und führt mit stolzer Todesverachtung einen aussichtslosen Kampf gegen die Übermacht vor den Türen. Das wäre doch ein Untergang, der den Burgundern um Gunther und Hagen gut zu Gesicht stünde! Wäre das nicht ein schönes Ende für das Nibelungenlied?«

»Wunderschön«, sagte Wolfram. »Heinrich und seine bluttriefenden Enden.«

»Es wäre noch ein vergleichsweise unblutiges. Wenn du dich erinnerst, mein Lieber, dann haben wir damals noch ganz andere Varianten erzählt bekommen. Dieser eine Mönch aus Island meinte doch, Hagen bekäme das Herz bei lebendigem Leib aus der Brust geschnitten. Und das Weib in Straubing, weißt du noch, war ganz versessen darauf, dass Kriemhild die Herzen ihrer eigenen Kinder verspeist, am Spieß knusprig gebraten, bevor sie ihrem Bruder ein brennendes Holzscheit in den Rachen stößt.«

»Ich schlage dennoch vor, du endest, sollten wir lebend hier wieder herauskommen, die Nibelungen versöhnlich.«

»Das kann ich mir vorstellen!«, entgegnete Ofterdingen. »Wenn man sie dir überlassen würde, die Nibelungen, dann würde Hagen sich bekehren, Kriemhild würde in die Schwestern- und Gunter in die Narrentracht schlüpfen, und König Etzel würde täglich eine Messe für Siegfried lesen lassen. Nicht wahr, du alte Klostereule?«

»Zumindest würde ich nicht dem blutrünstigen Pöbel nach dem Mund schreiben.«

»Herrlich. Das war schon damals, in Passau, mein Verdacht: dass es dir im Grunde genommen lästig war, dich mit dem Pöbel herumzuschlagen; durch die verrauchten Bauernkaten zu ziehen und aufzunehmen, was Bauern, Kohlenbrenner und Torfstecher von den Nibelungen wissen. Anstatt dem deutschen Volk auf sein unbefangenes Maul zu schauen, hast du deinen toten Franzosen bevorzugt. Denn wie will jemand, der das Volk verachtet, das Lied des Volkes niederschreiben?«

»Ich achte das Volk sehr wohl. Aber das hindert mich nicht daran, es erziehen zu wollen.«

»Mit deiner Priesterweisheit? Mit deinen Feengeschichten von Luftschlössern und Zauberbetten? Mit diesen provenzalischen Andeutungen, die so verfeinert sind, dass niemand mehr versteht, worum es eigentlich geht? Mit diesem ganzen welschen Wurzelwerk unverständlicher Namen? Da fällt mir übrigens ein Lied ein: *Der heilige Gral*, nach Wolfram von Eschenbach.«

Ofterdingen nahm Fiedel und Bogen wieder auf und sang über eine einfache Melodie:

Der fromme Ritter Parzival
Auf seinem Pferdchen Gringulal
Ritt zu der Festung Monsalvat,
Wo es den Gral des Heilands hat.

Auf Ritter, denen er begegnet,
Die Klinge seines Schwertes regnet:
Auf Melianz und Vivianz
Und Gurnemanz und Gramoflanz.

*Der Ritter plündert Küch und Keller,
Trinkt sich voll Weins und leert die Teller
Und sprengt die Tür zum Weibsgemach
Und tut dort allen Weibern Schmach:*

*Beschläft die Frauen Plippalinot,
Repanse, Puzzat, Obilot
Condwiramur und Vergulant.
Danach steckt er die Burg in Brand.*

*Vor dem verkohlten Monsalvat
Der Ritter erst die Einsicht hat:
»Gotts Blitz! Ich hab vor lauter Essen
Und Schänden glatt den Gral vergessen!«*

Wolfram lächelte. Biterolf konnte sich nicht erinnern, je zuvor auf seinen Lippen ein Lächeln gesehen zu haben. Und Ofterdingens Spottgedicht auf sein heiliges Epos vom Gral hätte doch eher einen Faustschlag verdient als ein Lächeln. »Das Pferd heißt nicht Gringulal«, sagte Wolfram nur. »Und Plippalinot ist keine Frau. Ebenso wenig wie Vergulant.«
»Ich weiß«, erwiderte Ofterdingen. »Es ist nicht von mir. In Quedlinburg aufgeschnappt.«
»Nicht von dir? Es klang sehr danach. Die Vulgarität, die schlichte Melodie, die steifen Reime ...«
»Du bist ein Hornochse, Wolf«, sagte Ofterdingen schmunzelnd. »Für den Versuch, mich zu retten, nochmals vielen Dank, aber du bist und bleibst ein borniter Hornochse. Dies solltest du wissen, bevor du stirbst.«
»Solange du nur vor mir stirbst, sterbe ich glücklich.«
Ofterdingen reichte Wolfram seine Fiedel. »Mit diesen Zänkereien langweilen wir unsere Gesellschaft nur. Spiel uns ein Lied. Fiedel uns in den Schlaf, Guter.«
Wolfram spielte und summte dazu. Manchmal knackte das Feuer im Takt. Heinrich von Ofterdingen streckte sich wie ein Hund auf dem Teppich aus und war bald eingeschlafen. Darauf legte Wolfram Fiedel und Bogen nieder. Er bat

Friedrich, der draußen Wache hielt, ihn nach zwei Stunden zu wecken, schlüpfte dann in seine getrockneten Kleider und legte sich ebenfalls schlafen. Biterolf und Agnes waren nun unter sich.

Biterolf rückte seinen Mantel zurecht. Dabei löste sich die Spange mit der Zikade. Biterolf drehte sie in seiner Hand. Er hatte sie vor der Reise zur Wartburg eigens bei einem Schmalkalder Goldschmied für teuer Geld anfertigen lassen, im Glauben, jeder Trobador trüge eine Zikadenspange am Mantel als Kennzeichen seiner Zunft. Tatsächlich hatte nicht einmal Walther derartigen Schmuck.

»Hast du Angst vorm Tod?«, fragte Agnes unvermittelt.

Biterolf zuckte mit den Schultern und fragte, um der Antwort auszuweichen: »Und du?«

»Nur vorm Sterben«, antwortete sie. »Es tut mir leid, dass es so endet, Biterolf. Ich hätte dich nicht hineinziehen dürfen. Ich hätte Heinrich sich selbst überlassen sollen. Wenn du die Nachschlüssel nicht gefunden hättest, wenn ich dir nicht mit meinem Verdacht in den Ohren gelegen hätte, dann wärst du längst schon wohlbehalten wieder daheim. Ich wünschte, ich könnte irgendein Opfer bringen, es wiedergutzumachen.«

Sie strich ihm eine Haarlocke aus der Stirn, die die Wunde vom Zweikampf bedeckte. »Verheilt«, sagte sie und zog ein Messer aus dem Gürtel. Sie kniete sich vor Biterolf, der noch immer saß, führte die Klinge zwischen Zwirn und Stirn und durchtrennte die Naht. Dann zog sie einen nach dem anderen die Fäden aus der Haut.

Biterolf, der den Kopf gesenkt hielt, sah nur ihre Brust und ihren Bauch und ihr Becken, verborgen von dem Leinenhemd, das sie als Einziges noch am Leibe trug, derweil ihre restlichen Kleider trockneten. Er hätte seine Hände nur ein wenig ausstrecken müssen, um sie ganz zu umfassen. Er roch ihren Schweiß. Agnes hielt inne in der Untersuchung seiner Narbe. Sie hob sein Kinn, ihm in die Augen zu schauen, und sein Gesichtsausdruck machte sie mitleidig lächeln.

»Der Landgraf hat deine Mitgift gezahlt, wusstest du das?«, sagte er.
»Wie viel?«
»Zwei Mark. Hättest du mich denn geheiratet?«
»Ich glaube nicht«, sagte sie und küsste ihn.
Es war ein langer Kuss, und als er beendet war, griff sie mit beiden Händen nach dem Saum seines Hemdes, zog es ihm über den Kopf und legte es am Kamin ab, sodass er nackt vor ihr saß.
»Und Heinrich?«, flüsterte er, als er begriff, was sie vorhatte. »Und Wolfram von Eschenbach?«
»Schlafen«, entgegnete sie. »Es tut mir leid, aber es ist zu kalt, sich auch nur einen Schritt vom Feuer zu entfernen.« Dann raffte sie ihrerseits ihr Hemd bis an die Hüfte und setzte sich ihm in den Schoß, die Schenkel rechts und links um seinen Körper geschlungen. Sie küsste ihn erneut, während seine Hände ihre Beine, ihr Gesäß und ihren Rücken auf- und abtasteten; unschlüssig, an welchem dieser Orte sie verweilen sollten. Irgendwann war auch ihr durch das Feuer des Kamins und durch sein Feuer warm genug geworden, um sich ihres Hemdes ganz zu entledigen. Er verschränkte seine Arme hinter ihrem Rücken und drückte sie an sich.
Mittendrin rührte sich Heinrich von Ofterdingen. Er brabbelte einige Worte und wälzte sich von einer Seite auf die andere. Biterolf hielt nach einem Schwert Ausschau oder nach einem Holzscheit, denn zweifellos hätte er den Ofterdinger damit niedergeschlagen, um zu verhindern, dass dieser ihm ein zweites Mal die Erfüllung mit Agnes vereitelte. Aber Heinrich sprach lediglich noch ein paar Silben, die entweder heidnisch waren oder gar nichts, und wachte erst dann wieder auf, als Biterolf und Agnes längst eingeschlafen waren.

31. DEZEMBER
SANKT SILVESTER

Heinrich von Ofterdingen wurde von der Stimme seines toten Knappen aus dem Schlaf gerissen. »Mörder! Mörder!«, schrie es ihm ins Ohr, worauf Ofterdingen aus dem Tiefschlaf auf die Beine sprang, um sich dem Wiedergänger zu stellen. Rupert war nirgends zu sehen, aber auf Ofterdingens abgelegtem Kettenpanzer saß dessen Rabe und sah ihn mit schiefem Kopf an. »Gelobt sei Jesus Christus!«

Ofterdingen griff sich an die Brust. »Grundgütiger, mein Herz«, stöhnte er. »Aus welchem Nest kommst du nun wieder angeflogen? Hast du nicht längst das Weite gesucht? Der Teufel hole dich, mich so zu wecken, du gefiederte Missgeburt!«

»Hol dich der Teufel!«

»Nein, dich soll der Teufel holen, elender Vogel«, beharrte Ofterdingen und ging einige Schritte, um an einer der Säulen das Wasser des Morgens abzuschlagen. »Dein Herr und Falkner ist tot«, rief er dem Raben durch den Saal zu.

»*Deus vult!*«, erwiderte der Vogel und pickte die letzten Krümel des gestrigen Mahls von den Teppichen.

»*Dubito*«, sagte Ofterdingen und spuckte aus.

Wolfram hatte derweil den dressierten Rabenvogel des Pullanen mit offenem Mund angestarrt. Er war nicht nur von dessen Klugheit angetan, sondern auch davon überzeugt, dass der Vogel als Antwort auf ihre Gebete gekommen sei, um ihnen aus ihrer ausweglosen Lage zu helfen, und begann sogleich, Pläne zu schmieden. »Wenn wir den Raben etwa dazu bekämen«, überlegte er, »eine Nachricht, die wir ihm um den Hals oder um ein Beinchen wickeln, nach Eisenach zu befördern –«

Er wurde jäh durch einen Krächzer unterbrochen. Ofterdingen hatte den Vogel gepackt und seinen kleinen Schädel am Mauerwerk zerstoßen.

»Heinrich!«, donnerte Wolfram. »Beim Gott der Gerechten, was hast du getan!«

»Uns allen ein Frühstück verschafft, wenn auch ein kleines«, erwiderte Ofterdingen und begann, dem Vogel die schwarzen Federn auszurupfen. »Rupert hätte es so gewollt.«

»Du dämliche Blindschleiche! Der Vogel hätte uns das Leben retten können!«

»Aber nicht doch, mein Guter«, versetzte Ofterdingen ungerührt. »Der wollte lediglich etwas zu fressen bekommen, deshalb ist er hier. Glaub ja nicht, nur weil er ein paar Brocken Latein aufsagen kann, wäre er gescheit. Da ist er wie die Pfaffen. – Schau mich nicht so an, zum Henker; es war ein stinknormaler Rabe, nicht der Falke des Kaisers.«

Wolfram wetterte zwar nicht weiter, weigerte sich aber dennoch, einen Bissen von dem mageren Braten zu nehmen, als der Spieß die Runde machte.

Entgegen ihren Befürchtungen blieben am Morgen die Angriffe der Thüringer komplett aus. Im Hof hielten die üblichen Wachmänner und Armbrustschützen ihre Posten. Von der Vorburg hörte man Axt- und Hammerschläge, und wenn man den Kopf aus einem der Fenster in der Ostfassade reckte, konnte man unten im Wald von Zeit zu Zeit eine Tanne stürzen und Schnee wie Mehl aufwirbeln sehen, bevor sie unter großen Mühen auf die Burg getragen wurde.

Gegen Mittag wurden die Verteidiger an die Arkaden gerufen. Im Hof stand die Landgräfin, im Gefolge eine Kammermagd und der tugendhafte Schreiber.

»Wir möchten mit Euch verhandeln«, rief der Schreiber.

»Mit dir kein Wort, verruchter Gnom!«, rief Ofterdingen zurück. »Nur die Gegenwart einer Dame verhindert, dass ich dich mit Schimpfwörtern überhäufe, die deiner würdig sind!«

»Ich kann es mir lebhaft vorstellen. Deshalb möchten wir ebenjene Dame zu Euch schicken, in festem Vertrauen darauf, dass Ihr sie mit Eurem Unflat und Euren schlechten Manieren verschont.«

»Wir lassen sie nicht herein«, brummte Wolfram.

»Weshalb denn nicht?«, fragte Biterolf.

»Davon kann nichts Gutes kommen. Weshalb sein Weib? Ich sage euch: Sie wird uns das sein, was den Trojanern das hölzerne Pferd war. Das ist eine List.«

»Hölzernes Pferd, so ein Schwachsinn«, murrte Ofterdingen. »Denkst du denn, sie schmuggelt Wachleute in ihrem geschwollenen Leib? Natürlich lassen wir sie herein. Schließlich hat sie mir beim Sängerstreit das Leben gerettet.«

Gefasst schritt Sophia durch die Trümmer im Treppenhaus. Der Putz an den Wänden war von so vielen Schwerthieben und Blutflecken verunstaltet, dass es aussah, als hätte er selbst gelitten und geblutet. Es bereitete einige Mühsal, der hochschwangeren Landgräfin über die Brustwehr zu helfen. Auf Biterolfs und Ofterdingens Hand gestützt, kletterte sie schließlich hinüber. Sie trug denselben Mantel, den sie über den Verlierer im Wettstreit gebreitet hatte, doch der Bauch darunter war um ein Vielfaches größer geworden, als trüge sie plötzlich zwei Kinder unter dem Herzen.

Wolfram hatte seine Hilfe versagt und wartete im Festsaal auf ihre Ankunft. Friedrich und Agnes verbeugten sich vor der Fürstin. Wolfram neigte lediglich seinen Kopf ein wenig und fragte: »Weshalb schickt uns der Landgraf von Thüringen plötzlich seine Gemahlin?«

»Ihr wollt mit Eurem forschen Tonfall hoffentlich nicht unterstellen, Hermann gebräche es neuerdings an Mut, selbst hier zu erscheinen«, erwiderte Sophia kühl. »Denn das wisst Ihr besser. Ich selbst habe darauf bestanden, zu Euch zu kommen.«

»Weil wir den Worten einer Dame nicht zu widersprechen wagen?«

»Nein, sturer Eschenbacher«, sagte Sophia und öffnete ihren Mantel. An den Innenseiten ihres Mantels befestigt, an Schnüren um ihren Hals gehängt, in den Gürtel und in Taschen gesteckt waren dort Würste, Schinken, getrocknete Beeren und Kirschen, Maronen, kleine Brotlaibe und Weinschläuche. Die schwangere Landgräfin war über und über mit Essbarem beladen. Sie stand vor ihnen wie die leibhaftige Demeter. »Deswegen komme ich.« Während sie unter den Augen der Hungrigen begann, sich ihrer heimlichen Last zu entledigen, erklärte sie weiter: »Was Ihr hier treibt, ist Wahnsinn. Aber es ist Eurer dennoch unwürdig zu hungern.«

Die Speisen wurden verteilt und von zitternden Fingern empfangen. Agnes nahm einen halben Laib Brot und eine Wurst und kehrte damit zurück auf ihren Posten an der Treppe; dankbar, dem vorwurfsvollen Blick ihrer Herrin entfliehen zu können.

»Und ich fresse einen Raben!«, versetzte Ofterdingen mit vollem Mund. »Ganz ehrlich; ich war drauf und dran, den Darm von meiner Fiedel zu kauen! Pfui Teufel! Wie klug von dir, Wolf, auf Besseres zu warten!«

»Ich hoffe, dass Ihr wieder vernünftig denken könnt, sobald Euer Hunger gestillt ist«, sagte Sophia. »Wie Ihr hört, werden dort draußen neue Sturmleitern und sogar ein Belagerungsturm gebaut, den Palas einzunehmen. Wenn der Turm erst fertiggestellt ist, kann Euch nichts mehr retten. Also legt die Waffen nieder. Hermann ist zwar aufgebracht, aber immer noch willens, Euch allen mit Ausnahme von Heinrich Straferlass zu gewähren. Sein Angebot läuft am Mittag aus. Danach will er nicht einmal Euch beide mehr schonen, Wolfram und Biterolf.«

»Dann soll ich sterben?«, fragte Ofterdingen. »Unter Eurem Mantel hatte ich noch das traute Gefühl, Hoheit, Ihr wolltet meinen Tod verhindern.«

»Das will ich noch immer, Heinrich. Aber es ist mir lieber, dass nur Ihr sterbt, als dass Ihr sterbt und obendrein alle anderen. Es ist genug.« Sie wies auf die Toten, die an der Südwand aufgebahrt lagen.

»Wo ist Konrad?«, fragte Ofterdingen. »Hat der Landgraf wenigstens sein Wort gebrochen und ihn gevierteilt?«

»Nein. Konrad hat die Burg gestern auf seinem Esel verlassen.«

»Und Walther, die Schlange?«

»Walther hat sich in seinem Gemach verkrochen, empfängt keinen Besuch und nimmt kaum einen Bissen mehr zu sich. Er ist der elendste Mensch auf der Burg.«

»Ich vergehe vor Mitleid.«

Sophia wandte sich an Wolfram, der lustlos auf seinem Brot herumkaute. »Sprecht mit mir. Bitte erlaubt, dass ich meinem Gemahl die Kunde von Eurer Unterwerfung überbringe.«

Wolfram schluckte schweigend seinen Bissen, ohne aufzusehen.

»Herrgott, Wolfram!«

»Ich habe als Ritter gelebt. Ich werde als Ritter enden.«

Sophia sah den Eschenbacher lange an. »Wenn ich eine einfache Magd wäre und keine Fürstin«, schnaubte sie, »ich würde zum Lohn für Euren unerträglichen Eigensinn mit beiden Fäusten auf Euch einprügeln, bis meine Kräfte versagen.« Sie sah sich in der schweigsamen Runde um. »Lasst wenigstens Agnes gehen.«

»Sie will nicht«, murmelte Biterolf.

»Dann schlagt sie nieder und schafft sie heraus, beim Barmherzigen!«

Ofterdingen griff zu einem der beiden Weinschläuche und öffnete ihn. Sophia von Thüringen war mit zwei Schritten bei ihm und riss ihm den Schlauch aus den Händen, bevor ein Tropfen Wein seine Lippen berührt hatte. Entgeistert stierte Ofterdingen sie an.

»Trinkt nicht davon«, erklärte sie, während sie den Schlauch wieder verschloss. »Man hat blauen Eisenhut in den Wein gegeben. Es wäre ein schmerzloser, aber schneller Tod. Der Wein, die Speisen: Es sollte so aussehen, als würde ich euch heimlich versorgen. In Wirklichkeit wissen alle davon. Und der Eisenhut sollte die Sache beenden, ohne dass ein weiterer Thüringer sterben muss.«

Biterolf hielt im Kauen inne und erwog, den speichelnassen Klumpen in seinem Mund auszuspucken. »Schluckt ruhig«, beteuerte Sophia. »Das Gift ist nur im Wein.«

»Hermann von Thüringen übt sich in der Giftmischerei?«, zeterte Wolfram und zerdrückte das Brot in seiner Faust.

»Es war ein Einfall Heinrichs von Weißensee.«

»Gleichviel!«, erwiderte Wolfram. »Nun wird er wohl hinnehmen müssen, dass noch einige Eimer Thüringerblut vergossen werden, bis er unserer habhaft wird! Den Krieg kann er haben!«

»Hussa, Wolfram«, sagte Ofterdingen und biss von einer Wurst ab.

Sophia suchte nach Worten, Wolfram doch noch zu bekehren, aber er kam ihr zuvor. »Bitte geht jetzt, Euer Hoheit«, sagte er. »Wir müssen uns für den nächsten Angriff rüsten.«

Weil er nicht im Zorn von der Landgräfin scheiden wollte, geleitete Wolfram sie zurück zur Treppe. Kurz bevor sie aus dem Saal auf den Bogengang und zurück unter die Blicke der Belagerer traten, griff Wolfram in seine Tasche und holte den Schlüssel hervor, mit dem er den Kerker im Südturm geöffnet hatte. »Vielen Dank. Er hat uns sehr geholfen.«

»Nicht genug«, sagte Sophia. Sie nahm den Schlüssel, hielt Wolframs Hand aber fest und betrachtete sie. Auf dem Handrücken war ein Schnitt bis auf den Knochen. »Ihr seid verwundet.«

»Nicht schlimm«, sagte er und zog die Hand zurück. »Mein altes Blut ist so dick, dass man mir noch so tiefe Wunden schlagen kann, ohne dass ich auslaufe.«

»Falls Ihr fallen solltet, möchte ich nicht, dass Ihr als mein Gläubiger sterbt.«

»Wovon redet Ihr?«

»Der Kuss, den ich Euch schulde. Vom Kampf um den Rosengarten.«

Wolfram lächelte unbeholfen und fuhr sich mit der Hand übers Kinn. »Mein Bart kratzt noch immer, Euer Hoheit. Vielleicht mehr als zuvor.«

Sie blickte gekränkt drein. Er unterdrückte den Impuls, ihr eine Hand auf den Arm oder an die Wange zu legen. »Ihr habt recht«, sagte er schließlich. »Ich bin unerträglich. Und ich höre nicht auf, in Wort und Tat zu enttäuschen.«

Sophia schüttelte den Kopf. »Nein. Du hast mich verärgert, verletzt und verlassen. Aber enttäuscht – enttäuscht hast du nie. Gott schütze dich, Wolfram. Der eine Trost bleibt mir: Solltest du fallen, wirst du mich, wenn du aufgebahrt vor mir liegst, nicht länger zurückweisen können.«

Ohne ihn kehrte sie zur Brustwehr an der Treppe zurück, und ohne Unterstützung kletterte sie – nachdem sie Agnes vergebens bekniet hatte, sie zu begleiten – darüber hinweg, um ihrem Gemahl mitzuteilen, dass die Verteidiger des Palas bis zum letzten Atemzug Widerstand leisten würden.

Keine Stunde später traf am Torhaus der Wartburg eine Gruppe von drei Männern aus Eisenach ein: der ehemalige Gastwirt des Ofterdingers, Heinrich Hellgreve, mit zwei Gefährten. Mit sich brachten sie ein Gnadengesuch für Heinrich von Ofterdingen, das sie ihrem großmütigen Landesherrn demütigst und untertänigst vorzulegen gedachten. Als Hermann, ohnehin missgelaunt durch den Bericht seines Weibes, diese Kunde überbracht wurde, geriet er in eine bislang unerreichte Rage. Er befahl, die drei Aufrührer für die bodenlose Frechheit, das Urteil ihres Fürsten infrage zu stellen, unverzüglich aufs Rad zu flechten und ihnen sämtliche Knochen zu brechen. Dann besann er sich eines Besseren, griff nach seinem Schwert und eilte hinaus, den Bürgern gleich eigenhändig den Kopf abzuschlagen.

Der tugendhafte Schreiber überholte den Landgrafen und versuchte, rückwärtslaufend, ihn davon zu überzeugen, die Eisenacher zu verschonen; weder sie noch der Ofterdinger seien die Aufregung wert. Hermann wies den Protest seines Kanzlers ab und kündigte vielmehr an, nach der Hinrichtung der Eisenacher Feuer an den Palas zu legen, um die aufsässigen Sänger auszuräuchern und einzuäschern.

»Dieser Aufstand ist eh bald vorbei, Hoheit!«, widersprach der Schreiber, als sie in die Vorburg traten. »Entweder wird Wolframs Truppe vom Eisenhut vernichtet oder von unserer Ebenhöhe« – und hier wies er auf den Belagerungsturm mit den riesenhaften Rädern, an dem die Knechte der Pfalz zimmerten –, »es tut also gar nicht not, Euer prächtiges Haus niederzubrennen oder die Eisenacher Bürgerschaft gegen Euch aufzubringen! *Durum patientia vincit!*«

»Ich habe keine Geduld mehr!«, brüllte Hermann. »Morgen beginnt ein neues Jahr; vorher will ich diesen verdammten Stachel im Fleisch herausgezogen wissen!«

»Aber, gnädiger Herr, um Himmels willen nicht *igne atque ferro*! Am Ende greifen die Flammen auf den Rest der Burg über. Wir suchen nach einem anderen Mittel. Etwas, gegen das auch Wolfram nicht ankommt.«

Hermann verlangsamte seine Schritte und ließ das Schwert sinken. »Etwas, gegen das Wolfram nicht ankommt?«

»Exakt, Euer Hoheit.«

Beim Tor sah Hermann die Bürger aus Eisenach, die sein Kommen mit einem blanken Schwert in der Hand bangen Blickes mitverfolgt hatten. Aber die drei scherten ihn nicht mehr. »Sag Walther, ich erwarte ihn«, diktierte er.

»Walther?«

»Ins Badehaus soll er kommen. Er soll sehen, was sie angerichtet haben.«

Während der Schreiber zu Walther eilte, durchquerte Hermann die Burg zum Badehaus am anderen Ende. Hier, in der Wärme, waren die Verwundeten der zurückliegenden Gefechte untergebracht; gut anderthalb Dutzend Thüringer mit Schuss-, Stich- oder Schnittwunden, zerschmetterten oder fehlenden Gliedern, Knochenbrüchen oder einer Mischung aus allem, dazwischen der vollkommen überforderte Wundarzt der Wartburg, der vergebens versuchte, allen die Behandlung zukommen zu lassen, deren sie bedurften. Mägde brachten Wein und Speck herbei, die Wunden damit auszuwaschen und zu bedecken. Der Landgraf wies zwei Burschen an, ihm unverzüglich sämtliche Ritter herbeizuschaffen, deren sie habhaft werden konnten.

Eine Viertelstunde später hatten sich an einem der Zuber Gerhard Atze, Reinhard von Mühlberg, Egenolf von Bendeleben und Eckart von Wartburg um den Landgrafen versammelt. Walther trat in Begleitung des Kanzlers hinzu; argwöhnisch, weswegen man ihn in dieses Lazarett bestellt hatte, in die Gesellschaft der Verwundeten und der Ritter, die ihn verachteten.

»Da es meinen Rittern nach einem und einem halben Tag nicht gelungen ist, den Palas zurückzuerobern«, hob Hermann an, »wofür ich ihnen freilich keinen Vorwurf mache, denn das Haus steht gut gesichert; eine Festung in der Festung, und Wolfram und die anderen kämpfen wie wilde Eber, wovon die Vielzahl von Versehrten um uns zeugt – da es also bislang nicht gelungen ist, habe ich beschlossen, für den nächsten und hoffentlich letzten Angriff, der noch vor Einbruch der Dunkelheit erfolgen soll, den Heerführer auszuwechseln. Walther von Vargula wird es mir nicht krummnehmen, denn er quält sich derzeit mit einer unschönen Wunde, die ihm Wolframs Knappe geschlagen hat. Du, Walther von der Vogelweide, wirst ihn ersetzen.«

Die umherstehenden Ritter waren überrascht von dieser Anordnung, aber bei Weitem nicht so überrascht wie Walther, auf den sie nun geschlossen ihre Blicke richteten. »Das meint Ihr nicht ernst«, stammelte der nur.

»Warum denn nicht? Du bist mein Lehnsmann wie alle anderen hier. Gedenke, Walther, deines hohen Eides.«

»Euer Hoheit, ich bin schon lange kein Krieger mehr«, entgegnete Walther, »und ich war nie in meinem Leben ein Heerführer. Ich bin ein einfacher Sänger. Die Harfe ist mein Schild. Ihr legt das Amt in denkbar falsche Hände.«

»Im Kampf um die Rosen hast du mannhaft den Sieg davongetragen«, erklärte der Landgraf lächelnd. »Und Akkon hast du gegen Tausende Sarazenen erobert, nicht wahr? Was ist dagegen ein einfaches Haus mit vier Männern?«

»Von denen einer Wolfram von Eschenbach ist. Verlangt nicht von mir, dass ich das Schwert gegen meinen Freund führe.«

»Das sollst du auch nicht. Du sollst es einzig und allein gegen Heinrich von Ofterdingen führen, der die Wurzel allen Übels ist und beileibe alles andere als dein Freund. Sobald seine elende Seele zur Hölle gefahren ist, besteht auch für seine Gefährten kein Grund mehr zu kämpfen. Ihr müsst der Schlange nur den Kopf abschlagen, dann hat diese Posse ein Ende.«

»Nehmt einen anderen«, beharrte Walther. »Ich habe in dieser Sache schon genug für Euch geleistet.«

»Das zu beurteilen, steht allein mir zu.«

»Euer Hoheit, mein hoher landgräflicher Herr: Lasst mich im Namen Gottes nicht gegen meine Brüder kämpfen!«

»Du wirst es tun, weil es über dich nicht heißen soll, Walther von der Vogelweide hätte seinen Lehnseid gebrochen, wäre vor der Schlacht geflohen und hätte seinen Dienstherrn verraten.« Hermann ließ den Blick in der Runde kreisen. »Euch Ritter weise ich an, jedem von Walthers Befehlen zu gehorchen und ihm zu folgen, wohin immer er euch führt. Morgen sind die Zwölf Nächte um, morgen hat dieser Spuk ein Ende.«

Ohne Walther die Möglichkeit zu lassen, noch einmal zu widersprechen, verließ der Landgraf das improvisierte Lazarett. Walther wollte ihm nachsetzen, fand sich aber prompt von den thüringischen Rittern umringt, die ihn beglückwünschen wollten. Er musste dulden, dass Gerhard Atze ihm die Pranke auf die Schulter legte.

»An Eurer Seite gegen das verfemte Rattenpack, das sich im Dachstuhl verkrochen hat!«, feixte der Ritter. »Es ist mir eine Freude, Euch als Kampfgenosse zu wissen, doch, und ich bin ehrlich froh, dass Ihr in diesem Krieg die richtige Seite gewählt habt. Ich sage: Vergessen wir Euren Gaul, und vergessen wir meine Markstücke, und schließen wir Waffenbrüderschaft, Walther von der Vogelweide!« Atze griff nach Walthers Hand, bevor dieser sie ihm verwehren konnte. Beim Händedruck konnte Walther die Lücke zwischen den Fingern seines Gegenübers fühlen. »Ich werde direkt hinter Euch stehen, um Euch den Rücken zu stärken«, fügte Atze hinzu, »und um Euch, solltet Ihr im Schlachtgetümmel die Orientierung verlieren, daran zu erinnern, wo der Feind steht.«

Die anderen Ritter folgten Gerhard Atzes Beispiel, und nacheinander reichten, ebenso ungezwungen, Eckart, Egenolf und Reinhard Walther die Hand; all jene Männer, die ihn vor und während des Sängerwettstreits offen verhöhnt hatten.

Walther nahm Abschied von Bertolt und von seiner Harfe, rüstete sich mit seinem zweiten Panzerhemd, griff Schwert und Schild und führte die Thüringer in den Sturm auf den Palas. Der Belagerungsturm war noch nicht fertiggestellt, wohl aber einige neue Sturmleitern. Der eigentliche Vorstoß geschah jedoch an der Treppe. Man hatte Wurfanker anfertigen lassen, mit denen die Brustwehr aus Bänken und Tischen auseinandergerissen werden sollte. Gerhard Atze und Reinhard von Mühlberg baten darum, beim Angriff im Treppenhaus dabei sein zu dürfen. Walther hatte an alle die Maxime herausgegeben, Wolfram und Biterolf, wenn möglich, zu verschonen, hatte aber wenig Hoffnung darauf, dass man ihr Folge leisten würde. Hermann hatte kurz zuvor verkündet, von nun an habe jeder Verfechter des Ofterdingers sein Leben verwirkt.

Die neue Taktik hatte Erfolg. Die Wurfanker konnten von den Verteidigern nicht schnell genug entfernt werden. Bald hatte man die hölzerne Mauer eingerissen und konnte die Treppe nehmen. Dabei half auch, dass Wolfram für einige Augenblicke wie versteinert war, als er Walthers Schild in der Schlachtreihe erkannte. Wolframs Blick brach Walther schier das Herz.

Die Treppe war erobert, aber im schmalen Arkadengang konnten die Angreifer nur langsam Boden gutmachen. Wolfram allein hielt den Gang gegen die Übermacht, zumal Walther keinen einzigen Schlag gegen ihn führte. Erst als Reinhard Walthers Position eingenommen hatte, konnte Wolfram weiter zurückgedrängt und schließlich der Festsaal erreicht werden. Walther, Reinhard und zwei Soldaten gelangten in den Raum. Reinhard ging auf Biterolf los, den er schon im Zweikampf besiegt hatte; die drei anderen auf Heinrich von Ofterdingen, den Zankapfel des Wartburgkrieges. Agnes fällte einen der drei mit einem Bolzen. Ofterdingen – der mangels Schild mit einer Bratpfanne parierte, die am Kamin gelegen hatte – warf Walther, als er ihn erkannte, wüste Verwünschungen an den Kopf; Walther im Gegenzug drosch blindwütig auf Ofterdingen ein, der doch die Ursache seines unseligen Dilemmas war. Der Triumphschrei der Thüringer, den Palas zurückgewonnen zu haben, war allerdings verfrüht, denn gemeinsam warfen sich nun Wolfram und Friedrich gegen die Angreifer und drängten sie zurück vor die Türen – womit jenen im Saal der Rückweg abgeschnitten war.

Reinhard hatte Biterolf bald in eine Ecke gedrängt. Mit einem Schlag gegen das ungeschützte Knie holte er Biterolf von den Beinen. Biterolf verlor sein Schwert und kroch rücklings davon. Reinhard hob das Schwert zum letzten Schlag über seinen Kopf, da traf ihn von hinten eine Klinge und zerschmetterte die Ringe seines Panzers. Reinhard jaulte auf, fuhr herum und stieß seinem Angreifer das Schwert in den ungeschützten Bauch. Erst dann erkannte er, dass er eine Frau getroffen hatte. Erschüttert stierte der junge Thüringer auf Agnes, die von seiner Klinge glitt.

Mit dem Dolch stürzte sich Biterolf auf Reinhard – jenen Dolch, den der Landgraf ihm bei seiner Begrüßung überreicht hatte – und stach ihm blindlings in den Hals und ins Gesicht. Reinhard zappelte und schlug um sich, um Biterolf abzuschütteln. In ihrer Umklammerung stürzten die beiden zu Boden. Reinhard biss Biterolf in die Hand. Aber Biterolf musste die Schlagader erwischt haben. Reinhard röchelte nach Luft und verschluckte sich am eigenen Blut. Biterolf hielt ihn so lange mit Armen und Beinen umschlungen, bis er sich nicht mehr rührte.

Auf dem anderen Kampfplatz hatte Wolfram inzwischen Gerhard Atze das Ohr mit einem Hieb glatt abgeschlagen, worauf der thüringische Sturm vollends bröckelte. Wolfram und sein Knappe trieben die Angreifer zurück ins Treppenhaus. Dort lächelte Friedrich seinen Dienstherrn offen an und sprang, bevor der ihn zurückhalten konnte, die Treppen hinab, um unter den abrückenden Thüringern noch einigen Schaden anzurichten und Wolfram die Zeit zu geben, den Schutzwall zumindest notdürftig wieder zu errichten. Wolfram hörte Friedrichs ausgelassenes Gebrüll, fast schon eine Art Jubel, und das Klirren und Scheppern von Schwertern und Schilden. Dann wurde es still.

Als Wolfram in den dämmrigen Festsaal zurückkam, standen wie zwei Statuen inmitten der Leiber Ofterdingen und Biterolf, ihre Rüstungen und Kleider in Fetzen und Blut, die Schwerter mit ihren Fäusten verwachsen. Ofterdingen, dessen rechte Seite eine klaffende Wunde zierte, wälzte mit seinem Stiefel den reglosen Körper Walthers auf den Rücken. Als Wolfram auf ihn zuhumpelte – sein leichenblasses Gesicht eine einzige Frage –, hob Ofterdingen lediglich die Bratpfanne in seiner linken Hand. »Der Hund hat mein Schwert nicht verdient. Aber wenn er den Schlag überlebt, hoffe ich zumindest, dass ihm die Pfanne das Hirn gründlich zurechtgesetzt hat.«

Gemeinsam betteten Wolfram und Biterolf Agnes am Feuer. Die Wunde in ihrem Bauch war tief, blutete aber wenig. Biterolf entkleidete Agnes und wickelte das Hemd eines Gefallenen um ihren Körper, bis Wunde und Blut nicht mehr zu sehen waren und man sich einreden konnte, dass alles gut war. Biterolf legte das letzte Feuerholz auf, bot ihr Wasser an, Speisen und Decken, aber sie lehnte alles dankend ab und bat lediglich um ein Kissen für ihren Kopf. Dann schloss sie die Augen und ruhte.

Biterolf nahm Wolfram zur Seite und regte an, Agnes den Thüringern zu übergeben, die die Wunde besser versorgen würden. »Hier im Saal stirbt sie uns am Ende daran.«

»Ich bin untröstlich, Junge«, flüsterte Wolfram und fuhr sich mit der Hand über den Kahlkopf. »Wir können sie natürlich gerne ausliefern ... aber ich will ehrlich sein: Nicht einmal der Leibarzt des Kaisers könnte ihr noch helfen.«

»Was meint Ihr damit?«

»Ich habe diese Art von Wunde schon Dutzende Male gesehen. Am Bauch war nie etwas zu machen. Bald setzen die Schmerzen ein. Morgen, spätestens übermorgen ist sie tot.«

Fassungslos über diese Diagnose lief Biterolf einige Runden im Saal. Dann zog er den blutigen Dolch aus seinem Gürtel.

»Ich sage, wir schlitzen Walther den Bauch auf. Er hat es nicht anders verdient.«

»Bist du übergeschnappt?«

»Erst verrät er uns, dann greift er gegen uns zum Schwert! Verbluten soll er dafür wie ein Schwein.«

»Unser Spatz wird zum Geier!«, rief Ofterdingen. »Bitte, schlitz ihn auf! Meinen Segen hast du. Aber Vorsicht, vermutlich springen ihm lauter Kröten und Gewürm aus dem Wanst – ein Sumpf, aber kein Herz!«

»Rührt ihn an, und ich schlage euch alle beide in Stücke, so helf mir Gott«, warnte Wolfram und legte eine Hand auf sein Schwert.

»Ohne Walther würden sie alle noch leben!«, schrie Biterolf. »Friedrich, Johann, Rumolt, Gregor! Wir zahlen es ihm in gleicher Münze heim!«

»Er wird seine Gründe gehabt haben, uns an den Landgrafen zu verraten.«

»Gründe? Wie Reinmar seine Gründe hatte?«

»Ganz genau. Niemand ist nur böse oder nur gut. Jedermann ist wie das Federkleid der Elster: schwarz und weiß gescheckt.«

»Herrgott, die blöde Elster nun wieder«, stöhnte Ofterdingen. »Aber bitte: Hören wir, was Walther zu seiner Rechtfertigung zu sagen hat, bevor wir ihm die Haut abziehen.«

Mit einem Seil band Ofterdingen Walthers Hände hinter dem Rücken. Dann nahm er eine Handvoll Schnee von einem der Fenster und rieb sie Walther ins Gesicht. Prustend erwachte dieser und erkannte, als der Schnee zerflossen war, die Gesichter der drei Männer.

»Was war das?«, stöhnte er und kniff die Augen zusammen. »Ein Rammbock?«

»Eine Bratpfanne, du Rabenaas«, antwortete Ofterdingen. »Erklär uns, wie es so weit kommen konnte, Walther, wenn du nicht willst, dass wir dich zerlegen wie ein Stück Wild.«

»Ich bin ohnehin überrascht, dass ich noch lebe«, entgegnete Walther – und berichtete dann wahrheitsgemäß alles, was sich seit seinem Gespräch mit Biterolf zugetragen hatte; wie es dem Landgrafen gelungen war, ihn für seine Seite zu gewinnen, und wie er Walther zuletzt zum Kampf gegen seine Sangesbrüder gedungen hatte.

»Beklag dich nicht«, sagte Ofterdingen. »Du selbst hast dem Teufel die Hand gereicht. Wer sich mit Hunden schlafen legt, wacht mit Läusen auf.«

»Und jetzt?«, fragte Wolfram. »Willst du wie Sophia uns davon überzeugen, die Waffen niederzulegen?«

»Da wäre vermutlich zwecklos. Ebenso zwecklos wie euer Widerstand gegen Hermann im Übrigen.«

»Also?«

»Ich rate euch zur Flucht.«

»Flucht?«, fragte Heinrich. »Für wessen Partei bist du eigentlich?«

»Ich möchte für gar keine Partei mehr sein«, lamentierte Walther. »Ich bin die Parteien leid. Ich möchte für mich sein und sonst für niemanden. Ihr und die Hermanns und die Atzes dieser Welt, ihr alle treibt mich noch in den Wahnsinn. Ich würde dieser Welt und ihren Plagegeistern allzu gerne entsagen.«

»Fein. Lass dich in ein Inklusorium einmauern und jammere dort deine Lieder.«

»Ohne Zuhörer jammern ist nur halb gejammert«, entgegnete Walther und seufzte. »Aber ehrlich, ihr müsst fliehen. Wenn ich euch dabei irgendwie helfen kann, werde ich es tun.«

»Fliehen?«, schnaubte Wolfram. »Wie denn? Wir stecken fest wie der Fuchs im Brunnen.«

»Kannst du nicht einmal eine halbe Stunde lang auf deine Gleichnisse verzichten!«, schimpfte Ofterdingen unvermittelt. »Fuchs im Brunnen, Bär im Baum, Elster im Nest – ständig muss eines der dämlichen Gleichnisse her! *Wir stecken fest*, das muss doch reichen, und ich kann mir nicht vorstellen, dass Walther uns einen Plan mitgebracht hat, lebend zu entkommen.«

Auf sein Ehrenwort, den Saal nicht zu verlassen, wurden Walthers Fesseln entfernt. Nachts setzte erneuter Schneefall ein; ein Daunenvorhang, durch den man kaum die Burgmauer auf der anderen Seite erkennen konnte. Der Burghof war erstmals seit Beginn der Belagerung menschenleer. Aufs Kaminfeuer wurde das letzte Holz gelegt.

Die Schmerzen kamen, wie Wolfram vorausgesagt hatte. Agnes, die bis dahin an ihrem Lager am Kamin die vergessenen Püppchen von Irmgard betrachtet hatte, den kleinen Kreuzritter und den Sarazenen, verzerrte ihr Gesicht, stöhnte, wand sich. Biterolf litt mit ihr, hielt ihre Hände, plauderte, prüfte den Verband, rückte die Kissen und reichte ihr ab und zu Wasser, das sie nur ihm zu Gefallen trank. Nichts davon konnte ihre Schmerzen lindern.

»Ich werde wahnsinnig«, sagte Biterolf außerhalb ihrer Hörweite zu Wolfram. »Sagt mir, was kann ich tun?«

»Beten«, antwortete Wolfram und drückte Biterolfs Arm.

»Das habe ich, um Christi Wunden! Rosenkränze, ein halbes Dutzend! Gott soll sie endlich zu sich nehmen. Er hört mich nicht. Sagtet Ihr, das geht noch zwei Tage?«

»Womöglich. Es tut mir leid.«

»Ich ertrage das keine Stunde länger.«

Heinrich von Ofterdingen trat schweigend an Wolfram und Biterolf heran. Er hob den Weinschlauch an, den er in seiner Hand hielt. »Sie weiß doch nichts davon«, flüsterte er. Biterolf starrte ihn an, stupide wie ein Huhn vor seinem eigenen Spiegelbild, bis er begriff.

Man suchte unter den Bechern, die man im Festsaal gefunden hatte, den edelsten heraus, reinigte ihn und füllte ihn mit Sophias Wein. Biterolf kniete neben Agnes nieder und reichte ihr den Trunk, während die drei Sänger ihn von abseits beobachteten; von dort, wo die Leichname ihrer und der anderen Seite zu Eis erstarrt waren.

»Das ist besser als Wasser«, stammelte Biterolf. »Das wird dich stärken.« Mit sanftem Nachdruck setzte er durch, dass sie den Becher ganz leerte.

»Scharf.«

»Die Gewürze.«

Seufzend sank sie zurück ins Kissen. »Heute ist die letzte der Zwölf Nächte«, sagte sie. »Jetzt verpasse ich den Zug der Hulden. Ich werde mein Söhnchen nicht wiedersehen.«

»Doch«, entgegnete Biterolf. »Vielleicht im Traum.«

»Aber ich kann nicht schlafen. Ich bin müde, aber die Schmerzen lassen mich nicht.« Sie griff nach seiner Hand, auf der der Abdruck von Reinhards Zähnen als roter Halbmond leuchtete. »Sing mir ein Schlaflied.«

»Welches?«

»Nicht das Alexanderlied.«

»Etwas Einschläferndes habe ich nicht«, sagte Biterolf, und beide mussten lächeln.

»Das du in der Küche gesungen hast. Das Mailied.«

»Bist du sicher? Es ist doch etwas traurig.«

Sie nickte. »Dort liegt Heinrichs Fiedel.«

Das Instrument hatte sich verzogen. Mit zitternder Händen versuchte Biterolf, die fünf Saiten zu stimmen. Es ging nicht. Er nahm den Bogen auf.

Agnes hielt Irmgards Püppchen hoch. »Kann ich ihm diese zum Spielen mitbringen?«

»Aber natürlich.«

Biterolf wollte spielen, aber es ging nicht. Er hatte Mühe genug, sich auf den Text und auf seinen Gesang zu konzentrieren. Unmöglich, auch noch die richtigen Saiten zu treffen. Er ließ Fiedel und Bogen sinken. Er suchte nach Worten, stotterte, fand selbst im Gesang nicht den richtigen Ton, versuchte, die Tränen zurückzuhalten, und kämpfte sich so durch die Zeilen seines mittelmäßigen Liedes.

Als er am Refrain zu scheitern drohte, sprang ihm Heinrich bei. Tatsächlich hatte der Ofterdinger nicht nur die Weise, sondern auch die Worte von Biterolfs Klagelied behalten. Sein kräftiger Gesang gab Biterolf den nötigen Halt. Wolfram und Walther stimmten bei der Wiederholung des Refrains mit ein, und die folgenden Strophen, die sie nicht kannten, summten sie mit, bald sogar mehrstimmig. Die Stimmen verflochten sich im Dunkel des Saales zur Vollkommenheit.

Biterolf hingegen verstummte, als Agnes schneller zu atmen begann. Seine Lippen formten lediglich noch die Wörter. Er hielt ihre kalte Hand, hielt den Blick ihrer aufgerissenen Augen, lauschte dem Geisterchor der Sänger, die wie die Nachtigallen der Sterbenden den Tod versüßten. Ein letztes Mal verkrampften sich Agnes' Fäuste um die Püppchen und um Biterolfs Hand. Dann sank sie mit halb geschlossenen Lidern in die Kissen.

Im Dunkeln entfuhr Walther, ausgerechnet Walther, ein Schluchzer. Biterolf trocknete sich die Augen mit dem Ärmel. Neue Tränen kamen nicht nach. Er griff nach einer Armbrust und legte einen Bolzen auf den Steg. Dann humpelte er aus dem Saal, um am nächstbesten Thüringer Vergeltung zu üben. Niemand hielt ihn zurück. Ganz leise hörte man aus Eisenach den Glockenschlag der Georgenkirche.

Für Reinmar hatte es keine Gründe mehr gegeben, auf der Wartburg zu bleiben: Von dem Moment an, da er seine Rolle gespielt hatte, konnte diese Herberge für ihn nur unwirtlicher werden. Aber er hatte die Burg dennoch nicht verlassen können. Als Walther aus der Schlacht nicht zurückkehrte, wusste Reinmar, dass er bleiben musste, um Walther, falls dieser noch lebte, aus den Händen des Ofterdingers zu befreien. Nach allem, was geschehen war, würde man Reinmar im Festsaal zwar nur ungern anhören – und das mit vollem Recht –, aber man *würde* ihn anhören.

Da ihn die Thüringer zweifelsohne davon abgehalten hätten, beschloss er, sich erst im Schutz der Dunkelheit zum Palas zu begeben. Auf seine Blindenführerin verzichtete er. Klara war seit dem Sängerstreit eh eine unleidliche Gesellschaft; plötzlich frei von jenem Übermut, der sie zuvor so liebenswert gemacht hatte.

Draußen schneite es dicke Flocken. Reinmar arbeitete sich an den Mauern voran bis zum Tor zur Hauptburg. Dann zählte er die Schritte; immer bemüht, auf dem eisigen Untergrund nicht auszugleiten. Er würde einiges wiedergutmachen. Wolfram, Heinrich und der Kleine würden ihm Gehör schenken, denn er war ihrer aller Lehrer und Wegbereiter; ohne seine Kunst wären sie vielleicht nie Künstler geworden. Er würde mit den Aufrührern sprechen, würde Öl auf die Wogen gießen und Walthers Leben retten: ein letzter und gleichzeitig der größte Beweis dafür, dass er Walther nichts nachtrug. Gott würde ihm seine Käuflichkeit vergeben. Und vielleicht würde es sogar Heinrich tun. Aus dem Tal klang Glockengeläut.

Noch während Reinmar darüber nachdachte, ob er im Palas die Treppe hinaufsteigen sollte, um das Gespräch in Ruhe und mit einem Dach über dem Kopf zu führen, oder ob es sicherer wäre, vom Hof aus mit den Sängern zu sprechen, schlug etwas direkt neben dem Hals in seine linke Schulter ein. Es fühlte sich an, als hätte ihm ein Adler aus dem Sturzflug seine Krallen ins Fleisch gegraben. Reinmar taumelte einen Schritt zurück, blieb aber auf den Beinen. Er griff nach der Wunde. In seiner Schulter steckte ein Armbrustbolzen. Der Schmerz kam mit Verzögerung und war enorm.

Das Gespräch mit Heinrich und den anderen musste verschoben werden. Er musste einen Arzt aufsuchen. Reinmar versuchte sich zu erinnern, in welcher Richtung das Badehaus lag, in dem die Verwundeten behandelt wurden, aber der Schmerz trübte seinen Geist. Aufs Geratewohl lief er los, die rechte Hand nach einer Mauer ausgestreckt, die ihn zum Badehaus leiten würde.

Zu spät begriff er, dass er dazu eher auf- als abwärts hätte gehen müssen. Er stieß sich das Schienbein so stark an einer steinernen Bank, dass er sich erst einmal daraufsetzen musste, bis dieser neue Schmerz abgeklungen war. Abermals versuchte er, sich zu orientieren. Er war vom Palas aus abwärtsgelaufen und saß nun auf einer Bank. Er musste also im Rosengarten gelandet sein. Zumindest hatte er sich noch nicht vollkommen verlaufen. Ein paar Atemzüge Rast, dann schleunigst zum Badehaus.

Er griff nach dem Ende des Bolzens, in der Annahme, er sitze fest wie ein Nagel im Holz. Zu seiner Erleichterung ließ sich das Geschoss recht leicht aus seinem alten Fleisch ziehen. Allerdings konnte es auch ein Fehler gewesen sein, es selbst herauszuziehen und diese Aufgabe nicht dem Arzt zu überlassen. Reinmar spürte, wie warmes Blut Hemd und Mantel tränkte. Offenbar hatte der Bolzen gewirkt wie der Stopfen in einem Weinfass. Aber zurückstecken konnte er ihn auch nicht. Reinmar presste die Hand auf die Wunde, um die Blutung zu stillen. Seine Hand war umgehend nass; unten nass und warm vom Blut und oben nass und kalt vom Schnee, der auf den Handrücken fiel und schmolz.

Gut: Er sollte jetzt wirklich aufstehen. Aber die Bank war niedrig, und er hatte keine freie Hand, sich abzustützen: Die eine war vom Treffer betäubt, die andere hielt das Spundloch verschlossen. Reinmar befand sich in einer misslichen Lage. Er seufzte. Er hätte Klara doch bitten sollen, ihn zu führen. Er hörte etwas und drehte sich nach dem Geräusch um.

Über den Burghof kam eine Gruppe von acht, vielleicht zehn Menschen auf ihn zu, Männer wie Frauen. Reinmar atmete auf und schrie: »Hier!« Darauf löste sich ein Mann aus der Gruppe und trat zu Reinmar. »Gott sei gepriesen«, stöhnte der Hagenauer, »dass sich doch noch jemand nachts und in diesem Wetter vor die Tür traut. Helft mir auf, ich bitte Euch.«

»Das ist eine üble Wunde, Trobador«, stellte der Mann fest.

»Das könnt Ihr laut sagen.«

»Ich hatte so etwas auch einmal. Diese Bolzen sind tückisch.« Mit der Fußspitze trat er gegen den Bolzen, den Reinmar in den Schnee hatte fallen lassen.

»Aber Ihr habt es überlebt, gottlob«, sagte Reinmar.

»Nein.«

Reinmar runzelte die Stirn und musterte den Mann etwas genauer. Jetzt erkannte er ihn wieder: Der stattliche Wuchs, die einnehmenden Gesichtszüge, die goldene Lockenmähne – vor ihm stand Richard Plantagenet, genannt Löwenherz, der König von England.

Und noch während sich Reinmar fragte, was Richard Löwenherz auf der Wartburg machte, wo er doch eigentlich in England sein musste und vor allem tot, überwältigte ihn eine viel größere Frage: weshalb er nämlich den König und seine Begleiter und den Burghof und den Schnee überhaupt *sehen* konnte. Und da fiel ihm das Versprechen der Heiligen Schrift ein, der Herr würde die Blinden in der Ewigkeit wieder sehend machen, aber da war es längst zu spät, noch etwas gegen irgendetwas auszurichten, und er nahm die Hand von seiner Schulter.

Wolfram, Biterolf und Ofterdingen hatten sich darauf geeinigt, am Ende der Nacht einen Ausfall zu wagen. In der Hoffnung, die Thüringer wären durch den andauernden Misserfolg zu müde, ihre Flucht zu bemerken, oder zumindest zu mürbe, ihnen noch eine Streitmacht entgegenzustellen, wollten sie zu den Ställen schleichen, die Pferde satteln, die Wachen am Torhaus überwältigen und davonreiten. Viel wahrscheinlicher war es jedoch, dass der Burghof nur deshalb verlassen war, um die drei endlich aus ihrer Festung herauszulocken und dann niederzuwalzen. Walther half den dreien dabei, die Verbände zu wechseln. Den Rest ihrer Verpflegung teilten sie unter sich auf.

»Wir zwei beim Abendmahl ums Feuer«, sagte Ofterdingen zu Walther. »Meine Güte, das hat es seit Akkon nicht gegeben. Schinken?«

»Eher fress ich rohe Krebse«, brummte Walther.

Ofterdingen nahm Fiedel und Bogen auf. »Möchte noch jemand spielen? Wolf? Biterolf?«

Wolfram schüttelte den Kopf, und Biterolf entgegnete: »Ich spiele nie wieder.«

»Was soll das heißen?«

»Ich durfte erleben, wie Heinrich von Ofterdingen, Wolfram von Eschenbach und Walther von der Vogelweide gemeinsam eines meiner Lieder gesungen haben. Sollte ich danach etwa zurückkehren ins Stilletal, um dort auf Hochzeiten und an der Tafel ignoranter Landjunker zu spielen? Ihr habt doch selbst gesagt, ich sei nur mäßig begabt und wäre besser aufgehoben als Zahlmeister oder Forstmann. – Da, niemand widerspricht mir.«

»Hör mal, Biterolf –«

»Besser wäre es vielleicht, ich stürbe morgen. Das wäre die Vollendung meines kurzen Lebens. Sterben in Gegenwart der drei größten Sänger, die Deutschland je kannte.«

Die anderen schwiegen. Wolfram beugte sich zu Biterolf vor. Für einen Moment sah es so aus, als wolle der Eschenbacher ihn in die Arme schließen, doch dann beschied er sich damit, Biterolf die Schultern zu drücken. Das Feuer drohte zu erlöschen. Heinrich von Ofterdingen legte seine Fiedel auf die kümmerlichen Reste im Kamin und schob sie mit dem Bogen zurecht, bevor er auch diesen, bereits an der Spitze brennend, ganz hinterdreinwarf. Die Saiten sprangen in absteigender Reihenfolge. Dann ging der Resonanzkörper in Flammen auf.

Biterolf übernahm die erste Wache im Saal. Während sich Wolfram und Ofterdingen auf den Teppichen betteten, um ein letztes Mal zu schlafen, säuberte Walther vor dem Feuer seinen schmutzigen Schild, den er Biterolf für den Ausfall geben wollte. Biterolfs Blick fiel auf die beiden Püppchen, die Agnes ihrem Sohn hatte mitbringen wollen. Er warf beide zu Ofterdingens brennender Fiedel in den Kamin und beobachtete, wie Kreuzfahrer und Sarazene von den Flammen verzehrt wurden.

»Was war eigentlich damals in Akkon?«

WALTHER VON DER VOGELWEIDE

Im 1191. Jahr der Fleischwerdung des Herrn, zehn Tage nach Mariä Heimsuchung, hatten die gesammelten Streitkräfte Philipps II. von Frankreich, Richards I. von England, Leopolds V. von Österreich und der Tempelritter die Mauern von Akkon mit Gottes Segen dermaßen zerschlagen, dass Baha' al-Din Qaraqush keine andere Wahl gehabt hatte, als sich mit seiner dezimierten Garnison den Kreuzrittern zu unterwerfen. Groß war das Halleluja der Christenheit, dass man das alte Ptolemais nach vier Jahren aus den Händen Sultan Saladins zurückerobert hatte; diese Pforte nach Syrien und Palästina, diese zweitwichtigste Festung der Levante. Was war dieser Sieg teuer erkauft, wie hatten die Belagerer an Hunger, Durst und Krankheiten gelitten! Friedrich Barbarossa war noch auf dem Weg nach Kanaan gestorben, und seinen Sohn, Friedrich von Schwaben, hatte das Fieber ebenso dahingerafft wie Ludwig III., Landgraf von Thüringen, sodass von den Deutschen am Ende nur noch Leopold von Österreich mit seinem Heer vor Akkon ausgeharrt hatte.

Die Kunde von Akkons Kapitulation erreichte Heinrich von Ofterdingen und Walther von der Vogelweide vor dem Feldlazarett der Deutschen, das Kreuzfahrer aus Bremen und Lübeck aus dem weißen Segel einer Kogge errichtet hatten. Dort hatten die beiden jungen Ritter aus dem Gefolge Leopolds ihre Wunden vom Vortag behandeln lassen. Heinrich und Walther brachen sofort auf, um den Einzug in die aufgebrochene Seefestung und ihre Plünderung nicht zu verpassen. Sie wiesen ihre Knappen an, auf ihre Zelte am Ufer des Belus Acht zu geben, da sie die Nacht in der Stadt verbringen wollten, und schlossen sich dem riesigen Zug aus Engländern, Franzosen und Deutschen an, der unter dem Hochruf *Deus vult!* nach Akkon strömte, vorbei am verlassenen Belagerungsgerät, den Ebenhöhen und Katapulten, und über die reichlichen Minen, die wie Maulwurfsgänge den Grund um die Festung unterhöhlt hatten.

Akkon, die Münzstätte des Teufels: Hier waren die Silberlinge geprägt worden, um derentwillen Judas Iskariot das Heil der Welt verraten hatte. Walther erschien es wie der Eintritt in eine Fabelwelt. Der künstliche Hafen, die Prachtgebäude, die Kuppeln, die himmelstürmenden Türme, die Wasserleitungen, die Springbrunnen und die Gärten – all das war von einer Schönheit und Meisterschaft, dass man fast bedauern mochte, dieses Kunstwerk mit Felsen und Feuer beschossen zu haben.

Für die Bewohner von Akkon hingegen, die sich, so gut es ging, verborgen hielten, musste es scheinen, als habe die Hölle ihre Pforten geöffnet und die Verdammten heraufgesandt: Hagere Männer in schwarzem Eisen wälzten sich mit gierigen Blicken und fremder Zunge durch ihre Gassen, die Haut farblos grau wie Asche oder gelb wie Lehm. Plünderungen konnten die Kreuzfahrerkönige nicht verbieten, aber sie hatten angeordnet, zumindest die Einwohner zu verschonen, denn jeder muslimische Kopf verhieß ein Lösegeld. Nicht jeder Gotteskrieger folgte der Weisung. Zahlreiche Männer wurden unter Vorwänden erschlagen, zahlreiche Frauen geschändet. Hier und da war ein Christ so unzufrieden mit der Beute, dass er einem Heiden den Bauch aufschnitt, um nachzusehen, ob dieser sein Gold vielleicht verschluckt habe, um es vor den Franken zu verbergen. Aber mehr als nach Gold, Purpurstoffen und Spezereien stand den Kreuzfahrern der Sinn nach sauberem Wasser, Speisen und festen vier Wänden aus Ziegeln und Lehm, die Schutz gewährten vor der Julihitze der Wüste.

Mit einer bunt gewürfelten Gruppe von Deutschen nahmen Walther und Heinrich ein mehrstöckiges Haus samt seiner Bewohner in Besitz, ließen sich Schätze und Speisen aushändigen und fanden schließlich in der Küche im untersten Geschoss zusammen, um sämtliche Hühner des Hauses zu braten. Ein Ritter aus Böhmen und sein Knappe waren Teil ihrer Gesellschaft, zwei Männer aus Kärnten und aus Thüringen ein bejahrter Zimmermann, der den Bau einer Ebenhöhe geleitet hatte – sowie ein zahnloser syrischer Christ aus der Stadt, der sich ihnen für einige Münzen als Führer und Übersetzer angedient hatte. Nach einem langen Dankgebet für die vorausschauende und unaussprechliche Fürsorge Gottes zerriss man die Hühner und aß. Der Böhme hatte Wein dabei und Schinken, den er sich allem Hunger zum Trotz für den Tag aufgespart hatte, an dem Akkon wieder in Christenhand fiel.

Über dem Braten kam man ins Erzählen. Einer der Kärntner berichtete, dass Herzog Leopold am Vortag schier im Blut der Sarazenen gebadet habe; dass sein weißer Rock über und über mit Blut bedeckt gewesen sei, sodass, als er den Schwertgurt abgelegt habe, ein weißer Streifen auf Leibesmitte das Rot geteilt habe. Der alte Thüringer Zimmermann erklärte, weshalb er nicht mit seinem Landgrafen in die Heimat zurückgekehrt sei: weil er nämlich gelobt habe, bis zur Befreiung des Heiligen Grabes in Palästina zu bleiben oder hier zu sterben. Das Kreuz habe er genommen, um dafür Buße zu tun, dass ein von ihm erbautes Haus in Erfurt eingestürzt sei, wobei mehr als sechzig Menschen zu Tode gekommen seien.

Auf ihre Verbände angesprochen, erzählte Walther, woher seine und Heinrichs Wunden stammten. Er hatte den österreichischen Belagerungsturm auf dem Weg nach Akkon eskortiert und war kurz davor gewesen, ihn zu besteigen, als ein Katapult der Sarazenen eine der so gefürchteten Brandbomben über die Mauer geschleudert hatte; ein Gefäß aus genagelten Eisenreifen, einem Igel vergleichbar, gefüllt mit brennendem Naphta. Im Holz der Ebenhöhe hatte sich das Geschoss festgekrallt und ergoss nun sein flüssiges Feuer über den Turm, über Ritter und Waffenknechte. Flammen waren Walther auf Helm, Schultern und Rücken gefallen und daran hängen geblieben.

Hier riss Heinrich das Wort an sich und erklärte, wie er den brennenden Kameraden bemerkt habe. Walther habe Schwert und Schild von sich geworfen und sei wie ein geköpftes Huhn auf und ab gerannt; bemüht, mit den Handschuhen die Flammen auf seinen Schultern auszuklopfen, worauf auch die Handschuhe Feuer gefangen hätten. Schon hätten Walthers Ketten zu glühen begonnen, da habe Heinrich ihn schlechterdings umgerannt und sich auf ihn geworfen, habe mit beiden Händen Sand auf seinen Rücken gehäuft und ihn so lange auf dem Boden gewälzt, bis auch die letzte Lohe erstickt war – natürlich nicht, ohne selbst einigen Schaden durch das byzantinische Feuer zu nehmen. Die anderen beglückwünschten Walther zu seinem aufopferungsvollen Freund.

Anschließend kursierten Schauergeschichten über die lange Zeit der Belagerung. Wie man sich um Brot geprügelt und für ein Ei einen ganzen Silberdenar bezahlt hatte. Wie manche ihren Pferden und Eseln die Adern geöffnet hatten, um das Blut zu trinken. Wie andere in die Hände ihrer Gefährten pissten und dann tranken und wie bei manchen der Durst sogar so groß und der Stolz so gleichgültig geworden war, dass sie Tücher in die Latrinen gelegt hätten, um die Flüssigkeit danach in ihren Mund zu wringen.

Man hatte sich dermaßen in Rage geredet auf die Sarazenen, diese Söhne des Verderbens, die die Verursacher ihrer Plagen gewesen waren, dass die Gruppe darin übereinkam, auch ihre Gastgeber für den langen Widerstand Akkons zu strafen. Mehr noch: Man wollte, man musste die Akkoner zum wahren Glauben bekehren – oder zumindest zum Abfall vom falschen. Priester hatten sie zwar nicht dabei, dafür aber drei Dinge, jeden Mohammedaner zu brechen: Wein, Schwein und ein Kruzifix.

Walther protestierte und blieb ungehört. Die Türen nach draußen wurden verriegelt. Der Herr des Hauses, der sich mit seiner Familie im darüberliegenden Geschoss verkrochen hatte, wurde zu den Christen in die Küche bestellt, während die Familie im Vorraum zu warten hatte. Heinrich begrüßte ihn freundlich mit einigen arabischen Worten, die er im Lager gelernt hatte; den Rest seiner Ausführungen musste ihr Syrer übersetzen. Der Heide solle – erklärte Heinrich – etwas Schinken essen, ihn dann mit einem Becher Wein hinunterspülen und zuletzt, Jesus von Nazareth preisend, das Kreuz küssen. Anschließend habe jedes Mitglied seiner Familie diese Prozedur zu wiederholen. Wer sich weigere, würde geschunden.

Schon das Geheule des Muselmanen war grandios. Ein Schwall alberner Sprache ergoss sich aus dem Mund des Braunen, von dem der Syrer nur jedes dritte Wort zu übersetzen vermochte. Der Mann warf sich auf den Boden, rang mit den Händen, kroch von einem Kreuzritter zum anderen und küsste ihre Gewänder, riss sich gar den Turban vom Kopf und flehte mit Tränen in den Augen darum, seine ehrenwerten Gäste mögen von der Grausamkeit absehen, ihn zum Verrat an Allah und Mohammed zu nötigen. Die Kärntner hielten sich den Bauch vor Lachen, und der zahnlose Syrer stimmte mit ein.

Man hätte dem zeternden Alten ewig zusehen können. Aber da er augenscheinlich nicht freiwillig konvertieren wollte, präsentierte der Böhme die Instrumente: Dolch, Schwert und Morgenstern. Sein Knappe legte eine Eisenstange ins Feuer. Der Sarazene erblasste.

Erneut ging Walther dazwischen: Man habe seinen Spaß mit dem Mann gehabt, nun sei es aber wirklich genug. Er erinnerte sie an das Wort des Heilands, einen jeden zu lieben, auch den Feind. Heinrich hielt dagegen: Erstens sei es ihr Auftrag, auf dem Weg zum Heiligen Grab so viele Heiden zu vernichten wie möglich, zweitens müsse irgendjemand büßen für die vielen Freunde, die man vor Akkon verloren hatte, und drittens wolle man den Braunen ja kein Leid antun, sondern sie auf den rechten Pfad führen, wie es das Bibelgebot befehle. Im Übrigen sei Walther ein Heuchler, wenn er sich jetzt plötzlich vor die Sarazenen stelle, nachdem er in den Wochen zuvor so viele von ihnen in die Hölle befördert habe.

»Gott wird uns dafür belohnen, dass wir sie vom Irrglauben geheilt haben«, pflichtete der Erfurter Zimmermann bei und hob sein Kruzifix in die Höhe, das er während der Belagerung aus dem Holz einer Libanonzeder geschnitzt hatte und in das seiner Überzeugung nach ein Splitter des Tisches eingearbeitet war, an dem Christus sein letztes Abendmahl eingenommen habe. Die Kärntner schnitten den Schinken in schmale Streifen, damit auch jeder der Heiden sein Stück Speck bekäme.

Walther erkannte, dass er nichts ausrichten konnte; dass er vielmehr Gefahr lief, selbst Prügel einzustecken, sollte er seinen Gefährten weiterhin den Spaß verderben. Aber dabei sein wollte er bei dieser geschmacklosen Missionierung nicht. Er verließ die Küche, drängte rüde durch die Schar der übrigen Hausbewohner, die den Wortwechsel verstört mitverfolgt hatten, und nahm die Stufen nach oben. Gedämpft hörte er noch das Gejohle und den Applaus der Ritter, als der Hausherr in den Schinken biss. Dann hatte Walther das Ende der Treppe erreicht und war auf dem flachen Dach des Hauses angekommen. Er schritt über die Gebetsteppiche hinweg bis an die Attika.

Der Sternenhimmel über Akkon war wie immer ein Ereignis. Er half Walther, wieder zur Ruhe zu kommen. Er legte den Kopf in den Nacken und folgte dem weißen Sternenband einmal quer übers Firmament, von den Minaretten der Stadt in seinem Rücken bis zu den Masten der Venezianer, Genuesen und Pisaner im Hafen. In seinen Ohren klang das besänftigende Rauschen des Mittelmeers. Er hielt Ausschau nach Sternbildern und summte eines von Heinrichs Liedern, bis er hinter sich ein Geräusch hörte.

Aus dem Untergeschoss war ihm ein Mädchen nachgefolgt. Sie mochte vielleicht dreizehn oder vierzehn sein. In ihren Händen hielt sie ein Messer. Sie redete einige Sätze, von denen Walther kein Wort verstand außer dem Namen ihres Gottes und ihres Propheten, und zeigte dabei immer wieder nach unten, zur Küche, wo gerade der Glaubenswechsel ihrer Familie erfolgte.

Was sie von ihm, Walther, verlangte, begriff er, noch bevor sie ihm das Messer reichte. Er nahm es unbewusst entgegen, schüttelte aber den Kopf.

»Es ist doch nur etwas Speck und Wein«, sagte Walther. »Das schmeckt gut.« Er schmatzte anschaulich und rieb sich den Bauch. Aber als er ihr das Messer zurückgeben wollte, wies sie es von sich.

»Ich werde dich nicht erstechen. Lauf weg. Versteck dich. Das ist es nicht wert. Hier, spring aufs Nachbardach.«

Da sie das Messer nicht annahm, warf er es von sich in einen Winkel des Daches. Sie holte es zurück, hob zu einer weiteren Anrufung an und zog mit beiden Händen das Gewand von ihrer Brust. Mit dem Finger zeigte sie auf das Stück Haut über ihrem jugendlichen Busen, das er durchstechen musste, um sie zu töten. Sie nahm seine Hand, aber er entriss sie ihr wieder, bevor sie das Messer hineinlegen konnte.

Walther wurde es zu viel. Er musste umgehend fort vom Dach, wenn es nicht zu einem Unglück kommen sollte. Aber sie versperrte ihm den Weg. Mit dem Messer stürzte sie sich auf ihn. Geübt packte Walther ihre Hand und entwand ihr die Klinge, aber sie hielt ihn umklammert. Unter den Sternen vollführten sie einen grotesken Tanz, Sarazenin und Nazarener, bis Walther sie endlich von sich stoßen konnte.

Sie hätte sich auf den Boden fallen lassen können, lassen müssen. Aber sie machte unnötig viele Schritte zurück, theatralisch mit den Armen rudernd, bis sie endlich mit den Füßen gegen die Attika stieß und rücklings darüberstürzte. So mochte sie ihren Gott glauben machen, sie wäre gewaltsam zu Tode gekommen und hätte sich nicht selbst entleibt, den Suren ihres heiligen Buches zum Trotz.

Walther hätte sie mit einem Satz nach vorn vielleicht noch fassen können, aber er war wie angewurzelt stehen geblieben. Er hörte den Aufschlag und das Geklirr einer Schindel oder eines Tongefäßes, das zu Bruch ging. Dann die Rufe von Männern. Langsam wagte er sich an die Kante vor und blickte hinab. Das Mädchen lag zerschmettert am Boden. Bei ihm waren zwei Kreuzfahrer. Als sie Walthers Kopf drei Geschosse über sich sahen, brüllten sie Flüche auf Französisch hinauf. Sie verwünschten Walther, wie man in der Stadt einen Menschen verwünscht, der den Nachttopf aus dem Fenster leert, ohne sich vergewissert zu haben, dass niemand in der Gasse ist. Nicht weil Walther das Mädchen vom Dach gestoßen hatte, waren sie wütend, sondern weil er sie damit beinahe erschlagen hatte.

Walther verließ das Dach, verließ das Haus und Akkon, kehrte zurück ins Zeltlager und setzte nie wieder einen Fuß in die Stadt.

Am Tag darauf pflanzten Richard Löwenherz und Philipp von Frankreich ihre Banner auf die eroberten Mauern von Akkon, dorthin, wo zuvor der Halbmond geflattert hatte. Herzog Leopold ließ seine österreichische Fahne auf gleicher Höhe daneben anbringen, denn schließlich hatten seine Truppen ebenso tapfer gekämpft. Aber der stolze Richard wollte das Banner des plumpen Herzogs nicht neben seinem königlichen dulden – zumal der Anteil der Deutschen am Sieg gering gewesen war –, weshalb er es entfernen und von den Zinnen werfen ließ. Dass seine Männer um den Abwassergraben wussten, der direkt darunter floss, konnte man nicht nachweisen.

Nachdem der österreichische Adler in der Kloake versunken war, darin der Kot der Ungläubigen floss, und nachdem Richard Plantagenet sich geweigert hatte, für diesen Schimpf um Verzeihung zu bitten, trat Leopold wutentbrannt die Heimreise an. Geschlossen verließ das deutsche Heer Palästina.

Walther bemerkte, dass die anderen Kreuzfahrer – auch solche, die er gar nicht kannte – ihn nach dem Fall von Akkon mit Hochachtung, mitunter Bewunderung betrachteten. Hinter seinem Rücken wurde auf ihn gezeigt, hinter vorgehaltener Hand über ihn getuschelt. Erst auf dem Schiff erfuhr Walther den Grund für sein Ansehen: Heinrich von Ofterdingen hatte verlautbaren lassen, Walther von der Vogelweide habe in der ersten Nacht in Akkon die schönste aller sarazenischen Jungfrauen geschändet und danach vom Dach gestoßen. Er habe also genau das getan, wovon die meisten Belagerer nur geträumt hatten.

Walther war schier geplatzt. Wäre der Ofterdinger auf demselben Schiff heimgereist, er hätte ihn für diese niederträchtige Lüge zweifellos über Bord geworfen.

Von der Familie des Mädchens, die gänzlich die dreifache Peinigung aus Schweinessen, Weintrinken und Kreuzküssen durchstanden hatte, überlebte keiner. Als eine Woche nach der Einnahme Akkons die Lösegeldverhandlungen zwischen Richard und Saladin scheiterten, gab der Löwenherzige den Befehl, die knapp 3000 Gefangenen hinzurichten; Männer, Frauen und Kinder gleichermaßen.

1. JANUAR
NEUJAHR

Als Ofterdingen die letzte Wache übernommen hatte, wartete er, bis Wolfram eingeschlafen war. Dann sammelte er alle Waffen, die er im Saal finden konnte – Schwerter, Kolben, Äxte, Dolche und Messer, Armbrüste samt Bolzen; ihre Waffen und die der überwältigten Thüringer –, und warf sie nacheinander aus demselben Fenster, aus dem er auch schon das Richtschwert geworfen hatte. Die meisten Waffen landeten geräuschlos im frischen Schnee am Fuß der Burg, aber ein Schwert klirrte beim Aufschlag auf dem nackten Fels so laut, dass Walther erwachte. Schlaftrunken und ungläubig starrte er Heinrich von Ofterdingen an, der fleißig weitere Waffen entsorgte.

»Was zur Hölle machst du da?«, zischte er.

»Ich mache das, worin ich gut bin«, antwortete Ofterdingen im Flüsterton: »Schwerter aus dem Fenster schmeißen.« Er nahm Wolframs Schwert auf, betrachtete es einen Wimpernschlag lang und schleuderte es dann hinterher. »Wenn sich Wolfram und der Spatz nicht zur Wehr setzen können, wird auch niemand sie erschlagen.«

»Du willst ... aufgeben?«

»Es ist doch töricht zu hoffen, dass uns die Flucht gelingt. Wir sind zu dritt, haben leere Mägen und zerhauene Knochen und stehen gegen die gesamte Besatzung einer Burg. Es sind genug Menschen meinetwegen gestorben. Ich will nicht auch noch schuld am Tod von Wolfram und dem Kleinen sein. Der eine ist nur hier wegen seines verknöcherten Ehrbegriffs und der andere, weil er einmal ein Held sein wollte. Die haben nicht verdient zu sterben. Aber freiwillig werden sie sich auch nicht ergeben. Drum.« Ofterdingen sah auf die beiden zusammengekauerten Bündel vor dem erloschenen Feuer. »Es wäre schade um Wolfram. Er will doch bestimmt noch ein paar Kauderwelschepen von den Franzosen abschreiben.«

Mit diesen Worten warf er die letzte Waffe fort. Er stellte sich auf die Zehenspitzen und sah ihr nach. »Es ist klar. Nach all den verhangenen Tagen. Der Morgen wird schön. Da kann ich meinen Kopf wenigstens noch einmal in die Sonne halten, eh sie ihn mir abschlagen.« Er reckte seinen Hals aus dem Fenster. »Sieh dir das an: ein Sternenhimmel wie im Heiligen Land.«

Walther rührte sich noch immer nicht von der Stelle.

»Hör mal, Walther«, sagte Ofterdingen, »ich wusste nicht, dass dir diese Geschichte in Akkon so sehr nachhängt.«

»Warst du wach?«

»Ich hab mich schlafend gestellt. Es war einfach zu interessant, was du dem Jungen von damals erzählt hast. Aber du hättest ihm getrost auch erzählen können, was die Sarazenen mit unseresgleichen gemacht haben. Ehe du mich als den unchristlichsten aller Folterknechte darstellst. Diese Belagerung war die Hölle, und die Sarazenen waren unsere Teufel. Und wir wollten Rache. Und etwas Spaß. Und immerhin hab ich dir damals das Leben gerettet und meine Brandwunden davongetragen.«

»Das mit dem Schinken und dem Kreuz war mir gleich. Aber das mit dem Mädchen nicht.«

»König Richard hätte sie eine Woche später ohnehin töten lassen«, sagte Ofterdingen und zuckte mit den Achseln.

»Darum geht es nicht. Du hast erzählt, ich hätte das Mädchen *geschändet*. Ich weiß nicht, wie du auf eine solche Idee kommen konntest. Das war ungeheuerlich und gänzlich unnötig.«

»Ich wollte dir damit helfen.«

»Helfen? Damit? Wie das, in Gottes Namen?«

»Wenn die anderen herausgefunden hätten, dass du aus

Mitleid eine Sarazenin tötest, damit sie der Bekehrung zum Christentum entgeht, hätte dich das in üble Schwierigkeiten bringen können. Aber eine Sarazenin zu *schänden*, das musste auf Beifall stoßen. Und ihr Kleid war ja zerrissen, da bot es sich an. Ich wusste natürlich, dass du nichts dergleichen getan hattest. – Hör mal, wenn es dich so umtreibt, warum hast du mich in all den Jahren nie darauf angesprochen, anstatt mich seit damals beleidigt zu schneiden?«

Walther schwieg, und Ofterdingen seufzte.

»Soll ich mich bei dir entschuldigen? Ist das dein Wunsch? Wenn du willst, bitte ich dich schnell noch um Verzeihung, bevor ich gehe.«

»Eine Entschuldigung des Ofterdingers – was ist die schon wert?«

»Nichts«, entgegnete Ofterdingen und nahm die Bratpfanne auf. »Dann schlag mich damit nieder.«

»Weshalb?«

»Das verschafft dir vielleicht Genugtuung. Auge um Auge. Außerdem kannst du deinem Lehnsherrn sagen, du hättest mich überwältigt! Du führst sie zu uns, dass sie uns festnehmen – drei wehrlose Männer, zwei vom Schlaf überwältigt und einer von der Bratpfanne –, und bist der Held des Tages. Ein gesegnetes neues Jahr. Schlag ruhig feste zu, dann bringen wir Hermann um den Genuss, mich umzubringen.«

Er reichte Walther die Pfanne. Walther wog sie in seiner Hand, betrachtete beide Seiten und warf sie dann ebenfalls aus dem Fenster.

Ofterdingen pfiff durch die Zähne. »Das wird ein Fest für die Eisensammler dort unten. – Willst du mich wenigstens fesseln?«

»Nein. Wir gehen gemeinsam in den Hof.«

»Einverstanden.«

Sie schauten sich noch einmal um, ob sie auch wirklich keine Waffe vergessen hatten. Der Atem der beiden Schlafenden ging noch immer ruhig. Ofterdingen warf sich den Mantel über und sah an sich herab. Seine edlen Gewänder, die er seit dem Wettsingen nicht hatte wechseln können, waren schwarz und zerlumpt. »Es hat doch wirklich keinen Sinn, schöne Kleider zu tragen. Am Ende putzt sich der Teufel damit nur die Nase.«

»Willst du das wirklich tun, Heinrich?«, flüsterte Walther und hielt Ofterdingen am Ärmel fest. »Du wirst sterben. Und du wirst als der schlechteste Sänger in die Geschichte eingehen.«

»Oder als Märtyrer«, erwiderte Ofterdingen grinsend und schlich voran aus dem Saal.

Biterolf war schnell überwältigt. Wolfram brüllte und drosch um sich wie ein Bär, den man im Schlaf gestört hatte. Bevor man ihn in Fesseln schlagen konnte, hatte er noch einige Nasen gebrochen. Als er im Burghof erfuhr, dass kein Geringerer als Heinrich von Ofterdingen sie verraten hatte, geriet Wolfram noch einmal dermaßen in Rage, dass es mehrere Männer brauchte, ihn zu bändigen. Er beschimpfte den Ofterdinger und verfluchte ihn für die Ehrlosigkeit, sich der Gnade des Gegners zu unterwerfen, und für die Treulosigkeit, seine Kameraden auszuliefern – ausgerechnet jene Kameraden, die sich widerwillig dazu durchgerungen hätten, ihr Leben für ihn hinzugegeben. Ofterdingen entgegnete gelassen, dass ihm Ehre noch immer nichts bedeute und dass er das eben gerade verhindern wolle, dass Wolfram und Biterolf ihr Leben für ihn hingäben. Er wolle nicht schuld sein an ihrem Blut.

Um die drei Widerständler kamen alle zusammen: der Landgraf, sein Kanzler, seine Ritter und Soldaten, so sie noch stehen und gehen konnten. Die Neugier hatte auch Knechte und Mägde zuhauf aus ihren warmen Schlafstätten in den knöchelhohen Neuschnee des Hofes gelockt. Nun versuchten sie, einen Blick auf die Gefangenen zu erhaschen, und fanden es unbegreiflich, dass es diesen drei zerlumpten Gestalten gelungen war, den Palas ihres Herrn mehr als zwei Tage lang gegen die Armee Thüringens zu halten – um sich dann, ungeschlagen, selbst auszuliefern.

Hermann ließ Heinrich von Ofterdingen in die Knie zwingen und knebeln. Aus seinem Mund sei schon genügend Übel gekommen. Dann genoss er den Anblick seines Triumphes. Er nickte Walther, der seine Aufgabe erfüllt hatte, dankend zu.

Aus der Kemenate kam nun auch Sophia in Begleitung einiger Damen. Hermann bat sie, sich mit Rücksicht auf das ungeborene Kind umgehend zurück ins Warme zu begeben, aber sie gehorchte nicht. Sie antwortete nicht einmal und schlug lediglich den Mantel etwas fester um sich. Von der Vorburg trugen unterdessen zwei Knechte den Richtstuhl herbei. Meister Stempfel, nun mit seinem Schwert wiedervereint, folgte ihnen. Er wirkte weder besonders erfreut über die Aussicht, seine Arbeit endlich verrichten zu können, noch sonderlich ungehalten darüber, dass er so lange hatte warten müssen. Mit einem nachlässigen Fingerzeig wies der Landgraf den Punkt nahe den Sängern, wo er den Richtstuhl aufgestellt wissen wollte.

Biterolf sah, wie sich Klara mit geducktem Kopf durch einen Pulk von Knechten drängelte, bis sie ganz vorn stand. Sie zappelte auf der Stelle, zerrissen zwischen der Angst um Biterolfs Leben und der Freude, ihn noch lebendig zu sehen. Heinrich von Ofterdingen sah immer wieder am mächtigen Palas vorbei gen Morgen. »Bete für deine unsterbliche Seele«, raunte ihm Wolfram zu, »denn ich bin zu sehr damit beschäftigt, sie zu verfluchen.«

Hermann beugte sich gerade zum tugendhaften Schreiber herunter, um dessen Ratschlag anzuhören, als vom Garten her ein Schrei ertönte. Einer der Thüringer hatte bei der steinernen Bank eine steifgefrorene Leiche entdeckt. Mit Händen wurde der Schnee von dem Leib gefegt. Zum Vorschein kamen der tote Reinmar von Hagenau und eine unglaubliche Menge blutigen Schnees, der im blauen Dämmerlicht regelrecht glühte. Es schien ein Wunder, dass ein alter Mann so viel rotes Blut in sich hatte.

Der Fund erschütterte Freund wie Feind gleichermaßen. Klara schluchzte laut auf. Hermann ordnete an, den toten alten Meister ins Badehaus zu bringen. Als vier Thüringer den erstarrten Reinmar aus dem Schnee lösten und wegtrugen, da war es, als trügen sie ein Denkmal Reinmars von Hagenau. Alle starrten den Leichenträgern schweigend nach, und mit ihren vereisten, doppelt blinden Augen starrte die Leiche zurück. Erst als die Männer mit ihrer kalten Last im Badehaus verschwunden waren, begriff Biterolf, wer den alten Mann getötet hatte; wer die lebende Legende in eine tote verwandelt hatte. Doch niemand schien sich im neuen Jahr für die Mörder des alten zu interessieren.

Hermann räusperte sich, um nach diesem Zwischenfall die Aufmerksamkeit wieder zu sammeln und den Prozess fortzusetzen. Er trat an die gefesselten Sängerkrieger heran und erhob seine Stimme: »Wolfram, Biterolf: Was soll ich nun mit euch machen?«, fragte er. Mehr, als er es beabsichtigt haben mochte, klang es danach, als wisse er es wirklich nicht.

Keiner der Sänger antwortete ihm. Walther trat zu der Gruppe. »Lasst sie gehen, Euer Hoheit«, sagte er.

»Alle beide?«

»Alle drei«, entgegnete Walther und fuhr auf die erstaunten Blicke so gedämpft fort, dass ihn außer den Sängern und dem Landgrafen von Thüringen niemand zu verstehen mochte: »Oder niemanden. Jetzt könnt Ihr Heinrich nicht mehr hinrichten, ohne auch Wolfram und Biterolf zu töten, die doch von allem wissen. Ihr müsst sie töten, denn lasst Ihr seine Mitstreiter am Leben, werden sie, sobald sie die Grenzen Thüringens hinter sich gelassen haben, Lieder auf Eure mörderische Intrige dichten und verbreiten, die Euch sicherlich nicht gefallen und die Euer Ansehen hundertmal mehr beschmutzen als alles, was in Ichtershausen gesungen wurde. Der Fluch der Sänger schneidet scharf.«

»Ich traue meinen Ohren nicht«, schnappte Hermann. »Walther, das klingt wie eine Drohung.«

»Es ist eine Warnung«, antwortete Walther. »Lasst die drei unversehrt gehen, sage ich. Dann wird ein jeder von ihnen feierlich geloben, nie ein schlechtes Wort über Euch zu verlieren. In den Klöstern und Kanzleien mag man die Geschichte niederschreiben, aber die Geschichten, die vom Kaiser bis zum Bettler, von der Nordsee bis zur Adria durch das Land gehen, die stammen von uns Sängern. Ihr könnt in dieser Stunde entscheiden, welche Geschichte die Eure sein soll: die des großherzigen, feinsinnigen Förderers der Künste – oder die des Tyrannen, der einer längst vergessenen Beleidigung wegen Deutschlands größte Dichter auf seine Burg gelockt und ausgelöscht hat?«

Und zur Fassungslosigkeit des thüringischen Landgrafen, ja zur Fassungslosigkeit aller im Burghof Versammelten nahm Walther von der Vogelweide auf dem Stuhl des Scharfrichters Platz, schlug ein Bein über das andere, setzte den Ellenbogen aufs Knie und das Kinn in die Hand; all das mit einer Sorglosigkeit, als wäre dieser Stuhl nicht Richtstätte, sondern einfach nur irgendein einladender Sessel beim Feuer – oder eben der Thron des Sängerkönigs, *sein* Thron.

»Ich gestehe, mein Lehnsherr«, sagte er aus seiner nachdenklichen Pose, »dass auch mir seit den letzten Tagen ein paar Reime über das Treiben auf der Wartburg durch den Kopf spuken, die ein famoses Liedchen abgeben würden.«

Der Anblick Walthers auf seinem Thron und die verstörte Miene des Landgrafen, der gefesselte Wolfram, der geknebelte Ofterdinger und der Menschenauflauf um sie herum, der unbeabsichtigte Mord an Reinmar, Agnes' Tod und die Kämpfe der vergangenen Tage: Biterolf wurde es endgültig zu viel. Er brach mit einem Mal in schallendes Gelächter aus. Es platzte regelrecht aus seinem Kopf heraus und wurde von den Mauern zurückgeworfen. Er lachte inmitten der schweigenden Menge. Die Thüringer sahen ihn an, als habe er den Verstand verloren, aber er konnte sich beim besten Willen nicht bändigen.

Er lachte, bis die Helligkeit ihn blendete. Biterolf kniff die Augen zusammen. Über den Zinnen der Wartburg, über den Bergen und Tannen des Thüringer Waldes war die Sonne aufgegangen.

EPILOG

»Das war es?«
»Im Großen und Ganzen, ja. Was sich danach zutrug, ist von wenig Belang.«
»Aber hat Hermann die drei hinrichten lassen?«
»Nein. Er hat sich auf den Kuhhandel eingelassen. Und die Sänger haben ihr Wort und ihren Mund gehalten. Das hat Hermann in den Annalen den Platz gesichert als freigiebiger, kunstsinniger Mäzen und hat, sehr zu seinem Vorteil, seine politischen Fehlentscheidungen etwas überdeckt. Kaiser werden konnte er nicht, aber zumindest konnte er sich einreden, Kaiser der schönen Worte zu sein.«
»Und Walther? Und Wolfram?«
»Walther blieb noch einige Jahre sein Lehnsmann, bis er ein Lehen aus der Hand Friedrichs II. empfing. Selbst Wolfram und Hermann vergaben einander, wie sich zwei Schachspieler ohne Groll die Hände reichen, wenn ihre Partie mit einem Unentschieden endet. Wolfram war auch weiterhin Gast des Landgrafen.«
»Heinrich von Ofterdingen?«
»Überlebte, beendete mit der Erzählung von Kriemhilds blutiger Rache und ihrem eigenen Tod sein Epos und fuhr fort, ein Leben zu führen, das eher mir als dem Herrgott Freude machte.«
»Warum weiß niemand mehr, dass er es war, der der Nibelungensage eine Form gegeben hat?«
»Das wusste schon damals kaum einer. Anders als Wolfram oder Walther hat Heinrich sein Werk nicht sig-

niert. Er hat mit keinem Vers auf sich selbst hingewiesen. Es war ihm einfach nicht wichtig, was nach dem Tod aus seinem Namen wurde. Außerdem hatte er eh alles beim Volk geklaut. – Reinmar wurde, um deine Frage vorwegzunehmen, in allen Ehren bestattet und betrauert. Waren das alle?«

»Ja«, sagte Luther. Er stand auf und öffnete eines der Fenster, um frische Luft hereinzulassen. »Nein: Der junge Thüringer fehlt noch.«

»Schande über uns, wir haben Biterolf von Stillaha vergessen!«, rief der Teufel aus. »Aber da sind wir nicht die Einzigen. Ihm selbst war damals schon bewusst, dass sein mittelmäßiges Werk nicht fortleben würde und dass, wenn überhaupt, sein einziger Nachruhm darin bestehen würde, zwei Wochen mit den Ruhmreichsten seiner Zeit verbracht zu haben. Er wurde Forstmeister im Thüringer Wald. Er nahm sich Klaras an, die nun niemanden mehr hatte und sich an ihn klammerte wie ein Vögelchen, das aus dem Nest gefallen war, gründete mit ihr im Stilletal eine Familie und lebte lang und zufrieden. Und noch Jahre danach, in den langen Thüringer Raunächten – als Walther längst entschlummert war und Wolfram am Schlagfluss gestorben, als die Schwindsucht den tugendhaften Schreiber dahingerafft hatte und ein übel gewürztes Bier den Ofterdinger –, erzählte Biterolf am Herdfeuer seinen Enkeln vom Wartburgkrieg. Wie ich es gerade getan habe, um dich von der Verderbtheit des Menschen zu überzeugen.«

»Die Verderbtheit des Menschen?«, wiederholte Luther. »Aber beweist deine Geschichte nicht gerade das Gegenteil?«

»Du machst Scherze. Sollen wir noch einmal zusammenzählen, wie viele Opfer dieses Gemetzel gefordert hat? Unser beider Hände haben bei Weitem nicht genug Finger dafür!«

»Aber der junge Biterolf hat den Ofterdinger christlich und selbstlos aus größter Not errettet.«

»Biterolf lag nichts an Heinrichs Wohl. Er wollte seiner

Auserwählten, den älteren Sängern und sich selbst etwas beweisen. Und außerdem hat er aus Rachedurst einen blinden Greis ermordet!«

»Dann nimm Wolfram«, insistierte Luther. »Wolfram hat sein Leben aufs Spiel gesetzt, um einen Sünder zu retten, den er hasste.«

»Mir kommen die Tränen. Wolfram tat es doch nur, weil er wollte, dass Heinrich ein Leben lang in seiner Schuld steht. Seine moralische Überlegenheit wollte er in Stein meißeln. Wäre Wolfram ein wahrer Christ gewesen, hätte er sich dann fortlaufend mit Heinrich geprügelt?«

»So kannst du jeden Umstand in deinem Sinn auslegen, Wortverdreher. Aber keine Redekunst der Welt und der Hölle kann die Hingabe von Agnes und den beiden Knechten herabwürdigen oder die Treue von Wolframs Knappen. Von Walthers später Einsicht ganz zu schweigen.«

Der Teufel winkte ab. »Und? Eine Handvoll Aufrechter in einer Burg voller Teufel.«

»Und wenn die ganze Welt voll Teufel wäre und nur *ein* Aufrechter darin wandelte, es wäre genug, meinen Glauben an das Gute im Menschen zu bewahren«, sagte Luther und lächelte. Er wies auf das Manuskript auf seinem Tisch. »Du musst mich nun entschuldigen. Deine Erzählung war unterhaltsam, aber ich darf darüber meine Arbeit nicht vergessen. Ich muss das Kapitel beenden, in dem Jesus den Versuchungen widersteht.«

»Du setzt mich vor die Tür?«

»So wahr ich hier stehe. Auf Nimmerwiedersehen.«

»Ist das dein letztes Wort?«

»Ja. Wenn du wirklich ein Teil von Gott bist, wie du gesagt hast, dann danke ihm in meinem Namen dafür, dass er meinen Glauben auf eine weitere Probe gestellt hat.«

Doch der Teufel machte keine Anstalten, die Stube zu verlassen. »Ich hatte wirklich gehofft, ich könnte dich überzeugen«, sagte er beinahe enttäuscht. »So lässt du mir keine Wahl, du eckiger, sturer Kopf. Was Worte nicht erreicht haben, muss nun Gewalt erreichen.«

»Was willst du tun?«, fragte Luther und schluckte.

»Ich werde dich und dein Werk in Stücke zerreißen, du verstockter Ketzer. Wie ich heute deinen Hasen in Stücke gerissen habe.«

Gemächlich erhob sich der Höllenfürst, nickte Luther zu – und verwandelte sich dann vor seinen Augen in ein Tier; in eine riesenhafte Mischung aus Hund und Wolf mit krausem Fell und roten Augen. Er fletschte die Zähne und setzte zum Sprung an.

Luther zog das Tuch zur Seite, das auf dem Tisch nicht etwa Käse und Brot verdeckt hatte, sondern eine geladene Armbrust, die sich Luther vorausschauend von einem der Jäger geliehen hatte. Er war ungeübt im Gebrauch der Waffe, aber der Höllenhund war so verblüfft vom Anblick der Armbrust, dass Luther genügend Zeit blieb, den Bolzen abzuschießen. Mit einem dumpfen Laut schlug er in der Seite der Bestie ein. Der Teufel wurde gegen den Ofen geworfen und heulte auf. Luther, der keinen zweiten Bolzen zur Hand hatte, schleuderte die Armbrust hinterdrein und traf die Stirn, mitten zwischen die glühenden Augen.

Aber der Teufel war nicht besiegt. Schon mühte er sich wieder hoch. Da stürzte sich Luther kurzerhand auf ihn, packte ihn mit beiden Armen und hob ihn auf, wie man ein Lamm heben würde, trug ihn quer durch das Zimmer – wobei er gegen Wand, Schemel und Tisch stieß, weil der Hund mit allen Läufen trat und mit dem geifernden Maul nach ihm schnappte – und stieß ihn aus dem offenen Fenster. Kläffend wurde das höllische Tier von der Nacht verschluckt.

Luther widerstand dem Impuls, das Fenster augenblicklich zu schließen. Er wollte doch sehen, wo und wie der Leibhaftige aufgeschlagen war. Er klammerte sich am Fensterrahmen fest und lehnte sich über den Sims. Aber am Fuß der Burgmauern waren weder Tier noch Teufel zu sehen. Ihm wurde kalt. Er schloss das Fenster mit zitternden Händen, stellte den Schemel wieder auf seine Beine, nahm Platz, richtete seine Kleider und prüfte, ob die Bestie ihm irgendwelche Wunden geschlagen hatte, las schließlich alle Papiere vom Boden auf und betrachtete sie eindringlich, bis sein Atem wieder ruhiger ging.

Am Morgen darauf würden die anderen Bewohner der Burg sogar bestreiten, nachts Hundegebell gehört zu haben, obwohl es doch markerschütternd laut gewesen war. Auch die Nussschalen waren fort, als Luther erwachte, und der sechsleibige Rattenkönig; als hätte jemand heimlich aufgeräumt, während er geschlafen hatte. Es war rätselhaft. Als zehn Wochen später die Übersetzung des Neuen Testaments abgeschlossen war und Martin Luther die Wartburg verließ, blieb der Tintenfleck an der Wand der einzige Beweis dafür, dass ihn der Teufel tatsächlich heimgesucht hatte.

PIPER

Robert Löhr
Das Hamlet-Komplott

Roman. 368 Seiten mit einer Abbildung. Piper Taschenbuch

Mitten im Krieg zwischen Frankreich und Preußen versuchen sich Johann Wolfgang von Goethe und eine Handvoll Romantiker als Jäger des verlorenen Schatzes. Ihr Auftrag: die Krone des Heiligen Römischen Reichs deutscher Nation vor Napoleon I. in Sicherheit bringen. Doch die Spione des französischen Kaisers sind ihnen dicht auf den Fersen ...

Ein Dichter-Denker-Mantel-Degen-Roman, in dem nur Kugeln noch schneller fliegen als Zitate.

»Mit Witz und Fabuliertalent holt Robert Löhr die Säulenheiligen der Weimarer Klassik vom Podest und schickt sie in allerlei Abenteuer.«
buchjournal

01/1986/01/R

Eisenach

Torhaus

Ritterhaus

Vogtei

Vorburg

Hofstube

N